北京市高等教育精品教材立项项目

U0095583

信息检索与网络应用

（第 2 版）

王梦丽　杜慰纯　编著

北京航空航天大学出版社

内 容 简 介

　　本书是为高等院校理工科信息用户教育课程而编写的教材。其中在详细论述信息检索基础知识和方法的基础上,突出了计算机信息检索的有关内容;针对互联网飞速发展的现状,重点介绍了网络环境下学术资源数据库的使用,并介绍了网络信息、数字图书馆等反映信息检索系统最新进展的内容。

　　本书可作为高等院校理工科类本科生和研究生"文献检索与利用"课程的教材,也可作为广大信息用户进行文献信息检索的指南性读物及广大科技人员和图书情报人员的学习参考书。

图书在版编目(CIP)数据

信息检索与网络应用/王梦丽,杜慰纯编著. —2 版.

北京:北京航空航天大学出版社,2009.9

ISBN 978 - 7 - 81124 - 913 - 2

Ⅰ. 信… Ⅱ. ①王…②杜… Ⅲ. 计算机网络-情报检索

Ⅳ. G354.4 TP393.4

中国版本图书馆 CIP 数据核字(2009)第 165745 号

信息检索与网络应用(第 2 版)

王梦丽　杜慰纯　编著

责任编辑　张军香　刘福军　朱红芳

*

北京航空航天大学出版社出版发行

北京市海淀区学院路 37 号(100191)　发行部电话:010—82317024　传真:010—82328026

http://www.buaapress.com.cn　　E - mail:bhpress@263.net

涿州市新华印刷有限公司印装　各地书店经销

*

开本:787×960　1/16　印张:19.5　字数:437 千字

2009 年 9 月第 2 版　2009 年 9 月第 1 次印刷　印数:4 000 册

ISBN 978 - 7 - 81124 - 913 - 2　　定价:34.00 元

第 2 版前言

《信息检索与网络应用》第 1 版发行至今已有 8 年了。自第 1 版问世以来,该书已被许多高等院校作为指定教科书和操作指导用书,并受到广大读者的喜爱和好评,发挥了其应有的作用。

在目前的信息社会中,信息作为一种重要资源对整个社会产生着越来越大的影响。随着计算机技术和互联网技术的不断发展,以及互联网在我国的进一步普及和海量信息的不断涌现,通过互联网获取所需信息已成为人们的一种生活方式。同时,信息检索技术和网络数据库技术的快捷发展,使各数据库检索系统的检索模式也发生了较大变化,检索功能大大增加,所提供的服务内容也更加丰富。因此,第 1 版中原有的某些内容已不合时宜了。为适应时代的变化,有必要对第 1 版的内容进行调整和修订;同时,信息检索作为一种科学的学习与研究方法,已成为高校师生和科技人员获得知识信息,不断改善知识结构的重要途径。因而有必要将这些变化及时反映到书中来,以满足各界信息用户对学习信息检索知识,掌握信息检索技能的需求。为此,编者本着严谨的治学态度和认真负责的精神,结合现代信息资源及信息检索技术的动态变化,对《信息检索与网络应用》一书进行了重新修订。

修订内容主要包括四方面:①重新组织教材编排体例;②增加信息素养有关内容和知识;③丰富完善数字图书馆、网络信息及检索的有关知识和内容;④更新国内外著名检索系统检索样例内容。重要创新点有两方面:一是结合信息社会、信息环境的变化和网络信息的快速发展,以及网络信息检索趋于成熟的情况,重新编写网络信息检索的相关内容,对网络信息的概念和定义进行归纳和总结,介绍网络检索的新内容、新特点、新用途,并加大对数字图书馆介绍的力度。在编排体例上,将网络检索和数字图书馆作为基础知识编入基础篇。二是结合信息用户需求的快速增加,专门增加了有关信息素养方面的知识和相关内容,这是目前在其他教材中不多见的。

现将再版中涉及的改动具体说明如下:

(1)在编排体例方面,全书作了较大的改动。将原来的基础篇、应用篇及网络篇三篇合并为基础篇和应用篇。章节也做了一些修改,重点是将第 1 版的 2～5 章合并为一章,即"第 2 章信息检索基础知识"。将第 1 版中网络篇的 13～15 章调整为"第 4 章网络检索"和"第 5 章数字图书馆"。这样进行修订后,全书思路更加清晰,上篇主要是论述一些基本概念和基本方法,用于指导整个信息检索活动;而下篇则主要介绍典型的有代表性的著名检索系统的实际应用,从实践上加深对检索理论和方法的理解。另外,对 6～11 章中各小节的标题也做了重新排列和修订,使得内容编排更加合理。

(2) 在内容方面,主要做了以下修订:

① 增加了有关"信息素养"的内容。这部分修改主要反映在绪论中。在绪论中增加了"信息素养"和"信息素养教育"两小节,旨在帮助学生更加清楚学习本课的目的。

② 增加了知识产权的内容。这是根据信息素养标准要求而增加的。一个具备信息素养的人,不仅要具备信息检索的能力,还要具备信息道德,合理合法地利用他人文献。这部分修改主要体现在 2.7 节。

③ 根据互联网的发展,在第 1 版第 13 章和第 14 章的基础上,重新撰写了"第 4 章网络检索"。丰富了数字图书馆的内容,增加了数字图书馆的体系结构内容,并将原数字图书馆的信息服务内容修订为更具体的馆际互借和虚拟参考咨询服务内容。

④ 在第 6～11 章中,凡是涉及网络检索系统内容的叙述,一律根据网络检索系统最新的版本进行了重新编写。

除上述四个主要方面内容的修订外,其他还有少量增加、删减和修订的内容,这里不再一一叙述。

本书对于课堂教学、学生自学及实际检索操作,都有很强的指导性。

随着人类信息技术的不断发展,信息检索的形式也将发生变化,编者将紧密跟踪这些变化与发展,并对本书进行不断地完善与修订,使之跟上时代变化,满足读者应用的需求。

编　者
2009 年 2 月于北京

前　言

当人类迈入 21 世纪的时候,社会信息化已成为不可阻挡的历史潮流。信息就像材料、能源一样已成为一个时代的象征,它作为一种重要资源对整个社会所产生的影响已初见端倪。在这个时代里,科学、技术、经济的竞争都将以信息的竞争为前奏。面对这样的社会信息化潮流,信息用户教育必将成为高等教育中越来越重要的一项教育内容。

为了培养出具备科技信息检索能力和知识更新能力的高素质科技人才,在教育部的大力支持下,从 20 世纪 80 年代初,各高校就相继开设了具有中国特色的"科技文献检索与利用"课程(以下简称"文献检索"课)。一些以介绍世界著名手工检索工具(如"美国《工程索引》"、"英国《科学文摘》"、"美国《科学引文索引》"等)使用方法为主要内容的教材也相继问世。这些教材在"文献检索"课的开设初期和中期都起到相当大的作用,对于培养理工科院校的本科生、研究生的科技信息检索能力具有不可磨灭的功绩。然而,随着计算机、网络通信技术的高速发展,以及国际互联网的建成,信息的环境发生了根本的变化,人们获取信息的方式和手段也发生了根本的变化。科技文献的载体更加多样化,查找文献信息的手段也更加现代化。人们坐在计算机前,只需要很短的时间,就可能查遍几年到几十年间世界各国的文献资料。在这种情况下,培养高等院校理工科学生应用现代化技术手段,特别是网络技术,获取各种信息、知识,成为当前信息用户教育的主要内容。因此,原有教材中的内容显然已远远不能满足当前信息用户教育的需要。为了解决这一问题,满足现阶段理工科院校"信息用户教育"的教学需要,结合多年的教学实践经验,我们编写了本教材。

本教材由基础篇、应用篇、网络篇三大部分构成,相对于以往的"文献检索"课教材,具有以下几个特点:

① 注重理论基础知识的阐述。本教材用较大的篇幅(第 1 部分基础篇)对文献信息及文献信息的检索的诸多环节及其相互关系进行了比较详细的论述,以便找出文献信息检索中具有规律性的原理,从而对检索过程从理论上进行指导,以培养学生"举一反三"的能力。如系统地阐述了文献信息之间的相互关系,文献信息的检索原理、检索语言、检索策略以及检索系统的构造等,对整个检索过程作了系统的分析与描述。我们认为,任何一门课程,如果没有理论的指导,必将成为无

源之水、无本之木。同样,对于检索这项比较复杂的活动来说,没有理论的指导,实践难免要走弯路。

②加强了现代化检索手段,并大大扩充了相关的知识内容。随着信息技术的发展和信息环境的变化,获取信息的手段也发生了变化。利用现代化手段获取各种信息、知识在文献检索中占越来越大的份额,如光盘检索、远程联机检索和网上检索等。为此,本教材在第2部分应用篇中对国际上各具特色的几大著名检索系统的光盘版和网络版都作了详尽的图文并茂的讲解;在第3部分网络篇中对网络及网络检索的有关概念,进行了叙述,引入了利用互联网检索信息的知识,从而把传统的文献检索扩展到现代化的信息查询。

③更具有实用性。考虑到"文献检索"课是一门实用性和要求动手能力很强的课程,并结合目前教学改革的要求,培养学生自学的能力,本教材在编写过程中,力求循序渐进,简明易懂。如,首先从第1部分介绍基础知识开始,使学生从检索原理上了解信息检索的过程,从而具备举一反三的能力;然后在第2部分通过对国际上几大著名检索系统的介绍,使学生对信息检索原理不仅从理性上,而且从感性上有了更加深刻的认识。在第2部分内容的讲解中,无论是印刷版检索系统,还是光盘版检索系统以及网络版检索系统,都采用了大量的实例图,帮助学生更加直观地掌握各种类型检索系统的使用。我们希望本书能成为一本无师自通的教材。

由于编者水平有限,书中难免有不当及误漏之处,敬请读者、专家及同仁批评指正。愿本书能真正成为读者的良师益友。

编　者

2000年10月于北京

目　　录

下篇　应用篇

绪 论

0.1 信息素养

1. 信息素养的本质

随着人类跨入 21 世纪,人类社会也由工业经济时代跨入了知识经济时代。知识经济时代的重要特征之一就是全球信息化,信息已成为时代的象征,就如同材料、能源是工业经济时代的重要象征一样。在知识经济时代,信息作为一种重要的资源,已成为社会生产力的重要因素之一,科学、技术、经济以及一切的竞争都将以它的竞争为前奏,它对整个社会所产生的影响已初见端倪。这从世界首富,微软公司总裁比尔·盖茨的成功、美国硅谷中产阶级的骤然崛起可窥见一斑。

全球信息化时代的到来对人的能力素质提出了新的要求。美国教育技术 CEO 论坛 2001年第 4 季度报告中指出,21 世纪人的能力素质应包括:基本学习技能(指读、写、算)、信息素养、创新思维能力、人际交往与合作精神及实践能力。信息素养是要素之一。

由此可见,"信息素养"已成为人们在全球信息化时代必须具备的一种基本能力,是一种对信息社会的适应能力。

信息素养还是一种综合的信息能力。这种信息能力,包括信息智慧、信息道德、信息意识、信息觉悟、信息观念、信息潜能和信息心理等多方面,是一种了解、搜集、评价和利用信息的知识结构,需要借助信息技术,依靠完善的调查方法,通过鉴别和推理来完成。

2. 信息素养的由来

信息素养(information literacy)概念的最早提出,可以溯源到 1974 年美国信息产业协会主席 Paul Zurkowski 给美国图书馆与信息科学委员会的报告,他认为:信息素养是利用大量的信息工具及主要信息资源使问题得到解答的技能,在未来十年中信息素养将是国家发展的目标。围绕信息素养的讨论,人们对它的认识逐步深入,比较简明的阐述来自美国图书馆学会ALA(American Library Association) 1989 的《总结报告》,其内容包括:能够判断什么时候需要信息,并懂得如何去获取信息,如何去评价和有效利用所需要的信息。

3. 信息素养在全球的推进

自 20 世纪 70 年代以后,信息用户教育在美国和西方迅速普及,信息素养也逐渐成为世界教育界和图书馆界以及政府部门参与、支持、报道、研究和指导的一个热点问题。各国纷纷开始研究制定自己的信息素养能力体系标准。如美国 ACRL(Association of College & Research Libraries)大学和研究图书馆协会标准(详细内容参见附录 B);英国 SCONUL(Society of College,National and University Libraries)国家和大学图书馆协会标准及澳大利亚大学图书馆员协会 CAUL(Council of Australian University Librarian)的标准(详细内容参见附录 C)等。

2003 年 9 月,联合国信息素养专家会议发表了"布拉格宣言:走向信息素养社会"(THE PRAGUE DECLARATION"TOWARDS AN INFORMATION LITERATE SOCIETY")。该宣言宣布信息素养是终身学习的一种基本人权,并将信息素养定义为:能够确定、查找、评估、组织和有效地生产、使用和交流信息,来解决一个问题的能力,同时指出,信息素养正在成为一个全社会的重要因素,是促进人类发展的全球性政策;信息素养是人们投身信息社会的一个先决条件,如果没有信息素养,信息社会将永远不能发挥其全部潜能。

我国从 1997 年起开始有关信息素养研究文章的报道,进入 21 世纪后,信息素养的研究越来越得到人们的重视,一些大学和地方高等院校图书馆研究会也开始了有关课题的研究。如"北京高等院校信息素质教育专业委员会",由清华大学、北京航空航天大学图书馆牵头,在北京地区高等院校图书馆工作委员会的支持下,于 2003—2005 年开展了北京地区高等院校信息素质能力示范性框架研究(详细内容见附录 D)。2008 年,受教育部图书馆工作委员会委托,该专业委员会开始进行全国高等教育信息素质能力标准和文献课知识点范围的研究。这些都将有力地推动我国信息素养教育的发展。但从总体上看,我国信息素质教育研究还处在初始阶段。

0.2　信息素养教育

1. 信息素养与高等教育

"信息素养是终身学习的一种基本人权",可以理解为人们应享有信息素养教育,以实现终身学习这一目标的平等权利。该原则应用于我国高等教育,就是要给学生创造一个信息素养教育的环境和条件,使学生懂得如何找到解决问题和决策问题所需要的信息;知道如何去学习、去更新知识并重构个人的知识体系;进而使学生学会认知和创新,成为有创新意识和宽阔视野的高质量人才。信息素养将为学生更高层次的后继学习和终生学习奠定基础,它是综合素质的一个重要组成部分,必然构成高等教育培养目标的一个主要方面。我国高等教育肩负着研究和实施信息素养教育责无旁贷的任务。

随着高等教育改革的深入,开始引入一些新的教育理念和方法。例如建构主义这种教育理念现在已得到教育界广泛认同。它指出:知识不是通过教师讲授获得的,而是学习者在一定的社会背景下,借助他人的帮助,充分利用各种学习资源去取得的。它主张从"教师中心"到"学生中心"的教育,从关注学习结果到同时关注学习过程,从关注以学科知识为中心的学习到关注以问题为中心的学习,从关注外部管理到关注学习者的自我引导、自我调节学习,从师生相对单向的沟通到学习共同体的多向沟通互动,从学习者个别竞争学习到学习共同体的协作学习。可以看出,按照建构主义的教育理念,教学的全教程都贯穿着信息素养,可以说信息素养是建构主义实现的基础,建构主义是信息素养培养的理论支持。

许多新的教学方式被采用。它们需要信息素养的支持,又作用于信息素养的提高,其本身就是一种信息素养的训练方式。比如基于调查的学习(inquiry - based learning)、基于问题的学习(problem - based learning)、基于研究的学习(research - based learning)和基于资源的学习(resource - based learning)等。

2. 信息素养教育的框架体系

根据不同对象和需要,高等院校图书馆信息素养教学体系的目标需划分为多个层次,根据不同层次和不同学科的教学目标来安排教学内容。信息素养教育体系的层次是连续提升和相互衔接的,严格地说应当是从中小学打下基础,以便在高等教育中得到全面的培养。

高等教育中的信息素养教育首先是基础教育,它包括图书馆基础能力(basic library skill)和信息技术基础能力(basic IT skill)。前者如介绍图书馆的布局、馆藏和服务、联机目录使用等;后者包括网络工具等软件的使用,如 E - mail、网络浏览器和搜索引擎等。对象是低年级学生,尤其是新生。

其上层是通用信息素养教育(generic information literacy),涉及学术与非学术问题的信息获取和评价能力。包括:了解信息源的特点,根据需求选择恰当的信息源,使用检索方法及策略,对获得的信息做出评价,通过交流信息、组织与综合信息完成具体任务,懂得如何合法地检索与利用信息。对象是各年级学生。

更上一层便是专业信息素养教育(discipline - specific information literacy),是基于学科的专门信息素养。包括:了解本学科信息的范畴、类型、常用的信息资源,并对其做出有效的评价和判断,能够完成学术论文、学位论文的写作。对象是高年级学生和研究生。高等教育应将其重点逐步逼近高层次教育,以达到全面的信息素养教育目标。

3. 文献检索课与信息素养教育

20 世纪 80 年代以来,我国高等院校图书馆发展了多种信息用户教育形式,包括一般的用户导读、讲座和培训,直至正规课程的普遍开展。目前我国高等院校图书馆已形成以文献检索课为主导的信息用户教育体系。从课程建设、实习室建设到教材建设,从全校讲座、技术基础课程到相关研究生课程,逐步扩大,由浅入深,在信息素养教育方面已经做了许多实实在在的工作。环境的变化一直是推动我国的信息用户教育前行的动力,信息化社会的到来,信息用户教育和信息素养教育接轨是必然趋势。

由教育部文件指定、命名的高等院校"文献检索与利用(简称文献检索课)"这门课程已走过了 20 余年的历程,在教育部图工委的指导下健康发展,在推进我国信息素养教育方面起着不可替代的作用,是我国高等院校开展信息用户教育的重要基地。

4. 文献检索课的提升与改革

为了充分利用文献检索课开展用户信息素养教育,必须改革传统的文献检索课的教学内容,丰富和完善信息素养教育的内容,对学生从简单的文献检索能力培养提升到全面的信息素养的培养。

第一,加强学生获取资源能力的培养。资源鉴别和获取的能力涉及"确定所需信息范畴"、"鉴别信息及其来源"等问题,是信息素养要求的一个方面。学生需要学会认识资源,并针对具体问题找到适合的信息源。需要把这种选择、鉴别和判断的能力训练放到显著的位置上,培养学生为检索目标找到准确的入口。检索前的资源定位和检索后的原文获取能力是对传统意义上的文献检索的扩充。通过文献检索课,学生获得综合应用信息检索工具、方法和服务的能力。其中包括"图书馆主页、全文链接(如:EI、IEEE、SCI 的方式)、文献中心资源(如:高校文献保障中心 CALIS)、网络搜索工具(如:Google、百度)、网络资源导航(如:全文图书、全文期刊、数据库)、联机检索目录(如:OPAC、WorldCat)、文献传递服务、馆际互借(ILL)、图书馆咨询服务(如:实时在线和表单式虚拟参考咨询台、电话及当面)、个性化服务(如:MyLibrary、ISI Web of knowledge)"等方面的利用。

第二,提高学生解决具体问题的能力。以往文献检索课比较重视的是学科资源的获取,学术性强而目的性弱,用的多是经典的数据库,课题虚设的多,学生不太介意检索的结果,似乎很专深,实际上较空洞。要在训练上模糊一点专业界线,而在应用上要有更明确的目的性。参与学生的专业论文综述指导。论文综述需要广泛的信息检索、收集和组织方面的知识,是学生毕业论文和选题报告的前期工作。要解决问题是多方面的,更多要面对的是各种社会生活问题。比如准备一次旅行,寻求一种消遣,采购一档物品,等等,通过各种网络工具(如:导航工具、BBS、Email)来解决。应当将零次文献、口头信息(如电话、手机、咨询)的利用放到一个适当的位置,并关注零次信息和各类信息的综合应用,以应对各种复杂问题的解决。信息素养能力的评价和鉴定包括这些成分。

第三,关注学生合理利用信息的能力。这是面临的一个新课题。围绕使用信息的社会、经济及法律问题,涉及网络资源和知识产品利用的知识产权及版权等问题,信息安全等问题,比如著作权法、专利法,都是利用信息的规范。应当将世界通行的那些条例和中国自己的法规、道德及伦理渗透到教学过程中,比如论文的发表与引证相关的学术道德和法规,下载电子文献、网络资源的限定,又比如科学研究学术规范,涉及署名、致谢和评价的公正性等问题。

第四,推进学生专业信息素养的提高。高层次的专业信息素养,需要通过与高等院校院系课程的结合来实现。论文综述训练将争取专业教师的参与和介入,最好以专业教师为主来进行。发展方向是信息素养教育与专业课的教学以及学科的建设相结合,形成你中有我,我中有你。这是信息素养教育的最高境界。这些做法往往需要各方面的支持,并需要图书馆来积极推进。

第五,将现代教育思想渗透到教学中。将上述提到的"建构主义"思想体现在教学中,开展以学生为中心的教学。如围绕一个共同关心的主题,组织以问题为中心的课堂讨论。教师通过课堂设计、组织、引导、提问、点评和小结等引导学生经过选择不同的角度,使用不同的查检手段、工具、方式、策略和技巧来达到学习检索和互相启发的目的,并通过讨论集中了解:学了什么? 做了什么? 解决了什么? 体会到什么? 亮点是什么?·观点是什么? 有什么指导思想?包含什么相关哲理?……

0.3　信息检索技术发展概况

信息检索技术的发展总是与科学技术研究水平和规模的发展相伴随的。纵观信息检索的历史长河,信息检索大致可分为两大阶段,以 20 世纪中叶为界:20 世纪中叶前为传统的手工检索阶段,20 世纪中叶后为计算机检索阶段。

1. 手工检索阶段

这是一个漫长的发展阶段,从 19 世纪初到 20 世纪中叶。在这一阶段主要经历了以下几个时期:

(1) 原始时期(19 世纪以前)

那时,全世界科学技术处于发展的早期阶段,科学技术不很发达,科学家人数很少,科技文献也不多,科学研究以个人自由进行为主。科学家本人在进行科学试验研究的同时,还自己从事科技信息的收集、整理工作。经验的记载和传播的活动是自发进行的,科技信息的传递与交流是通过科学家之间的私人通信来实现的。这一时期的主要特点是:信息工作与科研工作的统一。统一由科学家本人来进行,无专门的信息检索工作。

(2) 萌芽时期(19 世纪初)

信息检索起源于 19 世纪初,那时,随着科学技术的发展,科学家大大增多,科技文献数量也不断增多,科学家本人越来越难收集整理他所需的全部资料,私人通信往来已不能满足文献信息的传递与交流。

(3) 发展时期(19 世纪中叶到 20 世纪中叶)

信息检索开始有较大的发展是在 19 世纪中叶,特别是 19 世纪末到 20 世纪初,这时科学研究活动开始由个人转向集体,集体研究机构不断涌现。为了满足科学研究对信息的迫切需求,科技文献逐渐由个人收集转向专门设立组织机构来帮助科学家及时掌握最新的科技成果和发展动向,由此致使一种新的出版物——情报检索刊物开始萌芽,并迅速发展,逐渐形成了传统的手工检索工具,如目录、索引、文摘等。美国 1884 年创办的《工程索引》和英国 1896 年创办的《科学文摘》就属于这样一类检索工具。第二次世界大战后,各情报中心纷纷成立,信息检索开始从手工信息检索向机械信息检索过渡。进入到 20 世纪 50 年代,信息工作的重点放在情报检索工具上,从而提出了许多新理论,形成了科技信息检索和利用的发展时期。这一时期信息工作的主要特点是:信息工作与科研工作逐步分离,出现了专职信息人员和机构,促进了信息工作的发展。

2. 计算机检索阶段(20世纪中叶以后)

20世纪中叶,现代科学技术上的大规模、高速度发展促使信息检索新技术、新器具的发展。1946年世界上第一台电子管计算机问世后不久,计算机就被引入了信息检索领域。1954年世界第一个计算机检索系统的问世,标志着信息检索从此进入了计算机处理的时代。自此以后,计算机检索在短短的几十年中,经历了脱机批处理、联机检索、光盘检索,直到今天的网络检索等各个时期。这是一个快速发展的阶段。

(1)脱机批处理时期

将计算机用于信息检索,最早始于1954年美国海军军械中心(NOTS)研制的计算机检索系统。由于当时的计算机还处于起步阶段,计算机本身的运算处理能力极为有限,基本采用的是批处理方式,因而这个时期的计算机检索系统都是以脱机批处理的方式运行的。用户不与检索系统发生直接的联系,而是由专职情报人员收集多个用户的情报需求,经分析汇总后统一上机检索,然后把结果交给各用户。用户自己不参与检索过程,不能立即看到检索结果,更不能随时修改检索表达式,处于一种被动等待的过程。

(2)联机检索阶段

由于脱机批处理检索系统存在着种种不尽如人意的地方,促使人们一直在探索新的信息检索的技术手段。早在20世纪60年代后期,人们就开始了对联机检索的研究和试验。随着计算机技术和通信技术的发展,从物质上为联机检索提供了可能。1969年,世界上第一个大规模的联机检索系统RECON在美国的NASA(美国宇航局)诞生,标志着信息检索进入了联机检索的时代。1970年,美国洛克希德公司的DIALOG系统和美国系统发展公司的ORBIT系统相继建成。此后不久,欧洲宇航局建立了ESA/IRS系统,美国书目检索服务公司的BRS系统也投入运行,成为当时著名的四大联机检索系统。这一时期也是联机检索服务向商业化发展的阶段,大型信息检索系统不断出现,数据库大量增加,内容与类型向多元化发展,从早期的科技领域不断向人类生活的各个层面扩展。联机检索克服了脱机批处理系统存在的缺点,使用者可以在世界上任何一台与联机服务中心建立了通信连接的计算机终端上实时查询自己需要的信息,以人机交互的方式访问数据库系统,并可立刻获得检索结果。特别是卫星通信技术和光纤通信技术的发展,突破了电话线连接造成的地域限制,使得跨地区、跨洲通信变得更为迅捷,国际联机检索系统获得了广阔的发展空间。

(3)光盘数据库检索阶段

进入20世纪80年代,随着社会对信息需求的日益增长,数据库的种类和规模发展很快,具有海量信息存储能力,并且体积较小、易于携带和保存的新型数据库载体——光盘应运而生;尤其是只读光盘CDROM作为光盘数据库的载体更为合适,因而获得了惊人的发展。光盘检索系统组成简单,使用方便,不受通信条件和时间的限制,只要有一机(计算机)、一驱(光盘驱动器)、一盘(光盘)就可以开始运行。在联机检索费用还比较高的条件下,光盘检索系统对用户有着较强的吸引力。用户使用光盘检索既可以反复修改检索策略以保证检索效果,又可以将光盘检索系统作为熟悉联机检索系统各种命令和操作的实习系统,以降低联机检索的费用。近年来计算机技术、通信技术和网络技术发展较快,光盘数据库网络在全球得到了迅速普及,一个局域网上的一组计算机,通过一定的应用软件和相应的硬件(光盘塔或光盘库)即可实现数据库的共享。网络化的光盘检索系统越来越多地出现在人们的生活中,极大地提高了光盘的利用率,同时信息的检索也变得更为方便、迅捷。

(4)网络检索时期

人们出于信息交流共享的需要而将计算机相互联结。计算机网络最早出现于 20 世纪 60 年代,ARPANET 便是当时计算机网络的代表。随着人们信息需求的不断增长以及计算机技术和通信技术的高速发展,尤其是 1970 年 TCP/IP(传输控制协议/互联网络协议)的研究成功,解决了不同的计算机和系统之间通信的主要障碍,使得基于 TCP/IP 建立起来的 Internet 获得了极大的成功,尤其在 20 世纪 90 年代获得了惊人的发展,已成为 21 世纪信息高速公路的雏形。90 年代迅速发展的 Internet,为国际(国内)联机检索提供了新的连接手段。基于 Internet 和 Web 浏览器界面的联机数据库(internet database service)越来越多地出现在互联网络上。人们坐在自己的计算机前,只需几分钟就可以查遍几年至几十年世界各国的文献资料。联机检索在国际互联网上的成功应用提高了文献资源的利用价值和可获得性,为人类共享文明财富提供了新的途径。此外,网络信息资源的内容丰富多彩,类型多种多样,且处于不断的变化当中。对网络信息的检索不同于前面提到的联机数据库检索和光盘数据库检索,新的信息资源也要求有新的信息检索技术和方法相配合,Internet 提供的各种信息服务就为查询各种信息提供了可能。随着网上数字图书馆的建成,网络检索已成为 21 世纪获取信息的主渠道。

0.4 本课程讨论的内容

本课程是信息获取能力培养中的课程教育部分,也属于通用信息素养教育的范畴,主要讨论以下内容。

1. 信息检索的基本原理

无论检索方式或检索手段如何变化,信息检索的原理不会变,这是信息检索的基础。为了帮助学生找出"文献信息检索"中具有规律性的东西,从而能对检索过程从理论上进行指导,以培养学生具有"举一反三"的能力,本课程从信息、知识、情报和文献等概念入手,探讨了文献及检索的基本概念和知识,包括:文献的含义、系统结构和类型,信息与文献的关系,文献源,信息检索的含义、检索系统的构成、检索工具的定义与基本职能和检索工具的一般结构,检索语言,文献检索的一般方法和途径;信息数据库的类型和结构;检索策略及检索提问式的制定,计算机检索原理等。

2. 网络检索与数字图书馆

Internet(国际互联网)不仅是世界上一种最重要的通信工具,它所提供的丰富的信息资源和应用环境,将改变人类生活的各个方面。能够利用互联网络查找所需要的各种信息,应该是生活在 21 世纪的高科技人才必备的技能之一。而数字图书馆是 Internet 上最大的信息源。为了帮助学生尽快地掌握利用 Internet 检索信息的技能,充分利用数字图书馆,本课程引入了Internet 和数字图书馆相关知识,例如 Internet 与数字图书馆的基本概念、服务功能、信息检索方法等。

3. 在文献检索与利用中应遵循的法律法规

一个具有良好信息素养的人,除了应具备快速获取信息的能力外,还应该懂得合理合法的利用文献信息。本课程专门介绍了在文献检索与利用中应遵循的法律法规。

4. 国内、国际著名检索系统的应用

为帮助学生从实践上更真实地了解和掌握信息检索系统,学会检索技能,本课程还将论述与探讨世界上几大著名检索系统的编排著录方式和使用方法。这几大著名检索系统如下:

① 检索中文期刊信息的《全国报刊索引》(中国期刊网)。这是目前国内比较有影响的检索系统之一,也是比较容易掌握的检索系统。选用该检索系统的目的就是帮助学生克服畏难情绪,能比较快地理解信息检索的精髓。

② 检索国外科技工程文献信息的美国《EI 工程索引》(EI Village)。该检索系统的主要特色是正文按主题方式编排,即以主题词作为检索标目。选用该检索系统的目的是帮助学生更好地理解"主题途径"检索的检索方法。

③ 检索国外物理、电子与电工、计算机领域文献信息的英国《SA 科学文摘》(INSPEC)。该检索系统正文按分类方式编排,即以类名和分类号作为检索标目。选用该检索系统的目的是帮助学生更好地理解"分类途径"检索的检索方法。

④ 检索国外航空航天领域文献信息的美国《航宇科技报告》(Aerospace)。科技报告是一类重要的科技文献。选用该检索系统的目的是帮助学生更好地理解科技报告号的含义和利用"号码途径"检索文献的方法。

⑤ 查找国际会议文献信息的美国《ISTP 科学与技术会议录索引》(ISI Proceedings)。

由于许多最新研究成果往往首先在会议上发表,所以会议文献成为了解各国科技发展水平和动向的重要科技文献,而受到科技界的高度重视。科技部已将该系统数据作为我国学术排行的数据源。选用该系统是帮助学生更好地了解会议信息和利用会议文献资源。

⑥ 查找文献引用情况的美国《SCI 科学引文索引》(Web of Science)。该系统与其他检索系统比较起来,独具特色。它是根据著者名查找文献被引用情况的一种检索系统。通过该检索系统可以查到一篇文章被引用后新发表的文章,因此可以了解某一研究课题的继续研究情况。选用该系统可以帮助学生更好地理解"著者途径"检索的检索方法。

⑦ 查找数据与事实信息的"参考工具书"。信息检索实际包含"文献信息检索和数据与事

实信息检索"。因此仅掌握文献信息检索技能是不够的,还要掌握另一类信息检索,就是数据与事实信息检索。要学会这一类信息检索工具的使用方法,即"参考工具书"的使用方法。本部分内容就是帮助学生了解如何利用"参考工具书"查找"数据与事实信息"。

　　本课程将从印刷型检索工具、光盘数据库、网络数据库3方面论述上述检索系统,而且将重点放在网络检索上。讲解印刷型检索工具的目的是帮助学生从信息检索的原理上更好地理解文献信息的存储与检索,因为手工检索是计算机检索的基础。而网络检索,由于其快捷、方便的检索特性及友好的个性化服务,已成为信息检索的主渠道。

上篇　基础篇

实践任何一件事情,如果没有理论的指导,难免要走弯路。对于文献信息检索这项比较复杂的活动来说,同样如此。特别是随着科学技术的进步所有的事情都在快速发展变化的这样一个环境之中时,更是如此。随着计算机、网络、通信及材料科学技术的发展,文献信息检索这项活动发生了很大的变化,如文献信息由印刷型变为数字型,文献信息载体由纸张变为磁盘、光盘和硬盘,文献信息检索手段由人工检索变为计算机检索,文献信息传递方式由邮寄变为网络传递……。然而万变不离其宗,无论文献信息检索这项活动如何变,其核心内容——文献信息检索的原理是不变的。

本篇通过对文献信息及文献信息检索的诸多环节及其相互关系中具有规律性的原理所作的较为详细的论述,如文献信息之间的相互关系、文献信息检索原理、检索语言、检索策略以及检索系统的构造、检索过程的系统分析与描述、计算机检索和网络检索中的基本概念等,以期对文献信息检索过程在理论上给予指导,培养学生在文献信息检索过程中的"举一反三"能力。

第1章　信息与文献

1.1　信息、知识和情报

1. 信　息

在人类社会与自然界中,信息无处不在,无时不有。如人或动物的大脑通过感觉器官能接收到的有关外界及其变化的消息——由符号和信号所传递的消息就是一种信息。信息可以是人与人之间的消息交换,也可以是人与机器之间、机器与机器之间,甚至是细胞与细胞之间的消息交换。但是,什么是信息？仍然是众说纷纭,其概念十分广泛,并无严格定义,不同学者从不同角度对信息作出各种定义,难以有统一的定论。因此,在具体应用时,一般都要加以修饰或限定,如"经济信息"、"自然信息"、"生物信息"和"机械信息"等。

2. 知　识

知识是人们在改造世界的实践中所获得的认识和经验的总和,是人类社会实践的总结,是人的主观世界对于客观世界的概括和如实反映。知识是人类通过信息对自然界、人类社会及其思维方式和运动规律的认识和掌握,是人的大脑通过思维重新组合的系统化的信息集合。因此,人类既要通过信息感知世界、认识世界和改造世界,又要根据所获得的信息组成新的知识。可见,知识是信息的一部分,是一种特定的人类信息。

3. 情　报

情报是激活了、活化了的知识。它是进入人类社会交流系统的运动着的知识。情报是知识的一部分,它有三种基本属性:一是知识性;二是传递性;三是效用性。

信息、知识和情报三者之间的这种逻辑关系可用文氏图表示(如图1-1所示)。

图1-1　信息、知识、情报之间的关系

1.2　文　献

在我国古代,"文献"一词主要是指文字资料和言论资料,以及阅历丰富、满腹经纶的贤人。随着历史的发展,文献的概念逐渐演化为专指有价值的各学术领域的各种图书档案资料,而原来含有的"贤人"一义则逐渐消失了。到了现代,由于科学技术的发展,出现了各种各样的载体材料,发明了各种各样记录知识信息的方式,使得文献概念的外延不断扩大。按照国际标准化组织《文献情报术语国际标准》(ISO/DIS5217)对文献的定义："文献是在存储、检索、利用或传递记录信息的过程中,可作为一个单元处理的,在载体内、载体上或依附载体而存储有信息或数据的载体。"我国颁布的《文献著录总则》中则定义："文献是记录有知识的一切载体(GB/T 3792.1—1983)。具体地说,文献是将知识、信息用文字、符号、图像、音频等记录在一定的物质载体上的结合体。"这两个定义,对文献一词的含义规定得非常广泛。可以说,现代文献,从其外延来看,囊括了各种信息与知识载体:不仅包括了传统的书刊、文稿等,而且包括了缩微品、音像资料、机读资料和电子出版物等新型的信息知识载体。所以,可以将文献理解为:记录有信息或知识的一切载体。由上述文献的定义可以看出,文献由三个要素构成:第一,要有一定的知识内容;第二,要有用以保存和传递知识的记录方式,如文字、图形符号、视频和声频等技术手段;第三,要有记录知识的物质载体,如纸张、感光材料和磁性材料等。这三要素缺一不可。一沓白纸,再厚也不是文献;而口述的知识,再多也同样不是文献。由此可见,文献与知识既是不同的概念,又有密切的联系。文献必须包含知识内容;而知识内容只有记录在物质载体上,才能构成文献。

1.3　信息与文献的关系

由上述可见,当信息经过人脑重新组合和系统化后,成为知识;当知识对特定的人有用时,则成为情报。也就是说,信息中包含知识,知识中包含情报;而知识用一定的记录手段记录下来时,则成为文献。因此,人们对信息的需求常常转化为对文献的需求。人们从获得的文献中获取对自己有用的信息。对科技和工程人员来说,科技文献常常是他们获取信息的主要渠道。

1.4　科技文献

科技文献当然也就是"记录有科学技术信息或知识的一切载体"。科技文献汇集着世世代代千百万从事科学技术活动的人们辛勤劳动的成果,积累了无数有用的事实、数据、理论、定义、定律、定理、技术方法以及科学的构思和假想,记载了许多成功的经验和失败的教训,是人们从事科学研究和生产实验的历史记录,是劳动人民和科技工作者对客观事物认识的结晶。它反映当时人们对客观事物认识的程度和科学技术的进展状况及发展水平,预示着科学技术发展的趋势和方向;它随着科学技术的产生而产生,并随之发展而发展。

1.4.1　科技文献的作用

首先,科技文献的第一个作用表现为:科技文献是科技进步的阶梯。这是因为科技文献记载了一代又一代人的劳动成果,保存了人类的精神财富,为后人进一步的科学研究提供了基础。人们从科技文献中不断地汲取营养,批判地继承前人的经验,扩大眼界,开阔思路,在已取得成果的基础上提出新问题,进而得出新结论,攀上新的科学技术高峰。其次,科技文献作为记录科技信息或知识的物质形式,其第二个作用表现在:传递科技信息或知识。各个国家,各个部门通过科技文献的交流,使科技信息或知识得以广泛传播和充分利用,这充分体现了科技文献的继承性和国际性。最后,科学技术的不断发展,使科技文献的数量不断增加,质量不断提高。反过来,科技文献的发展又加速了科学技术的进步,促进了社会的发展。因此,科技文献还有另外一个作用,即可以将科技文献的数量和质量作为衡量科学技术发展水平和成就的标志之一。

1.4.2　科技文献的系统结构

系统论的观点是现代科学认识论的一个重要观点。由孤立单纯的"实物中心论"转向"系统中心论",是人们思维方式的一个重大变化。如果将系统论观点用于科技文献结构的探讨,无疑对人们认识文献和利用文献大有裨益。科技文献的系统不是孤立地研究某一具体的特定的文献,而是把科技文献作为一个整体来研究,这就使人们能够从整体性、有序性和动态性的高度探索科技文献的产生、演变和发展,从而使科技文献的检索和利用更加有的放矢,提高文献资料的利用效率。按照系统论的观点,科技文献的系统结构大致包括内容层次结构和历史性变动结构两方面。

1. 科技文献的层次结构

就科技文献整体而言,其内容按层次可分为:一次文献、二次文献和三次文献。其结构如图 1-2 所示。

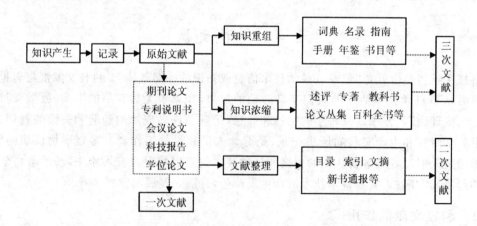

图 1-2　科技文献的层次结构图

一次文献(primary document)　是指原始制作,即作者以本人的研究成果为基本素材而创作(或撰写)的文献,如期刊论文、专利说明书、会议论文、科技报告和学位论文等。此外,它还包括一些不公开发表的文献,如实验记录、日记、备忘录、手稿、内部报告、技术档案和信件等。

二次文献(secondary document)　是指文献信息工作者对一次文献进行加工整理后所得到的产物,也是为了便于管理和利用一次文献,由文献信息工作人员编辑、出版和积累起来的工具性的文献。它包括书目、索引和文摘等。二次文献的重要性在于可以帮助人们查找一次文献。

三次文献(tertiary document)　是指利用二次文献,选用一次文献内容而编纂出的成果。如词典、手册、年鉴、百科全书专著、教科书、论文丛集、述评、文献指南以及书目等。

在文献信息的层次结构演变中(如图 1-2 所示),从一次文献到二次文献再到三次文献,每个环节都不断融入作者及文献工作者的创造性劳动,使文献信息得到鉴别、提纯,不断满足人们的各种需求。文献信息经过加工、整理和浓缩,从一次文献到三次文献的变化,是文献信息由博而约、由分散到集中、由无序到有序化的过程;它们所含信息的质和量是不同的,对于改善人们的知识结构所起的作用也不同。一次文献是最基本的信息源,是文献信息检索和利用的主要对象;二次文献是一次文献的集中提炼和有序化,它是文献信息检索的工具;三次文献是把分散的一次文献、二次文献,按照专题或知识的门类进行综合分析加工而成的成果,是高度浓缩的文献信息,它既是文献信息检索和利用的对象,又可作为检索文献信息的工具。文献信息内容随层次的变化逐步老化,但其可检性、易检性及可获得性在不断递增;文献信息的这一层次变化,使人们获取信息变得有章可循、有径可问。

2. 科技文献的历史性变动结构

科技文献层次结构的划分只给出了文献系统结构的一个侧面,这仅是一种历史的存在,形式上具有稳定性;还可以从科技文献的发生与发展的次序,去看它的历史性的结构变动。因为任何结构都有其产生、演变和发展的历史。美国《图书馆与情报科学百科全书》第 26 卷上画了科技文献历史性变动结构图,如图 1-3 所示。

科技文献有许多特征,其本质特征是所包含的科技知识内容。科技文献系统不是孤立地研究某一具体的特定的文献,而是把科技文献作为一个整体来研究,并遵循其发展过程加以探讨。运用系统论的观点,就有可能从整体性、层次性、有序性和动态性的高度来描述科技文献的产生、发展和演变规律。图 1-3 可以看作是"科技文献链",可以此对科技文献的产生发展及其内容和形态的历史性演变作出直观描述。

从图 1-3 可以看出,科技新知识的产生导源于研究与发展活动,一个新知识有其被创立、传播和综合利用到现有体系中去的过程。在这个过程中的每一个环节都伴随着一批科技文献的出现。从这一环节起,按照顺时针方向经历了各个环节,在每一个环节上都产生了相应的文献类型。

① 实验室笔记、日记和备忘录。它是内部和非正式交流的文献。虽然其原始性、新颖性很高,但可获得性很低。

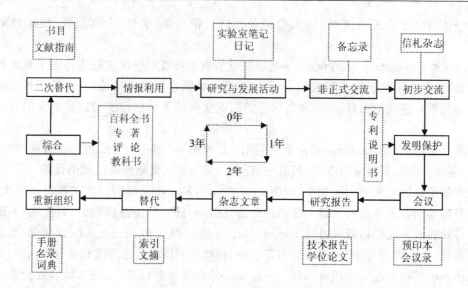

图 1-3　科技文献历史性变动结构图

② 信札杂志。它属初步交流的产物,从中可获得科学前沿的某些信息,但语焉不详。

③ 专利说明书。它是进入正式交流的较早的文献,代表了新颖的实用技术知识且数量巨大,因而是重要的科技信息来源,也是文献检索的重点对象之一。

④ 会议文献。它产生于科技会议,是同行们面对面交流的结果。这类文献包括了理论与技术成果的首次公开。由于会前经过会议组织者的筛选,因而能体现一定地区科技工作者在一定科学领域研究的当前学术水平。所以,会议文献是有分量的科技情报源,并为科技工作者之间提供了进一步联系交流的渠道。

⑤ 研究报告与学位论文。它是单篇专题的研究性文献。这类文献就其论题的范围来说,有探索性,有较高的深度,数据具体,引用与述评前人成果有据,并且本身具有完整性。研究报告作为一项项目的结晶,具有对科研资助部门的指导者负责的严肃性。研究报告的数量很大,因而作为研究性情报源的地位是确定无疑的。这类文献与专利文献一样,在编制检索工具和建立数据库方面往往自成体系。

⑥ 期刊论文。期刊作为一种学术交流的方式具有悠久的历史,已被人们普遍接受。它发表文章的速度要比图书出版的速度快。期刊的文章在选题、体裁、篇幅等方面的自由度较大,因而期刊的包容度大。期刊是连续出版物,其卷期随着时间的推移而与日俱增,因而能及时反映科学技术的进展,跟踪有关问题研究的轨迹。期刊品种繁多,易于订购和借阅,因而这一类科技文献信息量大,可获得性高,成为科技情报的主要来源。但期刊名称和刊期更改、老刊的停刊和新刊的产生、现有期刊的分化与合并,也给期刊文献的检索带来一些复杂因素。

⑦ 书目、文摘、索引。这些属于二次文献,即检索工具。它仅描述文献的外表特征和内容

特征,以信息压缩的方式"替代"和指引原始文献;不仅如此,二次文献本身就有一定格式,款目之间有一定的组织排列次序,能提供检索手段。计算机化的书目、文摘、索引就是书目数据库。

了解了上述科技文献的系统结构,就可以在进行文献检索时减少盲目性,提高文献检索效率。

根据科技文献的层次结构,可以从对文献的内容新颖与成熟程度的需要来选择不同层次和类型的文献;根据科技文献的历史性变动结构,则可以从对所需文献信息的时间要求来选择不同类型的文献。

1.4.3　科技文献的类型

由文献的定义可知:知识、记录方式和物质载体组成了文献,这是文献的内涵。而不同的知识内容、不同的记录方式和不同的物质载体,可形成不同类型的文献,这是文献的外延。根据不同的划分形式,科技文献可以划分为不同的类型。一般来讲,常按以下两种形式进行划分,即科技文献的物质载体形式和科技文献的出版形式。

按物质载体形式划分,可将科技文献划分为印刷型、缩微型、声像型和机读型文献(目前也称电子文献)。机读型文献又分为磁盘式和光盘式文献。在以上 4 种载体形式的科技文献中,缩微型、声像型和机读型等几种新型载体的文献正在迅速发展,尤其是机读型(或者说是电子型)文献,其数量不断增多,比重日益增大,大有与传统的印刷型科技文献抗衡的趋势。但是印刷型科技文献在众多文献载体中仍占有重要地位。

按科技文献的出版形式划分,可将科技文献分为 3 大类,即科技图书、科技期刊和特种文献(在有的教科书中,也有人将特种文献中的 8 类文献与图书和期刊并称为 10 大文献)。

1. 科技图书

科技图书(book)通常被认为是由正规出版社正式出版的出版物。其范围很广,包括专著、文集、教科书、普及读物、百科全书、年鉴、手册和词典等。其特点是内容系统、全面、成熟、可靠,但时效性较差。如果想对范围较广的问题获得一般知识,或对陌生的问题获得初步了解,参考科技图书是十分有效的。图书著录的主要外部特征是"书名、著者、出版社名称、出版地点、出版时间、图书总页数以及国际标准书号(ISBN)"。其中,出版社名称①、出版地点②、出版时间③及国际标准书号(ISBN)⑤是辨识图书的主要外部特征;而最方便用于辨识图书的英文词是 Press,Publication(Pub.),Publishers。例如:

- 孙平,任其荣. 科技信息检索. 北京:② 清华大学出版社①,1997③ 261 页④ ISBN 7302023727⑤
- Information Systems:Decision Support and KnowledgeBased Systems. Wailea, HI, USA, Publ by IEEE, Computer Society Press①, Los Alamitos, CA, USA②, 1994.③

2. 科技期刊

科技期刊(journal)俗称杂志,是定期或不定期周期性出版的连续出版物。科技期刊具有品种多、数量大、出版周期短、报道速度快、内容新颖和能及时反映当前科技水平等特点。期刊文献多数是一次文献。在期刊上发表论文是人们传递科技信息,交流学术思想所使用的最基本、最广泛的手段,因此期刊文献是科技人员吸取成果,掌握进展,了解动态,开阔思路的重要参考文献,所以要特别重视对科技期刊的使用。期刊文献著录的主要外部特征是"论文题名、著者、期刊的刊名①、卷号(Vol.)、期号(No.)②或年/月顺序号③、起止页号④、国际标准刊号(ISSN)⑤"。其中,①②③④⑤是辨识期刊文献的主要外部特征;而最方便用于辨识科技期刊的英文词是 Journal(J.)、Transaction (Trans.)等。例如:

● 马品仲. 大型天文望远镜研究. 中国的空间科学技术①, 1993, 13 (5)② p614, 60④ ISSN1000－758X.⑤

● Weaver, Diane Gilman IEEE Trans Prof Commun① v PC28 n2② Jun 1985③ p 2428.④

3. 特种文献

特种文献(special document)的概念是相对图书和期刊的概念而言的。这类文献多为一次文献,出版形式一般为单行本,其著录的主要外部特征中常常有号码。它报道及时,内容新、精、专、深,但多数不公开发行,因此获取原文比较困难。这类文献最常见的有以下几种:

(1) 科技报告

科技报告(sci－tech report)也称技术报告、研究报告。它是科学研究工作和开发调查工作成果的记录或正式报告,这是一种典型的机关团体出版物。科技报告萌芽于 20 世纪初,到 20 世纪中叶随着科学研究工作的大量进行,使研究报告的数量不断增加,逐步发展成为一大文献类型。

科技报告的特点是内容新颖、详细、专业性强、出版及时、传递信息快,每份报告自成一册,有专门的编号(即报告号,通常由报告单位缩写代码＋流水号＋年代号构成,如:NA-SACR186953(美国宇航局科技报告)、ADA207606(美国国防系统研究报告)、DE91011930(美国能源系统研究报告)、PB 90226341(美国民用系统研究报告)、AGARDR775(北大西洋公约组织研究报告)、HY93007(航空信息研究报告)等),发行范围控制严格,不易获取原文。因科技报告反映新的研究成果,故它是一种重要的信息源,尤其在某些发展迅速、竞争激烈的高科技领域,人们对其需求更为迫切。在我国,国家图书馆、上海图书馆、中国科技信息研究所和国防科技信息研究所等,收藏有较全面的科技报告。

科技报告的种类很多,按时间划分有初期报告(primary report)、进展报告(progress report)、中间报告(interim report)、终结报告(final report);按流通范围划分有绝密报告(top secret report)、机密报告(secret report)、秘密报告(confidential report)、非密限制发行报告(restricted report)、公开报告(unclassified report)、解密报告(declassified report)等。其著录

的主要外部特征是报告题目、责任者、研究机构(或是收藏机构)、报告完成的时间以及报告号(report no.)。其中报告号是科技报告的主要辨识特征,最方便用于辨识科技报告的英文单词是 report。例如:

- 吴志鹤. 高温光纤压力传感器具,HJB931134 11P
- Loams,R. J. Application of the FiniteElement Method To Semiconductor Modeling,Technical Report No. UMEPL014289 * TI, NTIS Accession No. PB287729,PB215783

目前全世界每年发表科技报告数量庞大,其中绝大多数产自发达国家,较著名的有美国政府的 4 大报告(PB、AD、NASA、DOE)、英国航空委员会 ARC 报告、法国原子能委员会 CEA 报告、德国航空研究所 DVR 报告等。我国从 1963 年开始进行科研成果的正式报道工作。

PB 报告是美国国家技术信息服务处 NTIS(National Technical Information Services)出版的报告。PB 报告由整理二战后的战利品逐渐转向报道美国政府资助的科研项目成果,其内容涉及广泛,几乎包括自然科学和工程技术所有学科领域,主要侧重民用工程,如土木建筑、城市规划、环境保护和生物医学等方面。PB 报告的编号为"PB+年代+顺序号"。

AD 报告是美国国防技术信息中心 DTIC (Defence Technical Information Center)出版的报告。AD 报告主要报道美国国防部所属的军事机构与合同单位完成的研究成果,主要来源于陆海空三军的科研部门、企业、高等院校、国际组织及国外研究机构。AD 报告的内容涉及与国防有关的各领域,如空间技术、海洋技术、核科学、自然科学、医学、通信、农业、商业、环境等 38 类。1975 年以来,通过报告号可以区分 AD 报告的密级:

AD - A000001—公开报告;

AD - B000001—非密限制发行报告;

AD - C000001—秘密、机密报告;

AD - D000001—美军专利文献;

AD - E0000001—美海军研究所报告;

AD - L0000001—内部限制使用。

NASA 报告是美国国家航空宇航局 NASA(National Aeronautics and Space Administration)出版的报告。NASA 报告的内容侧重于航空和空间科学技术领域,广泛涉及空气动力学、飞行器、生物技术、化工、冶金、气象学、天体物理、通信技术、激光、材料等方面。NASA 报告的类型繁多并有专利文献和学位论文等,通过报告号可以识别:

NASA - CP—会议出版物;

NASA - EP—教学出版物;

NASA - TN - D—技术札记;

NASA - TR—技术出版物;

NASA - Case—专利说明书;

NASA - SP—特种出版物;

NASA – TP—技术论文；

NASA – TR – R—技术报告；

NASA – CR—合同户报告；

NASA – TB—技术简讯；

NASA – TM – X—技术备忘录；

NASA – TT – F—技术译文。

DOE 报告是美国能源部 DOE(Department of Energy)出版的报告，其前身是 AEC 报告和 ERDA 报告。DOE 报告的内容已由核能扩大到整个能源领域，包括能源保护、矿物燃料、化学化工、风能、核能、太阳能与地热、环境与安全、地球科学等。DOE 报告主要报道能源部所属的研究中心、实验室以及合同户的研究成果，也有国外能源机构的文献。DOE 报告没有统一的编号，它的报告号是由研究机构名称代号＋顺序号组成。

（2）会议文献

会议文献(proceeding, paper)是指各类科技会议的资料和出版物，包括会议前参加会议者预先提交的论文文摘、在会议上宣读或散发的论文、会上讨论的问题、交流的经验和情况等经整理编辑加工而成的正式出版物。广义的会议文献包括会议论文、会议期间的有关文件、讨论稿、报告、征求意见稿等，而狭义的会议文献仅指会议录上发表的文献。其印刷形式可以是单行本式的会议预印本(paper)，也可以是正规出版的会议论文集(proceeding)。

科技会议文献的特点是：传递新产生的但未必成熟的科研信息，对学科领域中最新发现、新成果等重大事件的首次报道率最高，是人们及时了解有关学科领域发展状况的重要渠道；涉及的专业内容集中、针对性强。围绕同一会议主题撰写相关的研究论文，文献论题集中，内容新颖、丰富、专、深、学术性、即时性强，能反映出一个国家、一个地区或国际上当前某一科学技术领域的最新成就、最高水平和发展趋势。由于许多最新研究成果往往首先在会议上发表，所以会议文献成为了解各国科技发展水平和动向的重要科技文献，而受到科技界的高度重视，成为科技信息的重要来源之一。科技会议文献还有一个重要的特点是数量庞大，出版不规则，出版形式多种多样，如会议录、期刊、科技报告、预印本等。

会议文献著录的主要外部特征是"论文题名、著者、会议名称、时间、地点、主办会议的单位"等。若是正规出版的会议录(论文集)，其主要外部特征是按图书格式著录；若是单行本，其主要外部特征是按报告格式著录，只不过这时是论文号(paper no.)，如 AIAA903933。最方便的用于辨识会议文献的英文词是 Proceeding 和 Paper。例如：

- 李辰芳. 提高固体推进剂燃速的研究. 中国航空学会固体火箭推进技术学术会议论文集，北京：中国宇航学会，1993. 10 p231 – 235。

- Chen, K. A. The Chip Layout Problem: An Automatic Wiring Procedure, Proceedings of the 14th Design Automation Conference, 1977, PP289302.

- Lancaster, J. W. ZPGX Design And Performance Characteristics For Advanced Naval

Operations. AIAA paper No. 771197，August 1977.

（3）专利文献

所谓专利，是用法律来保护科学技术发明创造所有权的制度。当专利申请案提出后和批准时，一般就由专利局公布由发明人呈交的申请说明书和正式说明书，用以说明该项发明的目的、技术梗概和专利权限。这种说明书就是所谓的专利文献（patent）。（注：实际上专利文献还包括有：专利公报、专利检索工具书、与专利有关的法律文件及诉讼资料等。这里所说的专利文献主要是指对科学研究具有参考价值的专利说明书。）

专利说明书包含了丰富的技术信息、法律信息和经济信息。它内容新颖、实用、涉及范围广阔，几乎包括了全部的技术领域。对工程技术人员，特别是产品设计人员来说，是一种较为实用而又颇具启发性的重要参考资料，也是现今的一种重要的科技信息来源。

专利说明书与其他类型的文献比较起来，另具有法律色彩。它一般包括：①发明的详细说明；②专利权范围；③插图。在说明技术问题的文字上，有时故意含糊其辞，以保守其技术关键；而在专利权范围部分，则采用严格的文字表达；以适应法律的需要。专利说明书的主要外部著录特征是发明人、发明名称、专利号（patent no.）。其主要辨识特征是专利号，如 UK Patent 1192037，23 October 1967；最方便的用于辨识专利说明书的英文词是 Patent。例如：

- WESE，Digital computer monitored and operated system or process Patent No. US 4889-706 21.06.83.

（4）学位论文

学位论文是高等院校硕士或博士毕业生为申请学位而提交的毕业论文。学位论文一般偏重理论，所探讨的问题比较专深，有时在某些方面有独到见解，对研究工作有一定的参考价值。学位论文一般还附有大量的参考文献，从中可看出有关专题的发展过程和方向，特别是博士论文，其后的参考文献几乎是某个专题的书目索引。但需注意的是：学位论文质量往往参差不齐。由于学位论文一般不出版发行，多属于非卖品，只供应复制品，取得原文的手续也较麻烦，一般需要到颁发学位论文的学校索取原文，因而不易为读者所利用。学位论文的主要外部著录特征是"著者、论文题名、颁发学位的大学的名称以及学位名称"等。其主要辨识特征是学位名称，如 Ph. D、MS 等；最方便的用于辨识学位论文的英文词有 Dissertation、Thesis。例如：

- Apsel，R. Dynamic Green's functions for layered media applications to boundary value problems PH. D thesis，University of California，San Diego，1979.

（5）政府出版物

政府出版物是各国政府部门及其设立的专门机构发表、出版的文件，内容广泛，大致可分为行政性文件（如法令、统计等）和科技文献。其中科技文献占整个政府出版物的 30%～40%，包括政府所属各部门的科技研究报告、科普资料和技术政策等文献资料。它们在未列入政府出版物之前，往往已被所在单位出版过。因此，它与其他科技文献（如科技报告等）有部分重复，但也有的是初次发表。目前，许多国家都设有专门机构（如美国政府出版局、英国皇家出版局等)负责办理政府出版物的出版发行工作。政府出版物集中反映了各国政府各部门对有关工作的观点、方针、政策,对了解某国家的科学技术和经济状况及政策,具有一定的参考价值。

(6) 标准文献

标准文献主要是对工农业产品和工程建设的质量、规格及其检验方法等方面所作的技术规定,是从事生产、建设的一种共同技术依据。每一件技术标准都是独立、完整的资料。它作为一种规章性的技术文献,有一定的法律约束力。标准的特点是新陈代谢频繁。随着经济条件与技术水平的改变,常不断进行修改或补充,或以新代旧,过时作废。按审批机构级别可分为国际标准、国家标准、部颁标准和企业标准 4 个等级。其主要辨识特征是标准号。

(7) 产品资料

产品资料是制造厂商为了推销产品而发出的以介绍产品性能为主的出版物,如产品目录、产品样本、产品说明书、产品总览、产品样本集和产品数据手册等。其内容大致为已定型产品的性能、用途、结构原理、使用方法、操作、规程和产品规格等。其特点是:技术成熟可靠,图文并茂,形象直观,内容全面具体,出版迅速,发行范围广泛,装潢美观,设计新颖,重宣传推广,轻信息,新陈代谢快。产品资料具有鲜明的商业性质,但因大多数样本附有产品性能、规格、外形照片、结构简图和线路图等,所以,它对科技人员选型和设计,进口国外产品和设备具有参考价值。

(8) 科技档案

科技档案是科学技术研究和生产建设部门,在科学技术研究和生产建设活动中形成的,有具体工程对象的技术文件、图样、图表、图片、原始记录的原本或代替原本的复制本等。它包括任务书、协议书、技术经济指标和审批文件、研究计划、方案、大纲和技术措施,有关的技术调查材料(原始记录、分析报告等)、设计计算、试验项目、照片、影片、录像、记录、数据和报告、设计图纸、工艺卡片及应该归档的其他材料等,是科学研究和生产建设工作中积累经验、吸取教训和提高质量的重要科技参考文献。

科技档案具有以下特点:

① 反映本单位科学技术研究、生产建设活动的真实历史记录,内容真实、详细、具体、准确可靠;

② 数量庞大,是科技储备的最完善、最可靠的形式;

③ 保密性较强,一般都有密级限制,主要为内部使用,借阅手续严格。

1.4.4　现代科技文献的整体特征与规律

现代科学技术的进步日新月异,无论是从它的发展速度、发展规模来看,还是从它对人类社会和经济生活的影响来看,都是前所未有的。作为记录和传播科学信息或知识的文献,更是直接受到科学技术发展的巨大影响。当今科学发展的最显著特点是"高速度"和"综合性"。

"高速度"表现在科研成果的大量涌现、科学知识的急剧增加和科学知识迅速地转化为社会生产力。科学技术上的发现、发明,从研究试验到推广应用的周期越来越短。"综合性"则表现在各学科间的渗透、交叉、转移、组合日益加强,一系列边缘科学、综合科学、交叉科学、横断科学相继出现,整个科学构成一个网络式的立体结构。而当代科学发展的这种"高速度"与"综合性"特点必然反映到文献中来,使现代文献从整体上呈现以下特征。

1. 数量急剧增长

科学技术的迅速发展,各种知识门类的不断增加,无疑会导致各知识领域的文献数量急剧增长。国外统计资料表明,科技成果每增加 1 倍,信息量就增加几倍;生产量翻一番,文献信息量就增加 4 倍。文献数量迅速增长庞大,一方面带来了丰富的信息资源,但数量浩繁的文献也产生了"信息污染",使得人们的信息检索工作更加繁杂与艰巨。

2. 内容交叉重复

现代社会文献量爆炸性增长,与文献的冗余规律有密切关系。现代科学技术综合交叉、彼此渗透的特点,必然导致知识的产生和文献的出版也相互交叉,彼此重复,具体表现如下:

① 各种学术机构、研究单位在科研选题上相互重复,反映其研究成果的文献内容也必然出现重复。

② 同一内容的文献以不同的形式、不同文字发表或出版。例如,一篇会议论文或技术报告,先在刊物上发表,又出单行本,再收入汇编本或论文集。

③ 世界各国为了及时了解和利用其他国家的科技成就,相互翻译出版了大量的书刊资料。

④ 再版和改版的文献数量在增多。

⑤ 各国出版商为提高声誉或追求盈利,争相出版发行内容雷同的热门书和新兴学科书刊,造成图书文献的大量重复交叉。

冗余文献虽然能扩大人们获得和接触这些文献的几率,但也使识别和使用这些文献变得非常困难。有材料表明,各类文献中,有用的信息内容仅占 25%。这就要求在收集文献时,必须加以认真区分、筛选,以避免不必要的重复。

3. 载体多样、文种复杂

现代文献的生产突破了传统的纸张印刷方式,声、光、电、磁等现代技术和化学塑胶新材料的广泛应用,使现代文献载体形式发生了重大变化,缩微、声像、光盘等新型文献载体相继问世。这些非纸质文献载体,或加大了知识信息的储存密度,或加快了信息的检索、传递的速度,或使人闻其声、见其形,获得直观的感受,从功能上补充了传统的印刷型文献的不足。除文献载体多样化外,世界各国文献使用的语种也在不断增多。过去,世界上科技文献大多数只用英、德、法几种文字出版,而现在,各国出版的科技期刊、连续出版物所采用的文种就有 70～80 种之多,比较集中的文种也有 7～8 种。语言障碍已成为文献收集、整理和利用的严重问题。

4. 载文聚散有序

现代科学技术不断分化、不断综合的发展趋势,使各学科的严格界限逐渐消失,各学科之间的相互联系逐渐加强。由于这一原因,使得文献的分布呈现出既集中又分散的不均匀现象。如相当数量的专业论文相对集中刊载在少量的专业期刊中,其余数量的专业论文却高度分散刊载在大量非专业期刊中。另外,文献分布的不均匀现象还表现在:一种专业期刊不仅刊载本学科的论文,也发表许多相关学科或相邻学科的论文;而同一专业的论文不仅发表在本专业刊物上,也出现在许多不同专业的刊物上。

科技期刊载文这种既集中又分散的现象引起了人们的重视。有专家对此进行了专门研究,发现了其中文献的分布规律,即某一学科文献在期刊上载文量的多少,是随着该期刊与该学科的疏密程度发生增减变化的。关系越密切,载文量越多,期刊的种数就越少;关系越疏远,载文量越少,期刊的种数就越多。这表明,每一学科或专业的文献,在科技期刊群中的分布,总是相对集中在少数专业期刊中,同时又高度分散在数量庞大的相关专业与相邻专业的期刊中。上述的少数专业期刊即为常说的核心期刊。核心期刊对本学科的文献载文率最高,信息量最大。在文献收集工作中,如果紧紧跟踪本学科、本研究领域中的核心作者,盯住核心期刊,瞄准核心文献,就能以有限的经费获得质量高、使用率高的文献,从而在开发利用文献资源时事半功倍。

5. 新陈代谢频繁

科学技术的迅速发展,新理论、新观点、新技术、新产品的层出不穷并迅速更新加速了知识与信息的新陈代谢。记录知识与信息的文献的有效使用时间日益缩短,失效周期日益加快。通常人们用文献的有效使用时间衡量"文献寿命"。西方国家普遍认为,80%～90%的科技文献的使用寿命为5～7年。随着科学技术的发展,时间还有进一步缩短的趋势。另外,学科不同,其文献的寿命也不相同。像一些基础科学(如数学)文献的寿命可能就长一些,而应用科学(如计算机)文献的寿命就要短得多。

1.5　信息源

随着信息技术和网络技术的快速发展,信息产生的来源和渠道也大大拓展。信息源已由单一的实体信息源——文献馆藏系统,拓展为实体信息源与虚拟信息源并存。国际互联网已成为最大的虚拟信息源。为了充分有效地利用上述各种实体文献和各类网上信息,现对实体文献信息源——文献馆藏系统和虚拟信息源——网络资源简介如下。

1.5.1　实体信息源

1. 图书馆系统

"图书馆"一词源于拉丁文(idrara),意义为藏书之所,反映了萌芽状态图书馆的最初含义。

后来人们把图书馆称为"藏书楼"。那时,图书馆的主要职能是搜集和保存图书。随着人类社会的进步和发展,图书馆的性质和职能都发生了重大的变化。现代图书馆,已远远不只是搜集和保存人类文化遗产,而是成为搜集、整理、存储、传递文献信息,为一定社会的政治和经济服务的文化教育机构,以及知识信息开发和利用的中心。它通过向读者提供书刊资料及其他知识、信息载体为社会服务。随着互联网的崛起,图书馆的"知识"与"情报"职能将在社会生活中表现得更加强势。一般图书馆的主要服务项目有:

(1) 流通阅览

此项服务主要是为读者借阅图书、期刊和其他文献资料提供方便。图书馆设有目录室或目录厅,提供卡片目录(一般有分类目录、书名目录、著者目录、主题目录等)和计算机公共查询系统(OPAC)。读者可根据自己的不同需要,利用公共查询系统和卡片目录找到所需文献后,到借阅处办理借阅的手续。图书馆的阅览室和开架书库,读者可直接进入,自行选择所需文献资料,但阅览室的书刊资料一般不外借,可以提供复印与复制件的服务。另外,许多图书馆还为读者承办馆际互借业务。

(2) 参考信息咨询

此项服务是根据读者在查找图书资料过程中提出的各种问题给予解答,提供定题或回溯信息检索服务和课题查新、原文代查等服务。

(3) 用户培训

辅导读者学会利用检索工具、检索系统和馆藏,辅导读者阅读书刊文献。辅导的方式有:书面方式,如印发材料、出版报等;口头方式,如举办讲座、现场指导等。还有利用电影院、电视、广播等手段来扩大辅导面。

根据各具体图书馆的性质与任务、服务对象和藏书内容的不同,我国图书馆一般可分为公共图书馆(如国家图书馆,省、市、自治区图书馆,县、区图书馆等)、高校图书馆(如清华大学图书馆、北京大学图书馆等)和专业图书馆(如科学院图书馆,各研究院、所图书馆等)。

其中中国国家图书馆(National Library of China)的前身是建于清代的京师图书馆,于1909 年(清宣统元年)御批兴建,中国国家图书馆是综合性研究图书馆,是国家总书库。履行搜集、加工、存储、研究、利用和传播知识信息的职责。国家图书馆是全国书目中心、图书馆信息网络中心,在全国图书馆标准化、规范化、数字化、网络化建设中起骨干作用。中国国家图书馆除了承担国家总书库和书目中心的重任外,也面向公众提供信息资源服务。

中国科学院国家科学图书馆是支撑我国科技自主创新、服务国家创新体系、促进科学文化传播的国家级科技文献情报机构,主要为自然科学、交叉科学和高技术领域的科技自主创新提供文献信息保障、战略情报研究服务、公共信息服务平台支撑和科学交流与传播服务。它主要提供科学类的图书资源,其期刊联合目录建设得很有特色,国内外期刊收藏比较齐全。

2. 科技信息系统

科技信息中心也是一种文献收藏系统,它是由政府各级科技局、各部委、科学研究机构、大型厂矿企业管辖下的信息研究机构等组成。

信息中心的工作重点是搜集各种科技、生产、经济情报,进行情报调研,为各级领导提供情报决策,为社会各行各业提供信息服务。全国性和许多大型信息中心还负有编译出版检索工具书的任务。它的收藏重点是中外文检索工具和期刊、各种特种文献,以及有关社会、经济、科技、生产、市场等方面的情报和信息。它以情报信息服务为中心,内容丰富多彩。例如,提供情报决策,进行情报调查研究,定题或回溯信息检索,为申请专利或科技成果申报查重、查新,数据、事实检索,科技成果转让推广服务,编译专题资料等。

3. 其他类型馆藏系统

除以上馆藏系统外,还有一些特殊文献收藏系统,如专利局(馆)、标准局和技术档案馆(室)等。

① 专利局。专利局是有专利制度的国家的一个政府机关(如中国专利局),它用法律保护发明人的发明独占权。为了工作,它收藏有完备的专利文献。具体包括有:专利说明书、专利公报、专利检索工具书、与专利有关的法律文件及诉讼资料等。专利局对外提供专利文献和复制专利文献的服务。

② 标准局(馆)。标准局(馆)是国家批准"标准"的权威机关。它收藏有系统完整的国内外标准文献,可供广大科技工程人员查找参考。

③ 技术档案馆(室)。各政府部门、机关、厂矿企业、事业单位都设有大大小小不同的技术档案室,这些档案室保管着大量本部门宝贵的产品资料和技术档案。这些资料都具有重要情报价值。技术档案都有保密性和内部控制使用的特点;但也有解密档案,我们可以充分利用内部控制使用的特点和解密部分查寻所需信息。

最后需要说明的是,随着图书信息的一体化,图书馆系统和信息系统有时是不能截然分开的,如上海图书馆和上海科技信息中心现已合并为一个实体。

1.5.2　虚拟信息源——互联网免费信息资源

1. 虚拟图书馆

所谓虚拟图书馆实质上是一种 Internet 利用工具,它是针对某一个学科或领域的研究者的需要,将互联网上与这个学科或领域有关的各种资源线索,包括与该学科或领域有关的研究机构、实验室、电子书籍、学术期刊、会议论坛、专家学者等的 URL(即统一资源地址,也就是通常所说的网站的网址,具体含义见 4.2.2 小节)系统地组织起来,存放在某一个网站内,供大家浏览或者检索。

在访问某一学科的虚拟图书馆网页时,通过点击相关的超链接(具本含义见 4.2.2 小节)就可以浏览到大量相关资料。由于虚拟图书馆汇集了大量丰富、原本零散的网络信息,使得它的功能就像一个图书馆一样。但这个"图书馆"存之于网络,没有实地的场所和馆藏,因而是虚拟的,这是人们最初把它称为虚拟图书馆的缘由。

这类虚拟图书馆最大的好处是访问一次，就可以同时获得很多资源，省去了在网上查找资源链接的过程，从而有更多的时间去研究获取到的信息是否有参考价值；另外，这些资源是经过专门整理与挑选、分门别类组织在一起的，非常方便查找。例如："重点学科网络资源导航门户（http：//202.117.24.168/cm/main.jsp）"。

2. 网络开放获取资源

科学信息研究所 ISI（Institute for Scientific Information）对网络开放获取资源 OA（Open Access）资源下了一个简单的定义，即：OA 资源是任何经由同行评论的电子期刊，以免费的方式提供给读者或机构取用、下载、复制、打印、发行或检索文章。作者可保有著作权，但在出版前需付 500～1 500 美元予出版社。

OA 的出版方式包含很广，有出版后全文完全免费利用，有的则限于出版一年后，全文才公开，有的出版社甚至仅提供免费的目录或摘要内容。网络开放获取资源的出版模式一般有 OA 电子期刊和 OA 文档（或 OA 仓储）两种发布方式。

OA 电子期刊是近年来出现的一种期刊出版形式，这类电子期刊的特点是出版费用主要由论文作者支付，读者可以免费使用。由于 OA 期刊的稿件大多是同行评审，因此不同于一般的免费期刊，它的质量有保证，利用价值较高。国外的开放获取资源出版做得比较好，国内的开放获取资源出版也在逐步发展中，相信会有越来越多的中文开放获取资源提供给用户使用。常用的开放获取资源有：

- arXiv.org（www.arXiv.org）。一个专门收集物理学、数学、计算机科学和生物学学术论文电子预印本的开放访问典藏资源。
- CiteSeer（http：//citeseer.ist.psu.edu）。一个自主开发的关于计算机、信息科学学术论文和预印论文引文索引。
- PubMed（www.biomedcentral.com）。收集了大量生命科学领域免费电子期刊。

3. 免费专利文献

世界上有 90%～95% 的最新技术资料首先反映在专利文献中。通过对专利文献的检索，可以了解和探索一个领域的历史、现状和发展方向，帮助我们以最佳的方案、最小的投资、最短的时间获取最大的利益。专利文献，对企业家、学者及发明人来说，都具有很高的使用价值。主要提供的免费专利文献网有：

- 中国国家知识产权局（http：//www.sipo.gov.cn/sipo/zljs/default.htm）：全部中国专利的题录、文摘、说明书全文和法律状态信息，数据库每周更新一次，完全免费下载。
- 欧洲专利局（http：//gb.espacenet.com）：EPO 各成员国数据库，EP—espacenet 数据库、PCT 数据库、世界范围专利数据库（Worldwide），JP 专利摘要数据库（Patent Abstract of Japan）。
- 美国专利商标局（http：//www.uspto.gov/patft/index.html）：提供美国授权专利、专利申请公布、基因序列专利、专利公报、美国专利分类表及其专利法律状态数据库检索服务等。

● 日本专利局(http://www.jpo.go.jp)：英文版日本专利局工业产权数字图书馆主页上数据库主要有：专利与实用新型公报数据库、专利与实用新型对照索引、FI/F - term 分类检索、日本专利英文文摘(PAJ)等。

4. 网络文献数据库

网络文献据库多是实体馆藏文献资源的数字化，由于它是经过专业人员搜集、加工、存储、选择、控制、转化、传递而形成的，帮读者或用户进行了知识鉴别和精选，所以它能确保所提供知识的专业性、准确性、可借鉴性和实用性，用户可以直接使用。这也是专业数据库和目前网络中大量免费资源的最大区别。

专业文献数据库包括期刊全文数据库、图书数据库、会议论文数据库、学位论文数据库及相应的文摘库等。

第 2 章   文献信息检索

在第 1 章对信息与文献已有了基本的了解。但如何从浩如烟海的文献或信息中快速高效地获取有用的信息呢？即要掌握哪些检索基本知识呢？这是本章要解决的问题。

虽然随着科学技术的飞速发展，特别是近年来计算机、网络通信技术的高速发展，文献信息检索的途径与手段越来越多，方法越来越简单，但是面对如此浩瀚的信息，如果不掌握文献信息检索的基本知识，在文献信息检索过程中也是很难达到事半功倍的成效的。下面就文献信息检索中常用到的基本概念、基本术语作系统的介绍，以期对读者在理解和使用具体检索系统时有指导和帮助作用。

2.1   文献信息检索的含义

从字面上，文献信息检索可以简单地理解为从信息集合中查找出所需信息的具体过程，相当于人们常说的信息查寻(information search)。这是狭义的文献信息检索概念。然而，任何信息的查找都是以信息的存储为前提的。因此，广义的文献信息检索概念应包括文献信息存储和文献信息检索两个具体过程，所以它又称为文献信息存储与检索(information storage and retrieval)。存储过程是指将信息中具有检索意义的特征标示出来，编制检索工具，建立检索系统的过程。检索过程则是指根据信息特征，利用检索工具和检索系统查找所需信息的过程。这两个过程是密切联系、不可分割的。存储是检索的前提或基础，检索则是存储目的的实现。

因此，信息检索的基本原理就是采用压缩信息的方法进行存储，并在存储的逆过程中把所需信息找出来。所谓逆过程，是指查检时的思路与存储时的思路相一致，只是操作程序的方向相反，形象地说，即为"怎么放进去，就怎么取出来"。例如：现有一本图书，书名为《高等数学教程》。图书馆在对这本图书进行分类管理处理时，是根据"中国图书分类法"，把这本书的信息压缩变为分类号"O13"。然后存储到图书馆的"分类目录"(一种检索工具)中。因此，到图书馆来查找这本书时，首先应该利用"中国图书馆分类法"将"高等数学"这一概念转化为分类号"O13"，然后，在"分类目录"中查找"O13"类。这样查检的思路与存储的思路是一致的。假如查检的思路与存储的思路不一致，即图书馆分类编目时将这本图书归入"O13"类，而读者查找时到"N"(自然科学)类去找，就不可能查出这本图书。认识文献信息检索基本原理的目的就在于将存储和检索作为一个整体来看待，从而在工作中做到原则一致，互相呼应，以使文献信息检索过程顺利实现。

　　由于检索对象的信息,通常是以各种形式存在于不同类型的文献中,检索所获得的信息结果也有所不同,因此根据其检索对象的不同,人们又将文献信息检索分为书目检索、文献检索和事实与数据检索。

1. 书目检索

　　书目检索(biliographic search)是以整本图书、期刊、会议录(而非其中的文章)作为检索对象的一种检索。从广义而言,它是文献检索的一部分。

　　书目(bibliography)种类很多,主要可以分为两大类:一类为图书馆或文献收藏单位的馆藏书目,也叫图书馆目录(catalog)。它可以是某一个图书馆的藏书目录,也可以是几个图书馆的藏书目录(这时称为联合目录(union catalog))。另一类书目为非藏书目录,主要有国家书目(汇集一个国家所出版的图书)、出版社书目、书商书目及各种各样的推荐书目等。后一类书目仅仅告诉人们有这种文献,至于哪里有收藏、可以借阅,书目本身无法告知。

　　另外,书目从载体上区分,亦可分成机读目录 MARC(Machine Readable Catalog)和非机读目录两大类。非机读目录是指传统的卡片式目录、书本式目录、缩微型目录、穿孔式目录等。机读目录则指机读书目数据库。

　　书目检索得到的检索结果一般是图书、期刊和会议录等出版物。

2. 文献检索

　　如果有用信息是存在于一次文献中,那么为了获得有用的信息,必须先查到相关的一次文献,然后通过对这些相关文献的内容进行归纳概括,从而得到有用的信息。这样一种文献信息检索实际上已转化为对文献的检索,故称为文献检索(document retrieval)(也称为间接检索)。因此,文献检索是以文献原文为检索对象的一种检索。凡是查找某一主题、某一学科、某一时代、某一地区、某一著者及某一文种的有关文献均属于文献检索的范畴,例如:查找目前世界上有多少篇关于"飞机材料疲劳断裂问题的研究"的文章等。文献检索是一种相关性的检索,其检索结果只是文献线索。通过文献检索只是知道了这些文献的出处和收藏处所,还必须根据线索进一步找到这些文献,阅读后,才完成了最后的文献信息检索。

3. 事实与数据检索

　　如果信息以浓缩重组的形式存在于三次文献中,即以事实和数据形式出现,这样的文献信息检索已转化为对"事实与数据"的检索,故称为事实与数据检索(fact and date retrieval)(也称为直接检索)。因此,事实与数据检索是以数据和事实为对象的一种检索,包括查找某一数据、公式、图表、词语以及某一物质的化学分子式以及某一事物发生的时间、地点及过程等。例如查找"某种型号飞机的体积、机动性能如何?""某高速公路有多长?""Information 的中文含义是什么?"等。它是一个确定性检索,检索结果是直接可以利用的信息,只是有与无、正确与错误之分,无须再查找相关的一次文献。由于文献检索是文献信息检索中较为重要的一部分,故日常人们在运用这两个术语时,常常不加区别。为此,可以这样理解,当说文献信息检索时,就是指检索文献中所含的情报信息,而说文献检索时,则指的是检索含有所需情报信息的文献。

2.2 检索系统的构成

由文献信息检索概念的含义可以看出，文献信息检索的全过程涉及多种因素。按照系统论的观点，这些因素集合而成的整体就是检索系统。

检索系统内部的这些因素不是简单地堆积在一起，而是互相影响、互相制约的。从系统的整体功能出发，去设计规划各因素的构成方式及其相互关系，可以使整个检索系统的功能得到改善，从而获得较好的检索效果。这也正是把对文献信息检索过程的研究引向对文献信息检索系统研究的意义所在。文献信息检索系统是一个动态系统，系统的基本构成如图 2-1 所示。

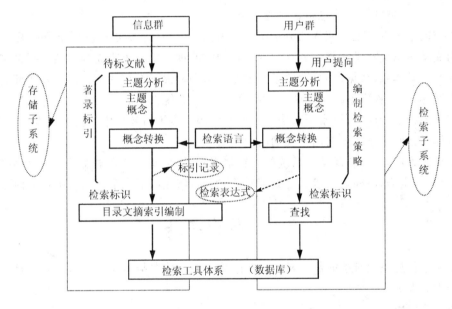

图 2-1　文献信息检索系统构成图

由图 2-1 可以看出，检索系统包括两个子系统：存储子系统和检索子系统。存储子系统的主要功能是通过著录、标引等手段建立检索工具体系，检索子系统的功能是通过编制检索策略在检索工具体系（数据库）中查找信息。具体说来，这两个子系统内部的工作过程如下：

在存储文献时，文献信息标引人员首先要对文献信息的内容进行主题分析，使之形成若干能反映文献信息主题的概念。然后借助于检索语言（分类法、主题词表等）把这些概念转换成检索词汇，形成检索标识。从对文献信息的主题分析到检索标识形成的这一段工作就是文献信息的著录标引工作。再把这些检索标识以标引记录的方式加以组织或输入计算机，形成被称为检索工具的检索体系（印刷型/电子型）。

在检索信息时,文献检索人员首先要根据用户提问确定用户所需信息的实质内容,形成主题概念,然后借助于各种检索语言,把主题概念转换成检索词汇,并按实际需求把这些词汇之间的逻辑关系表达出来,形成检索表达式。从用户提问进行主题分析到检索表达式形成的这一过程,就是编制检索策略的过程。如同把存储阶段形成的标引记录看做信息著录一样,也可以把检索阶段形成的检索表达式看做用户提问著录。两种著录的区别在于,前者的著录结果是对信息内容和形式特征的逐一记录,而后者的著录结果所表达的各主题概念之间通常含有逻辑性。检索表达式形成后,检索人员采用各种检索手段,将检索表达式与检索工具中的检索标识进行相符性比较,将符合检索表达式的结果输出给信息用户(注:信息用户有时自己就是检索人员)。在手工检索过程中,相符性的比较是由人脑进行的,而在计算机检索过程中,则由计算机担负两者间的匹配工作。

至此,一个具体的文献信息检索过程结束。

从以上两个子系统工作流程的分析中可以看出,二者的主要步骤基本上是一样的。这进一步说明文献信息检索是文献信息存储的逆过程的原理。检索语言充当了两个子系统中间的桥梁。检索工具体系(数据库)是存储子系统的归宿和检索子系统的查找范围及匹配的依据。

综上所述,整个检索系统包括两个子系统,每个子系统又由若干因素组成。在存储子系统中主要有著录标引的因素,检索子系统中主要有编制检索策略和检索手段的因素。检索语言、检索工具体系是两个子系统共同涉及的因素。

作为检索人员,尽管涉及整个系统的内容都很重要,但更关心与检索子系统有关的因素,如检索工具、检索语言、检索手段和检索策略等,据此,将在以下几节重点讲解这些内容。

2.3　检索工具

根据文献信息检索对象的需要,针对"文献检索"和"数据与事实检索",检索工具相应地按其功用分为两大类。

1. 控制检索型

控制检索型(information：control and access)检索工具也就是常说的文献检索工具,是用于检索文献线索的检索工具。这一大类检索工具的功用是向用户提供经过加工、整理,并按照一定的方式排列的文献资料线索、出处等。换言之,此类工具书不直接提供读者所需的资料信息,但读者可凭借此类工具书提供的线索,在浩如烟海的文献中,较方便地找到自己所需的文献资料(原始文献),从而获取有用信息。这类检索工具大多是连续出版物,一般是被称作文摘、题录(目录)、索引的一些二次文献,如《全国报刊索引》《科学文摘》《工程索引》等。

2. 资料型

资料型检索工具(sources of information)也就是常说的参考工具书,是用于事实与数据检索的检索工具。这类工具书本身便可提供读者所需的资料信息,如百科全书、字(词)典、年鉴、手册、名录、目录和指南等。参考工具书是对知识进行分类、提炼、加工、浓缩和重组而形成的一种检索工具。这类检索工具大多以图书的形式出版，属于三次文献。从外部特征来看，它就是一本图书，但在内容与编排方面，它与普通图书有本质的区别。如在内容知识方面，它收集材料广泛，文字简明，信息高度浓缩；而在内容编排方面，它采用了具有检索功能的序列方式，或按分类方式或按主题方式排列。此外，它还具有完备的检索系统，使人们能快速、准确地查到需要了解的有关知识与资料。参考工具书集检索性、汇编性、浏览性等特点于一身，具有丰富知识面、解难释疑、提供参考资料、节省时间与精力等作用，是一类非常重要的工具书。

　　总之，无论是控制检索型还是资料型检索工具，都是用来回答用户的各种提问的，只是不同的检索工具揭示信息的角度、广度和深度有所不同，用户只有灵活应用这两种检索工具，才能找到所需的信息。

2.3.1　文献检索工具

1. 类　型

　　文献检索工具根据不同的划分标准，可以分为不同类型。如：按检索方式划分，检索工具可分为手工文献检索工具和计算机文献检索系统；按收录范围划分，检索工具可分为综合性文献检索工具、专业性文献检索工具和单一性文献检索工具 3 种；按出版和载体形式划分，检索工具又可分为印刷、卡片、磁带、光盘和缩微制品、数据库等形式；按收录文献的对象和揭示方式来划分，则有目录、索引和文摘等类型。

　　目录、索引、文摘是最基本的分类形式，下面详细介绍。

　　(1) 目　录

　　目录(Catalogue)是对出版物进行报道和对图书资料进行科学管理的工具。它是历史上出现最早的一种检索工具类型。对于科技文献检索来说，下列目录比较重要：

　　① 国家书目　这是对一个国家出版的全部图书所作的登记统计性书目，可以反映一个国家的文化、科学和出版事业的水平。例如《全国总书目》和《全国新书目》就是我国的国家书目。它对检索图书信息很有用处；但是由此查到的图书，其内容却比较陈旧。

　　② 出版社与书店目录　这是及时报道图书出版情况的目录，往往称为在版目录(books - in - Print)。这类图书目录对于检索国内外科技新书，有比较重要的作用；但对那些专业面较窄和小语种的图书报道较少。

　　③ 馆藏目录　包括图书馆、信息部门的文献馆、资料室等部门的藏书目录。它代表实有之书，主要在查找原文时使用。

　　④ 联合目录　这是汇集若干图书馆和信息部门的馆藏信息的目录。它的作用是把分散在各处的藏书，从目录上联成一体，从而为充分发挥藏书潜力，开展馆际互借和复制，进行采购协调等工作创造有利条件。从检索角度来讲，它可以免去分别查阅各馆藏目录的麻烦，扩大文献取得的范围。

⑤ 专题文献目录　　这是根据生产、科研的需要，围绕某些专门课题，根据馆藏文献，并网罗国内外的文摘、索引、目录中所著录的有关文献线索而编成的，报道一定时期内各种文字、各类文献的检索工具。

（2）索　引

所谓索引（index），就是将书籍、期刊等文献中所刊载的论文题目、作者以及所讨论的或涉及的学科主题、人名、地名、名词术语、分子式和所引用的参考文献等，根据一定的需要，经过分析，分别摘录出来，注明其所在书刊中的页码，并按照一定的原则和方法排列起来的一种检索工具。借助于索引的指引，人们可以"按图索骥"地获得"隐藏"在文献中的各种信息资料的出处。因此，索引是揭示包含在出版物中的信息的钥匙。

索引和目录是不同的。一般来说，目录所著录的，是一个完整的出版单位，例如一种图书、一种期刊、一种报纸、一份标准等；而索引所著录的则是一个出版物中的某一部分、某一观点、某一知识单元，例如揭示期刊中所刊载的论文等。索引揭示文献内容比目录更为深入和细致，这是它与目录相比较的一个非常主要的区别。因此，索引法的运用比目录广泛得多。在不少目录、文摘甚至索引的正文后面，往往还附有辅助索引。在这种情况下，索引和目录最易使人混淆。

索引大体可分为篇目索引和内容索引两种。

① 篇目索引：主要是揭示期刊、报纸、论丛、会议录等所包含的论文。它把这些论文一一分析著录出来，按分类或按主题、作者、篇名的字顺排列起来，是供查找各篇论文的工具，常以期刊的形式出版发行。它是最简单的文献报道形式，著录项目包括论文题目、作者、出处（所在期刊名称、卷期、页码等），一般无简介或摘要，因此它又称为题录。

② 内容索引：是将图书、论文等文献中所包含的实物，即人名、地名、学术名词等内容要项摘录出来而组织成的索引。它常常附于年鉴、手册和专著的后面，也可以单独成书。它是帮助查阅文献中所包含的各项知识的有效工具，是揭示文献内容的钥匙。内容索引比篇目索引更深入，更能提供文献中所包含的信息。

（3）文　摘

文摘（abstract）是系统报道、积累和检索文献的主要工具，是二次文献的核心。其结构、内容及出版发行方式都类似于篇目索引（题录），只是增加了论文的内容摘要。其目的在于使科学技术工作者能以较少的时间和精力，掌握有关文献的现状及其基本内容，了解本专业的发展水平和最新成就，从而吸取和利用别人已有的工作成果，避免重复劳动。文摘可以节省科技人员的时间和精力。在某些情况下，阅读文摘可以代替阅读原文。当然，它不能全部代替阅读原文，但是通过文摘来选读原文就比较准确和省事，可使科技工作者在寻找和选择资料上避免消耗大量时间。对于没有能力阅读外文和掌握语种不多的人，文摘是掌握国外文献的重要途径。文摘既可查寻文献，又可简要地了解文献内容，具有多方面的职能。但是它的主要作用还是解决查找的问题。只有在找得全、查得准的前提下，阅读摘要才更有意义。

根据以上分析可知,上述各类文献检索工具虽各不相同,但它们之间是有密切联系的。文摘、篇目索引和专题文献目录的主要用处在于提供文献线索,即给出关于某一课题,在世界上已经发表了哪些文献。至于要根据这些线索去取得原始文献,那就要了解这些文献的收藏处所,这样往往需要靠馆藏目录和联合目录。前者的优点是一个"广"字,即广辟文献来源;后者的优点是一个"实"字,即代表实有的文献。进行科技文献检索,既要讲广,又要讲实;既要视野宽广,又要有实际利用的可能。因此二者之间的关系是互相配合的关系。概括起来说,文摘(包括题录)的主要作用在于查找文献线索;目录的主要作用在于查找原文;而索引(除篇目索引外)的主要作用则在于帮助人们进行快速查找。

一般说来,有了联合目录,相应的馆藏目录可以被代替;有了累积索引,相应的现期索引可以被代替。因此,要注意使用联合目录和累积索引,以便节省时间和精力。

2. 构成部分

目前,世界上文献检索工具数量庞大,种类繁多,内容复杂。因此,即使想只对本专业的检索工具作一比较详细的了解,几乎都是不可能的。但是,同任何事物一样,检索工具既有其个性的方面,也有其共性的方面。如果掌握了检索工具的共性,那么在使用每一种检索工具时,就能够举一反三。下面要介绍的文献检索工具的一般结构就是各种文献检索工具所具有的共性。文献检索工具一般由目次(目录)、使用说明、主体部分、索引和附录 5 部分构成,如图 2-2 所示。

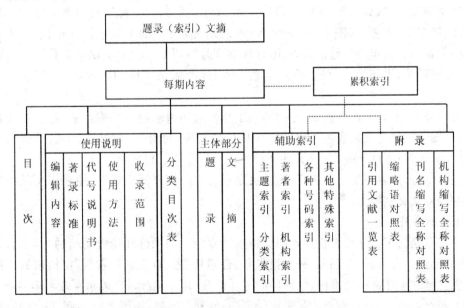

图 2-2　检索工具的一般编排构成图

（1）使用说明

这一部分，主要介绍该检索工具的收录范围、编排方式、著录格式、各代码含义、使用方法和出版发行沿革等。读者在利用一种新的文献检索工具时，应首先阅读其使用说明部分的内容。

（2）目　次

一般是该种文献检索工具使用的分类体系。读者根据待查文献所属学科或专业对照该目次，即可知道有关文献在检索工具正文的大致页码。

（3）主体部分

也称为文献条目，这是文献检索工具的核心部分。文献检索工具主体部分的编排方式一般分为分类式和主题式两种：

- 按分类式编排的检索工具是以分类号和类目作为检索标识，在每一个类目下，列出有关的文献条目，如图 2-3（摘自《中国导弹与航天文摘》1994 Vol．. No.2）所示。
- 按主题式编排的检索工具则是以主题词作为检索标识，在每一个主题词下，列出有关的文献条目，如图 2-4（摘自《The Engineering Index Monthly》Vol.24 No.1）所示。

对于题录型条目（如图 2-3 中的Ⓐ所示），每条文献款目的著录内容主要为"文献的外部特征"，如文献的索取号①、篇名②、著者③、著者所在单位④、来源出处⑤（此处是刊名、年、期、起止页码、国际标准刊号）。

对于文摘型条目（如图 2-3 中的Ⓑ和图 2-4 中的Ⓒ所示），除了要著录文献的外部特征索取号①、篇名②、著者③（图 2-4 中的 Anon 表示著者名不详）、著者所在单位④、来源出处⑤（图 3-2 是"刊名、年、期、起止页码、国际标准刊号"；图 2-4 是"会议录名称、会议地点、时间、会议出版单位、出版地、会议录的总页数"）外，还要著录文献的内容特征，即著录文摘内容⑦。

除此以外，为了方便读者查阅，好的检索工具一般还著录有一些附加的信息，如文摘号⑥（题录号）、图、表、参考文献数量⑧以及文摘员代号⑨等，如图 2-3（摘自《中国导弹与航天文摘 1994 Vol.1 No.2》）及图 2-4（摘自《EI》1986 Vol．. No.1）所示。

在这一部分，读者主要是要认真阅读，决定取舍，并由"来源出处"一项根据文献的外部特征准确判断原文文献类型。

（4）辅助索引

这一部分是为了方便读者快速查阅而特别设立的。如果已知待查文献的主题词、著者姓名、机构名称或各种号码（专利号、科技报告号、合同号等），直接利用索引，由给出的文摘号可查得所需文献在主体部分的页码，从而导向主体部分（注：一般来讲，文摘号是主体部分每条记录的排列顺序流水号）。这样查找起来比较迅速、便利与准确，如图 2-5～图 2-8（摘自《中国导弹与航天文摘 1994 Vol.1 No.2》）所示。

02 空气动力学①

Aerodynamics⑧

AqFb①　　　　　　　　　　　　　　　　　　　　940801⑥

一个几近等反力度涡轮的计算及讨论②＝**Computation and discussion of a nearly constant degree of reaction turbine stage**　〔J,a〕/崔济亚③(北京航空航天大学④)//推进技术.——1993,(4).—14～17.—ISSN1001-4055⑤

Aq Gd①　　　　　　　　　　　　　　　　　　　940802⑥

几何参数对叶栅失速流场的影响②＝**Experimental study on the stall flow for different geometric parameters of cascade**　〔J,a〕/朱俊强③(西北工业大学航空动力与热力工程系④),刘志伟,马存宝//航空学报.—1993,14(10).—B449～B454.—ISSN1000-6893⑤

　　利用热膜探针及装有同频传感器的三孔探针,结合动态采集和处理系统,测量了孤立转子的失速流场。描述了失速团传播速度和周向范围与叶栅主要几何参数的关系。实验表明增大安装或减小稠度均使绕叶栅的气流参数沿周向的变化率趋于缓和;失速区与非失速区之间存在着复杂的质量交换,失速区边缘处存在穿越流动现象。⑦图9表1参3⑧　　　　(Author)⑨

图 2-3　按分类式编排的文摘主体部分示例图

AIR TRANSPORTATION©

Accident Prevention®

000151⑥　37ᵗʰ　**ANNUAL MEETING – FLIGHT SAFETY UNDATION AIR SAFETY SEMINAR PROCEEDINGS:HUMAN FACTOR MANAGING AVIATION SAFETY**②

This air safety seminar proceedings contains 2 3 papers . The topics covered include : aviation industry safety management ; design – induced human errors ; flight crew training ; environmental safe use; man – machine interface; human and structural failures; law and human performance ; and passenger self – help program . Technical and professional papers from this conference are indexed and abstracted with the conference code no . 0 7 3 6 0 in EI Engineering Meeting (TM) database produced by Engineering Information,Inc.⑦

Anon③(Flight Safety Foundation Inc,Arlington,VA,USA④).
Int. Air Saf Semin proc 37ᵗʰ Annu:Hum Factors in Managing Aviat Saf. Zurichm. Switz. Oct 29 – Now 1 1984. Publ by Flight

注:Ⓐ—分类类名　Ⓑ—英文类名　©—主标题词　Ⓓ—副标题词
①—索取号;　②—篇名;　③—著者;　④—著者所在单位(机构);　⑤—原文出处;
⑥—文摘号(题录号);　⑦—文摘内容;　⑧—图、表、参考文献数目;　⑨—文摘员代码

图 2-4　按主题式编排的文摘主体部分示例图

中文主题索引

CCD星体跟踪器具①

微型卫星上的相机 940960③

…

阿波罗工程

统一S波段测控的发展及现状② 940930

…

国际合作

Aq Z031468 航空发动机发展的国际合作途径和我国的对策 940842

Aq Z031466 航空工业的国际合作与走向世界 941593

国际贸易

Aq Z301465 中国航空工业技术出口对策 941592

Aq Z031466 航空工业的国际合作与走向世界 941593

Aq Z031469 国际投资指南 第1分册:国际跨国经营 941596

Aq Z031470 国际投资指南 第2分册:各国(地区)投资环境 941597

…

航空工业

Aq Z301465 中国航空工业技术出口对策 941592

Aq Z031466 航空工业的国际合作与走向世界 941593

…

作物长势

大面积小麦遥感估产模型的构建与调试方法的研究 941500

………………

图2-5 辅助索引示例图:主题索引

个人责任者索引

艾华(*Ai Hua*)④ 941392③

Andersson, E. 941523

崔济亚(*Cui Jiya*) 940801 940810

刘志伟(*liu zhiwei*) 940802

马存宝(*Ma Cunbao*) 940802

朱俊强(*Zhu Junqiang*) 940802

图2-6 辅助索引示例图:著者索引

机构索引

北京航空航天大学（*BUAA*）⑤
　一个几近等反力度涡轮的计算及讨论② 　　　　　940801③
　敏捷性和过失速机动 　　　　　940830
西北工业大学航空动力与热力工程系（*NPU，Dept. of Aeroengine Engineering*）
　几何参数对叶栅失速流场的影响 　　　　　940802
　畸变进气对双轴涡轮喷气发动机有影响 　　　　　940832

图 2 - 7　辅助索引示例图：团体著者索引

文献号索引

CDSTIC/ZP—93—02⑥ ··· 941131③
CDSTIC/ZP—93—03 ··· 941131
HJB931149 ··· 940826
HJB931151 ··· 941350

注：　①—主题词；　②—文章篇名；　③—文摘号；　④—著者；　⑤—单位机构；　⑥—合同号

图 2 - 8　辅助索引示例图：号码索引

（5）附　录

　　为了节省检索工具的篇幅，增加报道量，在大部分国外检索工具的正文条目中都使用略语或缩写语，特别当其中的文献出处项使用略语、缩写语时，读者无法辨读，这时可利用附录中"引用文献目录（文献来源）"（如图 2 - 9 所示）、"缩略语"、"机构缩写表"等查得全称。

引用文献一览表

CN61-1180①　　　　Q③　　*Modern Detonators*④　　现代引信⑤
* ISSN1000—6893②　　M　　*Acta Aeronautica et Astronautica* 　Sinica　　航空学报
* ISSN1001—4055　　B　　*Journal of propulsion Technology*　推进技术

注：①—国内刊号；　②—国际标准刊号；　③—期刊出版周期代码；　④—刊名；　⑤—中文刊名

图 2 - 9　附录示例图：引用文献目录

（6）累积索引

它是将每一期的索引累积后再出版的索引。累积索引一般有一年累积索引和多年累积索引,在编排格式上与每一期的索引大同小异,使用方法也基本类似,主要用于回溯检索。

2.3.2　参考工具书

1. 类　型

根据所收录的内容及所具备的功能,参考工具书可分为:百科全书、字词典、年鉴、手册、名录和工具书指南等。

(1) 百科全书

人们常说:"百科全书(encyclopedias)是一座没有围墙的大学。"它包罗万象,涉及人类一切知识领域,以内容广博、资料精确、释文严谨、文字简明、体例严密、插图装帧精美、卷帙浩瀚而著称,具有"工具书之王"的美誉。它反映了人类的历史和已有知识,尤其反映了现代科学文化的新成就,读者可从中查到各学科各领域的重大发现、重大事件、著名人物以及原理、方法等。百科全书是由各学科的著名专家学者撰写和审定的,条目具有可靠性和权威性,代表着一个国家、一个学科的学术水平。如《中国大百科全书》、"Encyclopedia of Science & Technology"、"Encyclopedia Britannica"、"Encyclopedia Fluid Mechanics"等。但百科全书篇卷帙浩瀚、出版周期较长,难以及时反映最新科研成果。为此,有些著名的百科全书出版社还出版相应的百科年鉴以弥补百科全书的不足。

(2) 字典、词典

字典、词典(dictionaries)是汇集语言和事物名词等词语,解释其词义、发音、概念和用法,并按一定的秩序排列,供人们查考的工具书。分有多语种、单语种词典,综合性、科技性、专业性词典,人名、地名词典,缩略语、词组词典等,如《辞海》、《英汉技术词典》、《英汉航空词典》、《最新英汉缩略语词典》、《英语成语词典》、《日汉世界名人译名词典》、《美国地名译名手册》等。

(3) 年　鉴

年鉴(yearbook)是汇集某一年内重大新闻、事件、数据统计资料并逐年出版的工具书。它报道最新的事实(包括最新科研成果),其内容新颖、精炼、简明,取材可靠,出版稳定;既可用于查找最新资料和数据,也可用于阅读,如《中国文艺年鉴》、《中国经济体制改革年鉴》、"Jan's All the World Aircraft"(《简氏世界飞行器年鉴》)等。

(4) 手　册

手册(handbook)从字面讲就是常置手边以供随时查阅的书,是某一范围内基础知识和基本数据的汇编。它常以数表、规格、条例作为表述方式。有些不标明手册而称为便览、大全等的图书,也属于手册的性质,如《世界飞机手册》、《机械设计手册》、《数学手册》、《流体力学大全》、《出国留学便览》等。手册内容广泛、数量庞大、品种繁多,应根据实际需要选择适用的手册。

(5) 名　录

名录(directories)包括机构名录、名人录(who's who)、地名录等,提供学术机构、政府机构、事业机构、公司企业、知名人士、城市地区等有关资料,是进行经济、文化、学术交流的参考书。

机构名录(也称指南或机构名称字典):是各种组织机构名称的汇编,可以用于查考组织机构的概况,包括机构全称、业务活动、人员情况等。这类工具书如《中国企事业名录大全》、"The National Faculty Directory 1990"(《1990 年美国大学教师名录》),"Peterson's Guide to Four year Colleges 1988"等。名人录:是介绍某一范围、某一领域内著名人物的简历的工具书。主要介绍人物姓名、生卒年月、学历、学术活动情况、主要论著及其通信地址等。这类的工具书如《世界名人大辞典》、"The International Who's Who"(《国际名人录》)等。

名录一般按学科、行业、地区划分出版,编排整齐清楚,其书名常常可以反映书中内容,使用方便。

（6）工具书指南

工具书指南也就是工具书的工具书,是反映工具书出版情况的一类工具书。为读者利用检索工具提供指导性建议。如《国外科技工具书指南》(陆佰华编,1992)、《国外基本科技工具书指南》(邵献图编,1990)等。工具书的种类还有很多,如类书、政书、历表、年表、书目和图录等,由于篇幅所限,不再一一列举。

2. 编排结构

有效地使用参考工具书,在很大程度上取决于对参考工具书内在结构的熟悉程度。只有对其结构了如指掌,才可能从不同的角度,根据不同的检索途径,迅速而又准确地进行查询。因此,在检索之前,必须对参考工具书的编排结构及方法有所了解。

参考工具书的种类很多,十分复杂,但它们在结构上基本上还是有规律可循的。参考工具书的一般结构,大体上可分为三大部分,即文前栏目、正文和书后附属部分。

（1）文前栏目

文前栏目就是工具书主体部分之前的各组成部分,就如普通图书一样,它也由封面、书名页、版权页、献言页、目次、序言(导言、前言)等基本部分组成。它们在检索中都具有一定作用,但较为重要的有:

① 目次页。目次页是正文的缩影和总览。参考工具书的目次本身就是一种检索途径,可视为查检主体部分所含内容的指南,反映了主体部分的排列结构。尤其在按分类体系排列的参考工具书中,就相当于分类索引。

② 导言、序言和前言。导言、序言和前言三者有一定的区别,但总起来讲,可视为同义词,在这部分介绍了参考工具书的编写意图、使用对象、材料范围、收录重点以及版本变动情况等。

③ 使用说明。这是参考工具书主体部分前最为重要的一个组成部分。在外文参考工具书中常以如下短语标题出现,如"user's guide","How to use…","Instruction for use","using the…","Help for the reader","Suggestions for finding the information you want in the…"。使用说明主要通过条目选例、直观示图和文字解释等方法,详细地说明某参考工具书的编排方

法,以便指导读者正确使用。有的参考工具书没有单独的使用说明部分,而是把有关内容包括在序言、前言或导言之中。

④ 缩略词表。这一部分在检索时十分重要,不了解这部分所列出的缩略词,在检索中对一些缩略词就束手无策。在外文参考工具书中,通常作为缩略词表标题的词有 Abbreviations,Key to Abbreviations,Abbreviation Used in This Book 等。

（2）主体部分

参考工具书的主体部分,是经过精选和浓缩的信息汇编,由众多的格式统一而各自独立的信息单元组成。这些信息单元包括短文条目和描述式款目。它们的排列顺序以强调检索为目的,而不着重要求具有逻辑性,且具有很大的随意性,主要通过其固定的顺序号码,依赖索引和其他检索途径进行查检。参考工具书的排列法一般可分为:

① 字顺排列法(如百科全书、字列词典、名录等)。字顺排列法又可分为:

● 形序排列法(如中文的笔画笔形排列法、西文的词词相比排列法);

● 音序排列法(如中文的汉语拼音排列法、西文的字母相比排列法);

● 号码排列法(如四角号码排列法)。

② 分类排列法(年鉴、手册、工具书指南、图册等)。

③ 主题排列法。

④ 自然顺序排列法(年鉴、机构名录、地名录等)。自然顺序排列法又分为:

● 时序排列法;

● 地序排列法。

⑤ 列表排列法(手册等)。

（3）附属部分

为了便于检索,参考工具书通过提供附加资料来保证尽可能具有最大的信息容量和完善的查检途径。参考工具书的附加资料大体上可分为:

① 附录。附录在百科全书、语言词典、传记词典中附设得最多。附录虽种类繁多,但从性质上讲,与正文关系密切,其目的是为了使主体部分更紧凑,其作用似"小工具书"。利用它可解答疑难问题,扩大工具书的内容范围,辅助于工具书的使用。

② 辅助检索途径。辅助检索途径一般指书末各种索引和研究指南等。一种参考工具书除了根据目次和正文进行检索外,还设有其他辅助检索途径。其中书后索引是最主要的辅助检索途径,一般有主题索引、书名或篇名索引、著者索引,或职业索引、地区索引、名称索引等。另外,还有单卷本参考工具书索引、多卷本参考工具书索引等。除了以上几种索引外,另一种辅助检索方式"研究指南",多设在百科全书这类参考工具书中。它近似于分类索引,不提供信息出处,所以不能称为索引,但可与索引配合使用。

③ 脚注和书目:脚注往往是主体部分中出现的有关资料的解释或补充。书目可分为两类,一是条目撰稿人在撰写条目过程中曾参考过的资料;另一类是条目撰稿人建议读者进一步

阅读的资料。根据脚注和书目,可进一步扩大读者的视野,了解更深、更广领域的有关学科的知识,查到有关学科主题的资料。

2.4 检索语言

检索语言是根据检索的需要而创造的人工语言。它是把文献的存储与检索联系起来,把标引人员与检索人员联系起来以便取得共同理解、实现交流的语言。

检索语言的词汇用来表达文献主题概念而形成检索标识(标识是揭示文献内容特征或外表特征的"标签",是文献最简洁的代表,也是文献检索所据以进行的"存取点"),如分类表中的分类号、类目,主题词表中的主题词等。语法则是各概念(检索标识)之间关系的表达方式。任何一部检索语言都涉及大量的检索标识。这些标识所表达的概念不是各自孤立的,它们之间有着相同、相关或等级的关系。这就要求检索语言必须采用各种专门方法揭示标识之间的逻辑关系,从而使一部检索语言形成一个概念逻辑体系。

总之,检索语言不仅要表达不同的概念,而且要显示各种概念间的逻辑关系。

检索语言的作用总的来说是保证检索效率,提高查全率和查准率。检索语言对于检索效率的保证作用,是通过其存储和检索过程中的具体功能来体现的,如它可以作为概念转换的依据,可以揭示文献标识之间的逻辑关系,可以用于对文献标识进行系统化排列等。

检索语言根据不同的划分标准,可有不同的类型。如按描述文献的有关特征可划分为内容特征语言(主题、分类)和外表特征语言(篇名、著者等);按构成原理则可划分为分类语言和主题语言;按适用范围又可划分为综合性语言、专业性语言和多学科语言;而按标识形式可划分为先组式语言和后组式语言。其中,按照构成原理划分为"分类语言"和"主题语言"是最基本的分类方法,如图 2-10 所示。

图 2-10 检索语言种类图

在文献工作的历史上曾经出现过许多种检索语言,有一些已经被淘汰或被代替,旧的语言功能已经转移到新的检索语言之中。由于分类语言和主题语言各自具有不同的优点和缺点,而双方的优缺点又恰恰互补,因而形成了这两种检索语言长期共存的局面。它们不能互相取代,因为它们属于不同的语言系统,具有不同的组织原理,形成了不同的特色。

2.4.1 分类语言

1. 分类语言的概念与作用

分类语言是以号码为基本字符、用分类号和类目表达文献主题概念的检索语言。其特点是用分类号表达各种概念,根据概念之间的关系,把它们组织成一个逻辑体系。这种逻辑体系可以反映知识的分类或社会实践活动的职能分工,具有较好的系统性。这样就可以把同一学科、同一专业、同一职能活动的文献集中在各个类目之下，以满足人们族性检索(类检索)的需要。按分类号的构成原理，分类语言又可分为等级体系分类语言和组配分类语言。对于检索者来说，以概念体系为中心的分类语言，比较能体现学科的系统性，能反映事物的派生、隶属与平行的关系，便于从学科专业的角度来检索资料，便于使用者"鸟瞰全貌"、"触类旁通"，随时放宽或缩小检索的范围，提高检索效率;加之分类语言一般都用一定的分类标记(分类号)来表达和描述，比较简单明了，各种不同文字的检索工具可以相互沟通，或统一编排，因此，对于外文检索工具，即使不懂其文字，只要掌握了其所采用的分类号，也可以借助类号进行检索。

分类语言的具体表现形式是分类表(分类法)，如《中国图书馆分类法》等。分类表由一系列分类号集合而成，而分类号则是文献知识信息概念的具体标识符。它的具体形式一般有文字型(字母)、数码型(数字)和文字、数码组合而成的混合型。

2. 分类语言的构成原理

由于等级体系分类语言比较常用，故分类语言一般指的是等级体系分类语言。等级体系分类语言的构成原理，概括地说是利用了类的聚合性和可分性。类的聚合性是指它可以把许多具有某些共同属性的事物集合起来，可分性是指它可以把具有不同属性的事物分开。聚合性和可分性是对立的，它们之所以和谐地统一于类目之中，是因为在同一类事物中，每一事物除了具有某种与同类其他事物共同的属性之外，还有许多与同类其他事物不同的属性。也就是说，同一类的事物并不是完全相同的，它们在某些方面相同，在某些方面不同。共同性是聚合性的基础，不同性是可分性的基础。

例如:高等数学和初等数学从学科性质这一属性来看，它们是共同的，都是数学的一部分，因此同属于数学学科的类目之下;但从研究领域这一属性来看，二者又有所不同，它们又属于数学学科类下的两个类目，如图 2-11(以《中国图书馆分类法》为例)所示。事物的任何一个属性都可以作为划分标准。当选择一个属性作为标准对某一类目(事物)进行划分时，便可获得一组子类目;再选择另一标准对其中一个类目进行划分，又可获得一组子类目。依此规则，划分可以连续进行。其结果就形成了一个逻辑体系(也可称等级体系)，即被划分的类称为母类或上位类，划分所得到的类称为子类或下位类，上位类与下位类之间为隶属关系;各子类之间是并列关系，称同位类。上位类和下位类是一个相对的含义。对某一个类来说，相对于下位类它是上位类;但相当于上位类时，它又是下位类。例如数学既是数理化的下位类，又是高等数学和初等数学的上位类。可见，在体系分类法中，是通过分类(划分)来获得它的等级体系的。

3. 分类语言(体系分类法)的局限性

分类语言虽然比较具有学科的系统性，但它所能反映的这种学科系统性，只是在一定的限度之内有效。现代学科、交叉学科的出现，各门学科互相渗透，互相结合，日益使直线序列的分类法难以反映多元性的知识空间，因而不能确切地代表科学体系。这表现在:其一，体系分类法主要采用列举式的分类方法。而列举式很难获得十分完整的类目，因为毫无遗漏地列举已

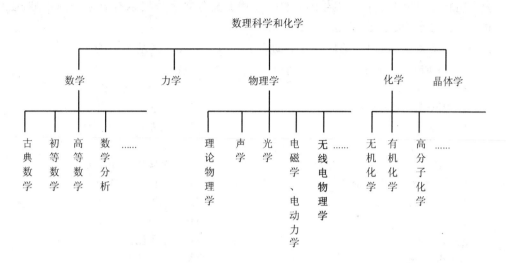

图 2 - 11 类目划分与聚合实例

出现的事物是不可能的,常出现无类可归、无类可查的情况。其二,体系分类法严格的逻辑体系给增加、删减类目造成困难,因为增删类目常常会影响以致破坏已有的族系;而由于新学科的不断出现和发展,造成了新概念、新观点与旧分类框框不符,因而容易导致误检和漏检。其三,从分类途径检索,必须了解学科的分门别类的体系及其各项具体的分类情况,否则不容易找到恰当的类目。

尽管等级制分类法有种种局限,但仍不失为是一种重要的检索语言。借助于这种语言而编成的各种分类索引系统,有着广泛的利用价值。长期以来,图书馆就利用它作为整理揭示藏书、帮助人们检索的基本手段。对科技人员来说,记住本专业常用的若干分类号不仅可保证准确地进行检索和筛选所需文献,还可节约大量的宝贵时间。

4. 国际、国内常用的图书分类法

(1) 中国图书馆分类法

《中国图书馆分类法》(以下简称"中图法")由北京图书馆组织编辑,于 1975 年出版第 1 版,1982 年出版第 2 版,1990 年出版第 3 版,1999 年出版第 4 版。它是我国图书信息界为实现全国文献资料统一分类编目而编制的一部大型文献分类法,由 5 大部类、22 大类、6 个总论复分表,30 多个专类复分表,4 万余条类目组成的一个完善分类体系。部类的设置采取五分的办法,即马列主义、毛泽东思想作为一个基本部类列于首位,以体现整部分类法的指导思想;对于一些内容涉及面广,类无专属的文献统归为综合性图书,作为一个基本部类列于最后;哲学、社会科学和自然科学按其知识的逻辑关系列为三大部类予以排列。

分类号制度采用拉丁字母与阿拉伯数字相结合的混合小数层累制,以字母顺序反映大类序列。对类目的排列采用不同的字体和行格等形式来表示类目之间的关系。

　　为了照顾类目的发展和分类号的完整性及辅助复分数字号码以补充类号的不足,还采用了一些辅助符号来构成组配类号。

　　其结构主要由编制说明、类目表和辅助表三大部分组成。其基本大类如下:

A 马克思主义、列宁主义、毛泽东思想	T 工业技术
B 哲　学	TB 一般工业技术
C 社会科学总论	TD 矿业工程
D 政治、法律	TE 石油、天然气工业
E 军　事	TF 冶金工业
F 经　济	TG 金属学、金属工业
G 文化、科学、教育、体育	TH 机械、仪表工业
H 语言、文字	TJ 武器工业
I 文　学	TK 动力工程
J 艺　术	TL 原子能技术
K 历史、地理	TM 电工技术
N 自然科学总论	TN 无线电电子学、电信技术
O 数理科学和化学	TP 自动化技术、计算技术
P 天文学、地球科学	TQ 化学工业
Q 生物科学	TS 轻工业、手工业
R 医药、卫生	TU 建筑科学
S 农业科学	TV 水利工程
	U 交通运输
	V 航空航天
	X 环境科学、劳动保护科学
	Z 综合性图书

　　需要说明的是,除"中图法"以外,国内在很长一段时间使用的比较知名的"图书分类法"还有《科学院图书馆分类法》(简称"科图法",以自然科学见长)和《人民大学图书馆分类法》(简称《人大法》,以社会科学见长)。

(2) 杜威十进分类法

　　《杜威十进分类法》(*Dewey Decimal Classification and Relative Index*)简称 DC 或 DDC 或杜威法,又名"十进制图书分类法",是美国图书馆学家麦威尔·杜威(Melvil Dewey)所创制的,初版于 1876 年,1971 年已出第 18 版。这是一部在国际上出现最早、流行最广、影响最大的图书分类法。它采用十进制的等级分类体系,即把所有学科分成 9 大类,分别标以 100～900 的数字。9 大类表示 9 个专门的主题范畴,各类中的类目均按照从一般到特殊,从总论到具体的组织原则,对不能归入任何一类的综合性资料列入第 10 类,即总论类,以下依次逐级分类,形成一个层层展开的等级体系。从 18 版起,该分类法采用了一些分面综合手段,增强组配性能。以下是"杜威法"的大类类目。

000　　Generalities

100　　Philosophy　and　related disciplines

200　　Religion

300　　Social sciences

400　　Language

500　　Pure sciences

600　　Technology(Applied sciences)

700　　The arts

800　　Literature（belles—lettres）

900　　General geography and history

（3）国际十进分类法

《国际十进分类法》（*Universal Decimal Classification*）简称 UDC，由比利时学者鲍威尔·奥特勒（Paul Otlet）和亨利·拉芳（Henri La）在 DDC 的基础上补充而成，初版于 1905 年，现已出第 3 版。它是一种半组配式的体系分类法，现已有 23 种文本，从 20 世纪 60 年代末期起被称为世界图书信息的国际交流语言。该分类法由主表、辅助表及辅助符号 3 大部分组成。主表把知识分为 10 大门类，大类划分沿用了"杜威法"的基本大类结构。全表有近 20 万个类目，是世界上现有各种分类法中类目设置最多的一部，科技部分设类尤为详尽。它的基本大类设置如下：

0　　总类

1　　哲学

2　　宗教、科学

3　　社会科学、经济、法律、行政

4　　（语言学）（该类 1963 年已并人第 8 类，现为空类）

5　　数学、自然科学

6　　应用数学、医学、工业、农业

7　　艺术

8　　语言学、文学

9　　地理、传记、历史

其类目的明细度亦比其他分类法高，是目前展开得最广的一部分类法，比较适合于专指度高的文献检索需要。

UDC 的标记制度采用等级分明的阿拉伯数字结合多种辅助符号，列举与组配混合式结构。通过对事物整体概念的逐层分析，对所谓的特定概念立类、列类，同时将不同的特定概念进行组配，使之较好地反映多主题、复合主题的文献信息，用以解决任何复杂文献的主题标识，提供多途径检索。

2.4.2　主题语言

1. 主题语言的概念与作用

主题语言是一种描述语言,即用自然语言中的名词、名词性词组或句子描述文献所论述或研究的事物概念(即主题)。其特点是直接用语词来表达各种概念,将各种概念按字顺排列,而不管概念之间的相互关系。它以词汇规范化为基础,通过概念组配用以表达任何专指概念。具有较好的专指性,便于特性组配检索。因此,使用主题语言检索文献具有直指性强,专指度高的特点。检索者不必从知识体系的角度去判断所需文献属于什么学科,只要根据课题研究对象,直接用能表征、描述文献内容的主题词去查检。而且,同一篇文献可以多个主题词来标引,因此扩大了检索的途径。在此方面,正好弥补了分类语言的不足。主题语言的具体形式就是主题词表,如《汉语主题词表》等。主题词表实际上就是主题词加有某种参照的字顺体系表。它是将自然语言转换为文献检索语言的术语控制工具。对检索者来说,主题词表的作用主要是用来核对主题词,即核对检索者对研究课题进行主题分析后,所选出的主题词是否符合主题词表所规定的主题词。

2. 主题语言的构成原理

主题语言在它的发展演化过程当中,根据主题词的结构和性质逐步形成了标题词法、单元词法、叙词法和关键词法。其中叙词法是主题语言的核心。

(1) 标题词法

这是最早出现的一种按主题来标引和检索文献的传统检索语言,如美国《工程标题词表SHE》。标题词是经过规范化处理的单词、词组和短语,用以表达文献的主题概念。参照系统由见(see)、参见(see also)和标题词范围注释等组成,以反映主题事物概念之间的同一关系、属种关系和相关关系。这样,就将反映某一事物的同义概念、属种概念和相关概念的若干文献有机地联系在一起,增加了检索途径,有利于提高查全率。

参照系统中,"见(see)"的作用是将非正式标题词引见到正式标题词;"参见(see also)"的作用是指出相关标题词,以揭示各相关标题词之间的相关关系,从而指导读者从一般概念到特殊概念,从单一概念标题扩大到相关标题,以扩大查找线索,使科研人员能从更多的途径查到有关文献;注释的作用是说明标题词的意义、用法和所属学科等。

标题法属于先组式语言类型。各概念因素在编制标题词表时就已组配好了,标引和检索时不需要再进行临时组配。由于标题法的检索标识是定组式的,因而同体系分类法一样仍然存在"集中与分散"的矛盾。解决这一难题的出路在于采用组配法。单元词法的出现正是为了解决这个问题而进行的探索。

(2) 单元词法

单元词是不能再分解的最小概念单元名词。如"航空"不能再分解为"航"和"空"。单元词法就是用经过规范化处理的单元词作为文献主题概念的标识。它不选词组和短语去表达复杂的概念,这是它与标题词的主要区别。例如,对于"航空发动机"这一概念按单元词的做法是通过"航空"和"发动机"这两个单元词组配来表达概念,而标题词则直接用"航空发动机"这个词组表达。单元词是后组式语言。这就较好地解决了集中与分散的矛盾,可灵活地扩检与缩检;但也带来了检索噪音大等问题,主要表现为虚假组配、二义组配和字面组配等。如金鱼洗衣粉变成了金鱼+洗衣粉,香蕉苹果成了香蕉+苹果。这是单元词的致命弱点。实际上,表达事物概念,除了单一概念外,还有许多的复合概念。因此,随着科技不断发展,单元词语言已不能适应文献信息检索的要求,它已被更先进的叙词语言取代。

(3) 关键词法

所谓关键词,是指文献的题目、摘要乃至正文部分出现的、对表征文献主题内容有实质意义的词语。它是文献的著者所选用的词汇。对同一事物概念,不同的著者所选用的词汇不尽相同。即使是同一著者,在他的不同著作中用词也会有所出入。因此,出现于文献中的关键词是一种未经规范化的自然语言词汇,同时,关键词法不显示概念之间的关系。

关键词法是适应目录编制自动化的需要而产生的。它是检索工具编制自动化的一种最简单的方法。关键词索引是计算机编制的最早的检索工具之一。

由于关键词使用的是自然语言,故容易掌握,使用方便。关键词法的缺点是查准率和查全率较低,这是因为关键词是未经规范化处理的自然语言,其同义词、近义词未加规范统一,这就会造成标引与检索之间的误差,造成文献的漏检。另外,自然语言中多种形式的相关关系在关键词中得不到显示,这也给查准、查全所需文献带来困难。

(4) 叙词法

叙词法是主题语言的高级形式,是 20 世纪 50 年代产生的一种检索语言。叙词法不仅吸收了单元词法的组配原理,还广泛吸收了在它以前出现的各种检索语言的原理和方法,如组配分类法的概念组配原理和适当预先组配的方法;标题词的词语规范化的处理和参照系统;在参照系统中吸取了体系分类法的逻辑方法等。总之,叙词法集中了各检索语言的优点,扬长避短,是一种性能比较好的检索语言。

3. 主题语言(叙词法)的特性

由于叙词法是目前主题语言中最有代表性的一种语言,故以下所说的主题语言主要指叙词法。主题语言主要有以下几种特性。

(1) 概念性质

叙词是建立在概念的基础上,作为事物概念的表达形式而存在的。任一叙词表的选词都是对某一专业领域科学概念的表达。叙词是一种描述语言,它的任务是对文献主题内容进行描述,因而对文献的揭示往往更具体、更自由,所需的概念也就更为专指。

(2) 规范化性质

叙词必须是经过规范化的人工语言。叙词的规范包括:词类规范、词形规范、同义词规范、多义词规范和词义范畴的规范 5 方面。

① 词类规范。自然语言中的词类分为实词和虚词两种。实词包括名词、动名词和某些形容词。实词以外的词类称虚词。充当叙词的词类必须是实词。

② 词形规范。词形规范是指对词义相同而词形不同的词进行优选。如汉字的繁体、简体、异体优选。西文的一义多词的优选。

③ 同义词规范。它包括真同义词规范和准同义词规范两种。真同义词是指含义完全相同的词,如自行车、单车、脚踏车等;准同义词是指本身含义并不相同,只是为了控制词量,方便检索而按同义词处理的人为性关系词(如反义词、近义词等)。对同义词进行规范的目的是为了保证语词的唯一性和规范化。其方法是在一义多词的情况下选择其中一个词为叙词,叙词和非叙词均被收入叙词表,通过参照系统,将非叙词引向叙词。这样既可以从叙词入手,也可以从非叙词入手检索文献,无疑是增加了检索途径。对同义词的具体规范方法,如表 2-1 所列(以《汉语主题词表》为例)。

④ 多义词规范。多义词具体包括两种情况:一词多义和同形异义。一词多义的特点是一个词汇具有多种含义,并且彼此之间具有相关性,如路线,既可指思想上、政治上、工作上所遵循的方法,又可指运动比赛中行进的方向等。同形异义是指一个词汇所具有的多种含义彼此之间各不相关,例如"词"既可指最小语言单位,也可指一种文学体裁。无论是一词多义,还是同形异义,都是同一个语词表达多个概念,如果不加处理,便会造成误检。

⑤ 词义范畴的规范。有些词的外延不是十分明确,由此造成误标或误检。如特大城市、大城市等。这可采用加注释或限定词的办法来明确其含义。

表 2-1 叙词法同义词规范

规范对象	规范原则	叙 词	非叙词
学名和俗称	一般采用学名	电子计算机	电脑
新称与旧称	一般采用新称	形式逻辑	名学
全称和简称	使用通用简称	中国	中华人民共和国
		青铜文化	青铜时代文化
不同译名	一般采用意译名	电动机	马达
	音译通用亦可采用	拓扑学	形式几何学

(3) 组配性质

叙词法也是一种后组式检索语言,但叙词组配的特点是概念组配。这是对单元词字面组配的一大进步。采用概念组配后可以大大减少检索噪声。

组配的形式

① 概念相交:内涵不同,外延部分重合的两个相同性质概念之间的组配。所谓相同性质,是指两个概念同是学科、同是产品、同是动物等。组配的结果产生一个新概念,这个概念分别

属于这两个概念的下位概念。例如青年＋科学家→**青年科学家**;教育学＋心理学→**教育心理学**(如图 2－12 所示)。

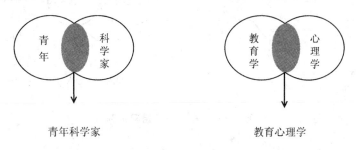

图 2－12　概念相交组配实例

②　概念限定:两个不同性质概念之间的组配,其中一个概念反映了另一概念的某一方面、某一特征或时空中的某一部分。限定的结果也产生一个新概念,它表示该事物的某一方面或某一特征。例如:数学＋基础理论→数学基础理论;电子计算机＋存储器→电子计算机存储器(如图 2－13 所示)。

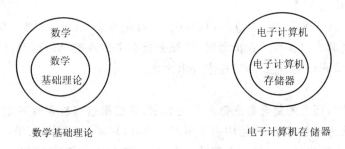

图 2－13　概念限定组配实例

概念相交和概念限定之间十分容易混淆。因为相交和限定的结果都是从外延较宽的属概念过渡到外延较窄的种概念,由此产生一个新概念。二者之间的差别在于,进行组配的两个概念是否属于同一性质、同一级别。如果属于同一性质、同一级别,就是概念相交,否则就是概念限定。

③　概念概括:两个或两个以上的同级概念相加或并列,组配结果形成一个新概念,作为原来概念的属概念。例如:文学理论＋艺术理论→文艺理论;党的领导人＋国家领导人→党和国家领导人(如图 2－14 所示)。概念概括用的不很普遍,是叙词组配中的一种特殊情况。当需要表示那些联系紧密而在词表中又没有合适的上位概念的并列概念时使用。

④　概念联结:这种组配表示几个概念之间的联系,并不形成新的概念。例如:档案学＋图书馆学→档案学与图书馆学的关系。

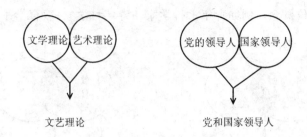

图 2-14　概念概括组配实例

组配的作用

① 控制词量：组配可以起到控制词表体积的作用。只要选择了基本的词汇，通过组配，就可以用少量的词表达和描述尽可能多的概念。组配实际上遵循了数字排列组合的原理和方法。

② 扩大检索途径：在组配中，每一个词及其组合都可以作为检索入口参加排序，所以可以扩大检索途径。如查找教育心理学方面的文献，可有 3 个入口：教育学、心理学及教育＋心理学，即提供了 3 条检索途径。

③ 自由扩大、缩小或改变检索范围：在标引时，可用许多个词来标识一篇文献，因而可以达到很高的专指度和标引深度。在检索时，可根据检索中出现的具体情况，随时增减叙词，以扩大、缩小或改变检索范围，直到满足检索要求为止。

组配的条件

在单元词法中对所有的复合概念都用组配表示，其结果造成检索噪声增大。叙词法在这一点上对单元词法进行了修正，即运用概念组配的原理，只在一定范围和条件下采用组配的方法，把新概念的产生严格建立在概念组配的原则之上，绝不允许字面组配产生。根据标识唯一性的要求，一个具体概念，要么用组配表达，要么用专指性词组表达，二者必取其一。那么根据什么原则进行抉择呢？主要有以下 3 点：

① 当组配表达会产生意义失真时，不用组配表达。例如，用"蘑菇"和"战术"两个词来组配表达"蘑菇战术"这个概念。"蘑菇"一词在检索时独立使用会产生误检，所以应直接采用专指性词组，即在叙词表中设置"蘑菇战术"这一叙词。

② 某些专业词汇和专有名词不必用组配，可直接采用专指性词组，如"收录两用机"。

③ 当组配表达不可能得到组配长处时，就采用专指性词组。例如，"文化水平"一词就不必分拆成文化＋水平。因为"水平"一词并没有检索意义，不会成为一条检索途径。

（4）关联性质

叙词法也是采用字顺或音序进行排列的。为了加强叙词法的系统功能，满足利用者族性检索的需要，叙词法采用了参照系统，用以揭示概念之间的关系。概念之间的关系有 3 种：等同关系、属分关系、相关关系。它们分别属于两种情况。一种是叙词与非叙词之间的关系，一种是叙词之间的关系,其显示符号及其含义如表 2-2 所列(以《汉语主题词表》为例)。

表 2-2　叙词法参照系统

语义关系	作　用	简　称	符　号
等同关系	正式主题词	用项	Y
	非正式主题词	代项	D
属分关系	狭义词	分项	F
	广义词	属项	S
	族首词	族项	Z
相关关系	相关词	参项	C

　　叙词法的参照系统基本上继承了标题法参照系统的原理和方法,并有所发展。叙词法的参照系统主要表现为以下几种关系的显示。

　　等同关系的显示

　　包括用代关系和组代关系的显示

　　用代关系是处理同义词或准同义词的一种方法,在众多的同义词中挑选一个比较通用的词作为叙词,以"Y(用)"表示,其他作为非叙词,以"D(代)"表示;然后通过参照系统将具有相同含义的叙词和非叙词联结起来,以保证利用者采用任一检索词检索的有效性。例如:

可调尾喷管(叙词)
　　　　代　可调尾喷口(非叙词)
可调尾喷口
　　　　用　可调尾喷管

　　组代关系是指用若干个泛指词(叙词)组配起来代替一个专指性词组(非叙词)。叙词表中不允许保留太多的专指度强的词,以防止造成概念的分散,而采用若干个泛指性的词加以组配表达专指概念。但是为了方便查找,在叙词表和叙词目录中专指词可以作为非叙词加以保留,作为检索入口词,并与叙词加以联结。组代的参照符号用"用"字,反参照符号可用"组代"二字;也可以用"代"字加上一短横表示。例如:

潜艇声呐系统
　　　　用　声呐+潜艇
声呐
　　　　代—潜艇声呐系统
潜艇
　　　　代—潜艇声呐系统

在《汉语主题词表》中,组代关系运用得不多。

属分关系的显示

属分关系又称等级关系,即上位概念与下位概念之间的关系。叙词法是属于主题法系统,它的组织结构虽不具有分类法系统的等级特征,但语词上却有广义词和狭义词之分,例如食品(广义词)、糕点、糖果、罐头、乳制品(狭义词)。在叙词法中上位概念用"S(属)"表示,下位概念用"F(分)"表示。例如:

可调尾喷管

　　　　属　　尾喷管

　　　　分　　塞式喷管

显示叙词之间的等级关系,是为了加强主题法的系统性功能,起到类似于分类法族性检索的作用。但是显示主题词的等级关系与体系分类法揭示的概念间族性关系有所不同。其一,这种等级关系可以揭示概念多向成族的实际情况,即允许一个概念隶属两个或更多的概念,如"飞机计算机辅助设计",可参见"飞机"和"计算机辅助设计"两个概念。而在分类法中由于层层细分、单线排列的结构限制,只能分入一个类目。其二,叙词法的参照系统反映的是直接上下级关系,无法从整体上揭示某一词族的关系,因而它所反映的族性关系不如在体系分类法中表现得充分。为克服这一缺陷,叙词法采用词族索引加以弥补。

相关关系的显示

相关关系是指叙词之间除了同义关系和属分关系以外的其他关系。等级关系是一种比较密切的关系,它反映了两个事物之间直接的种属关系。相比之下,相关关系并不反映事物之间的密切关系,而是揭示事物之间存在着的某种联系。例如档案保护与图书保护之间、辛亥革命与孙中山之间等。叙词法中的相关关系用参照符号"参"来表示,彼此有联系的事物可相互参考。例如:

图书保护

　　　　参　　档案保护

档案保护

　　　　参　　图书保护

辛亥革命

　　　　参　　孙中山

孙中山

　　　　参　　辛亥革命

建立相关关系的叙词之间不可以同时存在种属关系,即一叙词不可以与它的上位叙词(属项)或下位叙词(分项)再构成参照关系。建立相关关系的目的,是为了满足检索者"类检索"的需要。检索者通过参见系统可以在一个叙词下找到与之有联系的一类叙词,这将有利于提高检索效率。

4. 主题语言的优点与局限性

用叙词做文献标识具有以下优点和局限性：

① 直观。主题词来源于自然语言中，标识比较直观，符合人们的辨识习惯，主题词在词表中按词的字顺排列，序列明确，易于利用。只要会使用字典、词典，一般都能很顺畅地使用这种语言。

② 专指性强。用作主题词的语词标识经过了全面严格的规范化处理，一个标识与一个概念严格对应，标识和所表达概念的唯一性（即单义性）使语词对概念的描述具有专指性。

③ 灵活。通过词与词之间的概念组配来揭示文献中形形色色的主题，是主题语言的主要特征。尤其是后组式的组配原则，便于人们按照检索需要，自由组配检索概念，具有很大的灵活性。

④ 网罗度高。一个主题词表达一个泛指的事物概念，若干个主题词合乎逻辑的组配，可形成高度专指的概念特征，用于标引文献时，即可达到高度的概念网罗度。

⑤ 主题语言按字顺排列，其参照系统反映的又是直接上下级关系，所以无法从整体上揭示某一词族的关系，因而它所反映的族性关系不如在体系分类法中表现得充分。

5. 国际、国内常用的主题词表

(1)《汉语主题词表》

目前在我国文献界广泛使用的叙词表是《汉语主题词表》，它是由 505 个单位的 1 378 位专业工作者花费了 4 年的时间编制而成的。全表分为 3 卷 10 个分册，共收录主题词 108 568 条，是世界上少有的一部巨型综合性词表。《汉语主题词表》适用广泛，各专业词表在编制过程中都需要以此为参照和借鉴。汉语主题词表由两部分 5 个表组成，如图 2 - 15 所示。

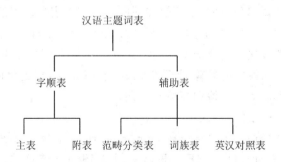

图 2 - 15　《汉语主题词表》的结构

(2)《国防科学叙词表》

《国防科学叙词表》由国防科工委情报局组织领导编写，参加单位有原国防科工委情报所、原航空部、航天部、兵器部、电子工业部等有关部的情报所。该表是在《国防科学技术主题词典》、《航空科技主题词表》、《电子技术汉语主题词》、《常规武器专业主题词表》的基础上编写的。该表适用于标引和检索国防工程技术领域的国内外文献。该表由字顺表（主表）、型号表、英汉索引和叙词汉字笔画索引组成。

（3）《NASA 叙词表》

《NASA 叙词表》（NASA Thesaurus）是检索工具《航宇科学技术报告（STAR）》和《国际航宇文摘（IAA）》使用的词表，于 1967 年出版第 1 版，1976 年出版修订版，1982 年出版第 3 版，1985 年出版第 4 版。为了保证《NASA 叙词表》适应现代航宇发展的要求，每年 1 月和 7 月还出版词表补编，包括增补新的"族性主题词"和"检索词汇"，同时也列出删节表。1985 年版的两卷《NASA 叙词表》包括：卷一《族性主题词表》（HierarchicalListing）和卷二《检索词汇表》（Access Vocabulary）。

卷一《族性主题词表》（HierarchicalListing），实质上是一种经过规范化的主题词字顺目录，但本表特别注重词的"族系结构"，即除展示"释"（该词涉及的范围注释）、"代"、"相关词"三种关系外，还明显地列出词的"族系结构"。本表由 16 835 个"可标引词（正式主题词）"和 3 765 个"非标引词（非正式主题词）"混合组成，然后按字顺排列，表中对每一个"可标引词"，力求展现出其交叉参照关系；对"非标引词"，仅指出其所用的"可标引词"。

卷二《检索词汇表》（Access Vocabulary），为了让文献标引人员与读者从不同角度或从非规范化词语出发仍能找到对应的标引词，本卷从卷一中的"可标引词"、"非标引词"以及能为检索提供方便的词汇、型号代码中挑选出 40 738 个款目，按字顺排列，其目的是为卷一所列的"族性主题词"提供几千个附加"检索点"，为卷一的灵活使用，提供有力的辅助工具。

（4）《INSPEC 叙词表》

《INSPEC 叙词表》（INSPEC Thesaurus）是检索工具《科学文摘》SA（Science Abstracts）使用的词表，收词约为 10 000 个。其中 5 500 个为推荐使用的正式叙词，4 500 个为交叉参见的非正式叙词。该表由两部分组成：字顺表和词族表。字顺表是该表的主体部分，按全部字顺排列。其中推荐使用的正式叙词用小黑字体印刷，供参考用的非正式叙词用一般字体印刷。该词表中有较多专指性很强的复合词作叙词。词族表按族首词的字顺排列，是将一组具有族性关系的叙词集合于概念最广的族首词下，然后在族首词下再按主题词的概念等级将其作阶梯式的排列。词族表可以用于扩检和缩检时选词。

（5）《主标题词表》

《主标题词表》SHE（Subject Heading for Engineering）是为《工程索引》EI（The Engineering index）检索系统配套的词表。SHE 的最后一版是 1987 年修订的。1990 年的版本改名为"EI Vocabulary"，其中增加了词汇量，还增添了分类表及分类与标题词的对应关系。标题词有两级：主标题词（main heading）和副标题词（subheading），它们有主从关系。主标题词全部大写，副标题词首字母大写。

注：从 1993 年开始 EI 公司放弃使用标题词语言，改用叙词语言。叙词受控于 1993 年出版的《工程索引叙词表》（EI Thesaurus）。对《工程索引叙词表》这里不再赘述。

至此,对主题语言中几种重要的语言,即标题词法、关键词法和叙词(单元词)法分别作了阐述。为了对上述检索语言有更加明确的认识,下面对这几种语言作一简单比较,如表 2-3 所列。

表 2-3　标题词、关键词、叙词(单元词)的性质比较

比较项目	主题词规范程度	组配形式	词汇来源
标题词	表述文献主题内容的规范化的名词	先组式定组式	可以是文献中的词汇,也可以不是文献中的词汇
关键词	表述文献主题内容的未经规范化的名词	后组式	必须是文献或文献标题中抽出的词汇
叙词(单元词)	表述文献主题内容的规范化的名词、术语	后组式	可以是文献中的词汇,也可以不是文献中的词汇

需要指出的是,无论是分类语言,还是主题语言,若单独使用都存在着许多的缺点和不方便。分类语言和主题语言的性能比较如表 2-4 所列。在国内外大型检索系统中,经常同时使用两种语言,以发挥各自的优点来满足不同用户或读者的检索需求。

表 2-4 分类语言和主题语言的性能比较

表 2-4　分类语言和主题语言的性能比较

比较项目	分类语言	主题语言
结构体系	以学科的逻辑体系为中心,反映事物的从属、派生和平行关系	以语言为中心,不管学科和学科的逻辑序列
标记符号	以人为的标记符号即数字码作为标识,不直观,较难记	以自然语言中表示概念的词语作为标识,直观易记
组织方式	以线性序列结构为特点,其类号只代表线性序列	不受学科体系限制,主题词之间完全独立
揭示事物	从学科系统的角度揭示文献,所研究和讨论的问题都属于同一科学门类	着眼于揭示特定事物、特定对象
目录组织	较为容易	较为复杂
读者使用	需要熟悉分类法	需要掌握专业知识及其对应的文字表述
适应性	体系固定,类目相对稳定,有利于排架、借阅统计,但修改更新困难	不受体系约束,能较及时地反映新学科,增删灵活,修订方便,对咨询和查找专题文献有利,适于计算机检索

例如,著名的美国文献检索工具《工程索引》(EI)采用主题语言标引和编辑其主体部分的文摘条目,同时也提供一套按科学分类进行归类的主题词分类表。而著名的英国文献检索工具《科学文摘录》(SA)采用分类语言编排其主体部分的文摘条目,但也配制一张主题词与分类号的对照表(主题指南)和半度累积主题索引。

2.5　检索策略

2.5.1　文献检索

1. 检索方法

所谓检索方法,就是根据现有条件,能够省时、省力获取最佳检索效果而采取的方法。目前,在文献检索中,常用的检索方法大致可归纳为如图 2-16 所示几种。

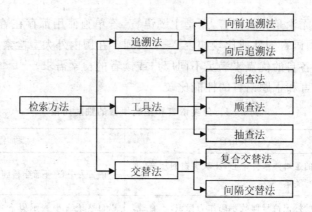

图 2-16　一般文献检索方法示意图

(1) 追溯法

追溯法可分为向前追溯法和向后追溯法。

① 向前追溯法:是一种传统的获取文献的方法。它是利用有关文献后所附的参考文献进行追溯查找的方法。利用向前追溯法检索文献是一种十分方便可行的方法,尤其是文献检索工具贫乏的地区。然而追溯法也有它的局限性。由于著者文献后所附的参考文献总是先于著者文献,一般早于著者文献 5～10 年时间,所以追溯到的只能是著者文献之前 5～10 年范围中的文献,检索到的文献越来越旧。另外由于著者文献后所附的参考文献条数毕竟有限,摘录的年代也不连续、不系统,特别是当引用文献很多时,常掺杂某些参考价值不大的文献,故影响了文献检索效果。因此,一般只有在文献检索工具不成套或不齐全(计算机网络环境不好)的情况下,才采用这种方法。

② 向后追溯法:又称引文法,是利用文献之间的引用和被引用关系,采用一种称之为引文

索引的文献检索工具(如美国出版的《科学引文索引》)进行文献的追溯查找的方法。引文索引是根据期刊论文后面所附参考文献的著者的姓名顺序而编排的。在这种索引中,在被引用著者的姓名下,按年代列举了引用文献的著者及其文献出处。若要找到引用文献的标题,则可以再利用来源索引。在引文索引中,出现的引用文献著者的文献标题及其查找原文的线索完全可以从来源索引中找到。由来源索引中标出的引用文献,就其内容来说,必定比被引用文献内容新,某些论点有创新。如果再以引用文献为起点,则又可以查到一些内容更为新颖的与原来文献内容有关的文献。如此继续进行检索,就像滚雪球那样,能查到一批内容比原来文献更新颖的相关文献。这种方法可以避开分类法和主题法检索文献的难点。有时,只需知道某论文的著者,亦同样可以检索到所需要的文献。另外,它对检索边缘学科、交叉学科的文献,也是一种十分有效的方法。

(2) 工具法

工具法就是利用文摘、索引、题录等各种文献检索工具(文献数据库)查找文献的方法。工具法是文献检索中最常使用的一种方法,故也称常用法。它有顺查、倒查和抽查 3 种方法。

① 顺查法:就是以课题研究开始年代为起点,利用文献检索工具,沿着年代逐年查找,直到近期为止。逐年查找的好处是:漏检较少,查出的文献可以及时筛选,故查全率和查准率比较高。其缺点是,检索的工作量比较大,要求一套齐全的文献检索工具和比较宽裕的检索时间。用这种方法检索出来的文献的特点是,比较有系统性,有助于了解学科的产生、演变和发展情况。

② 倒查法:与顺查法相反,即从最近期向远期逐年查找。倒查法检索效率比顺查法高,花费时间不多,却能检索到内容新颖的文献。

③ 抽查法:就是针对学科发展特点,抓住学科发展迅速、文献发表较多的年代,抽出一段时间(几年或十几年)进行逐年集中检索的一种方法。该方法的优点是,检索时间较少,却能获得较多的有关文献。但是,使用抽查法,检索者须熟悉学科的发展特点,熟悉学科文献集中分布登载的时间、范围,才能达到最佳检索效果。

(3) 交替法

交替法,亦称循环法,实际它是追溯法和工具法的相互结合。根据结合的不同,又可以分为复合交替法和间隔交替法两种。

① 复合交替法:就是先利用文献检索工具查出一批有用的文献,然后利用这些文献内所附参考文献中提供的线索,追溯查找,扩大检索线索(即先工具法,后追溯法)。或者先掌握一批文献后所附的参考引用文献线索,分析查找这些文献所适宜的各种检索途径(如著者、分类、主题等),然后利用相应的文献检索工具扩大线索,获取新的文献线索(即先追溯法,后工具法)。

② 间隔交替法:就是利用文献检索工具查出一批有用文献,然后利用这些文献所附参考文献追溯扩大线索,然后跳过几年(一般为 5 年)再用工具法查找,查出一批有用的文献后再进

行追溯,如此循环检索。之所以可以跳过 5 年再直接从工具书中查找文献,是因为根据文献发表的特点,一般 5 年之内的重要文献都会被利用,也就是说在参考文献中会出现。

综上所述,交替法是一种"立体型"的检索方法,检索效率比较高。其中,复合交替法要比间隔交替法完善。但是间隔交替法能弥补因文献检索工具缺期而造成漏检的损失。

2. 检索途径

查找文献,可根据文献的不同特征,从不同的角度来进行。因此,文献检索有多种途径,其中最主要的有:分类途径、主题途径、题名途径、著者途径和号码途径等。

(1) 分类途径

分类途径是按照文献所属的学科类别来检索文献的途径。它以分类号(或类目)作为检索入口,按照分类号(或类目)的顺序查找。一般利用分类目录和文献检索工具中的分类目次表,依据一个可参照的分类体系,如分类法、分类目次表等。用分类途径检索,优点是能把同一学科的文献集中在一起查出来,缺点是新兴学科、交叉学科、边缘学科在分类时往往难以处理,查找不便。另外,从分类途径检索必须了解学科分类体系,在将概念变换为分类号的过程中,常易发生差错,造成漏检或误检。

(2) 主题途径

主题途径是按文献内容的主题来查找文献的途径。它以确定的主题词作为检索入口,检索按主题字顺查找。一般利用主题目录和文献检索工具中的主题索引。主题词选词的参照体系是主题词表。用主题途径检索文献不用考虑文献的学科分类,比较直观,适合特性检索。

(3) 著者途径

著者途径是以已知著者(个人著者、团体著者或公司、机构)的名称作为检索入口,通过著者目录、个人著者索引(personal author index)、团体著者索引(corporate author index)来查找所需文献的途径,按著者名字顺序查找。

(4) 题名途径

题名途径是根据文献题名(包括书名、刊名、篇名)来查找文献的途径。它以题名作为检索入口,检索者只要知道文献的题名,就可以通过文献的题名索引(目录)查找到所需文献。如图书馆的书名目录和《全国总书目》所提供的检索途径即是题名途径。

(5) 序号途径

序号途径是以文献出版时所编的序号(专利号、标准号、报告号、合同号、文献登记号或入藏号等)作为检索入口,利用序号索引来查找文献的途径。序号索引排列时,分两种情况:序号单纯为数字的,按数字大小排列;字母与数字混合,即数字前冠有字母的,先依字母顺序、后按数字大小排列。已知文献号码时,使用这种检索途径,不仅简单,且不易造成错检和漏检。

3. 检索步骤

为了准确和迅速地获取所需的科技文献资料的线索,一般可以按照以下 7 个步骤中的前 6 个步骤进行检索。

(1) 明确检索目的

用户在开始文献检索之前,必须要对自己检索的课题心中有数,即首先要明确检索的目的。一般来说,检索目的大致可以分成以下 3 种:

① 科研攻关型。自己在科学研究或生产过程中遇到一些关键性技术难题,需要参考国内外同行的经验和研究成果,这时的检索只要求检出某一主题或某一方面的资料,要求的查准率较高,不一定要求文献数量大,只要找到合适的文献即可。

② 课题普查型。一些从事理论研究或为编写教材、申请发明以及成果鉴定的科技人员,往往需要全面系统地检索某一个主题范围内的文献资料,这时的检索要求较高的查全率,一般需要检索过去若干年的文献,回溯检索是这一类用户经常使用的方法。

③ 研究探索型。一些从事新技术、新项目的科研人员,需要密切跟踪国内外最新的研究成果,掌握最新的科研动态,关注同行的研究进展,这些用户一般要求检索到的资料新颖且及时,他们对查准率和查全率都没有很高的要求,只希望能找到一些有启发性的文献。最新文献传递服务最适合这些用户。

用户的检索目的直接影响到检索的整个过程。明确自己的检索目的,有助于合理地确定检索方法和检索途径,对检索工具(系统)的选择、数据库的确定以及检索提问式的编制具有指导意义。

(2) 正确分析检索课题,确定检索范围与检索标识

在明确了检索目的后,着手文献检索之前还要对检索课题进行分析,对所要检索的课题有比较全面的了解,弄清课题的核心含义,尽可能准确地理解课题研究的对象,并且找出课题中和这个对象有关的概念,从而准确地把握检索要求。如要查找“飞机计算机辅助设计与制造”方面的文献。首先把这个课题划分为“飞机”、“计算机辅助设计”和“计算机辅助制造”几个概念,然后分析这几个概念的内容。显然,这个课题是以“飞机”为核心的,也即应以“飞机”这个概念先着手。

对检索课题进行分析后,就可确定检索范围和标识。检索范围包括:①学科范围;②年代范围。例如要查找“飞机计算机辅助设计与制造”方面的文献。显然这一课题应归入“航空航天”或者“计算机应用”这两门学科领域,从而可以确定所要用的文献检索工具。另外,可以了解到,计算机是 20 世纪 40 年代中才问世的,而真正用于机械设计与制造是 80 年代,根据这条线索就可以确定所要查的文献检索工具的年代范围。确定检索标识就是指确定检索词和分类号。如果采用主题法,就要确定其课题的主题词。“飞机计算机辅助设计与制造”这一课题,它的中文主题词是“飞机、计算机辅助设计、计算机辅助制造”;英文主题词为 Aircraft、CAD、CAM、CIMS。如果采用分类法,那么“飞机”应属于“航空航天”学科,查“中图法”知其分类号为 V22、V26;“计算机辅助设计与制造”应属于“计算机应用”学科,查“中图法”知其分类号为 TP391.72、TP391.73。这里要说明的是,正式的检索词和分类号都是从特定的词表和分类表中查定的。一般来讲,都是先根据课题分析得出的概念而拟定出非正式的主题词,然后,对照词表将非正式主题词变换成正式主题词。

（3）选择文献检索工具

文献检索工具选用是否恰当，会直接影响检索的效果。因此，在进行文献检索时，要根据具体情况，从文献检索工具的专业范围、检索途径和出版形式等几个方面来考虑，选择质量较高的文献检索工具。

① 选择的原则

一般来说，应从本单位、本地区现有检索条件的实际情况出发，少而精地选择专业对口、质量高的文献检索工具或文献数据库。

文献检索工具的质量主要由下列几项指标来确定，即：文献的收录量；文献的摘录及标引质量；文献报道的时效；使用的难易程度和索引的完善程度等。

② 选择的方法

在不考虑检索系统收藏、网络环境等因素的情况下，一般来说，文献检索工具类型的选择，应先考虑网络型的数据库，其次考虑光盘数据库，最后考虑印刷型文献检索工具；在内容上，应根据课题检索需求选择综合性或专业性检索系统，或者两者兼顾。

（4）确定检索途径

在利用文献检索工具查找科技文献资料时，要确定检索的入口，即通过哪种检索途径来查找文献线索。文献检索工具的检索途径种类很多，最常用的是：主题途径、分类途径、著者途径。确定检索途径的方法如下：

① 对所查文献的专业学科分类比较明确时和浏览查阅文献检索工具的现期期刊（因为多数文献检索工具期刊的主体部分都按分类编排）时用分类途径。由前述的文献检索工具的一般结构可知，文献检索工具中的专业分类体系是通过分类目次表来反映的。分类途径就是以表中的类目名称、分类号作为入口，根据所对应的页码来查到所需文献。

② 如果所查文献的专业学科分类不明确或涉及多个学科，以及回溯查找往年的过期检索期刊，最好采用主题途径，这时应注意累积索引的使用。

③ 若已知文献著者（包括个人著者、团体著者或公司、机构）的姓名，应采用著者途径。在使用著者索引时要注意如下几个问题：

● 西文个人著者索引是按著者的姓、名的字母顺序排列的，即著者的姓在前，名在后，姓与名之间用逗号隔开，如 Smith、John 或 Smith、J.。（注：西文著者姓名习惯是名在前，姓在后，如 John Smith 或 J. Smith。）

● 西文团体著者索引一般可以根据团体著者的全称（或全称的缩写）的英文字母顺序来查找。

● 如果对外国著者的姓与名不易辨别时，要从不同角度，多试查几遍。

④ 若已知文献的序号，无论是专利号、标准号、报告号、合同号、文献登记号还是文献入藏号，都应采用序号途径。

（5）检索方法的选定

在文献检索工具不成套或不齐全的情况下，可采用向前追溯法；如果已知某论文的著者，可利用引文索引，采用向后追溯的方法查阅内容更为新颖的文献；在文献检索工具比较齐全的情况下，要尽量采用工具法。当查找文献的目的是为撰写某一学科的发展动态、综述、述评等论文时采用顺查法；在确定新课题或解决某些关键性的技术问题上往往用倒查法；如果检索者熟悉学科的发展特点，熟悉学科文献集中分布登载的时间、范围，就可采用抽查法。

（6）阅读检索条目，确定文献线索

在做好了前 5 个步骤的准备工作后，就可利用文献检索工具查找所需文献，即根据所确定的途径，进入文献检索工具的主体部分，检索到有关的条目（文摘或题录）。通过阅读这些检索条目的内容来决定所需文献的取舍，并记录所需文献的原文线索。在这一步骤所要特别掌握的是文摘（或题录）的每条条目的著录格式及文献原文类型的判断。只有识别文献类型，才能确定该文献可能收藏在何处、查何种馆藏目录，以便申请借阅或复制该文献。

关于文献检索工具主体部分的著录格式，每种文献检索工具各不相同，一般在文献检索工具的使用说明中有详细的介绍及样例。因此在使用每一种文献检索工具时，应认真阅读文献检索工具的使用说明。虽然文献检索工具主体部分条目著录格式不尽相同，但著录的内容大同小异。一般来讲，题录型文献检索工具主体部分的条目主要著录：题名、著者、文献来源出处。文摘型文献检索工具主体部分的条目主要著录：题名、著者、文献来源出处、内容摘要（如图 2-3、图 2-4 所示）。根据文献类型的不同，文献来源出处著录的内容也不尽相同。表2-5 列出几类常用文献来源出处的著录内容。

识别文献类型，要根据文献检索工具主体部分款目的"文献来源出处"项的文献外部著录特征来判断。表 2-5 还同时列出几类常用文献的类型识别特征及其收藏单位。

表 2-5　各类型文献来源出处项著录内容

文献类型	来源出处项著录内容	主要识别特征	收藏单位	备　注
期刊论文	刊名、年、卷、期、起止页码、国际标准书号：ISBN	年、卷、期、起止页码 vol.　no.	图书馆 信息中心	
图书	出版地、出版社、出版年、总页数、国际标准刊号：ISSN	出版社、总页数 press, publication	图书馆	
会议文献	开会时间、地点、会议名称	会议名称 meeting, proceeding paper	图书馆 信息中心	若是正规出版的会议录，按图书格式著录 若是单篇会议论文，著录有论文号，类似科技报告

续表 2 - 5

文献类型	来源出处项 著录内容	主要识别特征	收藏单位	备　注
专利	专利号	专利号 patent	专利局	
科技报告	报告号	报告号 report	图书馆 信息中心	
学位论文	大学名称、学位名称	学位名称 PhD Dissertation thesis	图书馆	
标准	标准号	标准号 GB	国家技术监督局	

(7) 查找和获取原始文献

经过了前 6 个步骤,利用文献检索工具已查找出了有关文献的线索(注意,到目前为止,前面所说的查到文献都只是指查到文献线索,而要找到有关的原始文献,才是文献检索的最终目的);也就是说,通过查阅有关文献检索工具,一般是查到了所需要的文献的题目、作者以及类型,由此可以大致判断该文献的收藏地点,进一步找到原始文献。

由于查找原始文献,需要了解文献收藏地点及馆藏情况,因此需要查阅各类目录(联合目录、馆藏目录)。目录的排检一般来讲,是以文献名称的全称排列的,而在大部分文献检索工具中,"原始文献出处"往往采用缩写的形式(特别是外文期刊名称),如 J. struct. Eng.,它的全称是 Journal of Structural Engineering。因此,在查找原文时常需采用特定的工具将文献缩写名称转换成全称,通常可利用文献检索工具后附的"来源索引"、"收录出版物索引一览表"查阅出版物全称,也可利用专门的参考工具书查阅出版物全称。

在西文文献检索工具中,俄文、日文、中文的"原始文献出处"往往以拉丁文的音译形式出现,这就需要把拉丁文的音译还原成原文名称。

对于俄语刊名,可利用《俄文和英文字母音译对照表》或《科技期刊与连续出版物名称对照手册(拉丁文音译俄文)》(书目文献出版社,1980)进行还原。

对于日文刊名,可利用《科技期刊与连续出版物名称对照手册(拉丁文音译日文)》(书目文献出版社,1980)、《日本姓名译名手册》(科技文献出版社,1978)等参考工具书进行转换。

4. 检索中应注意的若干问题

① 注意正确判断出原文的类型。阅读文献检索工具正文时,对查到的所需文献,要注意完整、正确无误地记录"题目、著者、来源出处项"的内容。通过来源出处项判断出原文的类型,为查找原文做好准备。

② 要注意把期刊的缩写名称还原为全称。

③ 要注意使用累积索引和联合目录。

④ 在使用著者索引尤其是西文文献检索工具中的著者索引时,要注意著者姓名的排序,

难以确定姓、名时，应从多个角度试查。

⑤ 会议文献由于出版形式比较复杂，既有以图书形式出版的会议录，又有以单行本形式出版的会议论文，还有的以期刊的增刊形式出版，所以在查找会议文献的原文时，要注意从多个角度查找。

5. 检索效果的评价——检索效率

检索效率是指在检索过程中满足检索者检索文献的全面性和准确性的程度，它是衡量检索系统性能的一个最基本的指标。就每一个检索过程而言，理想的检索结果是无遗漏、无误差地检出所需文献，但由于各方面的因素，实际上很少能达到这样的结果。检索效率通常用查全率和查准率两个指标来衡量和表示。

英国情报学家 C. 克勒维当（C. Cleverdon）根据 1963 年美情报专家对 7 万篇文献的研究结果，做出查全率和查准率这两个指标之间存在着互逆关系的结论。也就是说，如果放宽检索以达到较好的查全率，那么查准率总是下降；反之，若是限制检索范围以改善查准率，则查全率总是变坏。美国情报学家 F. W. 兰卡斯特（F. W. Lancaster）根据 50 次检索的调查结果绘制出了查全率与查准率关系的经验曲线，得出了同样的结论。值得注意的是，上述结论是由多次检索结果的平均而得出的，不能以此理解为每一个检索过程均为如此。在实际工作中，常常会遇到这种情况：有时查全率和查准率都可能达到 100%，而有时，查全率和查准率都可能为零。实际上每次检索结果不一定都是互逆的。究竟有哪些因素影响检索效率？这是一个复杂的问题，有待于深入研究。目前可以归纳出以下几个因素。

(1) 检索人员的素质

不论是手工检索系统还是计算机检索系统，都要由检索人员来参与和控制检索过程，因此检索人员的素质对检索效率有直接的影响。检索人员的基本素质主要是应具有一定的专业科学文化知识水平（包括准确地表达信息需求、正确地进行主题分析）和检索技能（包括对文献检索工具的熟悉和使用，对检索策略的灵活运用等）两方面。据国外一次试验表明，在查全率失败的原因中，检索过程的失误占 35%；在查准率失败的原因中，检索过程的失误占 32.4%。检索过程由检索人员控制，检索人员的素质对于检索效率的影响是很重要的。

(2) 检索语言的性能

人们在存储和检索文献时要借助于检索语言。某一种检索语言的词汇、语法对于据此而构成的目录的功能有直接的影响，如分类语言中的交替类目、参照类目；主题语言中的语义参照系统有助于提高查全率；检索语言的专指性能则对于查准率影响极大。采用性能好的检索语言可以使检索系统具有较理想的检索效率。

(3) 检索途径

任何一篇文献在存入检索系统之后，该系统向利用者提供的检索途径愈多，被查到的概率也就愈高。如某一篇文献在检索系统中只向人们提供一条检索途径，那么人们只有找到这唯一途径，才有可能获得这一份文献。如果有 6 条检索途径可供查检，那么只要找到其中任一途径便可获得,这样查全率、查准率自然都会相对提高。检索途径的多少,就使用单一的文献检索工具而言,取决于标引的深度;就使用整个检索系统而言,除标引深度外,还取决于目录的种类及数据库内部的数据结构。当然,如果检索途径过多,则会加重系统的负担。

（4）著录、标引质量

检索标识是组织文献检索工具、进行检索的依据,因此,检索标识的准确性对于查全率、查准率也是一个重要的因素。通俗地说,没有存进检索系统或存储不准确,就难以取出来。如果在著录标引时主题分析不全面,有漏标现象,就会造成漏检。漏标就是指标识出来的主题概念少于文献中论述的主题概念,也就是该提炼的主题概念没有提炼出来。例如,《飞机计算机辅助设计与制造》应标出三个主题词:"飞机"、"计算机辅助制造"、"计算机辅助设计",如果漏标"计算机辅助制造"就意味着在"计算机辅助制造"这个主题词下就没有这篇文献,按照这一途径检索,就会产生漏检。如果主题分析或概念转换有误差,形成误标,就会导致误检的发生。误标就是指标识出来的主题与原文献主题不符。例如,如果对上述文献标"空气动力学"就为误标,这一份文献就会在"空气动力学"主题词中被错误检出。

2.5.2 数据与事实检索

当人们在遇到疑难问题或需要查找特定的信息时,也就是说需要进行数据与事实检索时,需要利用参考工具书来找到答案。然而面对众多的工具书,应该如何查找呢? 一般来讲,首先要选择最有效的参考工具书,其次是确定查找入口,最后要选择最好的答案。下面从这几个方面分别叙述。

1. 参考工具书的选择

在读书治学和科研工作中,遇到的问题纷繁复杂,用来解决问题的参考工具书也多种多样,所以选择最有效的解决问题的参考工具非常重要。下面是在选择参考工具书中应注意的问题。

（1）要注意使选择的参考工具书与需要解决的问题相匹配

每逢遇到问题时,读者先要分析该问题究竟属于哪一类,再相应地去查找同类的参考工具书。为了使大家在选择参考工具书时有一个大致的方向,现将常见的问题及相应适用的参考工具书类型列入表2-6中。

表2-6　问题与工具书类型对照表

序　号	查找问题	工具书类型
1	词语	词典、百科全书、手册
2	定义、概念、背景性材料	百科全书、年鉴
3	人物	传记词典、百科全书、机构名录、年鉴
4	地名	地名词典、地名索引、百科全书、词典

序　号	查找问题	工具书类型
5	组织机构	机构名录、年鉴、百科全书
6	统计数字	统计汇编、年鉴、百科全书
7	法规材料	法规汇编、百科全书
8	图像资料	图像集、百科全书
9	事件活动	年表、年鉴、百科全书
10	奇特事物	百科全书、综合性手册
11	数据、公式、概念	专业手册
12	出版物	书目

（2）要注意特定参考工具书的选择

在确定了部分适用的参考工具书后，还要从中选出最适用的特定参考工具书，以便获得最准确、最令人满意的答案。这样就必须注意版本内容上的变化，主要是收录范围起了什么变化。另外，还要对提问进行分析，了解参考工具书的固有特征。这时要注意利用参考工具书指南。

2. 入口词的确定

选定了适用的特定工具书后，接下来需要解决的问题就是确定入口词。只有这样才能从参考工具书中找到相应的答案。在确定入口词时要注意以下几个问题。

（1）正确确定入口词

所谓入口词就是参考工具书中查找特定信息的依据或出发点，又称检索点。这关系到查找是否能取得成功。确定方法有：

① 从提问的名词中确定入口词，即提问中所包含的专指性的各种名称可直接作为查找的入口词，如"莎士比亚的剧作有哪些？""纽约出版哪些中文报纸？""Whose 早期用法如何？"等。其中画线部分就可作为入口词。

② 提问主题作为入口词。如上述条件达不到要求时，就需根据提问中所含信息拟定主题词作为入口词。

（2）入口词的中外文转译

有时遇到的问题只知中文的说法，还必须用外文参考工具书时，可用汉英、汉俄、汉德、汉日等中外文词典，也可用一些主题词表中的汉英对照表将中文入口词转成相应的外文入口词。

（3）名称作为入口词

通常指人名、地名、组织机构名称等。要注意名称的转译。

① 中译名称的还原，即将中译名再译成原文。常用的几种参考工具书有《辞海》、《世界人名大辞典》、《世界地名大辞典》、《地名录》以及《当代国际人物词典》、《近代来华外国人名词

典》等。

② 中国名称的外译，即以中国名称的外文形式为入口词从外文参考工具书中查找资料。将中国名称译为相应的外文名称的方法通常有音译、意译和二者相结合。中国人名外译，1981年以前采用韦（威）氏拼音法，1981 年以后改用汉语拼音法。如邓颖超按 Teng YingChao 和 Deng YingChao 两个拼写法为入口词进行查找，就可查到较确切的资料。

3. 选择答案

入口词确定以后，就是怎样利用它进行检索的问题了。这就涉及怎样利用恰当的检索途径，选择正确的答案。这一步，最为重要的是在熟悉检索途径的基础上，利用最合适的检索途径。参考工具书检索途径因书而异，总的来讲，可有主体部分检索途径和辅助检索途径。

（1）主体部分

参考工具书的主体部分本身就是检索途径之一。最为明显的是词典类参考工具书，其款目均按字顺排列。一旦确定了款目标目词，或称为入口词，一检即得。因此，要有效地利用参考工具书的主体部分直接进行检索。这是迅速获得答案的最便捷的方法。

（2）辅助检索手段

参考工具书，尤其是外文参考工具书都具有较完备的检索途径，主要是书末附有辅助索引。充分地对其进行利用，可迅速查到答案。这是因为：① 索引完全而深入地提示全书的内容；② 索引指明特定信息在书中的位置；③ 质量高的索引，通过适当的编排措施，展示出书中所含信息之间的种种复杂关系。

（3）目　　次

目次也是一个主要的辅助检索途径。因目次页部分一般比较详细地罗列了书中各级大小标题，成为该书内容的缩影。借助目次可大体了解书中材料的组织框架，从而大致确定特定信息的所属类别。

有些参考工具书，如百科全书，还对专门学科或专题设有研究指南，不仅揭示与主题有关的内容，而且还提供其他有关资料来源。其作用在于为专门学科或专题的研究提供纵横的检索途径，并使之与书中的索引相联系。把研究指南与书末索引配合使用，可使某些复杂的咨询问题获得较圆满的答案。

根据具体情况，从以上几种辅助检索途径中选择最适用的一种，进一步选择出自己满意的答案。

总之，学会利用参考工具书，首先要熟悉参考工具书的类型、特点、功用，逐步了解各种参考工具书的内容范围、编纂方式、优缺点，以便有针对性地选择使用并相互参照；其次要掌握参考工具书的排检方法；最后要尽可能地多查、多用参考工具书，使用是最好的学习，多用就能使自己逐步了解参考工具书，从而达到运用自如的境地。

2.6　检索技巧

　　无论利用何种工具进行信息检索,掌握一定的检索技巧都有助于提高检索效率,即提高查全率和查准率。因此,掌握一定的检索技巧是必要的。

　　在一个完整的文献信息检索流程中,遇到一个文献信息检索的命题时,首先就是要选择恰当的检索词。检索词选择的合适与否,很大程度上能影响一次检索的准确度。因为检索词是最能直接反应所需信息的主旨意思的。每一种检索工具都严格按照用户提交的检索词进行信息的搜索。因此,检索词表述的准确度是获得良好检索结果的必要前提。

　　选择检索词需要经验积累,但在一定程度上也有章可循。目前的检索工具还不能很好地处理自然语言,因此在提交检索请求时,最好先把所需要检索的内容提炼成简单的、与信息内容主题关联的检索词,而且还要尽可能多地确定表达同一个概念的多种检索词。

　　接下来就是要选择检索系统了。选择检索系统时,要先对候选的系统有一个大致的了解。如掌握信息源提供的文献的内容范围、文献类型、文献的发表年限等,做到有的放矢。例如,需要检索有关载人飞船方面的技术发展性文章,这就决定了候选文献必须是理工科方面的,而不能是文科、法律等方面的。而且信息源提供的文献所包含的年代要比较长,因为需要的是从技术发展史方面了解载人飞船的相关技术信息。如果检索时选择的是一个只包含近 10 年科技文献的信息源,就不能全面了解载人飞船技术发展方面的相关信息,因而也就不能圆满完成检索的命题。

　　进入到一个具体的检索系统后,如果选择的是计算机检索系统,只要把确定的检索词输入检索界面的输入框,单击检索,就可以获得检索结果。这样做虽然非常简单,但是给文献的挑选利用带来了一定的麻烦。因为可能需要花比较多的时间在文献挑选上。所以,要尽可能地的利用一个检索系统提供的检索入口,也就是在检索前要尽可能多地找到所需文献的确定性信息,如文献的篇名、作者、年代、作者单位等。只有这样,才能提高检索的查准率。

　　阅读检索结果的同时,也可以检验本次检索的准确度。因为通过在检索结果中挑选命中文献,就能知道检索词选择得合适与否、检索条件是不是限制得过于松了。所以获得理想的检索结果不是一蹴而就的,可能需要多次反复地修改检索策略。修改检索策略其实也是完成另一个检索命题,只是这次有章可循了。例如,可以打开一篇命中的文献,看看这篇文献中描述相同概念的时候使用的关键词、主题词,然后在下次检索的时候,把这些关键词、主题词确定为检索用词。另外,如果检索结果条数过多,可以在新的检索时,严格检索条件,比如利用逻辑“与”限定检索词之间的关系,检索词限定在标题、摘要等字段,选择比较短的文献时间段等等。

　　此外,有的文献信息检索系统还能提供简单的检索结果分析统计功能。利用这些功能,可以将检索到的结果按作者、出版年份、学科领域、研究机构、文献语种和期刊名称进行分析,归纳总结出相关研究领域在不同年份的发展趋势,某个特定的课题都分布在哪些不同的学科中。

最后,检索的时候要学会"适可而止,不要迷失"。现在人们所处的是一个信息爆炸的环境,当利用互联网或专业信息源查找信息时,会有许多文章很有趣,许多地方充满了诱惑的字眼;尤其是在网上找信息的时候,经常找着找着就忘了当初的出发点是什么了,然后迷失在信息的海洋中。所以在检索之前,一定要有个大概的计划,然后只检索和浏览阅读跟自己的主题最相关的内容。至于别的内容,要学会视而不见。

2.7　文献信息利用应遵循的法规

在科学研究中,合理使用他人文献是必须遵守的学术规范之一。知识产权法和通行的道德标准是必须遵守的。为保证在文献信息利用中文献信息的合理使用,下面介绍与知识产权的相关知识。

2.7.1　知识产权的基本常识

知识产权英文为 Intellectual Property,是指从事智力创造性活动取得成果后依法享有的权利。它是一种无形财产权,主要包括工业产权和著作权两部分,其中工业产权主要包括专利权、商标权、商业秘密权、集成电路布图设计权、地理标志权、植物新品种权等权利。

在学习、科学研究过程中会使用他人作品和产生作品,这涉及著作权;在工程研究和产品开发中可能会产生专利,这涉及专利权;在完成学位论文时论文的封面会注明毕业的机构名称,这就涉及商标权。因此这里主要介绍这 3 种权利。

(1) 著作权

著作权是指自然人、法人或者其他组织对文学、艺术和科学作品依法享有的财产权利与精神权利的总和。这里的作品是指文学、艺术和科学领域内具有独创性并能以某种有形形式复制的智力劳动成果。著作权包括财产权和人身权。人身权也称精神权利,财产权也称经济权利,是指著作权人依法享有的自己利用或者许可他人利用其作品并获得报酬的权利。

我国《著作权法》自 1991 年 6 月 1 日起施行,2001 年 10 月进行了修正。我国《著作权法》给作者授予的人身权包括发表权(决定作品是否公之于众的权利)、署名权(表明作者身份,在作品上署名的权利)、修改权(修改或者授权他人修改作品的权利)和保护作品完整权(保护作品不受歪曲、篡改的权利)。这 4 项人身权除发表权外,其他 3 项如署名权、修改权和保护作品完整权的保护期不受限制。我国《著作权法》给作者授予的财产权包括复制权(以印刷、复印、拓印、录音、录像、翻录、翻拍等方式将作品制作一份或多份的权利)、发行权(即以出售或者赠与方式向公众提供作品原件或者复制件的权利)、出租权、展览权、表演权、放映权、广播权、信息网路传播权(以有线或者无线方式向公众提供作品,使公众可以在其个人选定的时间和地点获得作品的权利)、摄制权、改编权、翻译权、汇编权和其他法律赋予的权利。其中常涉及的权利主要是复制权、发行权和信息网路传播权。

1991 年施行的《著作权法》明确将计算机软件作为一种作品,给予版权保护。国务院于 1991 年 6 月 4 日颁布了《计算机软件保护条例》,并多次修订。

(2) 专利权

专利权(Patent Right),简称"专利"。是国家专利主管部门依据专利法授予发明创造人或合法申请人对某项发明创造在法定期间内所享有的一种独占权或专有权。发明创造人或其权利受让人对特定的发明创造在一定期限内依法享有的专用权与独占权。

我国《专利法》自 1985 年 4 月 1 日施行,已进行多次修订。依法建立的专利制度保护发明创造(包括发明、实用新型和外观设计)专利权。《专利法》所指的"发明"是指对产品、方法或者其改进所提出的新的技术方案。自然定律的发现、抽象的智力活动规则等不能算作发明。"实用新型"是指对产品的形状、构造或者其结合所提出的实用的新的技术方案。我国现行专利法规定发明专利权的期限为 20 年,实用新型和外观设计专利权的期限为 10 年。

(3) 商标权

商标权是指商标主管机关依法授予商标所有人对其注册商标受国家法律保护的专有权。商标是用以区别商品和服务不同来源的商业性标志,由文字、图形、字母、数字、三维标志、颜色组合或者上述要素的组合构成。

我国商标法自 1985 年 3 月施行。1993 年 2 月 22 日进行了修正,扩大了商标的保护范围,除商品商标外,增加了服务商标注册和管理的规定;在形式审查中增加了补正程序,在实质审查中建立了审查意见书制度。

从法律上讲,知识产权具有 3 种特征:

① 地域性。即除签有国际公约或双边、多边协定外,依一国法律取得的权利只能在该国境内有效,受该国法律保护。

② 独占性或专有性。即只有权利人才能享有,他人不经权利人许可不得行使其权利。

③ 时间性。各国法律对知识产权分别规定了一定期限,期满后则权利自动终止。随着我国加入知识产权的各种国际公约和世贸组织,知识产权制度有着国际化的明显趋势。

2.7.2　著作权的合理使用

科学研究可以利用他人的科研成果,但有重要前提。这个前提就是必须遵守知识产权法,遵守学术规范,做到合理使用他人的研究成果。学术规范是人们在长期的学术实践活动中逐步形成的被学术界公认的一些行为规则。学术规范的主要内涵是指学术活动过程中尊重知识产权和信息道德,严禁抄袭剽窃,从而在宪法、保密法和著作权法的框架下进行学术创作。采用了文献中的观点和内容应注明来源、模型、图表、数据应注明出处。

1. 文献合理使用的相关规定

科技文献的引用与被引用是由科学知识的继承与利用、研究活动的需要所决定的,是科学发展的必然规律。

著作权法第二十二条对该项制度的规定是："在下列情况下使用作品，可以不经著作权人许可，不向其支付报酬，但应当指明作者姓名、作品名称，并且不得侵犯著作权人依照本法享有的其他权利。"接着该条第二款列出了 12 项可以合理使用作品的情况，其第二项就是关于"引用"的界定："为介绍、评论某一作品或者说明某一问题，在作品中适当引用他人已经发表的作品"。此外，著作权法实施条例第二十一条又对"引用"作了进一步的限制："使用可以不经著作权人许可的已经发表的作品的，不得影响该作品的正常使用，也不得不合理地损害著作权人的合法权益"。

以上说明公民可以依法对他人作品自由、无偿地使用而不构成侵权。由于这种合理使用制度的实质是对社会公众和著作权人双方利益的一种平衡，对其适用范围必须严格按照上述规定并不得随意扩大。

2. 文献合理使用的判定

首先，要看引用的目的是否符合法律的规定。法律规定的引用目的仅限于 3 个。① 推荐或介绍某一作品；② 分析或评论某一作品；③ 为了说明某一问题或某一观点。除此 3 个目的之外使用他人作品，就不属于引用，将涉嫌抄袭。

其次，除引用目的符合外，引用必须适当，有 2 条原则必须坚持：① 不得影响被引用作品的正常使用。作品的正常使用指的是作品正常的复制、发行。这就要避免引用全文，要把引用限定在必要的程度内，对作品的正常使用有促进作用。② 不得不合理地损害著作权人的合法权益。这就要把引用限定在合理的范围内，使引用一个作品的部分不能比评论、介绍或者说明的部分还长。

再者，被引用的必须是他人已经发表的作品，他人还没有发表的作品则不宜引用。按照我国著作权法的规定，作品一经完成不论是否发表都受著作权法保护，但是，没有发表的作品，由于还没有公之于众，没有与社会建立关系，处于权利人的绝对控制之中，因而社会对其完成情况全无了解，如果进行引用，一旦双方发生纠纷，谁是引用者谁是被引用者很难鉴别清楚。

最后，指明被引用作品作者姓名、作品名称这一条很关键。如果没有指明作者姓名、作品名称，不管是原文照抄还是颠倒顺序，都属于抄袭或剽窃行为；反过来，只要指明了作者姓名、作品名称，即使不符合引用目的或者引用不适当且未经许可的引用，也只是不当引用、过量引用的问题，不至于被指控为抄袭。

按照《中华人民共和国著作权法》的规定，抄袭剽窃则属于违法侵权行为，为法律所禁止，一旦被认定抄袭，要承担停止侵害、消除影响、赔礼道歉、赔偿损失的民事责任。

3. 文献合理使用的范围或引用他人文献的度

适当引用，是指一个引用度的问题。目前国内没有权威的相关规定。论文作者在引用学位论文和期刊论文作为参考文献时，需遵守学位授予单位关于学位论文的具体引用规定或投稿期刊的具体规定。

对于国外学术期刊论文，一般来说，当直接引用超过 100 字或原文 5% 的文字时，若来源刊物中没有放弃版权的文字说明,必须得到版权所有者的书面许可;引用在保护期内的图片或表格、图表、诗歌、图画等作品必须获得作者或相关公司的许可。同时,所摘引的句子或段落必须加上引号并注明出处,图表等也必须注明来源。近年来,我国也要求论文作者遵守这一约定,在论文的末尾,还须向作者等版权所有者表示感谢。

4. 违反合理使用等学术规范的后果

在科学研究中,合理使用他人文献是必须遵守的学术规范之一。在西方,对剽窃及其他学术劣行的惩罚是极为严厉的,常常导致当事人失去工作或被剥夺职业资格。因此,同行的压力和自律常常足够使不良行为降到最低。

知识产权法和通行的道德标准是必须遵守的,这方面的问题在我国也越来越受到关注。任何在申请课题、实施研究、报告结果、成果鉴定等科学活动中捏造、伪造、剽窃和其他违背科学共同体惯例和公认标准的"科学不端行为",最终会被察觉、被戳穿。如果研究成果发表在刊物上,对此研究感兴趣的其他人员会重复实验,检验数据、检验方法的真实与否,许多做假的文章往往是同行阅读后发现的。

目前博硕士学位论文数据库的广泛传播性和检索便利性,有"科学不端行为"的学位论文也极其容易被其他科研人员发现,而且指导教师也可能让同门学生复核以前的结果,国内已有博士学位被撤销的先例。

在科学研究中,从文献检索、调查、开题论证、试验分析、计算设计一直到论文撰写,处处应恪守学术规范,这样尊重别人学术成果的同时也珍惜了自己的学术生命。论文就是学术脸面,现在人们查得到,以后多少年后人们仍然查得到。当论文被人察觉在造假、是垃圾文、一稿多投,作者就难以得到学术尊重,对未来的学术之路非常不利。

第3章 计算机检索

计算机检索的发展过程是与计算机技术和通信技术的发展过程密不可分的,1946 年世界上第一台电子管计算机问世后不久,计算机就被引入了信息检索领域。1954 年世界第一个计算机检索系统的问世,标志着信息检索从此进入了计算机处理的时代。随着计算机、网络技术的高速发展,利用计算机进行信息检索越来越受到人们的关注和欢迎,已成为目前信息检索的主流。本章主要介绍计算机检索的基本知识。

3.1 基本概念

所谓计算机检索,就是利用计算机对信息和数据的高速处理能力来实现信息的存储与检索。与利用印刷型检索工具进行的手工检索相比较,二者在检索原理上没有本质区别,都是信息查找和匹配的过程,所不同的是信息的载体、信息的存储方式以及实现信息匹配的过程等发生了变化。表 3－1 所列为对手工检索和计算机检索作的比较。

表 3－1 计算机检索与手工检索之比较

检索手段	信息载体	存储方式	检索途径	检索策略实现	检索效率
机检	磁带、磁盘、光盘等	电子型	较多	计算机	高
手检	纸张	印刷型	较少	人脑	低

从广义上理解,计算机检索应该包括信息的存储和信息的检索,但一般的信息用户,更关心如何从一个信息集合中找到自己需要的信息。从这个角度来说,计算机检索是从一定的数据库中查找需要的信息。图 3－1 描述了计算机检索的检索过程。

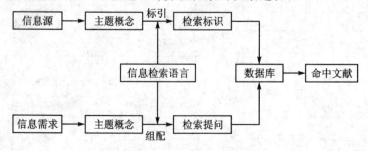

图 3－1 计算机检索示意图

图 3-1 实际上是信息检索系统图 2-1 的一个简化图。由此可见，无论是计算机检索还是手工检索，其检索原理都是一样的。

根据计算机用户界面的不同，计算机检索大致可分为以下几种方式。

(1) 命令检索

命令检索是使用一些特定的检索命令来实现检索的。不同的系统一般有不同的检索命令。命令检索一般适用于有经验的检索人员，灵活应用检索命令可以方便快捷地获得准确的检索结果。一些大型的联机检索系统都有命令检索方式。

(2) 菜单检索

菜单检索是一种简单易学的操作方式。普通用户只要根据菜单的指引，通过选择适当的选项并结合功能键，就能一步一步完成检索。光盘检索系统一般都提供菜单检索方式。菜单检索的缺点是操作步骤较多，检索时间较长，在检索精度上逊于命令检索。

(3) 超文本检索

超文本检索是目前最新型的信息检索方式。它向用户提供了更加友好的人机交互界面。超文本技术按知识（信息）单元及其关系建立起一种非线性的知识结构网络，知识单元彼此用指针链接。用户在操作时，只需要用鼠标点击相应的知识单元，检索就可以一步步追踪下去，逐层打开一个个知识单元，直到发现所要的目标。超文本检索大多用于多媒体光盘及互联网上。

3.2　计算机检索系统

计算机检索系统即完成信息检索的计算机系统。一般包含以下几个部分：计算机检索终端、通信设施、数据库、检索软件及其他应用软件。数据库中保存的是计算机可读数据的集合，检索是针对数据库进行的。用户操作检索终端，以人机交互的方式（通过通信设施）进入数据库，运用相应的检索软件和命令在数据库中查找合适的文献记录。检索者只要输入正确的检索提问式，匹配查找的过程是由计算机自动进行的。整个检索过程是在人和机器的协同工作下完成的，人是信息检索的设计者和实际操纵者。

3.2.1　检索系统类型

计算机检索系统按照不同的划分标准，可以分为不同的类型。

1. 数据库内容划分

按检索系统所提供的检索数据库的内容可划分为目录检索系统、文摘检索系统、全文检索系统和事实检索系统。

(1) 目录检索系统

目录检索系统（对应于印刷型目录卡片系统）是对出版物进行报道和对图书资料进行科学

管理的工具。目前,可供计算机检索的电子版目录包括机读目录 MARC(Machine Readable Catalog)和运行于网络上的联机公共检索目录 OPAC(Online Public Access Catalog)。由于计算机网络可以把多个图书馆连接起来,因此使用 OPAC 不但可以查询单个图书馆的馆藏目录,还可同时查询多个图书馆的联合馆藏目录。用户通过检索 OPAC 系统,可以明确自己需要的图书资料的收藏地点(包括其他地区或国家)。

(2)文摘检索系统

文摘数据库检索系统(对应于印刷型的文摘和索引)主要用于文献资料线索的检索。通过检索该系统,得到的检索结果是文献的线索,主要包括文献的题目(title)、作者(author)、出处(source)和文献的摘要(abstract)。由于该系统不提供文献本身(原始文献),所以这种检索也称为二次文献检索。如果用户需要获取原始文献,那么在获得文献主要线索的基础上,还需要通过目录检索这一过程。随着计算机网络超链接技术的发展,现在很多文摘检索数据库已与全文数据库链接在一起,在查到文献线索的同时,可以通过超链接直接连接到文献全文数据库,查阅原文。

许多计算机文摘数据库检索系统都有与之对应的印刷型文献检索工具。

(3)全文检索系统

全文数据库检索系统集文摘检索与全文提供于一体,是近年来发展较快和前景较好的一类数据库。全文数据库的优点之一是免去了检索文摘书目数据库后还得费力去获取原文的麻烦,优点之二是多数全文数据库提供全文字段检索,这有助于文献的查全。全文检索系统所使用的数据库称源数据库,意在强调通过检索这个数据库,就能获得可以直接利用的具体数据和原始资料。例如 WIKI 百科、CNKI 中的全文数据库,及 Elsevier Science 等。全文数据库的缺点是,由于全文内容占空间大,有可能数据内容收集的不如文摘数据库全。所以,为了保证文献资料的查全性,有时还需要查阅文摘数据库。

(4)事实检索系统

事实检索系统(对应的印刷型检索工具是参考工具书如词典、百科全书、年鉴、手册、指南、名录等)指对事实(fact)、数据(data)和全文(full text)的检索。从广义上看,事实和数据也可作为内容简短而独特的全文。事实检索得到的结果是可以直接利用的事实和数据。

事实检索系统所使用的数据库称为源数据库,意在强调通过检索这个数据库,就能获得可以直接利用的具体数据和原始资料。

无论是目录检索系统、文摘检索系统、全文检索系统还是事实检索系统,都是用来回答用户的各种提问的,只是不同的检索系统揭示信息的角度、广度和深度有所不同。用户只有灵活应用这几种检索系统,才能找到所需的信息。信息检索过程如图 3-2 所示。

2. 按信息访问模式划分

计算机检索系统按照信息访问模式可划分为联机检索系统、光盘检索系统和网络检索系统。

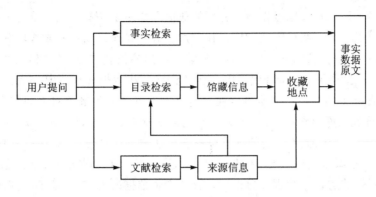

图 3 - 2　信息检索过程示意图

（1）联机检索系统

联机检索（online retrieval）是指用户利用计算机检索终端设备，通过拨号、电信专线及计算机互联网络，从联机服务中心（国际或国内）的数据库中检索出自己需要的信息的过程。检索是以人机对话的方式进行的，用户在自己的终端上输入检索提问式，联机服务中心的计算机就可以立即处理用户的请求，在数据库中查找符合用户提问的数据，并将检索结果回送至用户的检索终端上。用户可以随时修改检索提问，直至获得满意的结果，并可通过打印或传输立即得到检索的最终结果。

联机检索系统是较早开始使用的计算机检索系统。

联机检索系统组成

由于联机检索是借助计算机检索终端，通过通信网络与联机服务中心的中央计算机联机进行文献检索的，因此联机检索系统的组成包括检索终端、通信网络和联机服务中心的计算机系统，如图 3 - 3 所示。

图 3 - 3　联机检索系统组成示意图

① 检索终端是用户与联机服务中心的计算机系统进行人机对话的设备。用户利用终端向中央计算机发送各种命令及检索提问式，中央计算机的响应实时地在终端上显示出来。

② MODEM 是调制解调器。采用电话拨号联机的用户，需要用调制解调器将数字信号转化为模拟信号通过电话线路传输。在中央计算机终端，也需要有调制解调器将传输过来的模拟信号恢复成数字信号，才能进入计算机处理。

③ 通信网络的作用是连接用户的检索终端和联机服务中心的计算机系统。可采用的通信方式有电话拨号、专线和计算机互联网络等。国内联机检索的通信线路一般采用电话线路，而国与国之间或洲与洲之间的远程通信一般采用卫星信道或海底电缆。随着计算机互联网的

发展,国际互联网(Internet)也可作为一种新的通信方式用于联机检索系统。利用国际互联网开展联机检索可以有以下两种方式:其一,仅利用 Internet 连接用户检索终端和联机服务中心的中央计算机,用户在自己的计算机上需要安装相应的通信软件,这种通信模式类似于传统的电话拨号方式,只是用 Internet 替代了电话线路;其二,将数据库放在某一台连入 Internet 的服务器上,Internet 上的其他计算机可以通过 Internet 访问这台服务器上的数据库,提供基于Web 方式的联机数据库检索,这种服务方式是目前最有发展前途的一种联机检索的新模式。

④ 中央计算机:联机服务中心的计算机系统包括中央计算机、数据库及其他外部设备,其中,中央计算机是检索系统的核心,由相应的软、硬件组成,通过它完成文献信息的存储和检索以及整个检索系统的运行与管理。数据库是存放文献数据的地方,主要的存储媒介有磁盘、磁带和光盘等。

联机检索的特点

联机检索作为计算机检索的一种主要方式,自 20 世纪 30 年代出现以来,一直在信息检索领域占据重要的地位,这与其自身的特点是分不开的。

① 检索速度快:联机数据库都建有倒排文档,当用户输入一个提问式后,系统即在倒排文档中进行搜索,在很短的时间内可将命中文献从主文档中找到,并将命中文献的篇数显示在用户所用的终端屏幕上。

② 不受地理位置的限制:只要通过国际或国内的通信网络,联机服务中心的计算机系统可以与设置在世界各地的终端设备相连。用户可使用附近的终端,查询远在千里、万里之外的数据库,而且这种检索是实时的。

③ 实现人机对话:在实时检索过程中,用户可以不断修改检索策略,以便获得最佳检索效果。可以用逻辑运算符对查找范围进行缩小或扩大,以获得所希望的查全率和查准率。

④ 检索质量高:既可以在联机系统的所有数据库中检索多种专业范围的信息,也可以就同一专业领域从不同的角度进行查找,如主题词、自由词、题名、作者及分类号码等多种检索途径;对不同词形变化的主题词,可通过截词功能来加以扩大检索;对所需要获得的结果,也可通过原文文种和出版年代等来加以限制,因而检索质量较高。

⑤ 检索内容新:印刷型检索工具比机读版数据库在发行上滞后很多,因而联机检索可获得手工检索查不到的最新文献,尤其是许多数据库可以做到当天更新或一天多次更新,这样就可以检索到世界上最新发生的经济、金融等动态信息,而这一切是手工检索无法想象的。

联机检索的不足之处在于检索费用较高。常见的收费项目包括计算机检索系统的机时费、文献记录的输出费以及通信网络使用费等。尤其是使用国际联机检索系统,通信费用更高,因而多少限制了联机检索的普及。随着国际互联网的普及,这种不足已经逐步弱化。

(2)光盘检索系统

光盘检索是指利用计算机设备对只读式光盘数据库(CDROM)进行检索。光盘(Compact Disc)是一种高密度的信息载体,具有容量大、轻便、易保存、无磨损等优点,尤其是只读光盘

(CDROM)作为数据库的存储媒介是非常合适的,因此出现了光盘检索系统。

光盘检索系统是计算机检索系统发展的中级阶段。

光盘检索系统的组成

光盘检索单机系统的构成非常简单,用户只要有一台配有光驱的计算机和光盘数据库以及相应的软件,就可以进行光盘数据库检索。目前国内普遍采用的是光盘检索网络系统。将光盘数据库放在一个计算机局域网上(如校园网或企业网),用一台光盘服务器来管理多用户对光盘数据库的访问,把多张光盘放在光盘塔(一种塔状多光盘驱动器)、光盘库(一种可存储大量光盘、自带有多个光盘驱动器并可自动更换数据光盘的设备)或磁盘阵列中,这样即可保证每一个用户在查询光盘数据库时不受任何人的影响,好像只有自己在使用光盘数据库一样。

光盘检索网络系统(或称联机光盘检索),曾经是国内众多信息服务机构广泛采用的方式,其构成如图 3-4 所示。

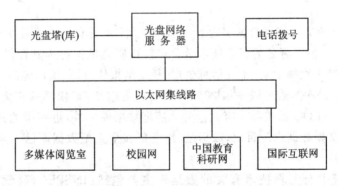

图 3-4　联机光盘系统构成示意图

光盘检索系统的特点

光盘检索网络系统具备联机检索系统的许多优点,如检索速度快、采用人机交互方式等,这里不再赘述。但需要指出的是,光盘检索系统在数据库的更新上,明显落后于联机检索系统,一般的更新周期为 3 个月,联机检索系统则可做到每日更新。另外,光盘检索系统虽然一次性投入较大,但用户在随后的使用中没有任何限制,对每个用户来说,检索费用非常低廉,因而使用者众多。

(3) 网络检索系统

国际互联网(Internet)将全世界数以千万计的计算机终端、信息服务中心的计算机系统联结成一个庞大的网络。网络检索是指利用计算机设备和国际互联网检索网上各信息服务器站点的信息。网络检索系统可以说是一种广义上的联机检索系统,它由计算机检索终端、信息浏览器 IE(Internet Explorer)、国际互联网和信息服务站点及信息检索工具(搜索引擎)组成。用户只要将计算机连入互联网,就可以检索网络上各种各样的信息。网络检索是继联机检索和光盘检索之后发展起来的最新的信息检索模式,是计算机检索发展的高级阶段。在第 4 章将详细介绍网络检索的有关内容。

3.2.2　国内外著名联机检索系统

1. 国际联机检索系统

（1）DIALOG 系统

DIALOG 系统是目前世界上最大的国际联机检索系统，建于 1966 年，原属于美国洛克希德公司，后经过多次合并与扩充，于 1972 年正式发展为向全世界提供联机检索服务的联机检索系统。1988 年，DIALOG 公司被转让给 KnightRidder Information 公司，在此期间，DIALOG 系统无论在数据库的质量和数量上，还是在用户服务上，均获得较大发展。1997 年，KnightRidder Information 公司被 M. A. I. D. plc 兼并，重新成立了新的 DIALOG 公司。目前，DIALOG 公司已经并入世界 500 强企业、美国最大的信息出版集团 The Thomson Corporation。

DIALOG 系统的文献信息数据库内容丰富，几乎涉及所有的科学技术领域，收集的文献类型也是多种多样。很多著名的科学技术学会和信息研究机构都为其提供文献信息数据，如美国化学学会、电机工程师学会、工程信息公司、科学情报研究所、美国经济协会及美国预测公司等。DIALOG 数据库的数量以每年 20％以上的速度增长，规模不断扩大，目前拥有近 600 个联机数据库。DIALOG 系统除了有大量的文摘型数据库之外，近年来尤其注重发展数值数据型、指南型和全文型数据库。目前，数据型、指南型和全文型数据库已占全部数据库的半数以上。

DIALOG 系统中与工程技术有关的数据库主要包括：INSPEC（科学文摘数据库）、EI COMPENDEX Plus（工程索引数据库）、ISMEC（机械工程文摘数据库）、CA SEARCH（化学文摘数据库）、METADEX（金属文摘数据库）、DISSERTATION ABSTRACTS ONLINE（博士学位论文数据库）及 WPI（世界专利数据库）等。还有众多的经济商情类数据库，其中有 30 多个数据库是其他联机检索系统所没有的。

访问 DIALOG 系统可以采用传统的用户拨号或专线建立的联机检索模式，也可通过互联网，以 WWW 方式检索该系统。其 URL 地址为 http://www.dialog.com。

（2）STN 系统

STN 是 The Scientific and Technical Information Network－International（国际科学技术信息网络）的简称，系德国卡尔斯鲁厄专业信息中心（FIZ－K）、美国化学文摘社（CAS）和日本科技情报中心（JICST）于 1983 年合作开发的世界著名的国际信息检索系统。STN 是世界上第一个由多个国家共同合作建立的国际联机检索系统，系统的主机和数据库分别放在不同的国家，共有 3 个服务中心分别位于德国、美国和日本。这 3 个服务中心通过海底电缆相互连接，用户可以在任何一个地方，通过任何一个服务中心来使用 STN 所有的信息资源。

STN 系统收录全球范围内 220 余个科技类数据库，其专业范围包括化学、化工、数学、物理、能源、生物、电子、材料、建筑、环境技术与设备等,均为自然科学各领域的权威性数据库,代表了各学科当今的最新发展水平。数据库类型涵盖文献型、事实型和数值型以及全文数据库,数据记录包括论文、期刊、报告、标准、专利、商情等多种类型。STN 收录的数据库除常用的数据库如 INSPEC、NTIS、COMPENDEX、WPI 以外,还有一些特色数据库是其他联机系统所没有的,如美国化学期刊全文数据库、国际核情报数据库、国际建筑数据库等。STN 具有多文档检索功能,检索指令简单易学,并可使用后缀代码在指定字段检索。

用户访问 STN 可通过互联网进行,以 WWW 方式检索该系统,只要登录到 3 个服务中心的任何一个即可。其 3 个服务中心的 URL 分别为:

http://stnweb.fiz-karlsruhe.de,

http://stnweb-japan.cas.org,

http://stnweb.cas.org。

(3) OCLC FirstSearch 系统

OCLC 全名为 Online Computer Library Center(联机计算机图书馆中心),是世界上最大的提供网络文献信息服务和研究的机构,它创建于 1967 年,总部在美国俄亥俄州都柏林市。OCLC 是一个面向图书馆的非盈利组织,其宗旨是推动更多的人检索世界范围内的信息,实现资源共享并减少获取信息的费用。

OCLC 主要提供以计算机和网络为基础的联合编目、参考咨询、资源共享和保存服务。据最新统计,使用 OCLC 产品和服务的用户已达 84 个国家和地区的 50 540 个图书馆和教育科研机构。OCLC 只收集那些用户使用频率比较高的数据库,其中最具特色的一个数据库是联机联合书目数据库 WorldCat。该数据库收录的图书目录来自于全世界 63 个国家的 3 万多个图书馆的收藏,记录超过 5 亿条,因此 OCLC 的最大优势在于向用户提供世界范围的图书馆藏信息,并提供馆际借阅及原文定购服务。

FirstSearch 是 OCLC 从 1991 年推出的一个联机检索服务,发展迅速,深受欢迎。1999 年8 月,OCLC 推出了新版 FirstSearch 检索系统。新版 FirstSearch 以 Web 为基础,采用了当前信息通信领域的高新技术,提供给用户一个便捷、友好、世界范围的参考资源。目前通过该系统可检索 70 多个数据库,其中有 30 多个库可检索到全文,总计包括 11 600 多种期刊的联机全文和 5 000 多种期刊的联机电子图像,达 1 000 多万篇全文文章。这些数据库涉及广泛的主题范畴,覆盖了各领域和学科。

目前,FirstSearch 提供的 70 多个数据库绝大多数由一些美国的国家机构、联合会、研究院、图书馆和大公司等单位提供。数据库的记录中有文献信息、馆藏信息、索引、名录、文摘和全文等内容。资料的类型包括网络电子资源、书籍、连续出版物、报纸、杂志、胶片、计算机软件、音频资料、视频资料和乐谱等。其中 WorldCat 是世界上最大的、由几千个成员馆参加联合编目的书目数据库。它包括 8 种记录格式、458 种语言的文献,覆盖了从公元前 1 000 年到现在的资料,目前记录数已达 5 000 多万条,从这个数据库可检索到世界范围内的图书馆所拥有的图书和其他资源。ArticleFirst 数据库包含 12 500 多种期刊文章和目次的索引。Wilson-SelectPlus 是一个科学、人文、教育和工商方面的全文数据库。其他数据库还有国际会议论文库 PapersFirst,世界闻名的教育方面的数据库 ECO、覆盖医学各领域的数据库 MEDLINE 及世界年鉴数据库 WorldAlmanac 等。

访问 OCLC 系统可以有多种方式,通过互联网以 WWW 方式访问 OCLC 系统是目前用户广泛使用的方式。通过 OCLC 设在各国的服务中心(国内为清华大学),用户可以申请获得授权检索其所有的数据库。

(4) ORBIT 系统和 BRS 系统

ORBIT 系统是目前世界上第二大联机检索系统,约有 100 个数据库,分书目库、指南库和词典库,是多学科的信息检索服务系统。近年来,它主要提供补充 DIALOG 系统的数据库,对汽车工程、石油、化工、医学、环境科学、安全科学及运动科学等专业文献收录较全。BRS 系统的前身为纽约州立大学生物医学通信网,是一个综合性计算机联机书目检索服务中心,有 150多个数据库,其收集的重点在医学、药物学和生命科学方面,也提供工程科学、教育、商业等数据库,并独家经营工业标准和技术规范方面的数据库。

(5) ESA – IRS 系统

ESA – IRS 系统,即欧洲空间组织情报检索服务中心。它是欧洲最大的情报检索系统,也是世界上第三大联机情报检索系统,其总部现设在意大利的弗拉斯卡蒂,目前拥有 120 多个数据库,大多为文献数据库,也有部分指南数据库和数值数据库。该系统独有的数据库有:PAS-CAL(法国文摘通报)、PRICEATA(原材料价格数据库)等,弥补了 DIALOG 系统对欧洲数据库收录不全的缺陷,但对非英语数据库的记录,只有篇名,并附有英文译文。

2. 国内联机检索系统

我国的联机检索服务始于 20 世纪 80 年代。一方面积极利用国际联机检索系统,另一方面不断开发我国自己的联机检索服务系统。到 90 年代相继建立的大型联机系统主要有北京文献服务处的 BDSIRS 系统,后发展为中国工程技术信息网、中国科技信息研究所与万方数据集团公司合作开发的万方数据资源系统、化工部的 CHOICE 系统和机电部的 MEIRS 系统等。

(1) 北京文献服务处 BDSIRS 系统

北京文献服务处 BDS (Beijing Document Service)是 1978 年由中国国防科技信息中心和北京市科协共同策划联合组建的,以联机信息检索服务为主,同时进行信息技术应用研究开发的综合性机构。BDS 于 1981 年建立了中国第一个计算机联机信息检索系统 BDSIRS。经过十几年的发展,已经成为国内系统配置最大、信息量最多的联机信息服务中心。在国防科工委和其他工业部联合投资下,BDS 筹建成了覆盖全国的中国工程技术信息网,并成为这个大型网络的管理控制、信息服务中心,负责全网的运行、管理、信息资源集成和服务;同时开展信息处理技术和以信息检索为主的信息应用技术的研究和开发。在大型服务器上自行开发的全文检索系统 BDSIRS,为用户提供了 40 多种,2 200 万篇文献数据库的联机检索服务。光盘服务系统提供了十几种近 300 GB 的多媒体光盘数据库的联网服务。除提供信息检索服务外,BDS 还向用户提供方便可靠的网络信息服务和 INTERNET 互联服务。

BDSIRS 全文信息检索系统的主要特点是:

① 运行于多种操作平台,支持各种主流 Unix 操作系统和 Windows NT 操作系统。

② 使用 WWW 接口的功能实现 Web 服务器与全文信息检索服务器的连接,为用户在网上提供浏览与检索结合的全文信息服务手段。

③ 针对中文语言特点开发的中文处理技术——汉语自动分词和单汉字索引相结合的全文索引与检索技术,极大地缩小了索引空间开销,同时提高了信息的查全、查准率。

④ 海量数据的存储、管理技术和超大规模数据库的快速索引及检索技术,在数百万篇文献中查询全文信息可达到秒级响应时间。

⑤ 应用多进程与多线索技术实现信息检索引擎的多任务机制,能同时响应多个用户的并发查询请求。

⑥ 支持中英文混合检索,检索途径多样化:可用字、词、名字、日期、短语甚至句子、段落进行全文检索。它实现了前缀、后缀或中间字符的通配符检索,实现了中英文互译、同义词等多种扩检方式;还提供多种检索手段,包括外部特征与正文内容的各种逻辑组合检索、布尔运算、位置邻接运算以及多步检索结果之间的历史组配等。

通过互联网以 WWW 方式访问 BDSIRS 系统是目前用户广泛使用的方式。登录中国工程技术信息网(http://www.cetin.net.cn),单击"文献服务系统"图标,进入文献检索界面,即可检索北京文献服务处的全部数据库。付费注册成为合法用户后,可以查阅详细文献记录,否则只能看到文献的简单记录。

(2) 万方数据资源系统

万方数据资源系统是中国科技信息研究所、万方数据集团公司开发的网上数据库联机检索系统。该系统目前包括 4 部分,即科技信息系统、数字化期刊系统、企业服务系统和医药信息系统。其中科技信息系统汇集科技文献类、科技动态类、标准及法规类、成果与专利类、机构和名人类以及工具书类数据库近百种,信息总量达 1 100 多万条;数字化期刊系统收纳了理、工、农、医、哲学、人文、社会科学、经济管理与教科文艺等 8 大类 100 多个类目的 5 000 多种期刊,可提供全文上网、论文引文关联检索和指标统计;企业服务系统包括工商资讯、经贸信息、成果专利、咨询服务等内容,其主要产品"中国企业、公司及产品数据库"收录 90 余个行业近 20 万家企业的详细信息;医药信息系统是为从事医药卫生工作的人们量身订制的专业信息服务系统,涵盖了国内外医药、生物等学科的资源,面向全国医院、医学院校、医药和保健品生产企业和经销企业,提供丰富、准确、及时的生物医药信息。

万方数据资源系统是以国家信息基础设施为依托,面向国民经济建设主战场的现代化、网络化、覆盖全国的科技信息传播系统,旨在利用现代化的通信手段和先进的网络技术、信息技术促进信息交流和资源共享,通过 Internet 成为传播中国科技、经济、文化的有利工具,起到加速科技进步、为经济建设服务和促进国民经济信息化进程的作用。万方数据资源系统的用户群体遍布全球 100 多个国家和地区,每年新增的注册用户多达 100 多万,资源内容涉及期刊、会议、文献、书目、题录、报告、论文、标准、专利、成果和大量企业产品信息及商务动态信息;资源门类齐全,涉及文献型、事实型等大量的信息资源。目前万方数据资源系统供在线服务的数据总量已经超过 4 000 万条。

　　登录万方数据资源知识服务平台网站(http://www.wanfangdata.com.cn)可访问万方数据资源系统。个人用户可以购买会员卡或充值卡,单位可以建立镜像服务器。灵活多样的访问方式满足了不同用户的需求。

　　以上介绍了几个常用的联机检索系统,需要指出的是,目前大多数联机检索系统除提供基于 Web 方式的中央数据库检索服务外,同时提供光盘数据库产品,因此用户除了通过计算机互联网络来进行联机检索中央数据库以外,还可以购买相应的光盘数据库产品。此外,对联机检索系统而言,可能包含有多个种类的数据库,因其在同一个检索系统中,所以各数据库的检索方法是一样的,用户只要熟悉主要的检索步骤和方法,就可以对所有的数据库开始检索。

3.3　文献信息数据库

　　在 3.2 节中提到,计算机检索主要是利用一定的计算机软件和硬件设备,借助于通信网络,检索一定的数据库中的数据。对用户而言,数据库中的内容是其最关心的;在整个检索系统中,数据库也是最关键的部分。本节将对数据库的结构、组成和检索原理作相应的介绍。

3.3.1　数据库的基本知识

　　数据库是可以共享的某些具有共同的存取方式和一定的组织方式的相关数据的集合。从定义中可以看出,数据库中保存的是一系列相互关联的数据,如国家银行的账目数据、企业员工的人事档案、产品的销售数据等,这些数据有共同的特性,不是杂乱无章的。其次,这些数据在放入数据库时,必须有一定的数据结构和组织方式,才能保证数据库中大量的数据可以为多个用户反复多次使用。因此,"相关数据"、"共同的存取方式和一定的组织方式"以及数据的"共享"构成了数据库的 3 个基本要素。

　　在计算机检索系统中,数据库起着举足轻重的作用,是检索系统重要的组成部分,通常是由存放文献记录及其索引的若干个文档组成的,这些文档在检索中相互配合,以满足用户查询信息的需求。

　　数据库依据数据模型的不同可以划分为 3 种类型。

（1）层次型数据库

层次型数据库通常也称为树状结构数据库，是早期数据库技术采用的数据模型之一。树中的每个节点代表一种实体，所有的节点满足以下两个条件：① 有且仅有一个结点无双亲，这个节点称为根节点；② 根节点之外的其他节点有且仅有一个双亲节点。以树状结构描述的层次型模型广泛存在于现实世界中，如企业的组织结构、商品的分类等。支持层次模型的数据库管理系统，如 IBM 公司的 IMS 系统目前仍被广泛使用。层次型数据模型结构如图 3-5 所示。

（2）网状型数据库

在网状模型中，任意两个节点间都可以发生一定的联系，这种联系是任意的，因而网状模型更适合描述客观世界。网状模型允许一个节点可以有多个双亲节点，并且可以多个节点无双亲节点。典型的网状型数据库是 DBTG 系统，有关它的报告最早是由 CODASYL（Conference of Data System Languase）委员会于 1969 年提出的，对网状型数据库的发展起了重要的作用，目前的网状型数据库大多是基于 DBTG 报告文本的。网状数据模型结构如图 3-6 所示。

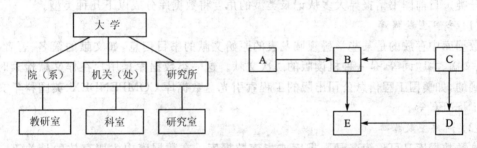

图 3-5　层次型数据模型结构　　　　图 3-6　网状型数据模型结构

（3）关系型数据库

关系模型是在层次模型和网状模型之后发展起来的一种数据库类型，它表示实体之间联系的方法不同于层次模型和网状模型。关系模型将数据之间的联系以关系的形式确定下来，通常这些数据被组织成一些二维表格，一个表格代表一个关系，所有对数据的操作都可归结为关系的运算，如表 3-2 所列。

表 3-2　某单位职工统计表

序　号	姓　名	性　别	年　龄
001	张××	男	40
002	李××	女	33
003	王××	女	20
⋮	⋮	⋮	⋮

表中的每一行是一条由若干个信息项组成的数据,称为记录,若干个记录组成一个完整的统计表格;表格的每一列是这个记录的某一个信息项,称为字段,一个记录是由若干个字段构成的。

由于关系型数据库结构简单,操作方便,因而发展较快,20世纪80年代以来推出的数据库管理系统多数是关系型数据库。

以上提到的3种数据模型是数据库管理系统的经典数据模型,也是现行大多数实用系统采用的数据模型。除此之外,随着面向对象的程序设计语言和人工智能的发展,诞生了一些新的数据模型,如ER模型(实体联系模型)和OO模型(面向对象数据模型)等,它们可以更好地解决对诸如决策支撑系统和计算机辅助设计/制造系统等复杂系统的描述。

这里讨论的计算机检索系统用到的数据库大多是关系型数据库,数据库中的每一条记录代表一篇文献,记录中的各字段则表示文献的篇名、著者、来源、主题词等内容。

3.3.2　文献信息数据库的类型

计算机检索系统所用的数据库,在类型的划分上有多种标准,从不同的角度出发可得出不同的分类。目前图书情报界大多从记录类型的角度将数据库分成以下几种类型。

(1) 书目型数据库

数据库中存放的是某些学科领域发表的原始文献的书目信息,如文献的篇名、著者、文献出处、文摘、主题词等,是一种机读版的二次文献。这一类数据库是用户在作文献检索时经常要用到的,如美国工程信息公司出版的工程索引光盘数据库COMPENDEX、英国科学文摘数据库INSPEC等。

(2) 词典型数据库

这类数据库又可称为名录数据库或指南数据库。在数据库中主要存放的是关于一些公司、机构、企业或名人的简要描述,也可以是化学物质名称、结构、俗称等指南性信息,如产品目录数据库、商情数据库等。

(3) 数值型数据库

这一类数据库的记录中存放的是各种调查数据或统计数据,也可称为事实型数据库,为用户提供以数值方式表示的各种数据服务。

(4) 全文型数据库

数据库的记录中存放了原始文献的正文,用户检索这样的数据库,可以直接获得原始信息,使文献的利用率得以提高。

(5) 多媒体数据库

多媒体数据库不仅存储文本信息,还同时存储图形、图像和声音,检索时可以获得图文并茂的效果。

3.3.3　文献信息数据库的结构

数据库中存放的是一系列彼此相关的数据,具体到计算机检索系统所用的数据库,其主要部分是各种主文档(或称顺排文档)和索引文档(或称倒排文档)。每个文档都是由许多条记录组成的,而每条记录又由不同的数据项(或称字段)组成,每一个字段都有标识符,字段中所含的真实内容叫做数据(或称字段的属性值)。因此可以这样说,多个字段构成一条记录,多条记录构成一个文档,多个文档共同组成计算机检索系统完整的数据库。

1. 数据库的记录格式

不同类型的数据库,尽管其标引的内容和形式有很大差别,但它的每一条记录基本上都是由 3 种字段组成的,即存取号字段(access number)、基本索引字段(basic index)和辅助索引字段(additional index)。

(1) 存取号字段

计算机检索系统为数据库中的每一条记录规定了一个特定的号码,用于识别这条记录。在同一个数据库中,每一条记录只能有一个存取号。一般情况下,该存取号出现在记录的开头位置。

(2) 基本索引字段

基本索引字段也可称为主题性字段,主要是指那些用来表达文献记录的内容特征的字段。它包括以下几种字段。

篇名字段(title):也称题名字段,描述的是原始文献的名称,如一篇论文的题目或一本图书的书名等。

文摘字段(abstract):存放的是有关原始文献主要内容的简明摘要。在书目型数据库中,文摘字段比较常见。

叙词字段(descriptor):存放的是能代表原始文献主题内容的叙词或其他规范的主题词。这些规范词都是文献标引人员在标引文献时,依据原始文献的主题内容,参照规范化词表而选用的。不同的数据库一般有不同的规范化词表,如 EI Compendex 数据库的《主标题词表》、INSPEC 数据库的《INSPEC 叙词表》等。

自由词字段(identifier):该字段的内容也是由文献著录标引人员根据原始文献的主题内容标引的能够代表文献主题内容的语词,但它们不是规范词,不一定出现在规范化词表中。

除了上述 4 种字段外,还有其他字段也属于基本索引字段,如全文数据库的正文字段等。

一般而言,基本索引字段都是从不同角度描述原始文献的主题内容。叙词字段和自由词字段一般经过文献标引人员的再加工,通常能够准确地表达文献的主题内容;而篇名字段、文摘字段或正文字段都是用自然语言对文献主题的描述,这些字段从整体上是可以准确表达文献的主题的,但选用其中的某些词语则不一定能够确切表达文献的真正内涵。

(3) 辅助索引字段

辅助索引字段也可称为非主题性字段,主要表达文献的外表特征,例如文献的著者字段、期刊名称字段、语种字段等。但某些辅助索引字段也可以部分表达文献的内容特征,如 CAS 数据库的化学物质登记号字段等。在计算机检索系统中,基本索引字段通常都是可检索字段,辅助索引字段一般不单独使用,它们通常与基本索引字段配合使用,起一种限定检索范围的作用。

　　不同种类的数据库,记录中包含的基本索引字段和辅助索引字段的种类、数量都有很大差别,即使是同一种数据库,比如书目型数据库,也会因不同的数据库而有所不同,如图 3 - 7 和图 3 - 8 所示。

```
记录号:9940463
分类号:G354.4  TP393
著  者:雷燕  武汉大学图书情报学院
篇  名:WWW 信息检索技巧
刊  名:现代图书情报技术  (馆藏号:    4435)
主题词:信息检索 搜索引擎 网页 网址 WWW
```

图 3 - 7　中文科技期刊数据库记录格式

```
DIALOG No:04659135①    EImonthl No:EIP97043590681②
Title:Air traffic implementation in the Asia-Pacific Region③
Author:Sukegawa,Shinichiro④
Corporate Source:Civil Aviation Bur,Tokyo,Jhn⑤
Source:IEEE Aerospace and Electronic Systems Magazinev 12 n 3 Mar 1997.P33-37⑥
Publication Year:1997⑦
CODEN:IESMEA⑧
ISSN:0885-8985⑨
Language:English⑩
Document Type:JA;(Journal Article) ⑪
Treatment Code:G;(General Review)
Abstract:Construction of new airports,extension of existing runways and installation of new air
traffic systems is ... ⑫
Descriptors:＊Air traffic control; Geographical regions; Air transportation;
Transportation routes; Satellites; Computer applications⑬
Identifiers: Air traffic systems; Datalink; Computer technology⑭
EI Classification Codes:⑮
431.5  (Air Navigation & Traffic Control);431.1  (Air Transportation,General);
655.2  (Satellites);723.5  (Computer Applications)
431  (Air Transportation);655  (Spacecraft);723  (Computer Software)
```

注:①—存取号;　②—EI 月刊文摘号;　③—篇名;　④—著者;　⑤—著者单位;　⑥—来源;
　　⑦—出版时间;　⑧—计算机识别码;　⑨—国际标准刊号;　⑩—语种;　⑪—文献类型;
　　⑫—文摘;　⑬—叙词;　⑭—自由词;　⑮—EI 分类代码

图 3 - 8　工程索引光盘数据库记录格式

2. 数据库文档结构

文档是由记录构成的,但是分散杂乱的记录是无法检索的,只有对记录进行科学合理的组织,建立起彼此相关的几个文档,构成一个完整的数据库,才能用于检索。一般来说,一个数据库至少包含一个顺排文档和一个倒排文档。

(1) 顺排文档

将全部文献记录按存取号的大小顺序排列而成的记录集合称为顺排文档。顺排文档各记录之间的逻辑顺序和物理顺序是一致的,也可称为线性文档。书目数据库中的主文档通常是顺排文档,它与手工检索工具中的主体部分相对应,需要有索引文档的配合共同完成检索。顺排文档结构如图 3-9 所示(假设只有一个字段主题词。A、B、C、D 分别代表不同的主题词)。

(2) 倒排文档

倒排文档是把记录中的可检索字段及其所含数据提取出来,把这些数据按某种顺序再组织起来,成为可用作索引的文档,因而倒排文档也可称为索引文档。不同属性的字段可以组成不同的倒排文档,比如著者字段,可将其所含的数据(即著者名)提取出来,将著者名按字母顺序排列组成倒排文档(即著者索引),用来指引与特定著者有关的记录在主文档中的地址。可以说,主文档以文献的全记录为处理和检索单元,而倒排文档则以文献记录的字段为处理和检索单元。倒排文档的结构如图 3-10 所示(主题词索引)。

存取号	主题词
1	A,B
2	C,D
3	A,C
4	B,D

图 3-9　顺排文档示意图

主题词	存取号
A	3,1
B	4,1
C	3,2
D	4,2

图 3-10　倒排文档示意图

① 基本索引倒排文档:顾名思义就是从数据库全部记录的基本索引字段中,抽取全部单元词和标引的多元词词组,并按一定顺序排列而形成的一个倒排文档。这些抽取的词可以是叙词字段和自由词字段中的全部标引单元词和标引多元词;也可以是题名、文摘和正文字段中的全部自由单元词;还可以是其他基本索引字段中的标引多元词或组成标引多元词的自由单元词。

在基本索引文档中,抽取的索引词按字母顺序排列,每个索引词单元后面都有相应的存取号和字段位置标识符,如图 3-11 所示(其中 AB 表示文摘字段,DE 表示叙词字段,TI 表示篇名字段等)。检索时,计算机根据这些存取号和字段位置标识符识别索引单元所处的具体记录和字段位置。

② 辅助索引倒排文档:就是抽取辅助索引字段中的单元词、多元词、数字或代码加上相应的辅助索引字段前缀代码,组成一个按字段前缀代码的字母顺序排列的倒排文档。

在辅助索引文档中,每个索引单元后面只标注相应的记录存取号,如图3-12所示(Au表示著者字段,Jn表示刊名字段,La表示语种,Py表示出版时间等)。实际上,不同辅助索引字段的索引单元可以构成不同的倒排子文档,如著者索引子文档、期刊名称索引子文档等。

在许多计算机检索系统中,为了提高检索速度,分别把基本索引倒排文档和辅助索引倒排文档再分成索引词典文档和存取号倒排文档,它们之间彼此通过指针相连,因此每个数据库实际上存在以下5种相互关联的文档:

- 文献记录顺排文档(主文档);
- 基本索引词典文档;
- 基本索引存取号倒排文档;
- 辅助索引词典文档;
- 辅助索引存取号倒排文档。

索引单元词	存取号	字段标识符
Air	199910	AB
Aircraft	199901	AB
Ballistic	199955	DE
Burn	199934	TI
.	.	.
.	.	.
.	.	.

图3-11　基本索引倒排文档示意图

Au＝zhang，hua	199950
Jn＝computer review	199922
La＝english	201122
Py＝1998	199901
.	.
.	.
.	.

图3-12　辅助索引倒排文档示意图

有了以上这些文档,就能够快速查找需要的文献。比如要查找含有"网络"这个主题词的文献,系统首先查基本索引词典文档,找到含有"网络"这一主题词的文献篇数及存取号的存放地址,然后根据该地址去查基本索引存取号倒排文档,将含有该主题词的所有文献记录的存取号找到,最后根据存取号从顺排文档中找到正确的文献记录,完成整个检索过程。这里需要说明的是,读者在实际检索过程中是感觉不到这一计算机内部工作过程的。

3.4　检索提问式及其实现

使用计算机检索系统查找文献,是以一种人机交互的对话方式进行的,与手工检索最大的不同之处在于,用户需将自己的检索需求组织成计算机系统能够识别和处理的检索提问式并输入计算机,这样计算机才能按照用户的旨意在数据库中查找符合提问的文献记录。下面讨论如何正确地构造检索提问式。

3.4.1 检索策略

要完成一个课题的检索,需要分成若干个步骤来进行。通常把对检索步骤的科学安排称作检索策略,它是用户为实现检索目标而制定的总体规划。一般来说,计算机检索应包括如图3-13 所示的步骤。

图中所示各步骤中,准确分析检索课题,合理选择检索系统及数据库,正确编制检索提问式,对检索结果的准确与否起着重要的作用。在选择好检索系统及数据库以后,编制检索提问式就是整个检索策略的具体体现。

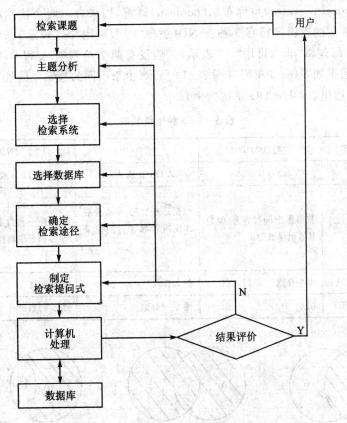

图 3 - 13　检索步骤

3.4.2 检索提问式

与手工检索一样,在计算机检索中,也有多种检索途径,主要的检索途径有:分类检索途径、主题检索途径、著者检索途径、名称(篇名)检索途径、号码(序号)检索途径等(各检索途径的含义见 2.5.1 小节)。只不过在手工检索中,每次检索只能从一个检索途径出发,而计算机检索可以适应多途径同时检索。这就需要制定一个计算机可识别的检索方案。

　　检索提问式就是采用计算机检索系统规定使用的组配符号(也称为算符 operator),将反映不同检索途径的检索单元组合在一起而形成的一种逻辑运算表达式。它以计算机可以识别和执行的命令形式将检索方案表现出来,表述了各检索单元之间的逻辑关系、位置关系等。通过这样一个检索提问式,对待查课题所涉及的各方面及其所包含的多种概念或多种限定都可以实时作出相应的处理,从而通过一次检索,全面体现用户的需求。

1. 常用算符

(1) 逻辑算符

　　逻辑算符(logical operator)也称布尔(boolean)算符,用来表示两个检索单元(检索项)之间的逻辑关系。常用的逻辑算符有 3 种:AND(逻辑"与",可用"＊"表示)、OR(逻辑"或",可用"＋"表示)、NOT(逻辑"非",可用"－"表示)。假设有两个检索项 A 和 B,它们的各种逻辑组配关系及检索结果如表 3-3 所列和图 3-14 所示(由于不同的检索系统表示逻辑运算的符号可以是不同的,这里以 DIALOG 系统为例)。

表 3-3　3 种逻辑关系

逻辑算符	"与"(AND)	"或"(OR)	"非"(NOT)
检索式	A AND B 或 A＊B	A OR B 或 A＋B	A NOT B 或 A－B
逻辑关系说明	数据库中同时含有 A 和 B 的记录被检出	数据库中含有 A 或含有 B 或两者都含有的记录被检出	数据库中凡含有 A 而不含 B 的记录被检出
作　用	缩小查找	扩大查找	缩小查找
逻辑关系图	图 6-14(a)	图 6-14(b)	图 6-14(c)

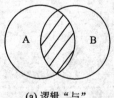
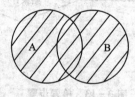
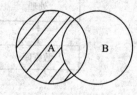

(a) 逻辑"与"　　　　　(b) 逻辑"或"　　　　　(c) 逻辑"非"

图 3-14　逻辑关系图

　　① 用 A＊B 检索时,表示命中结果是 A 和 B 所相交的部分。使用此算符将使检索范围缩小。

②用 A＋B 检索时,表示命中结果是 A 和 B 中所有的部分。查找两个或两个以上同义词和近义词,查找两个或两个以上并列概念的检索词可使用此算符。使用此算符检索范围扩大。

③用 A－B 检索时,表示命中结果是 A 中不含有 B 的部分,从原检索范围中减去某一部分,缩小了检索范围。由于会丢失部分信息,此算符在实际计算机检索中很少使用。

(2) 位置算符

位置算符(proximate operator)表示两个检索词之间的位置邻近关系。不同的检索系统在表达位置关系时常常采用不同的符号,以 DIALOG 国际联机检索系统的位置算符为例,常用的有 W(nW)、N(nN)、L、F、S 等几个位置算符。假设有两个检索词 A 和 B,它们的各种位置关系及检索结果如表 3－4 所列。

① W 是 With 的缩写。(W)算符表示其两侧的检索词必须按前后顺序出现在记录中,两词之间不允许插入其他词,只可能有空格或一个标点符号。(nW)表示两侧的检索词中间允许插入的词最多只能有 n 个,且检索词的位置不能颠倒。

② N 是 Near 的缩写。(N)表示其两侧的检索词位置可以互换,在两词之间不能插入其他词,但允许有空格或标点符号。(nN)表示允许在此算符两侧的检索词之间最多插入 n 个词,且两个检索词的位置可颠倒。

表 3－4　位置算符的表达方式及检索结果

位置符	检索提问式	检索结果 (含有下列检索词的文献被命中)	说　明
(W)	building(W) construction	building construction building - construction	
(nW) n＝1	building (1W) construction	building construction building - construction building and construction building under construction	
(N)	building(N) construction	building construction building - construction construction building construction - building	
(nN) n＝1	information(1N) retrieval	information retrieval information and retrieval retrieval of information	
(L)	air pollution (L) control	AIR POLLUTION - Control	Control 从属于 AIR POLLUTION

③ L 是 Link 的缩写。(L)表示其两侧的检索词之间有主从关系,前者为主,后者为副。L 可用来连接主、副标题词,它们被列在记录的规范词字段。

④ F 是 Field 的缩写。(F)表示其两侧的检索词必须出现在同一个字段中,但两个检索词的词序不限,且两个检索词之间的单词数量也不限制。例如:如果两个检索词必须同时出现在

篇名字段、文摘字段、叙词字段时,则可用此算符加以限定。

⑤ S 是 Subfield 的缩写。(S)表示两侧的检索词必须出现在同一个子字段中,如同一个句子或一个短语中,但词序不限,且两个检索词之间可有若干个其他词。

(3) 截词符

在 DIALOG 系统中用"?"表示截词符号(有些系统中也用"＊"号表示),加在检索词的词干或不完整的词形后(或中间)。使用截词符(truncation)可以检索出包含词干和词形部分相同的所有主题词的文献。截词方式可以有前截断、中截断和后截断,其中后截断还可分为有限截断和无限截断。DIALOG 系统采用后两种。截词符的检索表达方式及检索结果如表 3−5 所列。截词限制适用于自由词检索。一个单词有单、复数的不同表示,有英、美拼写的不同方式,更有许多词尾的变化形式,使用截词符可以减少检索词的输入量,提高检索效率。

表 3−5　截词符的表达方式及检索结果

截词符	检索提问式	检索结果 (含有下列检索词的文献被命中)	说　明
?	comput?	compute, computed, computer, computers, computing, computable, computations, computerize, computerization 等	无限截断
?	analy? er	analyzer, analyser	中间截断
?	work???	work, works, worker, workers, working 等	有限截断
? ?	work? ?	work, works	限定检索词后只能出现一个其他字母

(4) 字段限制符

字段限制符(range searching)限定检索字段即是指定检索词出现在记录中的哪一个字段。检索时,机器只在限定字段内进行搜索,这是提高效率的又一措施。在 DLALOG 系统中,字段检索可分为两类:后缀方式和前缀方式。前缀方式是将检索词放在前缀字段代码之后,一般用"＝"相连,以前缀方式限制的字段一般反映文献外部特征的字段。后缀方式是将检索词放在后缀字段代码之前,通常用"/"分隔。以后缀方式限制的字段一般反映文献内容特征的字段。DIALOG 常用的字段检索表达方式如表 3−6 所列。

表 3−6　字段检索的前缀、后缀表达方式

字段代码	字段名称	表示方式(例)
/TI	Title (篇名)	Information /TI
/AB	Abstract(文摘)	computer/AB

字段代码	字段名称	表示方式(例)
/DE	Descriptors(规范词)	aircraft control/DE
/ID	Identifiers （专用词）	image processing/ID
AU＝	Author (著者)	AU＝wang, xuan
BN＝	ISBN(国际标准书号)	BN＝0－5635－0144－4
CC＝	CAL Classification Code(分类号)	CC＝921
CC＝	CAL Classification Heading(分类类目)	CC＝COMPUTER HARD WARE
CD＝	Conference Date(会期)	CD＝19960408
CL＝	Conference Location(会址)	CL＝BEIJING
CO＝	CODEN(代码)	CO＝MSFOEP
CO＝	Company(公司)	CO＝FORD MOTOR CO
CS＝	Corporate Source(机构)	CS＝TSINGHUA
CT＝	Conference Title(会名)	CT＝(ROBOTICS AND AUTOMATION)
CY＝	Conference Year(会议年代)	CY＝1996
DT＝	Document Type(文献类型)	DT＝COFERENCE ARTICLE
JA＝	Journal Announcement(刊号)	JA＝9605W2
JN＝	Journal Name(刊名)	JN＝(READING HORIZONS)
LA＝	Language(语种)	LA＝CHINESE
PY＝	Publication Year(出版年)	PY＝1990;1996
SN＝	ISSN(国际标准刊号)	SN＝1060－9857
SO＝	Source Publication(来源出版物)	SO＝POWER
SP＝	Conference Sponsor(会议主办单位)	SP＝IEEE
TC＝	Treatment Code(文献属性)	TC＝THEORETICAL
ZZ＝	Rotated Descriptors(轮换规范词)	ZZ＝BUILDINGS

2. 编制检索提问式的注意事项

正确编制检索提问式是非常重要的,但是用户在初次检索时,经常会因为不熟悉检索系统或提问式不恰当而难以找到合适的文献。这时一方面要通过查看系统的帮助信息了解该系统允许的检索提问式的构成规则,另一方面就需要修改自己的检索策略,重新确定新的检索式。编制检索提问式的注意事项有:

① 正确分析课题,准确提炼代表所检课题内容的主题概念,优先使用词表中的规范词。

② 不同的检索系统提供的检索途径是不一样的,允许使用的算符也会有所不同,而且会用不同的符号来表示,这一点在上机检索时应通过查看帮助功能事先了解。

③ 一般情况下,布尔逻辑算符的运算顺序为 NOT、AND、OR(可以用括号改变)。

④ 同时出现逻辑算符和位置算符时,优先执行位置算符。

3.5　计算机检索的步骤及举例

3.5.1　检索步骤

计算机检索的基本过程是指从用户有检索需求开始到确定检索策略,然后上机操作直到获得检索结果这样一个完整的过程(如图 3-13 所示),大致可以分成以下几个步骤(注:在 2.5.1 小节的 3 中,已详细描述了文献检索的基本步骤,有关共性的内容,这里就不再赘述)。

(1) 明确检索目的

明确检索目的,就是对自己检索的课题做到心中有数,以保证合理地选择检索方法、检索途径和检索系统。有关详细内容可参见 2.5.1 小节的 3。

(2) 正确分析检索课题,确定检索词

任何一个特定的检索课题,往往都是用若干个概念表达的。所以制定检索策略的第一步就是将检索课题从不同角度分解成若干个不同层次、既有一定逻辑关系又具有独立属性的概念组面。这些概念组面及其关系从不同侧面表达或概括了不同深度和广度的检索要求。分析课题的内容实质,就是找出最能够代表课题主题概念的若干个单词或词组,参照检索系统的主题词表,尽量选用规范词作为检索用主题词。

确定主题词时需要注意以下几点:

① 优先选用检索系统附带的规范化词表中的专业词汇。主题词表是文献标引和检索都必须遵循的检索语言,很多数据库都有自己的专用词表,应从中选择合适的词汇检索。

② 选用各学科在国内外通用的或在正式出版的文献上出现过的术语和词汇。各学科专业都有大量的通用术语和专用词汇,这些词汇在文献著录时被选为主题词的概率非常高,用户在检索时,应优先选用这些词汇。

③ 分析检索课题的内容实质,找出隐藏的主题概念。有些课题可以从题目的字面表达中找出合适的检索词,但另外一些课题单从字面上选择主题词会失之偏颇。如检索"人造金刚石"方面的文献,其中"人造"(manmade)的含义包括有"人工合成"(synthetic)在内,单选用 manmade 检索会漏掉许多有用的文献。

④ 以课题核心概念为主,排除无关概念,归并重复概念。一般来说,选择的概念越多,逻辑组配越复杂,检索得到的文献就越少,但是文献少并不代表准确性高。过多过严的概念组配,往往会造成大量文献的漏检。如检索"内弹道高温高压高密度气体状态方程"这一课题,如果把"内弹道"、"高温"、"高压"、"高密度"、"气体"、"状态方程"这 6 个概念全部组配起来,检索结果即使不为零,恐怕也少得可怜,实际上只选择"内弹道"和"状态方程"这两个核心词汇就足

够了,因为内弹道内部一定是高温高压的气体,过多的词汇反而是画蛇添足。

（3）选择检索系统和数据库

确定检索词后,下一步就是选择检索系统和数据库了。计算机检索系统有联机检索、光盘检索和网络检索等几种类型,同一种数据库可以在多个检索系统中获得,如检索工程索引数据库,既可以使用 COMPENDEXPLUS 光盘数据库,也可以使用网络版 COMPENDEXWEB 数据库,要综合考虑(如数据库的规模、检索系统的可操作性以及费用等等)选择适合自己的系统和数据库。一般来讲,在其他条件相同的情况下,应首选网络数据库,其次是光盘数据库。此外,选择数据库还应考虑数据库的专业范围和文献类型等。如科学文摘数据库(INSPEC)主要收录物理、电气与电子、计算机与控制以及信息技术等领域的文献,而工程索引数据库(COMPENDEX)则是一个综合性的数据库,主要收录应用科学和工程技术领域方面的文献。INSPEC 主要收录的文献类型为期刊论文;而 COMPENDEX 主要收录期刊和会议录上的文献,对图书、科技报告和学位论文较少报道,基本不报道专利文献。

（4）确定逻辑组配,编制检索提问式

检索策略如果从广义上理解,应该贯穿在整个检索过程中,但从狭义上看,则体现在编制检索式上。检索者的意图要落实在检索提问式上,它的重要性不言而喻,有关详细内容见本章 3.4 节。

（5）上机检索及反馈调节

使用不同的检索系统,上机操作的具体步骤会有所不同,可使用系统的帮助功能或向咨询人员请教。当输入检索式,完成一次检索操作时,初步得到的检索结果立刻就可以联机显示出来。通过查看检索出的文献记录,判断检索结果是否合适。考虑到查全率和查准率的要求,在增加或减少检出文献记录的数量方面,可以采用以下调整技术。

① 要扩大命中文献的数量(提高查全率)时使用以下方法:
- 选择在文摘字段中检索;
- 减少用"AND"或"NOT"算符联结的概念组面数量;
- 增加用"OR"算符联结的相关检索词;
- 换用上位概念词或词组,采用近义词;
- 用分类代码代替某个概念组面;
- 采用截词检索法。

② 要减少检出记录的总数(提高查准率)时使用以下方法:
- 将检索词的查找范围限制在篇名和叙词字段中;
- 利用文献的外表特征限制检索;
- 增加用"AND"联结的概念组面数;
- 利用逻辑非"NOT"进行限制;
- 将检索词向下位类收缩,提高检索的专指性;

● 在检出记录中选取新的检索词对结果进行再次限制。

（6）输出检索结果

每种数据库都提供了各种输出方式（题录方式、全记录方式、自定义格式方式等），用户可根据自己的需求，灵活选择输出记录的格式，采用存盘或 Email 等方式获得检索结果。

3.5.2　检索举例

课题名称：激光加工技术在国外航空工业中的应用

（1）课题分析及信息需求的概念表达

根据本课题要求可从两方面进行概括，找出相关的主题概念：① 文献必须是有关激光加工方面的；② 文献必须是这种加工技术在航空工业中的应用。这就是说课题整个概念可分为两个概念组面："激光加工"和"航空工业"；另外根据"激光加工"除有"激光焊接"（laser alloying）这样一些专用词外，还有如"表面合金化"（surface alloying）等词，而这方面内容也是在必须搜集范围之内的，因此将原有概念组面进一步细分为"激光"、"加工技术"、"航空工业"3 个概念组面，这样更为合理一些。

（2）选择检索词

由于一切概念都是通过词来表达的，因此需要进一步把构成检索课题的重要概念，分别用相对应的检索词来表达。在把主题概念转换成检索词时要注意：① 选用的检索词应确切表达选定的概念组面（切题）；② 选用的检索词要与查找数据库的标引词一致（匹配）。因此，主题词表中的词应作为首选词，特别是其中专指度较高的复合词，它们兼有较好的切题性与匹配性。另外，还必须利用主题词表的参照系统和等级关系，把表征同一概念的同义词、近义词、相关词和必要的上下位语词等列出，以验证所选的主题词是否符合检索主题要求并为扩大或缩小检索范围提供依据。例如本例的主题词可从《航空主题词表》选择如下。

第一组概念组面：激光。从词表中可选出：

① laser（激光）　　　　　　　　　　② laser beam（激光束）；

第二组概念组面：加工技术。从词表中可选出：

③ laser annealing（激光热处理）　　　④ laser cutting（激光切削）

⑤ laser drilling（激光钻孔）　　　　　⑥ laser spraying

⑦ laser machining（激光加工）　　　　⑧ laser welding（激光焊接）

⑨ surface alloying（表面合金化）　　　⑩ radiation hardening（表面硬化）

⑪ surface hardening（表面硬化）　　　⑫ radiation hardened components（表面硬化）

⑬ case hardening（表面硬化）　　　　⑭ trimming（去毛刺）

⑮ cladding（镀层）　　　　　　　　　⑯ coating（涂覆）

⑰ remelting（再熔化）　　　　　　　　⑱ engraving（刻印、打标记）

其中③～⑧是"激光加工技术"概念组面的专指词；⑨～⑱是"加工技术"概念组面的检索

词(包括近义词和同义词)。

第三概念组面:航空工业。经分析及不断优化,从词表中选词为:

⑲ aircraft (飞机)　　　　　　　　⑳ aircraft industry(航空工业)

㉑ aircraft equipment(航空设备)　　㉒ helicopter(直升机)

㉓ engine components(发动机部件)　㉔ engine(发动机)

(3) 选择数据库

考虑所检课题为科研普查型,采用回溯检索的方法,从 20 世纪 90 年代查起,然后向前回溯,直至激光加工技术最早出现的年代为止。数据库选择为 COMPENDEX(工程索引数据库)、AEROSPACE(国外航空航天文献数据库)和 NTIS(美国政府报告数据库)等。

(4) 拟定提问式

经过选定概念组面以后,可把表达各概念组面的检索词,按相应关系用布尔逻辑算符联结起来,构成的检索式如下(每个检索词用对应的数字表示):

$$[(1+2)*(9+10+\cdots+18)+(3+4+\cdots+8)]*(19+20+\cdots+24)$$

但此检索式仅是初步的,还很不完善,用它检索可能会漏掉许多相关文献和检出一些不相关文献。因此,上式应根据课题要求对提问式用截词符、位置符、字段标识符等加以完善。如第一概念组面中的 laser 和 laser beam 存在单、复数情况,并考虑对复合词加位置算符(W),故取词为 laser? ? 和 laser(W)beam? ?。第二概念组面:对组面中的复合词加位置算符(S),要求(S)算符前后的检索词同时出现在同一个子字段中,如一个句子或短语中。第三组概念组面:对复合词 aircraft industry 加(1N)算符使 Industry of aircraft 的文献不致漏检。因此比较完整的检索式应如下(以 DIALOG 系统为例):

$$[(laser? ? \; OR \; laser(W)beam? ?) AND(surface \; (S) \; alloying \; OR\cdots OR \; engraving) \; OR$$
$$(laser \; (S) \; annealing \; OR\cdots OR \; laser(S)welding)] \; AND \; (aircraft \; (1N)industry \; OR\cdots OR \; engine)$$

需要指出的是:在提问式中,用逻辑"或"(逻辑加)联结的概念组面的多少,常常称为网罗度;而检索词的切题程度,则称为专指度。网罗度与专指度均为控制查全率和查准率的重要因素。而编写检索提问式是上机检索前的各种准备工作的最终体现,需要综合考虑多方面的因素,反复斟酌,尽可能避免各种失误。即使如此,有时获得的结果仍不一定理想,需要通过不断地对检索结果进行评价,分析失误原因,给出反馈途径和调节方法,使检索提问式不断趋于完善。

第4章 网络检索

4.1 网络检索的含义

网络检索是指利用计算机设备和国际互联网检索网上各服务器站点的信息。它是网络通信技术高度发展的产物,是计算机检索发展的高级阶段。国际互联网将全世界数以千万计的计算机联结成一个庞大的网络。网上信息资源极为丰富,尤其是近年来,各种类型的网上资源更是呈现爆炸性增长。网络信息具有内容丰富(涉及自然科学、社会科学、工程技术、农业、医学、文化教育以及商业、财政金融等各领域),信息量大,更新速度快等特点。为了方便网上信息的检索,不同类型的网上资源都有各自的信息查询工具,尤其是基于超文本技术的 WWW 信息检索工具(搜索引擎)发展得更为迅速,已经成为国际互联网上主要的信息检索工具,网络检索在计算机检索领域将占有越来越重要的地位。

4.2 国际互联网

4.2.1 简 介

1. 国际互联网的起源

国际互联网(Internet)又称因特网,它的雏形是美国国防部高级研究规划局 ARPA(Advanced Research Projects Agency)筹建的军用计算机实验网络 ARPANET。20 世纪 60 年代,美苏两国正处于冷战阶段。美国的兰德(Rand)公司受国防部委托开展了一项研究,重点是寻找一种合理的计算机网络结构,以保证美国遭受核打击后仍能有效地实施指挥和控制。1964 年兰德公司提交的研究报告中指出,这样的计算机网络必须具备以下特点:网络应是分布式的,网络上每个节点具有平等的地位,每个节点都有产生、接收和传送信息的能力;网上的信息在发送前首先被分解为一个一个的包(packet)并加以编号,这些信息包从源节点到达目的节点后,在目的节点进行组装,还原出原始信息。人们只关心信息能否正确地从源节点到达目的节点并正确地还原出来,至于信息包所经过的传输路径如何则是无关紧要的。当某些节点或通信线路出现故障无法使用时,信息包可以通过其他的路径传输,从而能够保证信息正确到达目的地。

1968 年英国的图像物理实验室首先采用上述思想建立了计算机网络。同年美国的 AR-

PA 也决定建立这样一个分布式计算机网络,这就是 ARPANET。1969 年秋季,ARPANET 的第一个节点在加利福尼亚大学洛杉矶分校建成。到 1969 年 12 月,ARPANET 上共有 4 个节点,它们分别是:犹他大学、加利福尼亚大学圣塔巴巴拉分校、加利福尼亚大学洛杉矶分校、斯坦福国际研究所。1972 年 ARPANET 正式公开演示时,美国已有 50 所从事军事技术研究的大学和研究机构入网。随着计算机技术和通信技术的不断发展,更由于计算机用户对计算机联网需求的不断增长,ARPANET 的规模不断扩大,它从建成时的 4 个节点,发展到 1984 年的 1 000 个节点,1987 年的 10 000 个节点;到 1989 年,节点数超过 10 万个。1990 年,美国国家科学基金会 NSF(National Science Foundation)支持的 NSFNET 正式取代了 ARPA-NET,成为美国境内广域网的骨干网(backbone)。在 ARPANET 蓬勃发展的同时,世界各地的发达国家也争相建立自己的网络,并且在各洲各国之间互相联网,逐渐形成了今天的国际互联网——Internet。

2. 国际互联网的现状及我国联网情况

国际互联网是一个庞大的计算机网络,它由许多小的网络互联而成。而这些小的网络将很多独立的计算机通过通信线路连接在一起,所以实际上国际互联网是一个"网络的网络"。据不完全统计,到 2007 年底,与国际互联网相联的国家已超过 170 个,用户超过 11 亿,全球国际互联网平均普及已超过 20%,国际互联网网站数已超过 1.26 亿个。

而我国目前国内有 8 个大型骨干网络与国际互联网连接,它们是中国公用计算机互联网(CHINANET)、宽带中国网(CHINA169)、中国科技网(CSTNET)、中国教育和科研计算机网(CERNET)、中国移动互联网(CMNET)、中国联通互联网(UNINET)、中国铁通互联网(CRNET)、中国国际经济贸易互联网(CIETNET)。国际出口带宽数已达到 493.729 Mbps。网站数量已达 191.9 万个,网民数也从 1997 年的 62 万猛增至 2008 年的 2.53 亿,跃居世界第一位。上网计算机从 1997 年的 29.9 万上升为 2008 年的 8 470 万台。CN 域名从 1997 年的 4 066 个上升为 2008 年的 1 190 万个。

3. 国际互联网的应用

建立网络是为了实现资源共享和促进信息交流,目前国际互联网有各种丰富的信息资源,构成了世界上最大的信息资源库。经过 30 多年的发展,国际互联网已逐步渗透到人类生活的各个方面,影响和改变着人类的工作及生活方式。信息搜索、网络通信、电子政务、网络新闻、网络视频、网络音乐、数字娱乐、电子商务、网上求职、网上教育、网上银行、网上股票交易及各类资讯服务等已成为互联网应用方面的重要组成部分。

国际互联网提供的主要应用有:

① 搜索引擎 互联网最基础的功能即提供信息。目前互联网上的信息已是海量,搜索引擎则是网民在汪洋中搜寻信息的工具,是互联网上不可或缺的工具和基础应用之一。

② 电子邮件 是互联网上的另一个基础应用,是一种非即时的信息传递方式,给网民的工作生活带来较多便利。

③ 即时通信　与电子邮件相对应,是一种即时的在线信息沟通方式,可以随时得到对方的回应。

④ 电子政务　互联网对中国社会的影响日益深远,更多人开始通过互联网寻求生活的便利。政府则对电子政务尤其关注,期望快速推进电子政务的发展,使得政府可以更好地为大众服务,提高政府办公效率。政府利用门户网站公开政府信息,在线处理行政许可项目,更好地为大众服务。政府网站的访问层次有 3 方面。最基础的一层是信息浏览,包括政策法规介绍、政府通知公告和政府新闻等;另一方面是网上办事,包括下载表格、在线申请业务等,即把部分柜台业务挪到网上,提高办理效率;第 3 方面是网站互动交流,包括在线咨询、建议、投诉等。

⑤ 网络媒体　网络新闻和博客都属于网络媒体,专注做网络新闻的主要是各大门户网站,代表主流媒体新闻,博客/个人门户的兴起则代表了普通网民话语权的释放,博客/个人门户已成为网上新闻来源之一。网络新闻的特性是即时快捷。

⑥ 电子商务　网上购物和网上销售是互联网作为商务平台工具的重要体现。网民和商家可以通过互联网平台,各取所需,共同获益,是值得政府和社会大力倡导的网络应用。网上购物行为与网上支付、网上银行等网上金融活动息息相关。网上购物用户使用这两种网上金融活动的比例要比其他网民的使用比例高出很多。网上购物的兴起可以推动众多如网上支付和网上银行等相关网络应用的更快发展。

⑦ 数字娱乐　数字娱乐主要包括网络游戏、网络音乐及网络影视。网络游戏公司的成功靠的是大量网络游戏用户的支撑。甚至有 9.3% 的网民通常上网的第一件事就是玩网络游戏。网络游戏给网民带来更多娱乐选择的同时,也使许多网民沉溺于此,影响了正常生活。网络游戏是政府和业界都尤为关注的网络应用。此外,网络已经成为音乐和影视的重要的传播渠道。

除上述主要应用外,"网上求职,网上教育,网上理财,网民自主创造内容"也成为当前越来越多的应用。

4. 国际互联网未来的发展

最近几年 Web2.0 的概念非常盛行,网民自主创造内容即 UGC(User Generated Content)也成为国内外关注的热点。它与 Web1.0 最大的不同在于,在 Web2.0 中,个人不是被动而是作为主体参与到互联网中,个人在作为互联网的使用者之外,还同时成为互联网主动的传播者、作者和生产者。网民们的自主创造内容可以是文字内容,也可以是图片和一些影视节目或者其他视频。伴随着互联网技术的创新,特别是互联网终端的多元化,用户将更方便地获得更丰富的信息,用户将从单纯的信息"消费者"转变为信息的"创造者",这种以用户为中心的互联网服务将是未来互联网发展的必然趋势。

科学家描绘了下一代互联网的广阔前景:家庭中的每一个物件都将可能分配一个 IP 地址,一切都可以通过网络来调控;可以支持大规模科学计算和大规模点到点的视频通信,也支持大规模视频会议、高清晰度电视;可以实现远程仪器控制、虚拟实验室;真正的远程教育也将变成现实,即基于交互协同视频会议技术进行远程授课和辅导,基于高清晰度视频广播技术进行授课内容回放,基于按内容流媒体检索和点播技术实现随时随地按需学习;实现海量信息存储与检索等。

总之,下一代国际互联网将在人类生活中占据越来越重要的地位,人类将进入真正的数字化时代。

4.2.2　国际互联网的基本概念和技术术语

为了帮助更好地了解和应用国际互联网,本小节对一些网络基本概念和技术术语做简要阐述,如需要对这些概念进行深入详细的了解,请查阅相关专业书籍。

1. 计算机网络

计算机网络是由通信线路互相连接起来的独立的计算机的集合。这些通信线路可以是电话线、双绞线、同轴电缆、光纤、微波和卫星通信等。计算机之间通过通信线路互相交换信息,网络中的每台计算机都是相互独立的。计算机网络中的计算机称为主机(host)或节点(node)。节点的概念来源于数学描述。由于计算机网络可以用点和线构成的图来表示,网络图中的一个点表示一台计算机,每台计算机之间的连接用一根线表示,在数学中,连接两条线的点通常称为节点,所以节点就成为主机的同义词。

主机有单用户和多用户之分。单用户主机就是 1 台直接与国际互联网连接的 PC 机。多用户主机带有若干台计算机设备,若干用户通过这些计算机终端经过该主机连入国际互联网。在这种情况下,这些用户所使用的计算机设备则称为计算机终端。计算机终端既可以是由一个键盘和一个显示器组成,也可以是一台 PC 机。前者称为"傻终端",后者称为"智能终端"。

计算机网络的类型如下:

① 按地理位置划分,计算机网络可以分为广域网 WAN(Wide Area Network)和局域网 LAN(Local Area Network)。广域网分布在较大的地理范围内,如一个地区、一座城市等。局域网的地理分布相对较小,如在一幢建筑物内、一所学校等。就网络的传输速度(bps)而言,局域网内的通信速度一般比较高,如以太网的典型速度是 100 Mbps。广域网是由多个局域网相互联结而成的。

② 按网络构型划分,计算机网络可分为总线型、环形、星形等。在局域网中常用的以太网(Ethernet)就是总线型网络。

2. 计算机网络协议

计算机网络用户在计算机之间通过网络互相交换信息,由于网上各计算机使用的软硬件不尽相同,它们互相沟通时需要共同遵守一定的规则,这就是计算机网络协议。计算机网络协议对计算机之间相互交换信息的方式、秩序以及参数作出共同的规定。一台计算机只有在遵守某个协议的前提下,才能在网上与其他计算机进行正常的通信。计算机网络协议是分层的,每一层都建立在下层之上,每一层的目的都是为上层提供服务,各层完成独立的功能,并互相协作,构成一个整体,计算机之间的相互联系发生在同一层,这样的工作方式才能保证信息在计算机之间有条不紊地传送。

国际标准化组织(ISO)大力推进计算机网络协议的标准,发布了开放系统互联(OSI)参考模型,共分为 7 层,如图 4 - 1 所示。各层的功能如下:

① 物理层。在物理信道上传输比特数据流,因而物理层的功能为规定物理传输介质的电气、机械等特性,它主要解决主机、工作站等数据终端设备与通信线路上通信设备之间的接口问题,如计算机与 Modem 之间的接口标准 CCITT V. 24。

② 数据链路层。基于物理层的服务,数据链路层把由位组成的数据帧从一个节点传送到相邻节点,为网络层提供透明的、正确有效的传输线路,并具有流量控制、校正物理信道产生的差错等功能,如 IBM 公司的高级数据链路控制协议 HDLC。

③ 网络层。将信息包从物理连接的一端传到另一端,实现点到点通信,主要功能有路径选择及与之相关的流量控制和拥塞控制,如 CCITT x. 25 协议。

④ 传输层。实现起点到终点的可靠信息传输,管理两个主机实体间的数据传输,提供交换信息所需的服务。

⑤ 对话层。为两个主机上的用户进程建立会话连接,并使用这个连接进行通信,负责会话的初始化、同步和控制。

⑥ 表示层。为应用层提供可以选择的各种服务,主要是对双方的语法和数据格式等提供转换和协调服务。

⑦ 应用层。为用户提供访问开放系统互联环境的界面,为用户提供许多网络服务所需的应用协议,如电子邮件协议、文件传输协议等。

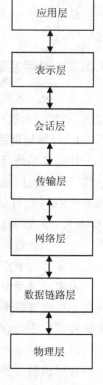

图 4 - 1　OSI 模型示意图

3. TCP/IP

在介绍 TCP/IP(Transport Control Protocol/Internet Protocol,传输控制协议/互联网协议)之前,首先需要了解分组交换的概念。国际互联网上的信息传输采用分组交换技术,其特点是将要传递的信息分成一定大小的信息包(分组),每个分组都带有发送方和接收方的地址信息,各分组可以从不同的路径在网络中传输,最终到达接收方。即使网络中的某些线路出现故障,分组信息仍然可以通过其他路径到达接收方。在信息接收方,每个分组中携带的信息被正确地恢复成原始发送的信息,从而完成一次信息传输的全部过程。TCP/IP 是国际互联网采用的协议,它的主要功能是控制信息在国际互联网上的传输。它是一组超过 100 个协议的集合的名称,因为这 100 多个协议中最重要的是 TCP 和 IP,故该协议集被命名为 TCP/IP。

① TCP 即 Transmission Control Protocol。在发送端,TCP 负责将用户要发送的信息分

成一个个信息包,在包的头部加入发送和接收节点的名称及其他信息。在接收端,TCP 负责将收到的信息包组装起来,恢复成文件,还原为用户初始信息。

② IP 即 Internet Protocol。该协议主要负责两项工作。其一是提供相邻节点之间的数据传送,其二是为数据的传送提供路径选择。用户发出的完整信息被分成若干个包,TCP 负责这项工作并在每个信息包的前部加入收发节点的信息,然后由 IP 负责将不同的信息包送到接收端,不同的包可能经过的路径不同,在接收端再由 TCP 将信息从每一个包中取出,还原成初始的信息,如图 4-2 所示。

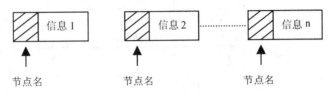

图 4-2　信息包格式

除 TCP、IP 以外,该协议还集中有其他协议,如文件传输 FTP、点到点通信 PPP、串行通信 SLIP 等。TCP/IP 分为以下 4 层。

① 应用层。是 TCP/IP 中的最高层,与 ISO 参考模型的上 3 层功能相似,向用户提供一组常用的应用程序,如电子邮件、文件传输等。

② 传输层。提供一个应用程序到另一个应用程序之间的通信。该层有发送确认和错误重发功能,以保证可靠传输,这些主要由 TCP 完成。

③ 网络层。解决计算机到计算机之间的通信问题,其功能主要由 IP 实现,按照路由选择算法,确定将报文传递或转发给相应的网络接口还是在本地处理,网络层在相互独立的局域网上建立互联网络。

④ 网络接口层。负责接收 IP 数据报文,并把这些数据报文发送到指定网络。

4. IP 地址

国际互联网是一个开放的计算机网络系统,全球已有数千万台计算机连入其中。为了给每一台主机一个唯一的标识,连入国际互联网的每台主机(host)都有一个唯一 IP 地址。IP 协议就是使用这个地址在主机之间传递信息,这是国际互联网能够运行的基础。就如同在电话通信中,电话用户靠电话号码来识别一样,在网络中为了区别不同的计算机,也需要给计算机指定一个号码,这个号码就是"IP 地址"。

按照 TCP/IP 规定,IP 地址用二进制来表示,每个 IP 地址长 32 位,换算成字节,就是 4 字节(每字节为 8 位)。例如一个采用二进制形式的 IP 地址是"0000 1010 0000 0000 0000 0000 0000 0001"。如此长的地址,处理和使用都很不方便。为了方便使用和记忆,IP 地址经常被写成十进制的形式,用句点符号"."分开不同的字节。于是,上面的 IP 地址可以表示为"10.0.0.1"。IP 地址的这种表示法叫做"点分十进制表示法",这显然比 1 和 0 容易记忆得多。用十进制数字表示，每段数字范围为 0～255，段与段之间用句点隔开，如 202.112.128.50。

　　IP 地址由网络地址和主机地址两部分组成，网络地址用于标识出一台主机所在的某一个特定的网络，而主机地址则可标识出一个网络中某一特定的主机，通过二者的有机结合，就可以准确地找到连接在国际互联网上的某台计算机。IP 地址分为 A、B、C、D、E 5 类，其中 D、E 有特殊用途，常用的只有 A、B、C 3 类，它们的格式如图 4-3 所示。

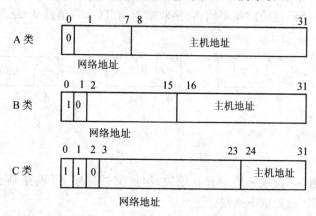

图 4-3　IP 地址分类与格式示意图

(1) A 类 IP 地址

　　在 A 类 IP 地址中，由第 1 字节(0～7 位)表示网络地址，后 3 字节表示网内的主机地址。规定网络地址的最高位必须是"0"，用二进制表示地址范围为：

0000 0001 0000 0000 0000 0000 0000 0001～0111 1110 1111 1111 1111 1111 1111 1110

用十进制表示上述地址范围为：1.0.0.1～126.255.255.254。A 类地址一般分配给特大型网络，由于第 1 字节为全 0 或全 1(二进制表示)时有特殊定义，所以第 1 字节的有效范围是 1～126(十进制)，可用的 A 类网络有 126 个，每个网络最多可连接 16 777 214 台主机。

(2) B 类 IP 地址

　　在 B 类 IP 地址中，由前 2 字节(0～15 位)表示网络地址，后 2 字节表示网内的主机地址。规定网络地址的最高位必须是"10"，用二进制表示地址范围为：

1000 0000 0000 0001 0000 0000 0000 0001～1011 1111 1111 1110 1111 1111 1111 1110

用十进制表示上述地址范围为：128.1.0.1～191.254.255.254。可用的 B 类网络有 16 382 个，每个网络最多可连接 65 534 台主机。

(3) C 类 IP 地址

　　在 C 类 IP 地址中，由前 3 字节(0～23 位)表示网络地址，最后 1 字节表示网内的主机地址。网络地址的最高位必须是"110"。用二进制表示地址范围为：

1100 0000 0000 0000 000 00001 0000 0001～1101 1111 1111 1111 1111 1110 1111 1110

用十进制表示上述地址范围为：192.0.1.1～223.255.254.254。C 类网络可达 209 万余个，每个网络能容纳 254 个主机。

（4）D 类 IP 地址

D 类 IP 地址第一个字节以"1110"开始，它是一个专门保留的地址，它并不指向特定的网络，目前这一类地址被用在多点广播（multicast）中。多点广播地址用来一次寻址一组计算机，它标识共享同一协议的一组计算机，地址范围为 224.0.0.1～239.255.255.254。

（5）E 类 IP 地址

以"111110"开始，为将来使用保留。

全零（"0.0.0.0"）地址对应于当前主机。全"1"的 IP 地址（"255.255.255.255"）是当前子网的广播地址。

5. IPV4 和 IPV6

现有的互联网是在 IPV4 协议的基础上运行的。IPV4 采用 32 位地址长度，只有大约 43 亿个地址，估计在 2005—2010 年间将被分配完毕，而地址空间的不足必将妨碍互联网的进一步发展。为了扩大地址空间，拟通过 IPV6 以重新定义地址空间。

IPV6 是下一版本的互联网协议，也可以说是下一代互联网的协议。与 IPV4 相比，IPV6 主要有如下一些优势：

① 明显地扩大了地址空间。IPV6 采用 128 位地址长度，几乎可以不受限制地提供 IP 地址，从而确保了端到端连接的可能性。

② 提高了网络的整体吞吐量。由于 IPV6 的数据包可以远远超过 64 KB，应用程序可以利用最大传输单元（MTU），获得更快、更可靠的数据传输，同时在设计上改进了选路结构，采用简化的报头定长结构和更合理的分段方法，使路由器加快数据包处理速度，提高了转发效率，从而提高网络的整体吞吐量。

③ 使得整个服务质量得到很大改善。报头中的业务级别和流标记通过路由器的配置可以实现优先级控制和服务质量 QoS（Quality of Servic）保障，从而极大改善了 IPV6 的服务质量。

④ 安全性有了更好的保证。采用 IPSec 可以为上层协议和应用提供有效的端到端安全保证，能提高在路由器水平上的安全性。

⑤ 支持即插即用和移动性。设备接入网络时通过自动配置可自动获取 IP 地址和必要的参数，实现即插即用，简化了网络管理，易于支持移动节点。而且 IPV6 不仅从 IPV4 中借鉴了许多概念和术语，它还定义了许多移动 IPV6 所需的新功能。

⑥ 更好地实现了多播功能。在 IPV6 的多播功能中增加了"范围"和"标志"，限定了路由范围和可以区分永久性与临时性地址，更有利于多播功能的实现。

随着互联网的飞速发展和互联网用户对服务水平要求的不断提高，IPV6 在全球将会越来越受到重视。

6. 域名系统 DNS

国际互联网上的每个节点都有唯一的一个用数字表示的 IP 地址,但这些数字很不直观,也不方便记忆。为解决这一问题,相应的域名系统即 DNS(Domain Name System)应运而生。下面是一些相关的概念。

(1) 域

"域"是一个只在逻辑上存在的概念。依据节点的地理位置或所属机构的性质对节点加以分类,这些不同的类则称为域,如 edu 域表明节点属于教育机构,cn 域表明节点都在中国。域名由用小数点分隔的文字字符串组成,比如 lib. buaa. edu. cn 表明中国北京航空航天大学图书馆,其中 cn 是顶层域,即域名中的最后部分,美国以外的国家的节点的顶层域采用国家名称的缩写。美国本地的域名具有特殊性,它的顶层域按机构性质分为 7 类:

com——商业公司

edu——教育科研机构

gov——非军事性政府机构

mil——军事机构

net——网位信息中心或网控中心

org——非赢利组织

int——国际组织美国以外国家的节点的第二级域名通常也表明所属机构的性质。

(2) 节点名

国际互联网的一个节点名由两部分组成:第一部分是机器名,它是一个字符串;第二部分是节点所在的域名。两部分之间仍用小数点分开,如 www. lib. tsinghua. edu. cn。www 是机器名,后面的则是域名。使用国际互联网的用户从一个节点名称上大致可以推断出这个节点所能提供的服务类型。大多数的匿名 FTP 服务器的机器名部分是 ftp,如 ftp. cdrom. com。gopher 服务器的机器名为 gopher,www 服务器的机器名为 www 等。

(3) 用户名

国际互联网上的用户名的写法为:用户账号名+@+节点名,这也就是 Email 地址。网上用户互相通信,如发电子邮件或交谈,必须使用对方的 Email 地址。

(4) 域名系统 DNS

在国际互联网早期,网上节点不是很多,所有节点的名字和 IP 地址的对照表都保存在网络信息中心的 hosts. txt 文件中,并定期向网上各节点发送该文件。随着网络的不断扩大,节点数迅速增加,这种集中式的域名(地址)管理方式加重了网络的负担,同时还带来了其他问题。1983 年威斯康星大学提出了一种分布式的域名系统方案,并应用于国际互联网。其要点是:在网络里设置许多名字服务器(name server),每个名字服务器负责一个域的名字查询,当用户需要查询某个节点名的 IP 地址时,本地的名字服务器根据节点名的域名,从高层向低层依次查询,直到查到所需节点的 IP 地址为止。通常一个域内都设置有一个或几个 DNS 名字服务器。目前中国 CN 顶层域的 DNS 名字服务器设在中科院网控中心。

7. 客户机/服务器模型

国际互联网的许多服务都采用客户机/服务器(client/server)模型,如 Ftp、telnet、archie、gopher、WWW 等。那么什么是客户机/服务器模型呢? 客户机/服务器模型将网上计算机分为两类,即 client 和 server,提供服务的是 server,获得服务的是 client,在服务器和客户机之间存在着一个协议,双方根据这个协议进行沟通,如图 4-4 所示。

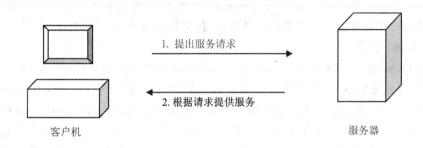

图 4-4　client/server 模型示意图

为了能够提供服务,服务器一方必须具有一定的硬件和相应的软件,同时客户机一方也必须安装相应的客户机软件。如运行 WWW 服务器软件的节点称为 WWW 服务器,如果用户需要 WWW 服务,就必须拥有相应的 WWW 客户机软件,用户使用 WWW 客户机软件与 WWW 服务器连接,存取服务器上的信息,客户机与服务器双方都共同遵守 http 协议。国际互联网上的客户机与服务器的关系并非一成不变,有的节点一方面提供服务,另一方面也从别的节点处获得服务,甚至在一次信息交流中,双方的角色也可互换。例如在进行文件传输 FTP 时,提供文件的一方为服务器,获取文件的一方则为客户机,那么用户从另一个节点取文件时可认为自己使用的机器是客户机;但当他向另一个节点发送文件时,又可认为自己使用的机器是服务器。了解了以上内容,在使用国际互联网的某项服务时就应注意,首先要有相应的客户机程序,比如常用的 WWW 的客户机程序 Netscape 和 IE,都是目前比较流行的软件,它同时提供很多其他的功能。

8. 万维网(WWW)

万维网 WWW(World-Wide Web)是在国际互联网上迅速崛起的一种信息浏览方式。它把散布在世界各地的信息资源加以集中整理,供人们查询使用。WWW 采用的用户界面是代表当前最新信息存储和检索技术之一的超文本和超媒体,而不是盛行已久的菜单式。使用超文本(hypertext)或超媒体(hypermedia)数据库时,用户不必为自己构思检索词,而只要从特殊显示(如高亮度或特殊色彩)的词语中加以选择即可一步一步找到需要的信息,以下是万维网所涉及的一些概念和技术术语。

（1）超文本和超媒体

众所周知，世界上最活跃的事物就是人类的思维活动，可以不断地从一个事物联想到另一个事物。超文本技术正是借助了这种思路，提出了一种信息存储与检索的新方法。一个超文本由两部分构成，一是文本（documents）即普通的正文，另一部分被称为链接（links），它是文本中一些特殊的单词或词组。从文本中的链接出发，可以引出新的文本，用户使用超文本浏览器软件，可以从某个链接出发，迅速跳到另一个文本页，这种阅读文件的方式同人们的思维习惯非常吻合。将超文本推而广之，形成了超媒体技术，除了将文字作为信息传播媒介外，还可以有图形、图像、声音等。用户浏览超媒体文件时，可以获得声、图、文并茂的效果。

（2）浏览器

浏览器 browser 是 WWW 客户机软件。同国际互联网上的大多数服务一样，WWW 采用的是客户机/服务器的模式，用户使用 WWW 浏览器软件完成与 WWW 服务器的连接和对服务器上 WWW 文件的浏览。目前最流行的 browser 软件是网景公司的 Netscape 软件和微软公司的 Internet Explorer。用于沟通 WWW 客户机与 WWW 服务器之间信息传输的规范称为超文本传输协议 HTTP（Hyper Text Transfer Protocol）。在 WWW 服务器上书写 WWW 文件所使用的语言称为超文本定标语言 HTML（Hyper Text Markup Language）。

（3）统一资源定位器

用户使用 WWW 浏览器时通过统一的资源定位器 URL（Uniform Resource Locator）指出想获得的国际互联网服务方式及地址。一个 URL 通常由两部分构成，第一部分指出用户想获取服务的类型，第二部分是各种服务器及其文件的地址。URL 的书写规则如下：

第一部分　分隔符　第二部分

通常第一部分为各种关键词，代表可以获得的各种服务。由于 WWW 浏览器大都内置了 FTP、telnet 等功能，所以可在浏览器中使用这些服务。用关键词指出服务类型，如 http 代表 WWW 服务，file 或 ftp 代表文件传输，telnet 代表远程登录，news 表示 Usenet 网络新闻服务，mailto 表示电子邮件服务等。分隔符一般为“：”或“：//”。第二部分一般是各种服务器的 IP 地址（节点名）（常用域名表示），整个 URL 中没有空格，而且对大小写是敏感的。URL 书写格式举例如下：

- http://www.icm.ac.cn 连接到 www.icm.ac.cn 服务器。
- ftp://ftp2.cc.ukans.edu 自动连接对方节点开始文件传输。
- gopher://gopher.umn.edu 自动给出 gopher 主菜单。
- D. telnet://lcc.icm.ac.cn 自动登录远方节点。
- news://comp.infosystems.www.misc 阅读网络新闻。
- mailto：某电子邮件地址 发送邮件。

用户在使用 WWW 浏览器软件时，必须正确书写 URL，才能获得所需的服务。

9. 网 站

网站（Website）是指在国际互联网上，根据一定的规则，使用 HTML 等工具制作的用于展示特定内容的相关网页的集合。简单地说，网站是一种通信工具，就像布告栏一样，人们可以通过网站来发布自己想要公开的资讯，或者利用网站来提供相关的网络服务。人们可以通过网页浏览器来访问网站，获取自己需要的资讯或者享受网络服务。

许多公司和机构都拥有自己的网站，他们利用网站来进行宣传、产品资讯发布、招聘等。随着网页制作技术的流行，很多个人也开始制作个人主页，这些通常是制作者用来自我介绍、展现个性的地方。也有以提供网络资讯为盈利手段的网络公司，通常这些公司的网站上提供人们生活各方面的资讯，如时事新闻、旅游、娱乐、经济等。

在国际互联网的早期，网站还只能保存单纯的文本。经过几年的发展，当万维网 WWW 出现之后，图像、声音、动画、视频，甚至 3D 技术开始在 Internet 上流行起来，网站也慢慢地发展成现在图文并茂的样子。通过动态网页技术，用户也可以与其他用户或者网站管理者进行交流。也有一些网站提供电子邮件服务。

10. 门户网站

门户网站（portal）从广义而言，是指一个应用框架，它将各种应用系统、数据资源和互联网资源集成到一个信息管理平台之上，并以统一的用户界面提供给用户，使企业可以快速地建立企业对客户、企业对内部员工和企业对企业的信息通道，使企业能够释放存储在企业内部和外部的各种信息。而狭义的理解，门户网站是指通向某类综合性互联网信息资源并提供有关信息服务的应用系统。门户网站最初提供搜索引擎、目录服务，后来由于市场竞争日益激烈，门户网站不得不快速地拓展各种新的业务类型，希望通过门类众多的业务来吸引和留住国际互联网用户，以至于目前门户网站的业务包罗万象，成为网络世界的"百货商场"或"网络超市"。从现在的情况来看，门户网站主要提供新闻、搜索引擎、网络接入、聊天室、电子公告牌、免费邮箱、影音资讯、电子商务、网络社区、网络游戏及免费网页空间等。在我国，典型的门户网站有新浪网、网易和搜狐网等。

4.2.3 国际互联网的接入方式

用户接入国际互联网方式有以下 3 种。

(1) 通过局域网直接连接

将计算机连到一个局域网，这个局域网已经连入国际互联网。需要的条件有：网络适配卡、网线和 TCP/IP 等。可获得国际互联网所能提供的各种服务。

(2) 通过电话拨号直接连接

利用串行接口协议 slip 或点到点通信协议 ppp，通过电话拨号方式进入一个国际互联网主机。需要的条件有：调制解调器（modem）、TCP/IP 协议以及 slip 或 ppp 软件、ISP。可以获得国际互联网所能提供的各种服务，但速度比第一种方式慢并取决于调质解调器 Modem

速率。

(3) 通过电话拨号间接连接

用电话拨号进入一个提供国际互联网服务的联机服务系统。需要的条件有：调制解调器、标准通信软件和联机服务账号。可获得的服务受到该联机服务系统的限制。

前两种方法是直接连接，用户需安装 TCP/IP，在国际互联网上具有和其他国际互联网用户同样的地位，有自己的 IP 地址。第三种方法是间接连接，联机服务系统直接连接到国际互联网，而用户作为仿真终端去访问联机服务系统提供的服务，用户终端无 IP 地址，得到的服务有一定限制。如果用户希望得到全部国际互联网服务，就需要采用直接连接方式中的一种。

4.2.4　国际互联网提供的基本服务

1. 电子邮件

电子邮件(E mail)即以电子形式传送的信件，与普通信件相似，它主要由标识部分和信件内容两部分组成。标识部分主要包括：寄信人、收信人、寄信时间、收信时间、信件的寄送路线和信件的主题等；信件内容部分则与普通邮政信件一样，用户想表达什么意思，输入相应内容即可。有些电子邮件还可以随信件同时发送一些计算机文件，如文本文件、可执行文件、图像文件和声音文件等。这些文件称为电子邮件的附件(attachment)。电子邮件是通过计算机网络传送的，电子邮件可以在几秒或几分钟内寄到目的地，它在速度上可与电话相比，但在费用上却往往比邮政信件低很多，正是由于这些特点使其使用者众多。国际互联网上电子邮件的传输量在整个网络传输量中占相当大的部分。

要想正确发送电子邮件，寄信人必须知道收信人的 E - mail 地址，用户账号＋@＋节点名，其中用户账号一般用姓氏的全部字母加上名的首字母，@的含义为"在"，是英文 at 的代替符号。

2. 远程登录

远程登录(telnet)是国际互联网提供的基本服务之一，它允许用户从本地主机上对远方节点进行账号注册，注册成功后，可以把本地主机看做是远方节点的一个普通终端，进而使用远方节点上的软硬件资源。远程登录可以使网络用户真正做到资源共享。通过这种方式，世界各地的科学家们就可以利用 telnet 功能互相合作，开展远程科学实验，共同完成某一个科研项目。也可以很方便地利用 telnet 连到世界各地的图书馆系统中，联机查询其馆藏信息等。

3. 文件传输

文件传输(FTP)用于在两个主机之间交换（或称传输）文件，是国际互联网上常用的操作之一。FTP 可用于传输文本文件和二进制文件，包括文字、程序、数据、声音和图像等各种文件。FTP 有两类用户：一类为特许，另一类为匿名，"特许"是指用户在对方的 FTP 服务器上有自己的账户，这类用户可不受限制地向对方系统存放或从对方系统中获取各类文件。而"匿名"则允许没有专门账户的用户从一定的服务器上索取属于公共领域的信息资料，但不允许存放用户自己的信息文件。实际上使用比较多的还是匿名 FTP。目前国际互联网网上有许多提供匿名 FTP 服务的主机，称为匿名 FTP 服务器，这些服务器上存有大量的共享软件和数据，用户可随意存取。FTP 采用的是客户机/服务器模型，即申请 FTP 服务的节点为客户机，提供 FTP 服务的节点就是服务器。FTP 具有两大特点：大容量和高速度。FTP 是实现资源共享的重要方式之一。

4. 网络论坛

网络论坛（BBS）的英文全称是 Bulletin Board System，翻译为中文就是"电子公告板"，也可称为网络论坛，是目前广受欢迎的一种电子信息服务系统。它提供了一块公共电子白板，每个用户都可以在上面书写，可发布信息或提出看法。大部分 BBS 由教育机构、研究机构或商业机构管理，按不同的主题分成很多个布告栏，布告栏的设立依据的是大多数 BBS 使用者的要求和喜好。使用者可以阅读他人关于某个主题的最新看法，也可以将想法毫无保留地贴到公告栏中。同样其他人所提观点的回应也是很快的。如果需要单独的交流，也可以将想说的话直接发到某个人的电子信箱中。如果想与正在使用 BBS 的某个人聊天，可以启动聊天程序加入闲谈者的行列。在 BBS 里，人们之间的交流打破了空间、时间的限制。在与别人进行交往时，无须考虑自身的年龄、学历、知识、社会地位、财富、外貌、健康状况，而这些条件往往是人们在其他交流形式中无可回避的。同样地，也无从知道交谈的对方的真实社会身份。这样，参与 BBS 的人可以处于一个平等的位置与其他人进行任何问题的探讨。这对于现有的所有其他交流方式来说是不可能的。BBS 站点往往是由一些有志于此道的爱好者建立的，对所有人都免费开放。而且，由于参与 BBS 的人数众多，因此各方面的话题都不乏热心者。可以说，在 BBS 上可以找到任何感兴趣的话题，可以查询到任何想了解的信息。

真正的 BBS 站点都提供两种访问方式：WWW 和 Telnet。WWW 方式浏览是指通过浏览器直接连入 BBS 服务器，查看上面的文章和留言，参与各种讨论。这种方法的优点是使用起来比较简单方便，入门容易，但是 WWW 方式由于自身的限制，不能即时响应，而且 BBS 的有些独具特色的功能难以在 WWW 下实现。而 Telnet 的方式是通过各种终端软件，直接远程登录到 BBS 服务器去浏览、发表文章，还可以进入聊天室和网友聊天，或者发消息给在线的其他用户，使用上更为灵活方便。

5. 博　客

"博客"一词是从英文单词 Blog 翻译而来。可指代 Blog（网志）和 Blogger（撰写网志的人）两种意思，有时也作为动词，指代为网络出版（Web Publishing）、发表和张贴文章的行为，是个急速成长的网络活动。

一个博客（Blog）就是一个网页，它通常是由简短且经常更新的帖子（Post）构成；这些张贴的文章都按照年份和日期排列。Blog 的内容和目的有很大的不同，从对其他网站的超级链接和评论，有关公司、个人、构想的新闻到日记、照片、诗歌、散文，甚至科幻小说的发表或张贴都有。

通过 Blog,人们可以简易迅速便捷地发布自己的心得,及时有效轻松地与他人进行交流,并充分展示自己的个性。

博客一般可以分为以下几类:

① 基本博客:是博客中最简单的形式。单个的作者对于特定的话题提供相关的资源,发表简短的评论。这些话题几乎可以涉及人类的所有领域。

② 小组博客:基本博客的简单变型,一些小组成员共同完成博客日志,有时候作者不仅能编辑自己的内容,还能够编辑别人的条目。这种形式的博客能够使得小组成员就一些共同的话题进行讨论,甚至可以共同协商完成同一个项目。小组成员可以由亲属、朋友或同行组成。

③ 公共社区博客:与公共出版系统有着同样的目标,由于其使用更方便,所花的代价更小,因而比公开出版系统更有生命力。

④ 商业、企业、广告型博客:对于这种类型博客的管理类似于通常网站的 WEB 广告管理。商业博客分为:CEO 博客、企业博客、产品博客、"领袖"博客等。以公关和营销传播为核心的博客应用已经被证明将是商业博客应用的主流。

⑤ 知识库博客,或者叫 K - LOG:基于博客的知识管理将越来越广泛,使得企业可以有效地控制和管理那些原来只是由部分工作人员拥有的、保存在文件档案或者个人电脑中的信息资料。知识库博客提供给新闻机构、教育单位、商业企业和个人一种重要的内部管理工具。

此外,按照博客主人的知名度、博客文章受欢迎的程度,可以将博客分为名人博客、一般博客、热门博客等;按照博客内容的来源、知识版权还可以将博客分为原创博客、非商业用途的转载性质的博客以及二者兼而有之的博客;按照博客存在的方式,还可以分为:托管博客、自建独立网站博客、附属博客。

6. 网络信息检索

网络信息检索是 Internet 提供的主要服务之一,一般指通过 Internet 检索所需信息的过程,是用户通过网络接口软件,在一终端查询各地上网的信息资源。这一类信息检索基于 Internet 的分布式特点,即:数据分布式存储,大量的数据可以分散存储在不同的服务器上;用户分布式检索,任何地方的终端用户都可以访问存储数据;数据分布式处理,任何数据都可以在网上的任何地方进行处理。

网络信息检索与联机信息检索最根本的不同在于网络信息检索基于客户机/服务器的网络支撑环境,客户机和服务器是同等关系。而联机检索系统的主机和用户终端则是主从关系。在客户机/服务器模式下,一个服务器可以被多个客户访问,一个客户也可以访问多个服务器。

搜索引擎(search engine)是用于网络信息检索的检索工具。

目前在 Web2.0 环境下,许多图书馆利用互联网和搜索引擎,全面多层次地揭示图书馆的资源信息。直接提供给用户便捷的一站式资源获取服务。用户从社交网络至搜索引擎至图书馆门户,在某种"信息不知情"的自我学习生活环境中,自由地获取他们所能获取的学术资源。如全球最大的图书馆合作组织 OCLC 在 2008 年 5 月确定与互联网著名搜索引擎 Google(谷歌)合作,将 Google 的图书搜索项目和 OCLC 的 WorldCat 相链接,借助 GBS 扫描的数字化全文和搜索技术,用户可以轻松寻找到感兴趣的图书,并通过与 WorldCat 的链接,又可以轻松地定位到拥有该图书的图书馆的位置。对 WorldCat 的大量用户来说,这是实现从网络搜索到实体定位的一大进步。

4.3　网络检索系统

在国际互联网上存有海量的信息,而且每天还不断地有新的信息产生。要想从如此多的信息中找出所需的有用信息,必须借助一种检索系统,这个检索系统称为搜索引擎(search engine)。搜索引擎是指根据一定的策略、运用特定的计算机程序搜集互联网上的信息,在对信息进行组织和处理后,为用户提供检索服务的系统。

4.3.1　搜索引擎的工作原理

为有效地实现信息查询功能,搜索引擎必须包括 3 个基本功能模块,即数据采集、数据组织和信息检索。数据采集模块抓取网页,数据组织模块处理网页,信息检索模块提供检索服务。

(1) 数据采集

数据采集主要是指采用自动搜索或人工添加的方式,定期或不定期抓取网页信息。每个独立的搜索引擎都有自己的网页抓取程序:网络机器人(robot)或网络蜘蛛(spider)。网页抓取程序顺着网页中的超链接,连续地抓取网页。被抓取的网页称为网页快照。由于互联网中超链接的应用很普遍,理论上,从一定范围的网页出发,就能搜集到绝大多数的网页。

(2) 数据组织

数据组织就是进行网页处理。搜索引擎通过网页抓取程序抓到网页后,还要通过数据组织程序对这些网页做大量的预处理工作,才能提供检索服务。其中,最重要的就是提取关键词,建立索引文件。其他还包括去除重复网页、分析超链接、计算网页的重要度。建立索引文件的过程就是要对抓取回来的每个页面中的每个字词都进行分析、整理和提炼,将每个页面分门别类地放在各索引数据库中,这个过程也是通过程序来完成的。在这个过程中,分词技术是非常关键的,中文分词指的是把中文的汉字序列切分成有意义的词,比如,"我想查找一本图书",经过正确的分词后,应该是:"我""想""查找""一本""图书"等 5 个词汇。不同的中文搜索引擎采用的分词技术是不一样的,中文分词的准确度,对搜索引擎结果相关性和准确性有相当大的关系。

(3) 信息检索

信息检索就是为网络用户提供检索服务。用户输入关键词进行检索,搜索引擎从索引数据库中找到匹配该关键词的网页;为了用户便于判断,除了网页标题和 URL 外,还会提供一段来自网页的摘要以及其他信息。

搜索引擎的信息检索程序主要负责处理用户提问,比如将自然语言变成可检索的关键词,采用适当的检索策略在自己的索引数据库中查找相匹配的结果,并根据内容相关度对检索结果进行排序。

在信息检索功能模块中,检索结果的排序是非常重要的。搜索引擎的排序是指用户向搜索引擎提交了一个搜索请求后,搜索引擎应该向用户返回的搜索结果的秩序。显然,用户最希望查找的信息应该排在搜索结果的最前列,但究竟什么样的信息是用户最想要的信息? 不同的搜索引擎有着不同的理解。百度创始人李彦宏提出的"超链分析"是目前公认的非常有效的排序规则。超链分析认为一个网页的重要性可由其他网页指向该网页的链接数目决定,这有点像要判断一篇论文是否重要,要看这个世界有多少作者看过并引用过这篇论文。与超链分析排序规则类似,Google 也采用了根据网页被链接指向多少的规则来进行排序,创造了自己独特的 PageRank 技术。

此外搜索引擎还需要提供一个检索界面,即用户访问搜索引擎时看到的网页,用户将检索关键词或自然语言输入到查询栏中,单击 Search 按钮,搜索引擎就会依据用户的输入,在索引数据库中查找相应的词语,并进行必要的逻辑运算,最后给出查询结果。

4.3.2　搜索引擎的组成

搜索引擎一般由搜索器、索引器、检索器和用户接口 4 部分组成:

① 搜索器:其功能是在互联网中漫游,发现和搜集信息;

② 索引器:其功能是理解搜索器所搜索到的信息,从中抽取出索引项,用于表示文档以及生成文档库的索引表;

③ 检索器:其功能是根据用户的查询在索引库中快速检索文档,进行相关度评价,对将要输出的结果排序,并能按用户的查询需求合理反馈信息;

④ 用户接口:其作用是接纳用户查询、显示查询结果、提供个性化查询项。

4.3.3　搜索引擎的分类

根据搜索结果的不同,搜索搜索引擎可分为全文式和目录索引式 2 种。

1. 全文式搜索引擎

全文搜索引擎是名副其实的搜索引擎,国外代表有 Google,国内则有著名的百度搜索。它们从互联网提取各网站的信息(以网页文字为主),建立起数据库,并能检索与用户查询条件相匹配的记录,按一定的排列顺序返回结果。

根据搜索结果来源的不同,全文搜索引擎可分为两类,一类拥有自己的检索程序(indexer),俗称"蜘蛛"(spider)程序或"机器人"(robot)程序,能自建网页数据库,搜索结果直接从自身的数据库中调用,上面提到的 Google 和百度就属于此类;另一类则是租用其他搜索引擎的数据库,并按自定的格式排列搜索结果,如 Lycos 搜索引擎。

全文式搜索引擎的索引数据库中记录的是各网站每一个网页的全部内容。全文式搜索引擎可以提供真正的全文检索,特别适用于希望得到全面而充分的查询结果的用户。当然,由于全文式搜索引擎往往返回的信息太多,缺乏清晰的层次结构,重复链接较多,会给人一种繁杂的感觉。

2. 目录索引式搜索引擎

目录索引虽然有搜索功能,但严格意义上不能称为真正的搜索引擎,只是按目录分类的网站链接列表而已。用户完全可以按照分类目录找到所需要的信息,不依靠关键词(keywords)进行查询。目录索引中最具代表性的是 Yahoo、新浪分类目录搜索。该搜索引擎将网站进行主题分类整理,各类目下面,排列着属于这一类别的网站名称和网址链接,有的还提供每个网站的内容提要。用户一般采取逐层浏览目录,逐步细化来找到合适的类别直到找到所需的信息。一般情况下,目录式搜索引擎还具有网站查询功能,可以在检索框中输入需要查询的关键词或短语,搜索引擎会将找到的相关网站的名称、网址及内容简介显示在结果列表中。

目录式搜索引擎的索引数据库中记录的是各网站的名称、网址和内容简介,用目录式搜索引擎,可以方便地找到某一大类信息,适用于希望了解某一方面或某一范围内的信息的用户。

为了满足用户的多种需求,现在大多数门户网站的搜索引擎兼有目录式和全文式的功能,即大多数搜索引擎都是混合型的。

此外,根据搜索引擎限定使用的语言种类,可以将搜索引擎分为单语种搜索引擎和多语种搜索引擎;根据搜索引擎是否有自己的索引数据库,可以将搜索引擎分为独立搜索引擎和多元搜索引擎(META search engine)。独立搜索引擎与多元搜索引擎的区别在于,多元搜索引擎一般没有自己的数据库,用户输入的查询请求被发往多个普通的独立搜索引擎处理,然后按照多元搜索引擎自己设定的规则将搜索结果进行取舍和排序并反馈给用户。从用户的角度来看,利用多元搜索引擎的优点在于可以同时获得多个源搜索引擎(即被多元搜索引擎用来获取搜索结果的搜索引擎)的结果,但由于多元搜索引擎在信息来源和技术方面都存在一定的限制,因此搜索结果实际上并不理想,目前尽管有数以百计的多元搜索引擎,如著名 InfoSpace、Dogpile、Vivisimo 及最具代表性的中文多元搜索引擎搜星搜索引擎。但还没有一个能像 Google、Yahoo! 和百度等独立搜索引擎那样受到用户的广泛认可。

4.3.4　如何使用搜索引擎

在浏览器地址栏内输入搜索引擎的地址,打开查询界面,即可开始搜索。无论哪一种搜索引擎,其查询方法没有太大的区别,既可以从分类目录着手逐级查找,也可以输入检索词,使用专门的查询功能。目前大多数的搜索引擎都具有两种查询方法,即简单查询和复杂查询,并允许对检索提问和检索结果进行某些限制,下面简单介绍这些功能。

1. 简单查询

简单查询也可称为基本查询,允许用户在输入检索词的同时,再使用一些搜索引擎支持的查询功能,如布尔逻辑检索、截词检索、邻近检索和字段检索等。

(1) 布尔逻辑检索

这种检索方式指的是用布尔逻辑算符来表达检索词与检索词之间的逻辑关系。布尔逻辑算符的含义在前面的内容中介绍过了,这里要指出的是,不同的搜索引擎会使用不同的符号表示布尔逻辑关系,如用"+"表示逻辑 AND,用"-"表示逻辑 OR 等。有的搜索引擎则直接把布尔逻辑关系隐含在菜单中,如 YAHOO!。还有一些搜索引擎部分支持布尔逻辑检索,仅支持逻辑 AND 和逻辑 OR,不支持逻辑 NOT。

(2) 截词检索

在检索式中用截词算符表示检索词的某一部分可以有一定的词形变化。在搜索引擎中,一般用"*"或"$"表示截词符号,可以有前截断、后截断和中间截断等。

(3) 邻近检索

在检索式中用专门的符号来规定检索词在检索结果中的相对位置,与第 3 章介绍的 DIA-LOG 系统的位置算符有类似之处。但搜索引擎中对检索词位置的限定较联机检索系统中的位置算符简单了许多,仅相当于 DIALOG 系统中的(nW)和(nN)算符。实际上许多搜索引擎干脆使用更直接的方法来表示(W)算符,如用引号将检索词组引起来,表示检索结果中必须包含该词组。

(4) 字段检索

网络信息资源不同于传统的数据库系统,它实际上是不分字段的。搜索引擎中的字段检索实际上是将用户的检索限定在标题、统一资源定位器(URL)或某些超链接上。如检索式"TITLE:SPACESHUTTLE"可以检索出网页题目中含有该词的那些网页。同样搜索引擎的字段检索也不能与联机系统或光盘系统的字段检索相比。应该说,搜索引擎的字段检索只是一种"准字段"检索。用户在简单查询窗口中输入检索词,并根据需要选用前面介绍的几种查询功能,就可得到一个检索式,搜索引擎的信息检索机制即可在其索引数据库中为用户找到所需的信息。

2. 复杂查询

复杂查询也可称为高级查询,主要包括以下几种功能。

(1) 加权检索

大多数的搜索引擎都采用加号和减号表示检索词的权重,在检索词前放一个"+",表示在检索结果中必须出现该词,在检索词前放一个"-",表示在结果中不能出现该词。如果在检索式中应用了多个加号和减号,它表示的含义与布尔逻辑检索有相似的地方。

(2) 相关信息渐进检索

在一次检索完成后,搜索引擎会提交一个长长的文件列表。用户浏览这个检索结果列表,会发现一些比较合适的结果,希望进一步查找与此类似的结果,这种方式称为相关信息渐进检索。一些搜索引擎已经具有这种功能,如 Lycos 的"more like this"等。由于不同的搜索引擎在处理渐进检索时采用的检索机制各不相同,有时系统自动找出的未必是合适的结果。

(3) 自然语言检索

自然语言检索指的是在检索窗口中输入一个自然语言表达的句子。搜索引擎会利用系统自身的禁用词表排除没有实际检索意义的各种虚词(如介词、副词、冠词等),自动提取句子中有实际意义的检索词,并将它们作为用户输入的关键词对待。采用这种检索方式所需要注意的是:当用户输入的词是用户需要的有实际意义的检索词汇,但又属于禁用词之列,这时会使检索结果出现偏差。

(4) 模糊检索

模糊检索允许用户输入的检索提问和被检索信息之间存在一定的差异,这种差异在检索中将被模糊处理。模糊检索一般用于用户输入检索词汇时出现某些错误或某些词汇在不同国家有不同拼写形式的情况下,具有模糊检索功能的搜索引擎在这种情况下不会以"输入错误"来拒绝用户,仍然可以给出正确的答案。

(5) 概念检索

概念检索指的是当用户输入一个检索词后,搜索引擎能够检索出包含该检索词及其同义词的检索结果。比如用户输入 aircraft,同时能检索到包含 airplane、plane 等词汇的结果。概念检索充分考虑了用户的检索意图,扩充了用户的检索范围。

3. 限制功能

一些搜索引擎可以对检索提问式或检出信息的类型、年代、语种、排序等做出相应的限制,这样得到的检索结果范围会缩小,准确性会大大提高。

4. 帮助功能

搜索引擎都具有帮助功能。用户在使用具体的搜索引擎时,通过查看其提供的帮助功能,可以详细了解搜索引擎的使用方法。

4.3.5　搜索引擎检索技巧

(1) 在类别中搜索

许多搜索引擎(如 Yahoo!)都显示类别,如计算机和 Internet、商业和经济。如果单击其中一个类别,然后再使用搜索引擎,显然进行搜索所耗费的时间较少,而且能够避免大量无关的 Web 站点。

(2) 使用具体的关键字

所提供的关键字越具体,搜索引擎返回无关 Web 站点的可能性就越小。

(3) 使用多个关键字

还可以通过使用多个关键字来缩小搜索范围。一般而言,提供的关键字越多,搜索引擎返回的结果越精确。

(4) 使用布尔运算符

许多搜索引擎都允许在搜索中使用两个不同的布尔运算符:AND 和 OR。

(5) 留意搜索引擎返回的结果

搜索引擎返回的 Web 站点顺序可能会影响人们的访问,所以,为了增加 Web 站点的点击率,一些 Web 站点会付费给搜索引擎,以在相关 Web 站点列表中显示在靠前的位置。好的搜索引擎会鉴别 Web 站点的内容,并据此安排它们的顺序,但并不是每一个搜索引擎都会这么做。

此外,因为搜索引擎经常对最为常用的关键字进行搜索,所以许多 Web 站点在自己的网页中隐藏了同一关键字的多个副本。这使得搜索引擎不再去查找国际互联网,以返回与关键字有关的更多信息。

正如读报纸、听收音机或看电视新闻一样,在利用搜索引擎查找信息时,请留意所获得的信息的来源,以判断信息是否真实可靠。搜索引擎能够帮助找到信息,但无法验证信息的可靠性。因为任何人都可以在网上发布信息。

4.3.6　网上著名搜索引擎

1. 中文搜索引擎

● 谷歌(Google)(http://www.google.com)

目前最优秀的支持多语种的搜索引擎之一,约搜索 3 083 324 652 张网页。提供网站、图像、新闻组等多种资源的查询。包括中文简体、繁体、英语等 35 个国家和地区的语言的资源。

● 百度(Baidu)(http://www.baidu.com)

全球最大中文搜索引擎。提供网页快照、网页预览/预览全部网页、相关搜索词、错别字纠正提示、新闻搜索、Flash 搜索、信息快递搜索、百度搜霸、搜索援助中心。

● 北大天网(http://e.pku.edu.cn)

由北京大学开发,简体中文、繁体中文和英文 3 个版本。提供全文检索、新闻组检索、FTP 检索(北京大学、中科院等 FTP 站点)。目前大约收集了 100 万个 WWW 页面(国内)和 14 万篇 Newsgroup(新闻组)文章。支持简体中文、繁体中文、英文关键词搜索,不支持数字关键词和 URL 名检索。

● 新浪(http://search.sina.com.cn)

互联网上规模最大的中文搜索引擎之一。设大类目录 18 个,子目录 1 万多个,收录网站 20 余万。提供网站、中文网页、英文网页、新闻、汉英辞典、软件、沪深行情、游戏等多种资源的查询。

● 雅虎中国(http://cn.yahoo.com)

Yahoo! 是世界上最著名的目录搜索引擎。雅虎中国于 1999 年 9 月正式开通,是雅虎在全球的第 20 个网站。Yahoo! 目录是一个 Web 资源的导航指南,包括 14 个主题大类的内容。

● 搜狐(http://www.sohu.com)

搜狐于1998年推出中国首家大型分类查询搜索引擎，到现在已经发展成为中国影响力最大的分类搜索引擎。每日页面浏览量超过800万，可以查找网站、网页、新闻、网址、软件和黄页等信息。

● 网易(http://search.163.com)

网易是新一代开放式目录管理系统(ODP)，拥有近万名义务目录管理员，为广大网民创建了一个拥有超过一万个类目，超过25万条活跃站点信息，日增加新站点信息500~1 000条，日访问量超过500万次的专业权威的目录查询体系。

● 3721网络实名/智能搜索 (http://www.3721.com)

3721公司提供的中文上网服务——3721"网络实名"，使用户无须记忆复杂的网址，直接输入中文名称，即可直达网站。3721智能搜索系统不仅含有精确的网络实名搜索结果，同时集成多家搜索引擎。

2. 外文搜索引擎

● Yahoo(http://www.yahoo.com)

有英、中、日、韩、法、德、意、西班牙、丹麦等10余种语言版本，各版本的内容互不相同。提供类目、网站及全文检索功能。目录分类比较合理，层次深，类目设置好，网站提要严格清楚，但部分网站无提要。网站收录丰富，检索结果精确度较高，有相关网页和新闻的查询链接。全文检索由Inktomi支持。有高级检索方式，支持逻辑查询，可限时间查询。设有新站、酷站目录。

● AltaVista(http://www.altavista.com/)

有英文版和其他几种西文版，提供纯文字版搜索，提供全文检索功能，并有较细致的分类目录。网页收录极其丰富，有英、中、日等25种文字的网页。搜索首页不支持中文关键词搜索，但有支持中文关键词搜索的页面。能识别大小写和专用名词，且支持逻辑条件限制查询。高级检索功能较强。提供检索新闻、讨论组、图形、MP3/音频、视频等检索服务以及进入频道区(zones)，对诸如健康、新闻、旅游等类进行专题检索。有英语与其他几国语言的双向在线翻译等服务，有可过滤搜索结果中有关毒品、色情等不健康的内容的"家庭过滤器"功能。

● Excite(http://www.excite.com/)

是一个基于概念性的搜索引擎，它在搜索时不只搜索用户输入的关键字，还可"智能性"地推断用户要查找的相关内容进行搜索。除美国站点外，还有中文及法国、德国、意大利、英国等多个站点。查询时支持英、中、日、法、德、意等11种文字的关键字。提供类目、网站、全文及新闻检索功能。目录分类接近日常生活，细致明晰，网站收录丰富。网站提要清楚完整。搜索结果数量多，精确度较高。有高级检索功能，支持逻辑条件限制查询(AND及OR搜索)。

● InfoSeek(http://www.infoseek.com)(http://infoseek.go.com/)

提供全文检索功能，并有较细致的分类目录，还可搜索图像。网页收录极其丰富，以西文为主,支持简体和繁体中文检索,但中文网页收录较少。查询时能够识别大小写和成语,且支持逻辑条件限制查询(AND、OR、NOT 等)。高级检索功能较强,另有字典、事件查询、黄页、股票报价等多种服务。

● Lycos(http://www.lycos.com)

多功能搜索引擎,提供类目、网站、图像及声音文件等多种检索功能。目录分类规范细致,类目设置较好,网站归类较准确,提要简明扼要;收录丰富;搜索结果精确度较高,尤其是搜索图像和声音文件上的功能很强,有高级检索功能,支持逻辑条件限制查询。

● AOL(http://search.aol.com/)

提供类目检索、网站检索、白页(人名)查询、黄页查询、工作查询等多种功能;目录分类细致,网站收录丰富,搜索结果有网站提要,按照精确度排序,方便用户得到所需结果;支持布尔操作符,包括 AND、OR、AND NOT、ADJ 以及 NEAR 等;有高级检索功能,有一些选项,可针对用户要求在相应范围内进行检索。

● HotBot(http://hotbot.lycos.com/)

提供有详细类目的分类索引,网站收录丰富,搜索速度较快;有功能较强的高级搜索,提供有多种语言的搜索功能,以及时间、地域等限制性条件的选择等等。另提供有音乐、黄页、白页(人名)、E-mail 地址、讨论组、公路线路图、股票报价、工作与简历、新闻标题和 FTP 检索等专类搜索服务。

● Google(http://www.google.com/)

Google 目前被公认为全球规模最大的搜索引擎,它提供了简单易用的免费服务,用户可在瞬间得到相关的搜索结果。可使用多种语言查找信息、查看股价、地图和要闻、查找美国境内所有城市的电话簿名单、搜索数十亿计的图片并详读全球最大的 Usenet 信息存档——超过十亿条帖子,发布日期可以追溯到 1981 年。Google 提供的 Google Book Search 服务,可以搜索图书出版商及一些著名大学和一些公共图书馆所提供的图书。如密歇根大学、哈佛大学的 Widener 图书馆、斯坦福大学的格林图书馆、牛津大学的牛津大学图书馆以及纽约公共图书馆等。此外,Google 的人工智能已达到一定高度,如在 Google 中搜索 what is the answer to life, the universe and everything? (什么是生命,宇宙以及所有一切事物的答案?)将会得到智能化的搜索结果。

3. FTP 搜索引擎

FTP 搜索引擎的功能是搜集匿名 FTP 服务器提供的目录列表以及向用户提供文件信息的查询服务。由于 FTP 搜索引擎专门针对各种文件,因而相对 WWW 搜索引擎,寻找软件、图像、电影和音乐等文件时,使用 FTP 搜索引擎更加便捷。

● http://www.philes.com　号称全球最大的 FTP 搜索引擎。
● http://www.alltheweb.com　fastsearch.com 公司开发的搜索引擎。
● http://www.filesearching.com　Chertovy Kulichki Inc.公司开发的搜索引擎。

- http://www.souborak.com internauci.pl 公司开发的搜索引擎。
- http://www.ftpfind.com www.echo.fr 公司开发的搜索引擎。
- http://parker.vslib.cz 作者是 Technical University of Liberec Czech Republic 的 Jiri A. Randus,是国内大多数小型 FTP 搜索引擎系统的原型。
- http://bingle.pku.edu.cn 北大天网中英文 FTP 搜索引擎。
- http://bbs.njust.edu.cn/parker 南京理工"一网打尽"搜索引擎。
- http://sesa.nju.edu.cn/cgi—bin/parker/search 南京理工"轻松搜之"搜索引擎。
- http://clilac.fmmu.edu.cn/ 百合谷搜索。
- http://search.zixia.net/Parker 清华 ZIXIA 搜索。
- http://parker.5470.net.cn 幻想 FTP 搜索。
- http://search.xjtu.edu.cn 西安交大思源搜索。

4. 特色搜索引擎

- SOGDA 是比较好的中文 MP3 歌曲的搜索引擎。
- Sobit 音乐搜索引擎,采用即时扫描网络资源。目前共有歌曲数据 573 363 首,数据总容量 1 018.86 GB。
- Google 图像搜索,自称是互联网上最好用的图像搜索工具。
- VisionNEXT 是比较好的多媒体搜索引擎。国内只有几家提供中文多媒体搜索引擎,它们基本上都是使用 VisionNEXT 公司的技术。
- Yahoo 寻人搜索引擎可以网上寻人。
- Yahoo 图像搜索引擎可以搜索到 Yahoo 网站工作人员收集整理的图像分类目录。
- Lycos 多媒体搜寻,可以找到非常多的图像。
- Excite 多媒体搜索。与 Lycos 及 Altavista 的比较,它搜寻出来的多是相片。
- Who where 是一个老牌的寻人网站,可以搜索电子邮件地址、电话与地址和公众信息。
- Look4u 搜索全球华人。
- Cnet Music 通过一次搜索,同时得到多个 MP3 搜索引擎在内的搜索结果。
- FAST 可以同时搜索图像、音频、视频等多种格式的多媒体文件。
- Stream Search 可以搜索到关于音乐、广播、电视、电影,甚至天气等各种专题的视音频文件。
- SpeechBot 视音频搜索引擎,通过收集其他网站的多媒体文件,建立搜索数据库。
- MIDI Explorer 为音乐爱好者搜索一些 MIDI 文件。

4.4 网络信息资源

国际互联网信息资源近几年快速增长,成为现代人不可或缺的重要信息来源。网上资源包括以下几种类型。

(1) 国际互联网中的"人"

网络把世界各地的人连在了一起。人们上网寻找的主要资源就是信息,这可以从"人"和"计算机"两个角度来寻找。在网上能够找到提供各种信息的人,如各学科专家及具备各种专长和爱好的人,国际互联网为人们之间的相互交流和探讨提供了便利的渠道,只要找到能够提供信息的"人",也就获得了所需的信息。因而网络中的"人"也是非常重要的信息资源之一。互联网提供的 BBS、网络聊天等服务为人与人之间方便快捷的沟通与交流提供了便利。

(2) 网上计算机系统资源

主要是指连入互联网的计算机的处理能力、存储空间以及软件工具和应用环境。一般情况下,用户需远程登录到某台目标计算机上才能使用其软、硬件资源。

(3) 网上计算机中存储的信息

网上有数以千万计的服务器,可以提供各种各样的信息。信息主题涵盖自然科学、社会科学、工程技术、农业、医学以及商业金融、文化娱乐等所有领域。信息的存储涉及现有的所有媒体,如文档、表格、图形、影像、声音以及它们的合成,并以各种可能的形式存在,如文件、数据库、超文本、公告牌以及目录文档等。但是网上的各类信息资源分散于全球各角落,网上并没有权威的机构负责管理这些资源。每天都会有新的服务器加入,也会有旧服务器消失。任何人都可以在网上发布信息。因而网上的信息也是五花八门,无所不包,有用的信息淹没在信息的汪洋大海中。为了充分利用有用的信息资源,排除信息噪声,国际互联网提供了多种服务手段,如 E-mail、FTP、telnet、WWW、Search Engine、BBS 等,灵活利用这些网络服务功能,就能够找到所需要的信息。

4.5　网络信息检索方法

4.5.1　学术信息检索方法

国际互联网上的信息是丰富多彩的,其中 WWW 是国际互联网上增长最快、使用最方便灵活的多媒体信息传输与检索系统,越来越多的用户将自己拥有的信息以 WWW 的方式在网上发布,WWW 服务器已成为互联网上数量最大和增长速度最快的信息系统。故本章节主要以 WWW 为主,介绍查询学术信息资源的常用方法。

1. 利用网上信息资源指南(资源导航)

目前在国际互联网上存在着一些特殊的 WWW 站点,其主要目的是收集和整理网上提供的各类信息,按照分类或主题目录的方式组织起来,一般在大类下分成若干小类。用户只要进入这些站点,就能从主页上找到自己关心的信息资源的类目。单击该类目,即可进入下一级分类,直到找到网址及其简介的列表,从中选择感兴趣的站点再做进一步的浏览,这样做无疑可节省大量的时间。这些特殊的站点通常被称为信息资源指南或导航。比较著名的有 WWW 组织协会编辑的网上资源主题目录,即 W3 虚拟图书馆(http://vlib. org/overview. html)。它参照美国国会图书馆主题词表对网页加以组织,是一个综合性的、集中了各学科领域网上资源的主题目录。除了包含各学科内容的综合性站点外,还有很多专题性的信息资源指南,如数学虚拟图书馆(http://euclid. math. fsu. edu/science/math. html),航空资源指南(http://macwww. db. erau. edu/www_virtual_lib/aeronautics),化学化工虚拟图书馆(http://www. chem. ucla. edu/ chempointers. html)等等。

　　国内高等院校文献资源保障机构 CALIS,组织国内高校图书馆正在建设重点学科网络资源导航库,由各参建图书馆联合开展网络资源的整理加工,目的也是为我国高校的学科建设提供网络资源指南服务。这些专业性强的资源指南通常可以为用户提供较详尽的各类网上信息,如专家学者、研究机构、大学院系、电子期刊、会议预告等等,是查询网上科技学术信息常用的非常有效的方法。如何发现更多的适合自己专业的专题信息指南的网址,就需要用户平时上网时多留意收集,或者使用搜索引擎查找各类资源指南站点的网址。

2. 利用搜索引擎查询

　　由于 WWW 是目前网上最主要的信息传播方式,因而可检索 WWW 网址网页以及新闻论坛、PDF 文档、BBS 文章的查询工具——搜索引擎成为网上主要的查询工具。目前国际互联网上的中英文搜索引擎数量很多,怎样选择合适的搜索引擎呢?

　　日常的信息需求大致可分为两种,一种是寻找参考资料,另一种是查询产品或服务,那么对应的选择就应该是前者利用全文式搜索引擎,后者利用目录索引式搜索引擎。这是因为对前一种需求来说,由于查询目标非常明确而具体,而目录索引式搜索引擎中链接的条目所容纳的信息量有限,无法满足要求,因此全文式搜索引擎就成为最佳的选择。因为全文式搜索引擎是从网页中提取所有的文字信息,所以匹配搜索条件的范围就大得多,能够比较容易地找到满足需求的检索结果。相反,如果找的是某种产品或服务,那么目录索引式搜索引擎就略占优势。因为网站在提交目录索引时都被要求提供站点标题和描述,且限制字数,所以网站所有者会用最精练的语言概括自己的业务范围,让人看来一目了然。此外,当要搜集某一类的网站资料时,目录索引式搜索引擎的分类目录就是最佳助手。

　　明确了选择哪一类搜索引擎后,面临的选择还有许多,比如选用中文搜索引擎还是英文搜索引擎,选用普通搜索引擎还是集成搜索引擎,这里更多地需要用户依据自己的检索目的及其对搜索引擎的熟悉程度来决定。

3. 查询专业网络文献数据库

　　用户在查找科技文献信息时,如果知道一些提供综合性学术信息查询的机构,通过上网查询其具有的各种文献数据库,将会得到许多意想不到的真正有价值的信息。目前国内外有不少机构将其拥有的数据库放在网上,这些数据库多数是不收费的,如中国科技信息网(http://www. cstnet. net. cn)、上海科技信息网(http://www. stc. sh. cn)和中国工程技术信息网(http://www. cetin. net. cn)等。但一些大型的专门从事信息服务的公司或机构,如美国的工程信息(EI)公司、联机计算机图书馆中心(OCLC)等,其开发的基于国际互联网的数据库服务,还是需要付费才能查询的。虽然如此,由于这些公司多年从事专门的文献信息服务,收集的信息比较系统、完整,并且信息更新及时,服务方式多种多样,因此在查找专业文献信息时,检索这些数据库是非常必要的。

目前,国内引进的网络文献数据库检索系统主要有 OCLC FirstSearch 检索系统,EI Village 系统,美国剑桥科学文摘(CSA)系统及 ISI Web of Knowledge 检索系统等。这些检索系统的基本检索原理是相同的,检索方法大同小异,都具有简单查询和高级查询两种模式,有多种检索途径和多种信息输出方式,并可使用各种算符进行逻辑组配检索,与原文进行超链接。除了通用的检索功能外,各检索系统还注意随着检索技术的不断发展,开发自己的特色功能,增加更多的个性化服务。

如 ISI Web of Knowledge 检索系统就集文献检索功能、分析功能、管理功能和写作功能于一身,为科研人员研究工作建立整合的创新研究平台。

ISI Web of Knowledge 通过提供更多、更方便、更有个性的检索途径保证检索出准确的结果,通过多角度的数据挖掘和可视化的全景分析,帮助检索者分析研究发展趋势,发现科学技术热点,揭示论文间的潜在联系,并提供引文报告,找出特定记录;通过管理检索策略、管理 E - mail 定题/引文跟踪/RSS 推送服务、管理全文(链接)、管理参考文献,帮助检索者实现信息共享,促进学术交流;通过嵌入的 Endnote Web 模块,帮助检索者边写作边引用,并自动生成文中和文后参考文献,加速整个研究进程。

各检索系统的具体使用见第 6 章~第 11 章。

特别要强调的是利用网络文献数据库检索系统检索文献时,要注意在实施检索前,充分利用检索系统提供的帮助(help)系统。在这些帮助系统中,有详细的数据库内容介绍和使用指南/检索过程说明。

4. 查询网上图书馆

目前大多数图书馆和信息研究中心都建立了自己的网站(数字图书馆),免费提供馆藏资源的网上检索,如中国国家图书馆(中国国家数字图书馆 http://www. nlc. gov. cn)、中国科学技术信息研究所(国家工程技术数字图书馆 http://168. 160. 16. 178/)、中科院文献信息中心(中国科学院国家数字图书馆 http://www. las. ac. cn/)、清华大学图书馆(http://www. lib. tsinghua. edu. cn)、北京大学图书馆(http://www. lib. pku. edu. cn)及北京航空航天大学图书馆(http://lib. buaa. edu. cn)等。除提供馆藏信息检索以外,有的图书馆还提供许多其他的信息服务,如中科院文献信息中心的中西文期刊联合目录,清华大学的网上信息资源导航、虚拟图书馆等。现代的图书馆正朝着信息资源服务中心的目标发展,经常上网到图书馆看看,一定会有惊喜的发现。

4.5.2　原始文献检索方法

用户无论是利用检索工具还是利用计算机检索系统,文献检索的目的是找到合适的科技文献原文。但在目前情况下,文摘型数据库使用的比较广泛,全文数据库的数量虽然有较大增长,但是还不能满足需求,同时受到存储容量的限制,也不可能全部提供全文数据库。这就存在着通过二次文献信息来检索一次文献的问题。一般而言,检索原始文献可通过以下几个方法。

(1) 利用网上全文数据库

目前有一些网络数据库可以联机浏览全文信息,如 OCLC 系统中的 WilsonSelect 数据库、EBSCO 公司全文数据库和 Elsevier 公司的电子期刊等。用户使用这样的数据库,查询到合适的文献信息时,单击"浏览全文"或"Full Text",即可打开 PDF 或 HTML 格式的文档,可以在线浏览全文,也可以下载到本地系统中。当然能够提供全文的网络数据库大多数是需要付费才能检索的。

(2) 利用文摘型数据库中的链接全文功能

许多文摘型数据库系统可以与全文型数据库实现直接链接,只要用户拥有访问全文数据库的权限,即可在检索文摘数据库的同时,在查找到的二次文献记录上可看到"浏览全文"或"Full Text"等图标,只要单击打开,就能够直接将全文数据传送到用户屏幕上,同样可以在线浏览或下载、打印等。

(3) 利用文摘型数据库中的馆藏字段

目前许多联机数据库的记录中都有原始文献的馆藏信息,如 DIALOG 系统、STN 系统等。我国高等教育文献保障工程(CALIS 工程)启动后,一些外国公司纷纷与 CALIS 合作,如 OCLC 的 FirstSearch 系统,它们将我国重点高等学校的馆藏信息放入其数据库,只要在数据库中找到需要的文献记录,同时就能看到国内的收藏单位,如果国内无收藏,还可以通过 CA-LIS 向国外以优惠价订购。EI Village 和 CSA(剑桥科学文摘数据库)等也开始加入国内信息机构的馆藏资源,未来加入国内馆藏信息的文摘型数据库将会越来越多。

(4) 利用图书馆公共目录查询系统

许多图书馆已经将馆藏目录放在国际互联网上供大家免费查询,用户通过查询各图书馆的公共目录系统(OPAC),即可得到原文的收藏地点。

(5) 利用网上的联合目录

许多图书情报单位不仅制作了本馆的收藏目录,还制作了多个图书馆的联合目录,如科学院图书馆的网上西文期刊联合目录,CALIS 的期刊联合目录等。通过联合目录的查询,可以扩大查找空间,提高原文的可获得率,同时可以节省大量时间。

除上面第(1)、(2)种方式可直接获得原始文献外,其他方式只能得到原文的馆藏地点,用户可采用网上订购、馆际互借、原文传递等方式来获得原始文献(详见第 5.6 节)。

第 5 章　数字图书馆

5.1　数字图书馆的起源

　　图书馆的发展进程总是与人类社会科学技术的发展紧密相连的。比如,以泥板、草纸、甲骨和竹简等为信息载体,以手抄为记录手段的时代,只能造就以收藏保管为主的古代藏书楼式的图书馆;而造纸和印刷术的发明与发展促使古代藏书楼走向解体并孕育了近代图书馆,从而为现代图书馆的诞生奠定了基础;20 世纪 60 年代初,计算机在图书馆的应用为图书馆进入自动化阶段揭开了序幕。以计算机、通信以及网络为核心的现代信息技术开始全面渗透进图书馆领域,将图书馆推向自动化发展阶段。而在 20 世纪 70～80 年代,计算机与通信技术相结合,促进了图书馆远程联机系统和网络化的发展,一批联机编目网络和一些商业性联机检索系统相继出现。到了 80 年代末和 90 年代初,得益于计算机技术、通信技术和网络技术、高密度存储技术、多媒体技术等新技术的高速发展和不断突破及其有机结合,图书馆自动化开始进入高级发展阶段,向着高度自动化、电子化、网络化、虚拟化的深度和广度进军。

　　进入 20 世纪 90 年代以来,随着 Internet 的建立和广泛普及应用,在全球建设信息高速公路热潮的直接带动下,作为文献主要收藏机构的图书馆,开始逐步将自己收藏的印刷型文献数字化,并为读者提供基于网络的文献信息服务。伴随着图书馆各类馆藏资源的数字化,电子期刊、电子图书等电子文献资源的大量出现、网络信息资源的大量增加,以及虚拟参考咨询、原文传递等网络信息服务的出现和逐步完善,数字图书馆这一概念逐步得到了社会的认同,并成为上世纪末和本世纪初热门的话题。数字图书馆将成为未来信息高速公路上的重要信息资源之一。

5.2　数字图书馆的定义与特征

　　数字图书馆(digital library)虽然是当前的热门话题,然而对于它的定义,难以准确确定,目前还缺乏一个共同的规范和界定基础。这是由于数字图书馆所涉及的领域具有明显的跨学科特征。

　　然而,无论人们从哪个角度去认识数字图书馆,其中有一些可以达成共识,那就是:数字图书馆是随着国际计算机互联网的发展而发展的,它具有以下本质特征:

　　① 分布式数据库和知识库。采用先进的数字化存储技术,对信息资源建立分布式的大型

文献信息库及检索系统,是海量数据的存储和管理。

② 基于互联的计算机网络。它是建立于计算机网络技术上的数据库信息系统,它的组织方式是网状化的,是一个互联空间。

③ 没有地理时空和信息类型的局限。在检索模式上是以全文检索、多种媒介、多种语言跨地域、跨库检索为特征的,各资源库之间实现无缝链接。

④ 以用户为中心的服务模式。通过计算机网络,用户不必直接到图书馆查找资料,只需坐在一台接入互联网络的计算机前,就可以对远程的数据库(包括各个信息服务中心、图书馆、国家和国际上的信息数据库等)进行联机浏览、检索和套录。当用户在联机查找过程中遇到问题时,图书馆员可以通过网络向用户提供各种形式的方便灵活的服务。

根据这些本质特征,也有人将数字图书馆的特点概括为以下 5 方面:信息实体虚拟化、信息资源数字化、信息传递网络化、信息利用共享化和信息提供知识化。

5.3　数字图书馆的相关概念

由于数字图书馆所涉及的领域具有明显的跨学科特征,因此,目前有许多与其相关的概念出现在各种文献当中,如电子图书馆(electronic library)、虚拟图书馆(virtual library)、无墙图书馆(library without walls)、虚拟现实图书馆(virtual reality library)、多媒体图书馆(multi-media library)、多元媒体图书馆(polymedia library)和全球图书馆(global library)等,其中最常用的是前 4 个概念。这些概念一方面意义与数字图书馆相近,另一方面又反映了其自身特点。为了更加准确地理解数字图书馆这一新的概念,下面分别介绍与之相关的概念。

1. 数字图书馆与电子图书馆

电子图书馆在含义上同数字图书馆最为接近。国内外专家普遍认为,电子图书馆是数字图书馆的早期提法。1992 年前大多使用电子图书馆,1992—1994 年间这两个概念并行使用,1994 年后使用“数字图书馆”的逐渐多了起来。最早对电子图书馆这一概念给出明确定义的是美国人 K. E. Dowlin,他在 1984 年出版的《电子图书馆:前景与进程》一书中指出:“所谓电子图书馆是一个尽最大可能提供信息存取的、并通过电子技术扩大和管理信息资源的机构。”在许多场合下,数字图书馆和电子图书馆可以等同使用。

2. 数字图书馆与虚拟图书馆

虚拟图书馆是指图书馆服务不局限于本馆的物理意义上的馆藏,而是通过通信网络连接各馆、各地区、全国乃至全球信息资源的逻辑意义上的馆藏,用户可在其中检索到比本馆馆藏多得多的信息。有人认为虚拟图书馆的概念最早是 1990 年提出来的,也有人认为是 1980 年不列颠图书馆外借部计算机与数据通信工作负责人 A. J. Harley 提出来的。

对于虚拟图书馆的概念,还有些不同的认识和定义,具有代表性的是:

① 它指的是一种环境,其各组成部分协调工作,提供信息存取途径。它完全从每一个用

户的特定视角出发,构建系统的框架,以满足用户需求。

② 它远程存取图书馆及其他信息源的信息内容和服务,把本地的常用馆藏(印刷型、缩微型、电子型)与通过电子网络提供的世界各地图书馆的服务以及商业性信息资源、知识资源结合起来。

③ 它并非基于一个实际的图书馆,可以是图书馆资源和服务的混合物,而这些资源和服务存储在许多图书馆,这些图书馆又通过网络连接在一起。

④ 它是这样的一个系统,即通过使用本地的图书馆联机目录和网关,用户可以透明地连接远程的图书馆和数据库。

⑤ 它是一种知识管理实体,将传统图书馆的范畴同远程通信技术、计算机技术有效地结合起来,将图书馆自身拥有的资源同外部的世界范围内的信息资源无缝地整合,可使每个用户都能快速存取和有效使用这些信息资源。

如上所述,数字图书馆和虚拟图书馆都强调信息传输的网络化、资源的广泛可得性和用户的感受等。信息传输的这一网络特性理所当然是数字图书馆的内涵之一,而资源的广泛可得性在虚拟图书馆的概念中虽然极为重要,但它似乎并未突出实际的图书馆馆藏资源本身的数字化和网络化。可以认为,就虚拟图书馆而言,既然从图书馆的角度来加以认识,那么,仅仅强调外部信息资源、图书馆馆藏查找工具的电子化和网络化虽然是必要的,但却是不充分的。这也是数字图书馆和虚拟图书馆之间的分水岭。从用户的感受来说,他们可以在各地各处(图书馆、办公室、教室、实验室和家庭等)利用网络终端查询一个或多个数据库,他们的感觉是自己可以任意调用信息,而不必知道信息存放在何处,就好像他们自己拥有一座巨大无比的图书馆一样。从这个意义上说,虚拟图书馆是用户感觉的,与用户有限的信息吸收能力和感知范围相比,虚拟图书馆应当是无所不包的"信息宇宙"。

3. 数字图书馆与无墙图书馆

无墙图书馆的概念主要是从用户感觉的角度来刻画数字图书馆的部分特征的,即网络化特征。例如,利用 Internet 打破了获取信息的地理障碍和时间限制,使用户觉得好像正在利用一个没有围墙、不规定借阅时间的图书馆。可见,无墙图书馆反映了数字图书馆的部分特征,并不能代表数字图书馆的全部特征,所以,把数字图书馆完全等同于无墙图书馆是片面的、不妥当的。

4. 数字图书馆与虚拟现实图书馆

如果说数字图书馆与虚拟图书馆在含义上还有部分相似的话,那么,虚拟现实图书馆则是完全不同的概念。虚拟现实图书馆是指基于虚拟现实技术的系统。它是为了模拟人们浏览书架的习惯,运用虚拟现实技术建立起来的。它应该是能够通过一种界面,存取某个典型图书馆馆藏的书目数据,这个显示在屏幕上的界面,看起来好像排满书架的书库,通过使用类似三维鼠标的某种装置,穿行于书架之间,浏览和阅读书中的内容,并加以控制,其功能显然是一种新型的 OPAC。显然,虚拟现实图书馆完全不同于虚拟图书馆。在虚拟图书馆的概念范围内,用户可在图书馆、办公室、家里远程存取全文资料,但用户很清楚,此时他是在利用计算机进行浏览和查询,没有人会以为自己真的是在一个图书馆里完成这些操作;而在虚拟现实图书馆的情况下,用户完全融入一个模拟的真实的图书馆环境,但这个环境却是借助于特定装置由计算机创造的。

5.4　数字图书馆和传统图书馆的关系

传统图书馆一般具有固定的馆舍,馆藏以印刷型书刊资料为主,服务以图书馆为中心,读者要借阅览书刊,查阅资料,须到图书馆来。数字图书馆与传统图书馆的关系是既有区别又有联系。

首先,就历史继承性而言,数字图书馆是传统图书馆的发展。传统图书馆的藏书以纸质印刷型书刊资料为主,通过卡片目录反映馆藏信息,通过读者到馆借阅和送书上门传递信息,整个工作流程以手工操作为主。数字图书馆则在诸多方面有别于传统图书馆,即信息资源由过去的"以藏为主"变成了"藏用结合,以用为主";信息服务由被动服务、单一服务变成了主动服务、综合服务;书目管理由卡片式变成了计算机数据条目式;读者借阅由封闭型变成了开放型;信息资料的储存由单一的印刷型变成了纸质图书、缩微、电子出版物和网络储存相结合的多元化方式。人们的阅读方式也发生了很大的变化,以至于端坐居室,就可以检索、选择、获取所需要的图书馆及其网络上的一切信息。数字图书馆已不是传统意义上一座孤零零的建筑物,而是一个以用户为主,由分布数据库组成的信息空间。

其次,就信息资源建设而言,传统图书馆是数字图书馆的基础。数字图书馆作为一种信息环境,离不开各具体的图书馆和信息机构的支持。它的信息资源除了一部分由信息生产者以电子形式生产并提供上网外,相当一部分文献(特别是非电子型的文献),还必须靠具体的图书馆或信息服务机构去搜集、加工,然后转换成数字形式才能够提供网上利用。此外,电子图书馆还不可能囊括社会上的一切文献信息。目前已有的信息大多是二次信息,全文信息还主要局限在报纸、百科全书、词典、期刊论文等文献形式。而图书馆要把收藏的古今中外浩如烟海的印刷文献转换成为数字形式并提供利用,在短时间内也是无法实现的。因此,数字图书馆出现以后,仍然需要传统图书馆继续做好原始文献的典藏和提供工作,尤其是网络上没有的文献信息。

第三,就未来的发展趋势而言,数字图书馆和传统图书馆将长期共存,优势互补。这是因为:

① 现有的图书馆已经积累了大量的信息资料,要将它们转换为数字形式提供网上利用,不仅工作量庞大,而且在短时间内是无法实现的。

② 虽然数字图书馆和传统图书馆在存在形态与藏书规模方面存在着明显差异,服务手段与功能也迥然不同,但形态与服务功能的变化并不改变传统图书馆的性质,也无碍传统图书馆

的生存。只要社会存在信息,人们需要信息,传统图书馆就不会消亡。

③ 数字图书馆将弥补传统图书馆之不足。首先,数字图书馆的出现,使传统图书馆有了丰富的信息资源保障,有助于传统图书馆进行特色馆藏的建设。其次,数字图书馆的出现,将彻底打破传统图书馆各自为政的局面,可以在信息资源建设方面进行分工协作,真正实现资源共享。此外,数字图书馆的出现,除强化了传统图书馆所突出的文献保存职能和教育职能外,产业性的传递信息的职能、咨询服务职能及娱乐消遣职能也将进一步加强。

④ 传统图书馆仍将发挥数字图书馆所不具备的功能。传统图书馆除了发挥通常所理解的数字图书馆信息源的作用外,还将发挥数字图书馆所不具备的功能和作用。如保护和收藏国家一些重要的珍贵的文献原件和真迹,提供读者与读者、读者与图书馆工作者、读者与部分图书作者面对面情感交流的场所,举办面对面交流式的学术讲座、图书评论会、学术讨论会以及艺术作品展览会。

⑤ 目前各国家对图书馆等公益性信息服务部门的投入增长相对来说还是有限的,图书馆普遍存在着经费不足的现象,即使在发达国家,这种情况也不乏存在,使其在馆藏建设、数据库开发和信息技术设备购置等方面得不到必要的保障。

综上所述,面对知识经济的飞速发展,传统图书馆必须实现向数字图书馆的转型,但两者不是相互替代的关系,而是相互依赖,相互促进的关系。如果没有传统图书馆选择、收集、加工文献信息,数字图书馆中的信息资源就会匮乏;反之,如果没有数字图书馆提供新的信息环境,有限的馆藏和服务就难以满足读者和用户的需要。

5.5　数字图书馆的体系结构

根据传统图书馆的业务流程,完整的数字图书馆体系结构如图 5-1 所示。

(1) 资源采集加工系统

资源采集加工系统要完成对传统非数字化资源(如文本、图像、音频和视频等)的数字化采集、加工、处理,还要对多媒体信息、网上电子信息等进行必要的格式处理。在对这些资源进行一次的加工处理后,可以适应应用系统今后的扩展需求。资源采集加工系统主要用于数字图书馆资源库的建设。

(2) 资源存储管理系统

对于任何一个数字图书馆,存储和管理的数据量是巨大的。因此,在资源存储管理系统中,要对所有数字化资源利用信息组织技术(如 MARC、元数据、XML 技术等)、数据压缩技术、海量信息存储技术(主要是信息分布式存储)进行信

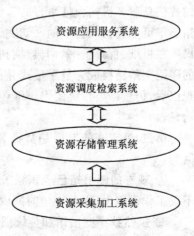

图 5-1　数字图书馆体系结构

息的分类组织与存储,并提供信息的安全备份。

(3) 资源调度检索系统

一般情况下,数字图书馆的信息存储都是基于多元数据的分布式存储。资源调度检索系统的功能是实现对象数据的资源共享、调度和异构统一查询检索等。

(4) 资源应用服务系统

数字图书馆的发展在一定程度上依赖于计算机技术、通信技术和网络技术的发展。当完成资源的数字化以后,基于网络平台可以为各种类型的读者提供信息的检索、在线浏览和下载等服务,并且可以开展深层次的情报服务。

5.6　数字图书馆的信息服务

传统图书馆是数字图书馆的基础,但是有限的馆藏以及传统的信息服务方式限制了更多的读者对于图书馆馆藏文献资源的充分利用。而数字图书馆就是利用计算机互联网络的优势,排除了时空的限制,拓展了馆藏的内容,为读者提供更多的优质服务。

在数字图书馆环境下,信息资源由两部分构成,一是本地服务器上的现实馆藏,二是网络上的信息资源(虚拟馆藏)。

现实馆藏包括本馆书目信息数据库、读者数据库、流通数据库、光盘数据库及其他特色数据库。通过本地的文献资源,图书馆可以给读者提供本地馆藏书目查询,图书的网上预约、续借、催还服务,本地新书通报,电子文献检索,全文资料的阅览、下载,定题文献资料推送、多媒体阅览等多种形式的服务。

虚拟馆藏指通过网络可检索和共享的外单位或异地的其他服务器上的信息资源。新一代的数字图书馆在建设之初,就着力于在文献资源内容以及服务方式、服务内容上进行创新,促进读者对于信息资源的有效利用。

5.6.1　馆际互借服务

我国图书馆尤其是大学图书馆之间的馆际互借服务,来源于 19 世纪后期的欧洲国家图书馆的馆际合作运动,当时的馆际合作是欧洲国家各图书馆用于弥补和延伸本馆藏书的主要手段。1909 年,在美国图书馆协会(AIA)大会上,将馆际合作作为一个讨论主题后,真正的馆际互借正式走上历史舞台。近年来,随着全球书刊价格的持续上涨和资源共享意识的日益普及,同时由于计算机技术、网络技术的发展,馆际互借获得了飞速的发展和广泛的应用。现在,馆际互借已成为图书馆间进行资源共享的重要手段之一。越来越多的图书馆已经把馆际互借作为馆藏建设和日常业务工作的重要组成部分。尤其是以 Internet 为依托的联机书目查询、联机传递互借请求、联机传递原始文献等构成了新的资源共享实现模式。

1. 馆际互借的定义

广义的馆际互借是海内外图书馆间为共享资源,彼此间可申请书刊资料复印或图书借阅的一项互惠制度,又分为图书的馆际互借(狭义的馆际互借)和原文传递(或称文献传递服务)。信息资源数量的增加和各馆图书馆经费的有限,再加上读者信息需求的多样性,世界上没有任何一个图书馆敢于宣称其馆藏能满足读者的需要。

"什么样的书可以通过馆际互借借阅"是读者最为关心的。每个图书馆可供本校读者借阅的图书都属于馆际互借图书的范围,如专著、大部分会议录,阅读完要将图书归还给出借馆。一般来讲,印刷型期刊以及电子载体的图书和期刊不提供出借服务,但可通过复印和扫描的方式提供原文服务。如可通过原文传递的方式获取所需的期刊论文、会议录文献、学位论文、报告和图书的部分章节等文献。通过原文传递,读者即可阅读他馆文献,并且不需要归还复印件。

2. 馆际互借的现状

为了更好地满足广大科研教学工作者以及学生读者的需要,促进资源的共建与共享,让读者更加快速、经济地获得所需要的文献,提高文献保障率,图书馆纷纷开展馆际互借,为读者提供本馆缺藏文献。

读者在没有文献收藏馆图书证的情况下,可以委托本人所在图书馆工作人员进行文献资源的馆际互借。由于我国的邮递业务的现状,图书的馆际互借业务基本上是在一个地区或一个省内,除各馆与国家图书馆开展服务外,较少跨省远程借阅图书。只有少数大型图书馆开展了从国外图书馆借书的服务,而且费用比较昂贵。而对于委托图书馆工作人员进行的原文传递,由于网络系统的便捷以及各图书馆间联系的加强,一般没有什么特别的限制。

3. 馆际互借/原文传递的信息来源

申请馆际互借/原文传递的信息可来源于读者所阅读文献后的参考文献、各类文摘索引数据、文献发行商提供的书刊目录数据库、各馆馆藏目录和联合馆藏目录等。如工程索引数据库(EI)、科学引文索引数据库(SCI)、剑桥科学文摘数据库(CSA)、全国期刊联合目录、Calis 联合目录、Calis 外文期刊目次数据库、国家科技图书文献中心(NSTL)、CASHL 中心、cnpLINK-er、国家图书馆、中国科学院图书馆以及上海图书馆等馆藏目录。下面以 NSTL、CASHL 为例,作一简单介绍。

(1) 国家科技图书文献中心

国家科技图书文献中心 NSTL(http://www.nstl.gov.cn),是依据国务院的批复,于2000 年 6 月 12 日组建的。它是一个虚拟的科技信息服务机构,由中国科学院图书馆、工程技术图书馆(中国科学技术信息研究所、机械工业信息研究院、冶金工业信息标准研究院和中国化工信息中心)及中国农业科学院图书馆及中国医学科学院图书馆组成。NSTL 的成员单位均是国家级的科技文献信息机构,以理、工、农、医 4 大信息资源为特色,拥有丰富的科技文献信息资源。据统计,这些单位订购的中文科技期刊近 4 000 种,西文科技期刊 13 000 多种,西文会议文献 3 000 多种。该中心的资源主要涉及自然科学和工程技术各领域。NSTL 网络服务系统的主要任务是向全国用户提供"馆藏文献的网上数据库免费联机检索服务"和向注册用户提供"全文提供服务",因此其服务对象是来自全国各地科研院所、教育机构、政府部门和公司企业等单位的任何团体和个人用户。NSTL 网络服务系统提供检索服务的数据库包括中文期刊、中文会议论文、中文学位论文、西文期刊、外文会议论文、外文学位论文、国外科技报告、日文期刊、俄文期刊、中国专利库、美国专利库、英国专利库、法国专利库、德国专利库、瑞士专利库、日本专利库、欧洲专利库、世界知识产权组织专利、中国标准、国外标准和计量检定规程。作为个人用户,可以自己到 NSTL 交费注册索取原文,也可通过委托图书馆进行原文传递获取原文。

(2) 中国高校人文社会科学文献中心

中国高校人文社会科学文献中心 CASHL(China Academic Humanities and Social Sciences Library)是教育部拨出专项经费建立的全国性的唯一人文社会科学外文期刊保障体系。CASHL 主页网址是 http://www.cashl.edu.cn(或 http://162.105.139.118)。CASHL 收录了北京大学、复旦大学、武汉大学、吉林大学、中山大学、南京大学和四川大学等大学图书馆近 4 000 种人文社会科学外文期刊,提供高校人文社科外文期刊目次数据库、高校人文社科外文图书联合目录、高校人文社科核心期刊总览等,包括被 SSCI 和 A&HCI 收录的核心期刊。目次数据回溯至 1984 年,读者可以免费检索目次数据,并可在此基础上轻松申请原文传递。该文献中心经常推出一系列优惠活动,大家可注意利用。用户提交文献传递请求后,通常可在 1~3 个工作日内获得全文(邮寄方式须根据邮局邮寄时间确定)。

4. 馆际互借/原文传递申请的提交

读者在自己不能获取所需信息时,可委托图书馆进行馆际互借和原文传递。读者可以通过面对面、电话或 E-mail 向图书馆提交申请,也可以利用馆际互借/原文传递系统在线向图书馆提交申请。推荐使用本地馆的馆际互借系统提交申请。

馆际互借系统能保障读者与馆际互借人员进行及时、准确的信息沟通。尤其对于原文传递,在某种程度上也会节省费用。馆际互借系统具有完成馆际互借与文献传递事务处理、用户管理、统计分析和费用结算等功能。各馆馆际互借人员和经过授权并建立账户的用户可以直接通过网络登录到该系统进行请求、了解被请求情况、了解请求执行情况,以及进行其他操作。在馆际互借系统中注册后,读者就可以通过电子信箱接收文献。

5.6.2　虚拟参考咨询

虚拟参考咨询(virtual reference service)或称数字化参考咨询(digital reference service),又称电子参考咨询(electronic reference service)、远程参考咨询(remote reference service)、在线参考咨询(online reference service)及网络参考咨询(network-based reference、networked reference)等。虚拟参考咨询以网络为传输手段,以数字信息资源为基础,以电子邮件、实时问

答、网上参考工具为咨询形式,向用户提供不受时间、空间限制的参考咨询服务,是图书馆传统参考咨询服务在网络上的延伸和新的表现形式,也是数字图书馆为用户提供的数字化服务的重要组成部分。

虚拟参考咨询按其提供的服务与用户的交互快捷程度,可分为异步参考咨询和同步参考咨询。异步参考咨询有常见问题解答库(FAQ)、电子邮件(E-mail)咨询、电子公告栏(BBS论坛)咨询、Web表单咨询等方式。同步参考咨询是即时回答用户提问的服务方式,又称交互式参考服务,有基于实时聊天的咨询和以网络会议为基础的实时咨询。

1. 常见问题解答库

常见问题解答库(FAQ)是从用户的提问中,选择有普遍意义的问题,经过编辑,加上经过审核的图书馆员的答案,按照统一的格式存储在数据库内,形成可以检索、浏览的参考源。FAQ一方面为用户提供了在方便时间自己查找问题答案的机会,也是参考馆员利用其他方式回答问题时获取所需信息的快捷而便利的查找信息的工具。很多图书馆建立了FAQ或问答知识库(Q&A),FAQ的建立体现了图书馆的知识共享理念,使得知识的积累和再利用得到了保证。

FAQ的优越性体现在以下几个方面:

①方便了读者自助解决问题。由于图书馆开放时间、场地和参考馆员的数量的限制,总有一些用户的问题不能及时得到解答,而用户的许多问题都是常见的重复性问题。这样,用户只要查询FAQ或Q&A库,就可以很容易地找到答案。

②节省了图书馆的人力资源,使更多的人员从简单常识性的重复解答中解放出来,将时间和精力用于从事知识含量更高的工作,如解答非常见的疑难问题。

③是开展用户教育的有效工具。FAQ在某种程度上替代了《图书馆用户指南》,用户可以从FAQ中得到图书馆开放时间、服务项目、文献资源特点与布局、检索方法等多方面的知识,起到了用户教育的作用。当然FAQ通常只是提供常见问题的解答,用户只能被动地接受解答。

2. 电子邮件咨询

电子邮件咨询(E-mail reference service)是虚拟参考咨询服务中最简单和最流行的一种可供选择的方式,提供的服务集中在简短的便捷咨询、研究指南、短的事实问题和为信息源提供引文等。

电子邮件咨询服务有两种基本形式:一是基本电子邮件咨询,用户可不受限制地表达想咨询的问题。二是网络表单,参考咨询最困难的一个过程是了解用户的真正需求,基本电子邮件经常不能提供回答咨询必需的一些要素,咨询人员和用户在咨询时未能准确沟通和产生误解的情形是有的。而网络表单提供结构化的格式,用户按照表单的要求具体表达自己的提问和信息需求,咨询人员可获得有关提问者的信息以及需求信息的深度。

电子邮件咨询的优势如下:

① 服务时空的延伸。利用电子邮件咨询有助于读者随时提出想提出的问题,而且在方便的时间接收答案,咨询人员也可以从容地给出答案。

② 匿名性。电子邮件提供的是一种匿名咨询,有利于提出一些个性化的问题。

③ 问题和交流内容的可重复阅读。利用电子邮件咨询,可以将交流内容以文字记录的形式保存下来,有利于读者在方便时阅读和分析。

④ 增加了咨询的深度和正确性。不同于其他咨询方式,电子邮件咨询让咨询人员有真正思考和分析问题的时间,因而有可能进一步确定用户真正需要的信息是什么,以便提供真正适合用户需要的答案,使咨询更具有针对性。

电子邮件咨询的主要不足:与面对面和电话咨询相比,电子邮件不可能为一个问题反复磋商,对问题实质判断不能借助咨询者的信息或通过及时追问来准确判断,咨询人员更多地凭"理解"来作出答复。咨询人员借助文字回答用户的提问,通常要比传统咨询背景下的口头答复花费更多的时间输入答案。

电子邮件咨询与其他咨询方式也可以结合起来。回复电子邮件咨询的方式不一定是电子邮件,可以根据用户的情况和问题的性质,选择电话、传真等,也可以与读者约定进行面对面的解答,或网上实时问答,给用户提供畅通的交流渠道。

3. 电子公告栏咨询

电子公告栏(BBS 论坛)咨询向读者提供一块公共电子白板,每个读者都可以在上面发布信息或提出看法。BBS 由于其自由的言论空间很受读者欢迎,它建立了图书馆与读者之间的网上联络通道,能让图书馆及时解决读者在利用图书馆过程中出现的各种问题,尤其适用回答读者在网络数据库使用中遇到的共性问题或回复读者的意见和建议。

国内外都有一些图书馆建立了自己的 BBS 站点。针对问题,一般由图书馆的对口部门回答。

4. 实时问答咨询

实时问答咨询(real-time Q&A service)是以文本为基础的实时交流,联网计算机一端的用户通过键盘输入信息,另一台的信息接收者可看到监视器上的信息并作出答复。其最大的特点是问题的答案可以立即传递。

用于联机实时咨询的聊天和视频会议软件通过网络借助各种文本交谈(text chatting)、页面推送(page pushing)、交互式同步浏览技术(co-browsing)、桌面共享(desktop sharing)、白板交互技术(white board interacting)、一对一的语音解答 VoIP(Voice Over IP)等技术手段实现有效的沟通。以文本为基础的网上问答融合了电话和电子邮件交流的优点,对图书馆的参考咨询服务具有重要的意义。

联机实时咨询的优点主要是模仿面对面咨询交互,参考馆员和读者都能在第一时间内获取对方的信息,交互的速度比电子邮件咨询快,咨询的时效性强。读者总是希望提出的问题答复得越快越好,相互之间能更快地弄清问题的实质。

　　实时咨询采用文本交谈时,可避免双方在语言交流过程中由于口音或英语发音问题所产生的误听,使问题和答复都便于被对方了解。

　　目前实时问答咨询存在的缺陷是由于需要文字输入或网络速度的限制,不能像面谈那样进行通畅的交流。有时咨询人员在查找资料时读者看不见,与读者进行网上咨询的期望值有差距。图书馆员在这种环境下提供咨询服务会感到有压力,因为既要查询资料、组织答案、考虑怎样回答问题,又要不间断与读者的联系。

　　用户对图书馆的服务需求是多样化的,这决定了图书馆提供的服务方式不是单一的。图书馆为了作好参考咨询服务,一般会根据自身条件将各种咨询方式整合为有机联系的一个服务体系。值得强调的是要注意利用电话这种图书馆开展咨询服务常用的工具,借助它很容易弄清问题的本质,特别是在目前电话,尤其是移动电话普及率比较高的情形下。电话咨询相对其他方式不但易用,而且省时省力、快捷方便。

　　对深度问题可借助学科咨询(subject reference service)。国外大学图书馆通常都设有学科馆员,专门针对相关学科的进行信息咨询。近年来,我国一些研究型大学图书馆也在推行学科馆员制度,旨在为读者提供更好的咨询服务。随着数字图书馆的建成,图书馆可通过图书馆(包括国际图书馆)间的联合体,借助网络联合共同向读者提供不间断的参考咨询服务。

　　综上所述,数字图书馆以网络和高性能计算机为硬件环境,以丰富的文献资源和高素质的图书馆员为保障,向读者和用户提供比传统图书馆更为广泛、先进和方便的服务,从根本上改变了人们获取信息、组织信息和使用信息的方法,在科学研究和社会生活的各个领域将起到重要的作用。

下篇　应用篇

  在上篇中,介绍了关于文献及文献检索带有共性的基础知识,如文献、信息的定义,文献检索系统的一般框架结构和文献检索的基本检索原理、文献信息源的构成等。目的在于帮助读者从基本原理上了解和认识文献信息与文献信息检索,从而在使用各种具体的文献信息检索系统时能够举一反三。

  本篇将通过介绍几种典型文献信息检索系统的文献收录特点、演变过程和在印刷版时代、光盘版 时代及网络时代的实际使用方法,帮助读者从感性上更加全面和深刻地理解如何使用文献信息检索工具进行文献信息检索。

第6章 中文期刊检索系统

6.1 《全国报刊索引》

6.1.1 简 介

　　《全国报刊索引》创刊于 1955 年,是我国很有影响的印刷型题录式检索工具之一。它能简便、快速、全面地检索发表在国内报刊上的文献及国外译文文献。从 1980 年起,分为"哲学、社会科学"和"自然科学技术"两个分册出版发行,每月发行一期,年报导量 40 万条以上,报导内容选自上海图书馆当月入藏的报刊,经精心挑选组织而成。目前该索引采用《中国图书馆分类法》(第 4 版)编排,每期附有著者(个人与部分团体)索引和题中人名索引(指文章题目中出现的人名)。

6.1.2 内容编排和著录格式

　　印刷版《全国报刊索引》每期由目录和正文组成。目录按《中国图书馆分类法》编排,给出分类号①、类目名②、页码③,如图 6-1(摘自《全国报刊索引》自然科学技术版 2000 年第 5 期)所示。
　　主体部分根据目录按学科分类方式编排。本检索刊不出版主题索引,但附有作者索引,因此只能提供分类和著者两种检索途径。主体部分每条记录的著录内容与著录格式如图 6-2(摘自《全国报刊索引》自然科学技术版 2000 年第 5 期)所示。主要著录内容包括文献篇名①、著者②、期刊刊名(期)③、年卷期页码④、文摘号⑤、分类号⑥、类名⑦。每期后还有附录——引用报刊一览表,其中各种期刊均按刊名拼音顺序排列。

6.1.3 检索方法及实例

　　《全国报刊索引》检索方法和途径如图 6-3 所示。
　　例:查找有关多媒体教学软件制作方面的参考文献。
　　可先查目次表,由目次表中查得"TP37 多媒体技术与多媒体计算机"类与所查找内容最为接近,根据目次表提供的页码"238"可到主体部分中查阅。检索过程检索结果,如图 6-1 和图 6-2 所示。其中,000512914 和 000512916 两条文献为命中文献,如要索取原始文献,须借阅《成都纺织高等专科学校学报》2000,17(1)和《广州市财贸管理干部学院学报》1999,(3)。

目录　　　　　　　　　　　　 - l -

目　录

分类目录 ……………………………………………………………332

N	自然科学总论 ……… 1	078	晶体生长 …………… 23
NO	自然科学理论与方法论　1	P	天文学、地球科学 ……23

………

T　一般科学技术

TP① 自动化技术，计算机技术② ……222③

TP1　自动化基础理论 …………… 222

TP2　自动化技术及设备 ……………224

TP3　计算技术,计算机技术 ……228

…………………

TP37 多媒体技术与多媒体计算机

　　　　　　　　　　　　 238

TP7　遥感技术 …………… 247

TP8　远动技术 …………… 247

……………

作者索引 …………………………………333

题中人名索引 ………………… .485

引用期刊一览表 ……………… 486

注:①—分类号;②—类目名称;③—页码

图 6-1　《全国报刊索引》目录示例图

……

　　TP37⑥ 多媒体技术与多媒体⑦

000512914⑤非专业的多媒体课件制作方法①/刘丽
萍②(成都纺织高等专科学校电气系);王霖//
成都纺织高等专科学校学报③.
—2000,17(1). —35—37④

00052915　多媒体系统结构及其特点/易尧华//电
子出版. —1999,(6). —34—35

000512916 多媒体教学方式的探讨/黎文星;
关中;林向建等//广州市财贸管理干部学院学
报.1999,(3). —51—52,58

……

—238—

注:①—文章篇名;　②—作者;　③—刊名;④—年卷期页码;

　　⑤—文摘号;　⑥—分类号;　⑦—类名

图 6-2　《全国报刊索引》主体部分著录示例图

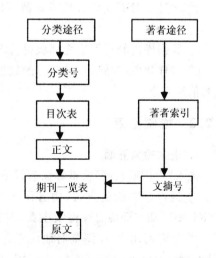

图 6-3　《全国报刊索引》检索途径示意图

6.2　中国期刊全文数据库

6.2.1　简　介

中国期刊全文数据库(CJFD)由中国学术期刊电子杂志社主办(该杂志社同时出版光盘版中国学术期刊),是目前世界上最大的连续动态更新的中国期刊全文数据库(其前身是《全国报刊索引》),共收录国内 6 000 余种核心期刊与专业特色期刊的全文,积累全文文献 800 余万篇,题录 1 500 余万条,中央数据库服务器在清华大学。目前,已有几十个单位在自己的服务器上建立了它的镜像数据库。

按照《中国图书馆分类法》进行分类,中国期刊全文数据库按学科划分为理工 A(数理化天地生)、理工 B(化学化工能源与材料)、理工 C(工业技术)、农业、医药卫生、文史哲、经济政治与法律、教育与社会科学及电子技术与信息科学共 9 个专辑、126 个专题。

中国期刊全文数据库的特点如下:

① 集题录、文摘、全文文献信息于一体,实现一站式文献信息检索(one - stop access)。

② 参照国内外通行的知识分类体系组织知识内容,数据库具有知识分类导航功能。

③ 设有包括全文检索在内的众多检索入口,用户可以通过某个检索入口进行初级检索,也可以运用布尔算符等灵活组织检索提问式进行高级检索。

④ 具有引文连接功能,除了可以构建相关的知识网络外,还可用于个人、机构、论文、期刊等方面的计量与评价。

⑤ 通过免费下载最新的浏览器,可实现期刊论文原始版面结构与样式不失真的显示与打印。

⑥ 数据库内的每篇论文都获得清晰的电子出版授权。

⑦ 多样化的产品形式和及时的数据更新,可满足不同类型、不同行业、不同规模用户个性化的信息需求。

6.2.2　检索指南

1. 进入检索界面

进入"中国期刊网"检索界面有以下两种方式:

① 通过超链接的方式,由各图书馆主页上的"中国期刊网"栏目直接连接到"中国知网CNKI"中国知识资源总库检索主页,该页面同时列出多个可检索数据库,如图 6 - 4 所示。

② 教育网用户,在浏览器地址栏直接输入"中国期刊网"中央数据库服务器网址(http://dlib2. edu. cnki. net/kns50/),进入"中国知网 CNKI"检索主页面窗口,如图 6 - 4 所示。

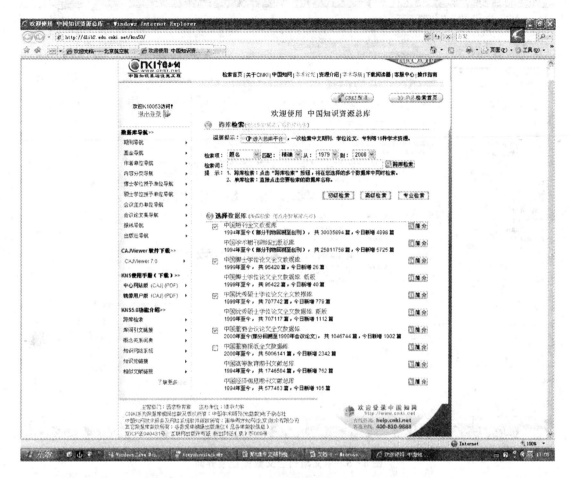

图 6-4　"中国知网 CNKI"中国知识资源总库检索主页面

　　页面左侧是数据库导航,由期刊导航可进入刊名浏览界面,如图 6-7 所示。通过此途径,可以对所熟悉的期刊进行阅读浏览。页面右侧为数据库列表,在此页面可进行多库跨库检索,如果要实施单库检索,直接单击数据库名称。

2. 数据库检索

　　在图 6-4 所示的窗口,单击"中文期刊全文数据库",直接进入"中文期刊全文数据库"检索界面,如图 6-5 所示。此页面右上角有 5 个选项:"查看检索历史"、"期刊导航"、"初级检索"、"高级检索"、"专业检索"。检索页面的左侧是学科分类检索导航系统。

(1) 导航浏览

　　在中国期刊全文数据库中,所有的文章都按 10 大专辑进行分类,并且每个专辑都再分出子类目。在检索页面的左侧以树状图形式表示,如图 6-6 所示。在分类检索中,可以通过单

图6-5　中文期刊全文数据检索界面

击导航逐步缩小学科范围,最后检索出某一学科的期刊论文。

(2) 期刊导航

单击"期刊导航"按钮,进入刊名浏览界面,如图6-7所示。

(3) 初级检索

单击"初级检索"按钮,进入初级检索页面,如图6-8所示。其功能为在指定的范围内,按单一的检索项检索,不能实现多检索项的逻辑组配。

(4) 高级检索

单击"高级检索"按钮,进入高级检索页面,如图6-9所示。其功能为在指定的范围内,按一个以上(含一个)检索项表

图6-6　检索导航界面

图 6-7　刊名导航界面

达式检索,可以实现多表达式的逻辑组配检索。

(5) 专业检索

单击"专业检索"按钮,进入专业检索页面,如图 6-10 所示。专业检索提供了一个按照需求来组合逻辑表达式以便进行更精确检索的功能入口。

专业检索与其他两种检索不同之处在于需要读者根据"中国知网 CNKI""专业检索语法表"自行编写检索条件。例如:要求检索钱伟长在清华大学或上海大学时发表的文章,检索式:作者=钱伟长 and (单位=清华大学 or 单位=上海大学);要求检索钱伟长在清华大学期间发表的题名或摘要中都包含"物理"的文章,检索式:作者=钱伟长 and 单位=清华大学 and (题名=物理 or 摘要=物理)。

图 6-8　初级检索界面

3. 检索步骤

① 选择查询范围。查询范围功能选项在左窗口下侧的检索导航栏中,通过它可指定检索限定的学科范围。

② 选择检索项。可通过检索项右边的下拉列表选择一个将要检索的项目名(篇名、主题、关键词、摘要、作者……)。

③ 输入检索词。有两种方式:一是直接在检索词输入框中手动输入;二是通过单击检索项右侧的图标从检索词典库返回一个检索词。检索项中的主题词选项只能通过检索词典返回值。

④ 模式选择。分为模糊匹配和精确匹配两种。当想检索出作者是"王明"的所有刊物时,可能更加希望精确匹配出"王明"的全部作品,而不是将"王晓明"、"＊王明＊"等这样名字的作者的作品也包括其中。

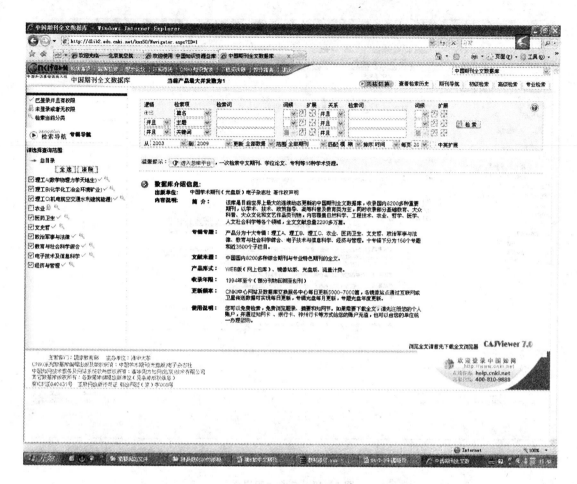

图 6 - 9　高级检索界面

⑤ 选定时间范围。可以根据自己的需要设定所要检索刊物的时间范围。

⑥ 选择检索范围。指想要检索的作品来源,有全部、EI 来源刊、SCI 来源刊及核心期刊 4 个选项可供选择。

⑦ 选择记录数和排序。记录数和排序两选项是针对检索结果显示界面设定的,可以自定 义选择设定每页显示的记录数及检索结果排序方式。系统默认每页显示记录条数最多为 50。

⑧ 检索。单击"检索"按钮,服务器把结果返回至检索页,如图 6 - 11 所示。默认每页显 示 10 条记录,超过 10 条可以翻页查看。

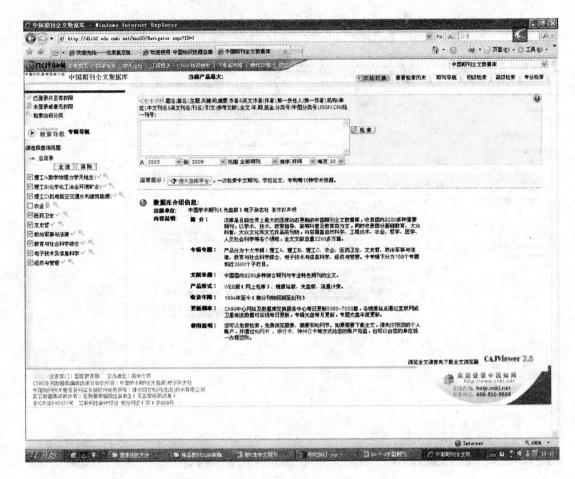

图 6-10　专业检索界面

图 6-11 检索结果

第7章 英国《科学文摘》检索系统

7.1 概 述

英国《科学文摘》SA (*Science Abstracts*)创刊于1898年,由英国电气工程师学会 IEE(The Institute of Electrical Engineers)和美国电气与电子工程师学会 IEEE(Institute of Electrical and Electronics Engineers Inc.)联合发行,系 IEE 所属物理和工程情报服务部 INSPEC(Information Services for Physics and Engineering Communities)编辑出版的主要文摘出版物。目前主要收录世界范围内出版的4 000多种期刊、1 000多种会议录中的文献及科技报告、图书等文献的文摘信息,每月出版一期,同时出版半年度和4年度累积索引。

《科学文摘》覆盖的学科范围包括:原子物理及分子物理、数学和数学物理、凝聚态物理、气体、流体、等离子体、光学和激光、声学、电力系统、热力学、磁学、生物物理和生物工程、原子物理、基本粒子、核物理、仪器制造与测量、半导体物理、天文学与大气物理、材料科学、水科学与海洋学、环境科学、超导体、电路、电路元件和电路设计、电讯、超导体、电子光学和激光、电力系统、微电子学、医学电子学、计算机科学、控制系统及理论、人工智能、软件工程、办公室自动化、机器人、情报学等。除印刷版外,《科学文摘》还有相应的光盘版和网络版数据库 INSPEC。其更新速度更快,检索更方便。光盘版按季度更新,网络版则实时更新。用户访问 INSPEC 网络版数据库无需加装任何软件,任何一台接入国际互联网的计算机,只要登记(交费)注册了该数据库,就可进行检索。一般高校图书馆采用集团购买的方式,联入校园网的任何一台计算机均可免费检索。INSPEC 是物理学、电子工程、电子学、计算机科学及信息技术领域的权威性文摘索引数据库。

7.2 印刷版 SA

7.2.1 印刷版 SA 内容编排与著录格式

SA 包括 A、B、C 3个分册,分别为 *Series A*:*Physics Abstracts*(《物理学文摘》),简称 PA;*Series B*:*Electrical & Electronics Abstracts*(《电气与电子学文摘》),简称 EEA;*Series C*:*Computer and Control Abstracts*(《计算机和控制文摘》),简称 CCA。

由于 SA 的各分册编排相似,下面以 CCA 为例介绍 SA 的印刷版结构。

SA 由期文摘本和累积索引组成。期文摘本由分类简表、类目表、主题指南、文摘主体部分、作者索引、辅助索引几部分组成;累积索引由主题索引和各期的索引累积而成。现就 SA 的分类体系、主体部分和辅助索引叙述如下。

1. 分类体系

① 分类总表(summary classification):每期前的分类总表列出了一二级分类号及类目,供逐级查找类目用。此表在国内交流的期文摘本中有时被省略。

② 分类目次表(classification and contents):分类目次表则列出了详细的类号和类目及其在本期中的起始页码。该类目表分为四级,前三级用 4 位数字表示,第四级类目用 4 位数字加一个拉丁字母表示。一二级各有 10 类(0~9),第三级可分为 100 类(0~99),第四级则可分 26 类。其著录格式如图 7-1(摘自 CCA 2000,No.1)所示。

CCA 2000 no.1	Classification and Contents	iii
COMPUTER APPLICATIONS①		667
7800 OTHER COMPUTER APPLICATIONS ②		872
7810	Social and behavioural sciences computing③	872
7810C	*Computer-aided instruction*④	873⑤
7820	Humanities computing	887
7820M	*Machine translation*	890
7830	Home computing	890
7830B	*Hobby computing*	—
7830D	*Computer games*	891

注:①— 一级类号类目;②—二级类号类目;③—三级类号类目;④— 四级类号类目;⑤ —起始页码(如果此处为"—",则表示在该期中没有收录这一类的文献)

图 7-1 SA 分类目次表示例图

2. 主体部分

SA 的主体部分是按分类体系编排的,编排方式与著录格式如图 7-2(摘自 CCA 2000,No.1)所示。为反映类目交叉的相关文献,以利读者扩检,在 SA 文摘正文每一小类(三级或四级类目)之后,用黑体标出了数量不等的文献篇名,并在其后用 See Entry(参见条目)指出了参见文献的文摘号。

3. 辅助索引

SA 的索引体系非常完善，能为检索者提供更多的检索途径。其中主题索引弥补了由于正文按分类编排而带来的主题模糊性的缺点。

Abstract Nos. 9604—9615⑧   78. 10C⑨   CCA 2000. 1⑩   873

9606   Information granulation and super rules. R. R. Hashemi, J. M. Danley, A. A. Tyler, W. Sliker, M. Paule.

Joint Conference on Intelligent Systems 1999 (JCIS'98). Research Triangle Park, NC. USA. 23-28 Oct. 1998 (USA: Assoc. for Intell. Machinery 1998), p383-6 vol. 2

We introduce amore restricted neighborhood system than the one introduced by Lina (1989, 1996) and Yao (1997). Considering all attributes of a given object, this system generates a limited but nested neighbor hood set for the object. A set of unique super rules ate derived from the granules provided but the proposed system Also, the performance of the proposed system is compared with the performance of three well-known classification systems: rough sets, modified rough sets, and ID3. The dataset used for the performance comparison was obtained from an actual experiment regarding the behavior of children with attention deficit hyperactivity disorder (ADHD). (10 refs.)   [17]

....

Alex: a computer aid for treating alexithymia⑧ .... See Entry 8425
A framework for integrated catchment in northern Thailand ....
.... See Entry 9915

78. 10C Computer-aided instruction Ⓐ

9607① **Graduate student cognition during information retrieval using the World Wide Web: a pilot study.** ② B. Hess ③ (Test Scoring & Reporting Services, Georgia Univ. , Athens, GA, USA④).

Comput. Educ. (UK). Vol. 33, no. 1, p. 1-13 (Aug. 1999). ⑤

The intensity of Internet use in higher education , particularly the World Wide Web . has stimulated concern regarding the wasy in which students acquire necessary skills for managing , filtering , and storing vast amounts of information . Research is beginning to focus on how students think about an Internet search and how they use cognitive strategies for information retrieval ··· .... The results are interpreted within theory of information processing . Implications for continuing this line of research are provided. ⑥ (18 refs.) ⑦   [1]

9608 **Using emil for teaching.** C. D. Smith , H. E. Whiteley , S. Smith (Dept . of Psychol. , Univ. Of Central Lancashire, Presion, UK).

Comput. Educ. (UK). Vol. 33, No. 1 p 15-25 (Aug. 1999)

The intensity of Internet use higher education, particularly the World Wide Web. ....

说明：①—文摘号；②—篇名；③—作者；④—单位；⑤—出处项（缩写刊名/国别/卷/期

/页码/出版年）；⑥—文摘内容；⑦—参考文献数；⑧—本页起止文摘号码；

⑨—分类号；⑩—期号；Ⓐ—类号与类名；Ⓑ— 相关参见条目

图 7-2　SA 主体部分著录示例图

（1）主题指南（subject guide）

只在月刊上有，是一种主题-分类表索引。帮助检索者从主题①得到分类号②，再转查分类表，得到相应的起始页码。著录格式如图 7-3（摘自 CCA 2000，No. 1）所示示例。

SUBJECT GUIDE

The SUBJECT GUIDE is an alphabetical index to subjects covered in the classification xcheme by which the abstracts are arranged. the numbers given are classification codes. The CLAAAIFICATION AND CONTENTS, which precede the Guide, gives the page number for each sectio

	Classification		Classification		Classification
Abtrac data types	6110J,6120	B-ISDN	5620	Cellular arrays	5120
Amtialiasing	6130B	Brazing	350C,3355F	Computer aided analysi S①	73.74②
AOI	3355,5260B	Brewing industry	3350p,7160,7450,7490	Computer aided design	74
APL	6140D	Brick industry	3350N, 7160, 7440C	Computer aided facilities layout	7480
Application genera	6115	Broadband networks	5620	Computer aided instruction	7810C
Application-specific integrated circuits 51		Broadcast information system 56		Computer aided logic desig 5210B, 7410D	

图 7-3　SA 主题指南示例图

（2）主题索引（subject index）

只在累积索引中有，每个索引项由主题词①、说明语②篇名短语③和文摘号④构成。按主题词字顺编排，如图 7-4（摘自"CCA"JULY-DECEMBER 1999 SUBJECT INDEX）所示。

S 1490 SUBJECT INDEX　　　　　　　　　　　　　　CCA 1999-July-December

....

computer aided instruction①

　*see also computer based training; courseware; education;intelligent tutoring systems*②
2D shared virtual worlds in middle and elementary schools 59962
ALEXIA syst. visual representations for vocab. learning　67655

....

DVD-ROM　56592

multimedia in instructional presentations, guidelines 79907
multimedia instruction, theory based design eval.　76620
multimedia instruction seq. Display③76648④
multimedia learning tool design and eval.　85879

....

social concerns　93849

图 7-4　SA 主题索引示例图

（3）作者索引（author index）

格式为作者姓名①＋文摘号②。作者姓名姓在前，名在后，姓与名之间用逗号隔开，如图 7-5（摘自 CCA　2000，No. 1）所示。如果作者姓名前有"＋"号，表示该作者不是第一作者；作者姓名后有"＋"号，表示该作者是第一作者，但不是单独作者。"see"后的作者名可用来查询。

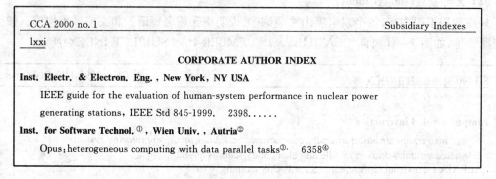

xxviii	Author Index			CCA2000
no. 1				
......				
＋Hastreiter, P...6124	＋He Yeping....6748	Hempen, U. ＋.....2678	Hess, B①...9608②	＋Hirano, K...4500
Hata, M........1111	He Yizong＋....3085	Hen Hu Yen...see Yen Hen Hu	Hess, S. M. ＋...5222	＋Hirano, M＋....8993
Hata, M........1079	He Yong...see Yong He	Hen Hu Yu...see Yu Hen Hu	Hesse, s＋....3105	Hirano, M .5078
....				
＋Haugland, D...8450	Hebeker, F. K.....3547	Heng-Kang Fan＋.....1835	Hewit, J. R. ＋..1803	＋Hirayama, S...8436

图 7-5　SA 作者索引示例图

（4）团体作者索引（corporate author index）

是科研机构或公司①及其地址②文献篇名③对应文摘号④的索引，如图 7-6（摘自"CCA"2000，No. 1）所示。

CCA 2000 no. 1	Subsidiary Indexes
lxxi	

CORPORATE AUTHOR INDEX

Inst. Electr. & Electron. Eng. , New York , NY USA

IEEE guide for the evaluation of human-system performance in nuclear power generating stations, IEEE Std 845-1999.　2398......

Inst. for Software Technol.① , Wien Univ. , Autria②

Opus：heterogeneous computing with data parallel tasks③.　6358④

图 7-6　SA 团体作者索引著录示例图

（5）参考文献索引（bibliography index）

列出 SA 中篇末所附参考文献数目比较多（一般在 48 篇以上）的文献的文摘号，以便扩大检索。检索到一篇文献后，可以利用其后的参考文献进行追溯查找（参见 2.5.1 小节）。该索引自 1994 年起取消。

（6）图书索引（book index）

反映每期、半年或几年所报道的图书或专著，按书名字顺排列，如图 7-7（摘自 CCA 2000，No. 1）所示。著录有书名①、编者②、出版社③、该书的文摘号④、该书中每篇文章的文摘号⑤。

```
lxviii    Subsidiary Indexes                              CCA 2000 no.1
```

BOOK INDEX

Correct system design. Recent Insights and advances;[1] *E-R Olderog, B. Steffen (editor/s).* [2]
[Berlin. Germany: Springer-Verlag 1999] [3] 5606 [4](Introductory abstract). 3592, 3733-4,5731,
5803, 5874, 6412-5, 6465-6, 7228, 9031, 9198, 9357, 9387[5]

High performance cluster computing: Architectures and systems, Vol. 1; *R. Buyyd*
(editor/s). [Upper Saddle River. NJ. USA: Prentice Hall PTR 1999] 5132 (Introductory
abstract), 4299, 5133-8, 5307-10,5376-84,5546-9,6001,6663-70, 7804

Information extraction. Towards scalable, adaptable systems;*M.T.Pazienza (editors),*
[Berlin, Germany: Springer-Verlag 1999] 7847 (Introductory abstract), 3664-5, 7086-8,
7848-9, 7878

Knowledge discovery and data mining: *M.A.Bramer(editor/s)*, [London, UK:IEE 1999]
6988(Introductory abstract), 868, 6020, 6989,-92, 7482,7601, 8512-3, 8601-2

图 7 - 7　SA 图书索引著录示例图

（7）会议索引（conference index）

单独列出 SA 中报道的全部会议文献，如图 7 - 8（摘自"CCA"2000，No. 1）所示。著录内
容包括：会议（录）名称①、会议地点和时间②，会议录编者③，会议录文摘号④和会议录中收录
的文章的文摘号⑤。

```
lxviii    Subsidiary Indexes                              CCA 2000 no.1
```

CONFERENCE INDEX

18TH **annual international conference of the center for nonlinear studies;** [1] Los Alamos, NM.
USA. 11-15 May 1998. [2][10 Sept. 1999]，8030[4] (Introductory abstract). 1419,3349,8031-43,
8221, 8547-54[5]

ACPC: parallel computation; Salzburg, Austria. 16-18 Feb. 1999. *P. Zinterhof. M. Vajtersic, A.*
Uhl (editors/s), [3][Berlin, Germany: Springer-Verlag 1999] 5140 (Introductory abstract). 1065,
3430, 3442, 3514, 3566, 3715, 3795,3832-7 ··················
········

图 7 - 8　SA 会议索引著录示例图

（8）来源期刊索引（list of journals）

如图 7 - 9（摘自"CCA"JULYDECEMBER 1999 AUTHOR INDEX）所示。在半年累积索
引中，供查询缩写刊名的全称。著录内容包括刊名缩写①、刊名全称②、出版发行单位名称和

地址③。

DECEMBER 19 99 INSPEC List of journals LJ1

List of Journals

………

Comput. Educ. (UK)

Computers & Edication Elsevier Science Ltd.. The Boulevard, Lang-ford Lane. Kidlington. Oxford OX5 1GB, UK.

Comput. Educ. (UK)①

*Computer Education*② Computer Education Group Treasurer, Langford Lane, Kidlington. Oxford OX5 1GB, UK.③

………

Comput. Educ. J (USA)

Computers in Education Journal Computers in Education Division of ASEE, Port Royal Square, Box 68, Port Royal, VA 22535, USA.

图 7-9 SA 来源期刊索引著录示例

7.2.2 印刷版SA的检索方法

《科学文摘》SA 有众多的索引，检索比较方便。其作者索引和几个小索引均系根据文献外表特征的字顺排列，可方便地应用这些途径检索文献。下面只着重说明内容特征，即从分类途径和主题途径来检索 SA 的方法。检索途径示意图如图 7-10 所示。

1. 分类途径

从分类途径检索 SA，可采用利用分类简表转查或直接检索类目表和利用主题指南检索类目表两种方法。

(1) 利用分类简表转查或直接检索类目表

这是一种常规的检索方法。步骤如下：

① 根据检索课题的学科内容，确定要查找的 SA 的分辑；

② 利用此分辑的分类简表大致定出欲查的二级类目；

③ 根据简表中查得的二级类目转查类目表，进一步核查有关的三四级类目；

④ 根据类目表中所注明的页次，查阅文摘主体部分，检出切题文献。

例如：由图 7-1 到图 7-2 的查找过程。

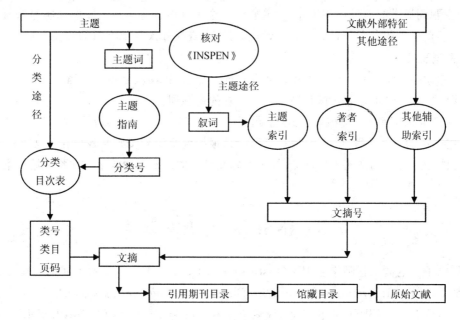

图 7 - 10　SA 检索途径示意图

(2) 利用主题指南检索类目表

这一方法对不熟悉 SA 分类体系的检索者比较适宜,可减免由于不熟悉类目间相互关系所造成的类目定位困难。其步骤大体如下:

① 分析课题,并根据分析判断应选用的 SA 的分辑名;

② 根据课题选用较切题的某些主题词,并利用这些词查找"主题指南",以期获得欲检索的正确分类号;

③ 当指南中查不到较切题的主题词时,应将主题概念向上或向下引申,并用引申后的新词再查"主题指南",直至查到为止;

④ 利用从"主题指南"中查得的类号去"类目表"中进一步核查,选出课题所需准确的类号;

⑤ 利用所得类号查找文摘主体部分(同第一种方法)。

例如:由图 7 - 3 到图 7 - 1 再到图 7 - 2 的检索过程。

利用分类途径查找 SA 时,无论利用上述的哪一种方法,需要注意常会造成漏检原因:

① 学科及类目之间的交叉和互相渗透;

② 检索课题本身具有的跨学科性质;

③ 文献信息标引人员对文献的分类处理不一定准确或不一定与用户的理解相吻合。

因此,一般从分类途径检索文献时,都要注意从多种角度(可能涉及的各相关类目)检索课题所需的文献线索。在这方面,SA 有主题指南和参考条目两个特点可供使用。在主题指南中,一个主题词提供的类号往往不止一个,则同一个主题内容应当从不止一个类号来查找;SA每小类文摘正文后的参考条目(see entry),也可用来查找载入其他类目的相关文献。

2. 主题途径

从主题途径检索 SA 需利用半年度或多年度累积索引,其检索步骤大体如下:

① 课题分析,据此选定分辑并初步确定待查的主题词;

② 用《INSPEC 叙词表》核对、修改主题词;

③ 用选定的正式主题词查找累积主题索引,根据说明语初步判断找出相关文献;

④ 根据文摘号查阅文摘主体部分,检出切题文献。主题索引的检索方法将在第 8 章中详细介绍。

7.3　INSPEC 光盘数据库

英国电子与电器工程师学会 IEE(Institute of Electrical Engineers)下属的物理和工程信息服务部 INSPEC(Information Services for Physics and Engineering Communities)出版光盘版 SA,也称光盘版 INSPEC 数据库,其检索方法和途径与 EI 光盘版 COMPENDEX 类似,在此不再赘述。其检索界面稍有不同,为多项嵌套检索界面,如图 7-11 所示。

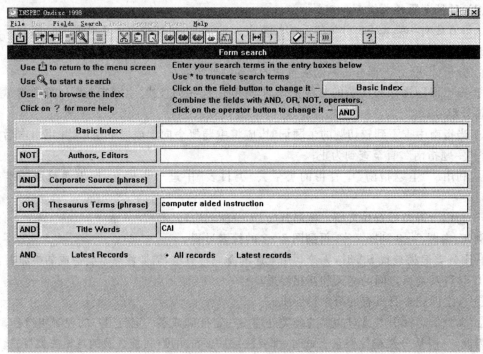

图 7-11　INSPEC 光盘检索界面

INSPEC 光盘版数据库的检索结果可以有 4 种输出格式（Summary、Title ＋ source、Accession number ＋ title、Title ＋ publication year），如图 7 - 12 工具条中的下拉列表所示。

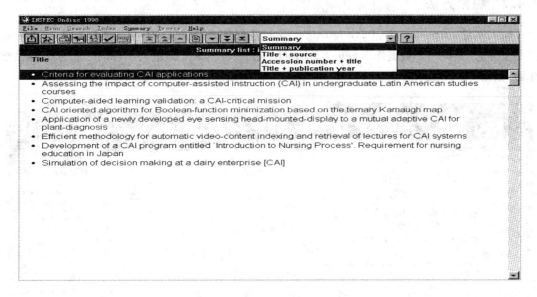

图 7 - 12　INSPEC 光盘检索结果显示

7.4　网络版 INSPEC 数据库

7.4.1　简　介

网络版 INSPEC 数据库收录 980 万余条文献，数据回溯至 1898 年，超过 100 年的数据文献来源覆盖 80 个国家的出版物，覆盖超过 140 个国家的作者，4 000 余种期刊和 2000 余册会议论文集，每年增加近 50 万条文献，即每星期增加近一万条文献。文献种类为：期刊论文约 73％，会议论文 17％，发表在期刊的会议论文 8％，其他（包括书和书的章节、文献报告和报告章节、毕业论文）2％。

到目前为止，INSPEC 的网络版检索系统已有 OVID、ProQuest、Web of Knowledge 和 INSPEC - China 等，本节将以 Web of Knowledge 检索系统为例，介绍 INSPEC 的检索方法。

ISI 与 IEE 合作将 INSPEC 数据内容建立在 ISI Web of Knowledge 平台上。提供高质量的专业主题索引。不仅提供叙词表（thesaurus）和分类代码（classification code）索引，还提供非控制词索引，处理编码（treatment codes）、化学物质编码索引（chemical indexing）、数值数据索引（numerical data indexing）、天文学对象索引（astronomical object indexing）。网络版 INSPEC 数据库针对每份文献给予分类代码、叙述语及识别语，这有助于使用者进行主题检索，这也是印刷型检索工具 SA 查询所受限制之处。

7.4.2　检索方法

输入网址 http://www.isiknowledge.com，进入 Web of Knowledge 检索平台，单击检索界面上方的"选择一个数据库"(Select a Datebase)选择 INSPEC，进入 INSPEC 数据库的检索界面，如图 7－13 所示。

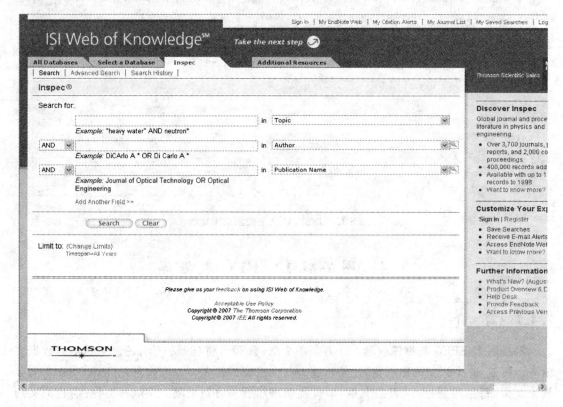

图 7－13　INSPEC 数据库主检索界面

1. 普通检索

单击检索界面上方的 Search 按钮(普通检索)进入普通检索界面，如图 7－14 所示。普通检索是一种快速检索的方法，能够帮助解决如下问题：

● 这篇论文的主要内容是什么？

● 有没有关于这一课题的综述？

● 还有谁在从事这方面的研究？

● 创始于这个研究机构的某项研究工作有没有研究论文发表？

● 这个研究人员写过哪些论文并发表在该领域的权威性刊物里？

- 这个研究机构或大学最近发表了哪些文章？
- 这个研究涉及哪些研究领域？
- 这个领域的研究通常都发表在哪些杂志上？

普通检索界面提供主题词（Topic）、作者（Author）、期刊名称（Publication Name）、作者联系地址（Address）等 12 种检索途径和语种（Language）、文献类型（Document Types）及处理代码（Treatment Types）3 种限定。各个途径可以分别检索，也可以将几种检索途径组合起来实施检索。

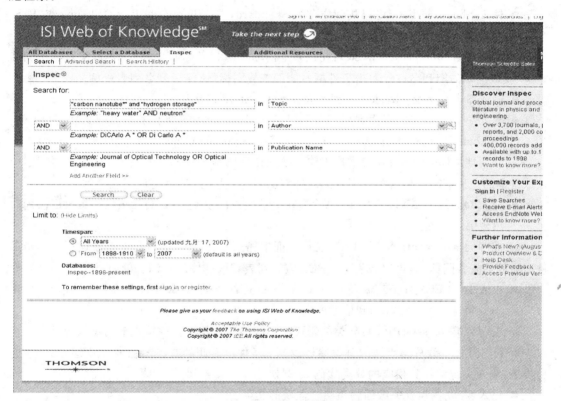

图 7 - 14　INSPEC 数据库普通检索界面

① 主题（Topic）：在检索框内输入检索词或检索式，在标题、摘要、分类编码、控制词和非控制词等字段中实施检索。如果使用 Title Only 标记可限定检索词出现在文章标题中。例如：

- 输入 insulat＊，可检索到含有 insulate、insulating、insulator、insulators、insulation 的记录；
- 输入 fib？？Laser＊，可找到有关 fibre lasers 和 fiber lasers 的信息；

● 输入（audio OR sound）SAME DVD，可找到在同一句话中或文章标题中同时出现 DVD 以及 audio 或 sound 的文献。

② 作者（Author）：在检索框内输入作者姓名。先输入姓，然后输入空格，接着输入名字的首字母（最多 5 个）。当有多个首字母时，在每个首字母之间用空格分隔。如果不知道作者姓名，可用"＊"辅助检索，也可以仅输入姓，不输入名。例如：

● 输入 Sheppard，可以找到作者为 Sheppard，B；Sheppard，B. J. ；Sheppard，B. W 等的文献。

● 输入 Sheppard B ＊ ，可以找到作者为 Sheppard，B；Sheppard，B. E. ；Sheppard，B. S. 等的文献。

③ 来源刊名（publication name）：在检索框内输入期刊名称的全称或缩写，注意利用刊名索引，获取准确的期刊名称。单击条件框右侧的查找图标🔍，显示刊名列表。例如：

● 输入 Solid State Physics，找到发表在 Solid State Physics 上的文献。

● 输入 Astronom ＊ ，可找到期刊名称以 Astronom 开头的期刊上发表的文献，包括 Astronomical Journal、Astronom ＆ Space 和 Astronomy and Astrophysics。

④ 作者地址（address）：在检索框中输入第一作者的地址缩写，可以查看地址缩写词索引获取准确的地址缩写。单击条件框右侧的查找图标🔍，显示地址缩写词列表。例如：

● 输入 Queen ＊ AND Belfast，可找到在地址栏中出现 Queen、Queens 或 Queen's，同时出现 Belfast 的文献。

⑤ 控制词索引（controled index）：在检索框中输入 INSPEC 叙词表中的描述词。单击条件框右侧的查找图标🔍，可以查看 INSPEC 叙词列表获取准确的叙词。例如：

● 进入 INSPEC 叙词表，输入 Disk drive ＊ 找到首选词：disk drives、disk storage。单击 Add 将这个首选词添加到检索框内。

⑥ 主题分类（classfication）：分类编码代表不同的专业领域。在检索框内输入分类号。可以查看 INSPEC 主题分类表获取分类编号。单击条件框右侧的查找图标🔍，显示 Insoec 主题分类表，输入关键词找到相应的分类代码 。例如：

● 输入 6500 找到有关浓缩物质热学性质的文献。

⑦ 数值数据索引（numrical Data）：检索某一物理性质的特定数值或数值范围，如频率（frequency）、温度（temperature）等。可通过此索引对文献中涉及的物理量的数值进行检索。具体操作是：打开下拉菜单选择需要的物理量，输入相应的数值。数值按科学记数法表示：$1.8E+04$ for 18000，$9.5E-01$ for 0.95，单位应用 SI 标准单位，如：hertz, Kelvin。例如：

● 在 Topic 栏输入 modem ＊ ，Numerical Data 的下菜单中选择 bit rate（bit per second），在其后的方框中输入：$9.6E+04$ to $1.0E+05$ 。

● 从下拉菜单中选择 firequency（hertz），然后在左边输入 500 可以找到数值大于 500 Hz 的文献。

⑧ 化学物质：INSPEC 的化学物质索引包括源文献中涉及的主要物质以及检索系统中相应的控制词。可以检索有关某一化学元素的所有文献，可以检索某一化学元素作为简单物质、掺杂物（添加物）、某一化合物或合金的组成成分及界面物质的所有文献，如 H_2SO_4、$CuSO_4$、Na_2SO_4，对容易混淆的化学物质加以区分，如 Co/el 、CO/bin。在输入框中输入化学物质名称，从下拉菜单中为化学物质分配一个特定的化学角色。在普通检索页面不能检索多个物质，但在高级检索页面可检索多个化学物质。例如：

在左边的输入栏输入"Pd"，然后从下拉菜单中选择 dopant，可以找到 palladium 作为掺杂物的文献。

⑨ 天文对象（Astronomical Object）：INSPEC 的天文对象索引包括源文献中涉及的天文对象的名称，这些名称可以是基于名字的首字母缩写；基于目录的名称，包含目录的首字母和目录编号；位置信息。用户可以指定研究对象的地理位置、天文对象等。例如：

● 输入 PSR 0531，找到讨论 pulsar PSR 0531 的文献。

⑩ 会议信息（Meeting Information）：包括会议名称、地点、主办机构和召开日期。例如：

● 输入 acoustics AND Istanbul AND 2000，可找到 2000 年在 Istanbul 召开的 International Conference on Acoustics，Speech and Signal Processing 的会议论文。

⑪识别编码（Identifying Code）：检索识别编码可找到有如下信息的记录：ISSN、ISBN、CODEN、报告号、合同号和 SICI。可以使用检索运算符：AND、OR、NOT。例如：

● 输入 ISSN 号 1057－7122，可找到发表在 IEEE Transactions on Circuits and Systems I：Fundamental Theory and Applications 上的文献。

2. 高级检索（Advanced Search）

单击图 7－13 检索界面上方的"Advanced Search"按钮（高级检索），进入高级检索界面，如图 7－15 所示。

在高级检索中可以通过检索式和运算符进行更复杂的检索操作，也可以在高级检索中组合检索策略。

利用右侧给出的字段标识符可一次性完成复杂的检索操作。例如：

● 输入 TS＝data warehouse＊ AND MI＝（Toronto AND 2001），可找到 2001 年在 Toronto 召开的会议中有关 data warehousing 的论文。

3. 检索结果显示

在相应的检索框内输入检索条件后，单击"Search"按钮进行检索。检索结果显示界面如图 7－16 所示。

① 在检索结果显示界面右边的 Sort by 下拉列表中提供了按时间、相关性、第一作者、源出版物名称 4 种检索结果排序的功能。

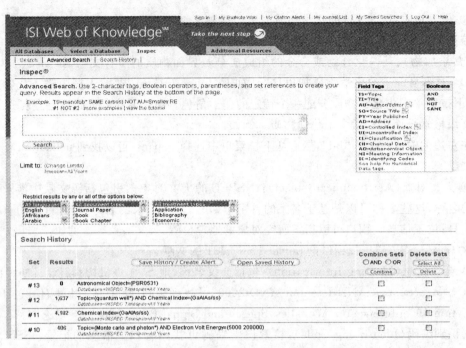

图 7 - 15　所示 INSPEC 数据库高级检索界面

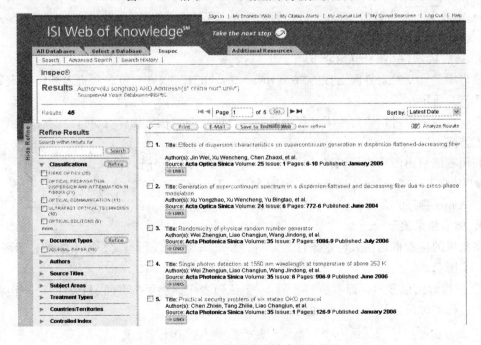

图 7 - 16　INSPEC 数据库检索结果显示

② 在将检索结果进行输出之前,需要将欲输出记录进行标记。在分页显示简单格式窗口,单击记录前面的方框,标记这条记录。单击窗口左方的 add to Marked list 按钮,对当前页选中的记录作标记。

③ 单击右上角的 Analyze Results,进入分析界面,如图 7-17~图 7-21 所示。可根据作者、文献类型、机构等不同的领域对检索结果进行分析,每次最多可分析 10 000 条数据。

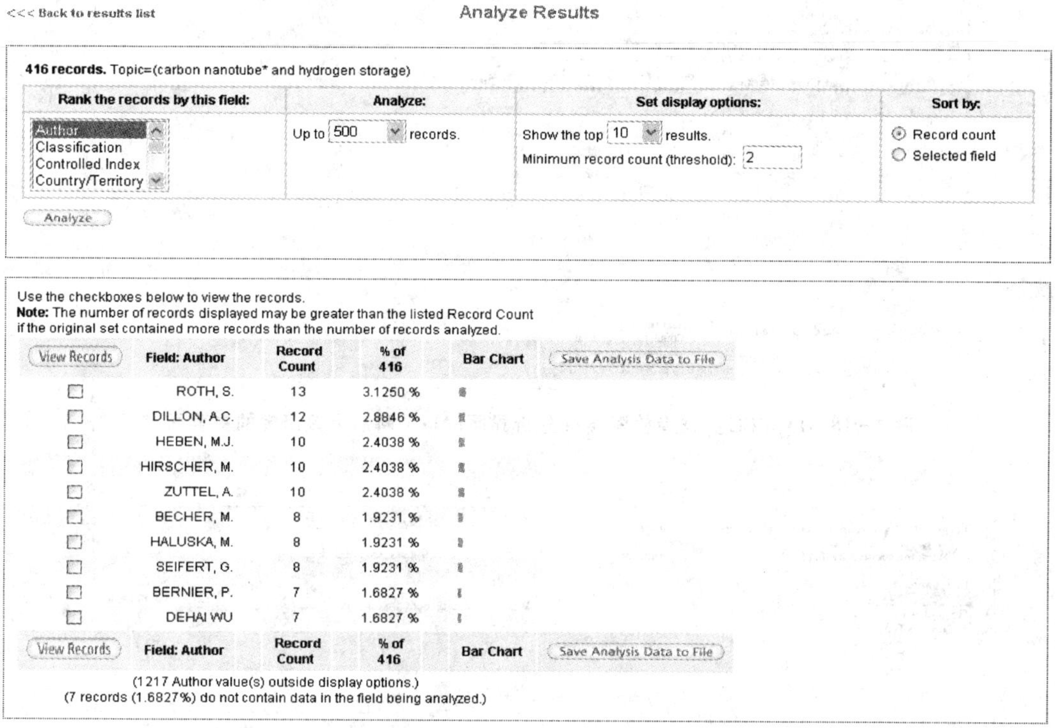

图 7-17 INSPEC 数据库检索结果分析界面(1):了解该研究发表论文最多的作者

4. 检索结果分析

Inspec 中可供分析的字段有 7 个,通过这 7 个角度的结果分析,可以帮助解决这样一些问题:

● 作者分析:了解该研究的核心作者;
● 按主题分类分析:了解该研究涉及的研究领域;
● 按控制索引分析:了解该研究常用的表达词汇;
● 按文献类型分析:了解该研究主要的发表途径;
● 按语种分析:了解该研究主要的发表语言;
● 按期刊名分析:了解发表该研究的主要期刊;

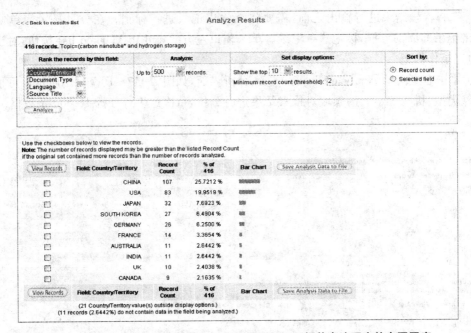

图 7 - 18　INSPEC 数据库检索结果分析界面(2)：了解从事该研究的主要国家

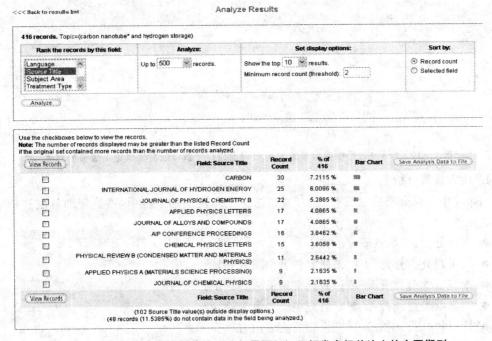

图 7 - 19　INSPEC 数据库检索结果分析界面(3)：了解发表相关论文的主要期刊

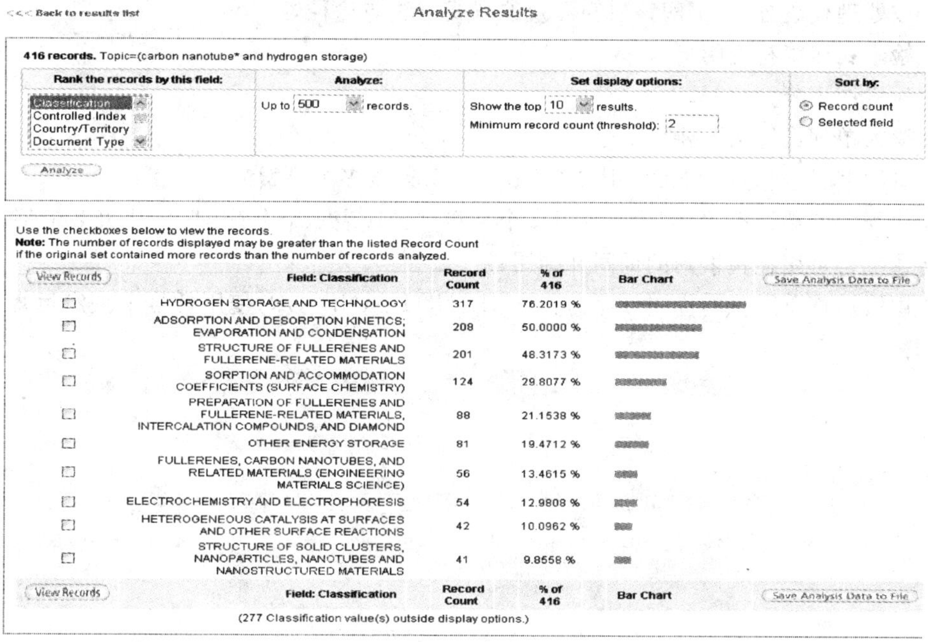

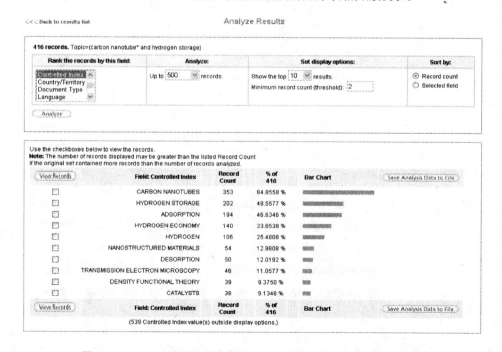

图 7 - 20　INSPEC 数据库检索结果分析界面(4)：相关的分类词

图 7 - 21　INSPEC 数据库检索结果分析界面(5)：研究中涉及的叙词

● 按处理代码分析：了解该研究涉及的方式方法与途径等。

5. 检索式运算符说明

① 检索词不分大小写；

② 输入单词或短语不要用引号；

③ 可用逻辑运算符（AND、OR、NOT、SAME）连接多个检索词；

④ 通配符和截词符："＊"代表 0 至多个字符，"?"代表 1 个字符 ，"??"代表 2 个字符；

⑤ 通配符可用在检索词的词间和词尾；

⑥ 逻辑运算符默认的优先顺序为：SAME、NOT、AND、OR，使用括号来决定运算检索的优先次序。

第8章 美国《工程索引》检索系统

8.1 概 述

美国《工程索引》EI(*The Engineering Index*),创刊于1884年,主办单位经多次变更,现由美国工程信息公司(Engineering Information Inc.)编辑出版。EI名为索引,实际上是以指示性文摘为主要形式的一种综合性科技文献检索系统。它收录世界上应用科学和工程技术领域方面的主要文献,涉及的学科面很广,包括:机械工程、机电工程、船舶工程、制造技术等;矿业、冶金、材料工程、金属材料、有色金属、陶瓷、塑料及聚合物工程等;土木工程、建筑工程、结构工程、海洋工程、水利工程等;电气工程、电厂、电子工程、通信、自动控制、计算机、计算技术、软件、航空航天技术等;化学工程、石油化工、燃烧技术、生物技术、轻工纺织、食品工业;工程管理。EI报道的文献主要来自世界上50多个国家25种文字的5 400多种出版物。其中主要来源出版物是期刊和会议录,图书、科技报告、学位论文和政府出版物报道较少。对纯理论性文献和专利文献一般不报道。文献语种以英、德、俄、日、法为主,其中英文文献约占90%。目前,年报道文献量达22万余条。该检索系统历史悠久,学科面广,文献收录较全,是世界上工程技术领域内权威性著名综合性检索系统。

EI早期以印刷本形式问世,直至目前,一直定期出版月刊(*The Engineering Index Monthly*)、年刊(*The Engineering Index Annual*)。20世纪70年代以来,EI公司开始生产电子版本数据库EI Compendex Plus,其数据覆盖时间从1970年至今,每周更新,并通过DIA-LOG、ORBIT、ESAIRS、DATASTAR、OCLC、STN等大型联机检索系统提供检索服务。20世纪80年代以来,EI公司以光盘(CDROM)形式广泛发行EI Compendex。包括清华大学在内的国内外许多大学和研究机构的图书馆采用光盘网络(CDNET)的方式为读者提供检索服务。名为DIALOG On Disk Compendex Plus的光盘数据库,其数据覆盖时间从1987年至今,按季追加更新记录。20世纪90年代以来,由于网络通信技术的发展,EI公司开始提供网络版工程索引数据库EI Compendex Web(其数据覆盖时间从1970年至今,每日更新),同时开始研究基于Internet环境下的集成信息服务模式。目前推出的EI Village将世界范围内的工程信息资源组织、筛选、集成在一起,向用户提供"一步到位"的便捷式服务。

8.2　印刷版 EI

8.2.1　内容编排和著录格式

现以印刷版 EI 年刊(*The Engineering Index Annual*)为例,说明 EI 的内容编排和著录格式。这是因为 EI 的年刊、月刊以及多年度累积索引在编排结构上大同小异,而我国各图书馆订购的主要是 EI 年刊。

EI 年刊是 EI 月刊一年中所摘录文献的集合,由十多个分册组成。前面是文摘主体部分,然后是著者索引、主题索引,最后是 EI 引用工程出版物索引 PIE。从 1987 年开始"PIE"有单行本出版,从 1989 年开始,年刊中又增加了"连续出版物一览表(publication list)"和"会议一览表(conference list)"。

EI 年刊主要由以下几部分组成:

(1) 使用指南

使用指南(*A Guide for Using the Engineering Index*)用来帮助读者了解该刊的特点、编排结构、著录格式和使用方法,具有指导意义。

(2) 机构简称对照表

机构简称对照表(Acronyms、Initials and Abbreviations of organization Names)提供工程信息公司所引用的一些主要研究机构、学术团体、公司等的全称,用来查文献来源出处的全称。

(3) 缩略语对照表

提供一些常用缩略语的全称。

(4) 文摘主体部分

文摘主体部分由许多文献条目组成,文摘主体部分条目以主题词为标目,按主题词的字母顺序编排。1993 年以前,标目采用二级主题法(标题词法),即主标题词和副标题词;受控于专门的《工程标题词表(SHE)》(参见 2.4.2 小节的主题语言的构成原理),在主标题词和副标题词下组排了若干条文摘条目。每一篇文献在文摘主体部分中只被标引一次。《工程标题词表(SHE)》中的主、副标题词是固定组配,因此用以反映文献主题的概念受到限制,为此从 1987 年起增加"主题索引"。从 1993 年开始进行了重大改动,放弃标题词语言,改用叙词语言。叙词受控于 1993 年出版的《工程索引叙词表》(EI Thesaurus)(参见 2.4.2 小节的国际、国内常用主题词表)。

主体部分文摘条目的著录格式,如图 8-1(摘自 EI ANNUAL VOL93,PART 1)所示。

图 8-1 说明如下:

① 叙　词　1993 年以前的标目是标题词。

② 文摘号　在每条文摘条目前有文摘号。文摘号每年从 1 月的 000001 号开始顺序排列

009046

ARTIFICIAL INTELLIGENCE

ENGINEERING INDEX ANNUAL—1994

COMPUTER AIDED INSTRUCTION[1]

....

....

009046 Case based reasoning for decision support in engineering design.CAse-based; reasoning (CBR) has a great potential in engineering design. A project aiming to realize this potential by applying CBR in bridge design is presented. The..... .it is expected that a useful bridge design CBR system can be developed. 19Refs. English

More, C. J. (Univ of Water); Lehane, M. S. ; Price, C. J. *IEE Colloq.* Dig n 057 Mar 3 1994 Computing and Control Division Colloqiuim on Case Based Reasoning; Prospects for Applicationsm London, UK, Publ. by IEE, Michael Faraday House. Stevenage, Engl, 1994 o 4/1-4/4.

....

009047 Cas-based.........

....

....

....

....

....

....

....

....

....

....

....

....

....

....

....

....

....

009049 Combined Object - oriented and logic Programming tool for Al. Object-oriented program-

....

....

....

009054... ....

....

....

....

....

....

....

....

....

009056 Cost-based abduction and MAP explanation. Cost-based abduction attempts to find the mal cost proof for the facts. The costs are computed for the proof plus the cost of the rules. We......

.... An important point is that improvement results for the best-first search algorithm carry over to the computation of MAPs. (Author abstract) 28 Refs. English.

Chamiak, Eugene (Brown Univ, Providence, RI, USA); Shimony, Soloman Eyal. *Artif. Intell* V 66 n 2 Apr 1994 p345-374.

009057[2] Current situations and future directions of intelligent CAI research/development. [3] This pa-per describes the current situations and future directions of intelligent CAI researches/development in Japan. Then necessity of intelligence in CAIs. Educationl systens are thought over corresponding to the model of teaching and the cognitive mode of human learning, knowledge construction and so on. Originally..............................

.... Moreove, the meaning of new paradigm from ITSs to ILE are mentioned under the mew technology of met working and multi-media. [4] (Author abstract)[5] 42 Refs[6] . English[7]

Okamoto, Toshio (Univ of Electro Communication, Chofushi, Jpn). [8] *IEICE Trans Inf Syst* v E77-D n 1 Jan 1994 p 9-18. [9]

图 8 - 1 EI 主体部分著录示例图

到年终。

③ 文献篇名　若原文是德、法、意、西班牙语,则文献篇名用原文篇名,在其后的方括号内有英译篇名;俄文篇名用俄文音译篇名,其后的方括号内有英译篇名;中文和日文的篇名用英文意译篇名。

④ 文摘内容。

⑤ 文摘责任者　文摘是著者写的则注明 Author abstract,文摘是编辑人员写的则注明 Edited Author abstract。

⑥ 参考文献篇数。

⑦ 文种。

⑧ 著者姓名和所在单位　在第一著者姓名后面的圆括号内列出著者所在单位的名称和地址。

⑨ 文献原文出处　包括刊名缩写、卷、期、月、年和页码。刊名全称可由《EI 引用工程出版物索引(PIE)》查出。

(5) 辅助索引部分

著者索引(author index):按著者姓名字母顺序编排,著者索引的著录格式如图 8-2(摘自 EI ANNUAL VOL93, PART 8, AUTHOR INDEX)所示。

THE ENGINEERING INDEX ANNUAL		
OKADA	**1994**	**AUTHOR INDEX**
......		
065844,085116,146238,167956	Okmoto, Hiroyuki,081272,0933090	Okamoto,Tomomi,167197 .....
Okada,Takashi, 031204,053486,	Okamoto,lkuo,015230	Okamoto,Toshiaki,140168, ...
082858,103493,126626,137175,	Okamoto,Jiro,128321,153560	Okamoto,Toshio.① 009057,089616②
168340	Okamoto,Jun,070760	Okamoto,Toshiyuki,043215,047065
Okada,Takayuki,107072	Okmoto,k. ,043197,060768	Okamoto Tosiyuki,184331........
Okada,Tatsuo,055525,055531	130361,161113,161364	Okamoto,Tsukasa,057717,057728...
....		
	700	

图 8-2　EI 著者索引著录示例图

图 8-2 说明如下:

① 著者姓名　姓在前,名在后,姓与名之间用逗号隔开。

② 文摘号　与主体部分中的文摘号相对应。

主题词索引(subject index):按主题词字母顺序编排,其后列出相关文摘条目的文摘号。主题词是由来源于词表的规范词和来源于文献中的自由词混合编排而成的,因而选词范围拓宽,词量增多,可以用多个主题词标引同一篇文献,给扩检和查全文献带来了方便,提高了灵活性,又可以使文献相对集中。著录格式如图 8-3(摘自 EI ANNUAL VOL93, PART 9,

SUBJECT INDEX）所示。

THE ENGINEERING INDEX ANNUAL—1994

COMPUTER AIDED EVALUATION SYSTEMS   **SUBJECT INDEX**

... COMPUTER AIDED INSPEC-
TION(CAI)②

..... COMPUTER AIDED INSTRUC-
.... TION①

.... Active learning using arbitrary bi-
.... naru valued queries. ③   A028250④

     M002120⑤

.... AIDA: an interactive diabetes advi-
.... sor.   A120505

.....   M128205

America's restructured schools be-
gin training global citizens.

....   A028252

    M153551

Analysis of the WITT algorithm
...   A028253

...   M002120

.... Animated models for teaching as-
pects of computer systems organi-
.... zation.   A028254

    M169961

CoAST educational program for
teaching structural analysis.

    A163453

    M165034

Communication system in cases
of 'licked-in' syndrome.   A076441

    M048983

Communication-based technique
for interdisciplinary design team
management   A095250

    M021422

Comparison of superscalar and
decoupled access/execute archi-
tectrues.   A028753

    M118964

Competition-based induction of
decision models from examples.

    A089412

Continuting education method for ...
ICU personnel at the Hospital Es-....
panol in Mexico.   A083078

    M095767

Cost-sensitive learning of classifi-
cation knowledge and its applica-
ions in robotics.   A089414

    M050049

Current situation and future di-
rections of intelligent CAI re-
searches/development.   A009057

    M103105

Datacommunication-a tool in
planning and bringing through the
Spinn-project.   A028276

    M153485

图 8 - 3 EI 主题索引著录示例图

图 8-3 说明如下：

① 叙　词　用黑体大写字母表示。

② 自由词　用白体大写字母表示，直接标引文献的主题概念。

③ 文献篇名。

④ 年刊文摘号。

⑤ 月刊文摘号。

8.2.2 检索方法

EI 的检索途径示意图如图 8-4 所示。其中主题途径是 EI 的主要检索途径。检索一个课题需要根据课题特定的主题内容、性质、条件和要求，通过图 8-4 所示的各种途径进行交叉、反复循环查找来完成。

① 这里首先用主题途径查找（由图 8-3 至图 8-1 的过程）。

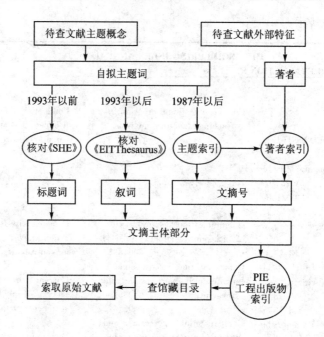

图 8-4　EI 检索途径示意图

- 分析课题,进行主题分解,拟定主题词。
- 利用 EI Thesaurus 或 SHE 核对确定规范化主题词及相关主题词。
- 利用"主题索引"查到一批文献。
- 根据这些文献的著者,查"著者索引"进行扩大检索。

② 也可以先从著者途径出发,查到有关文献,再从这些文献所对应的主题或类目着手查到一些相关文献(由图 8-2 至图 8-1 的过程)。

③ 根据检索到的文献出处,查文献出处全称,再从各种联合目录和馆藏目录中查其馆藏,索取原始文献。

8.3　光盘版 EI COMPENDEX PLUS

美国《工程索引》光盘数据库"EI COMPENDEX PLUS"分为 DOS 版本和 Windows/Win9x 版本。该数据库包含了印刷版 EI 中的所有内容,界面友好直观。

下面以 Win98 版本为例介绍如何使用"EI COMPENDEX PLUS"检索文献。

8.3.1　检索方法

单击光盘数据库管理软件主页界面中的 EI 图标,进入检索主界面(如图 8-5 所示)。然后移动光标选择要检索的年代，单击 Open 键，进入检索界面（如图 8-6 所示）。

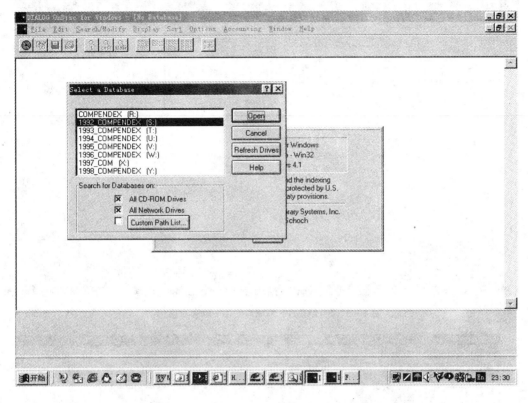

图 8-5　EI COMPENDEX PLUS 检索界面(1)

① Search：在检索主界面第一次单击工具条上的 Search/Modify 菜单项，打开检索菜单，如图 8-7 所示，分别列有以下检索方式：

● Word/Phrase Index（关键词检索）　用所查课题的（自由）关键词或词组进行检索。

● EI Subject Headings（主题词检索）　在 EI 自定的主题范围内进行检索。系统也有预设词库，检索步骤与关键词检索完全相同。规范的主题词比关键词要少，但某一个主题涵盖的内容，即文献数一般比关键词要多。选用该项检索时，需要对 EI 主题词表有比较详细的了解。

● Author Name（作者姓名检索）　作者名表示方法一般按姓、逗号、空格、名（或名字缩写）的顺序，如 zhang, xiaohua。

● Author Affiliation（作者机构）　用户通过输入作者单位名称进行检索。

● Title Words（题名检索）　用户输入文献篇名中的单词或短语进行检索，换句话说，有关文献的检索词只在篇名中出现。

● Journal Name（刊名检索）　用户通过输入期刊名称进行检索。

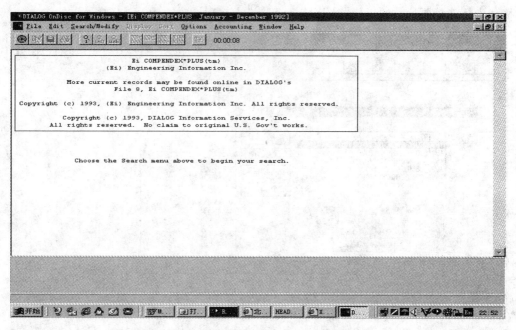

图 8 - 6　EI COMPENDEX PLUS 检索界面(2)

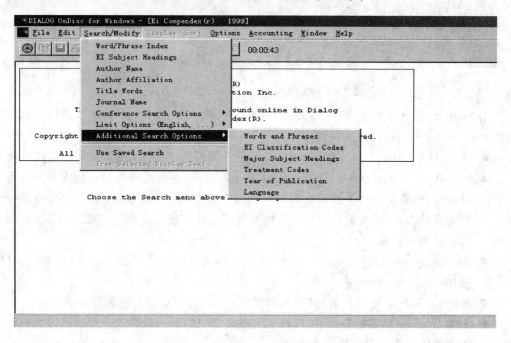

图 8 - 7　EI COMPENDEX PLUS 检索界面(3)

- Conference Search Options　与会议相关的检索操作。
- Limit Options(English,…)　检索范围限定的操作。
- Additional Search Options(其他检索选择)　系统提供关键词、EI 主题词的组配检索。
- Use Saved Search(用已存的检索式进行检索)　用曾使用并保存着的检索式检索。
- from Selected Display Text(从检索结果中选词检索)　在检索结果中,选中一个词,然后单击命令菜单中的该项,即选择 OR 的限制检索方式,再按 Modify Search 按钮,系统则以选中的词为检索词进行扩大修改检索。

② Modify:完成首次检索后,在检索主界面第二次单击工具条上的 Search/Modify 菜单项,则打开修改检索小窗口,如图 8-8 所示。其中各项含意分别解释如下:

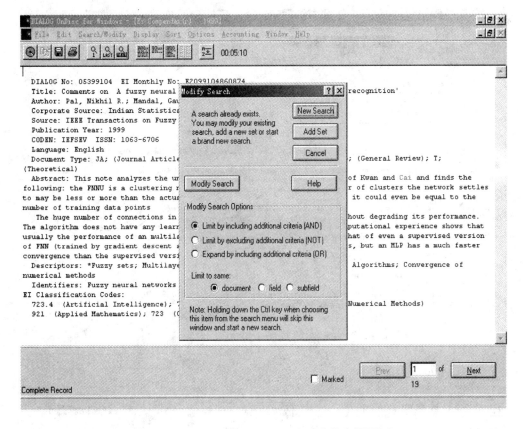

图 8-8　EI COMPENDEX PLUS 光盘检索界面(4)

- New search　表示重新开始一个新的检索进程。
- Add Set　表示重新开始新一步(Step)的检索。
- Modify Search　表示在前一个检索式的基础上,利用 AND、OR、NOT 等限制条件进行修改检索。这时需要选择组配限制条件 AND(缩小检索范围)、OR(扩大检索范围)、NOT(缩小检索范围)。AND、OR、NOT 是逻辑运算符,其含义见 3.4.2 小节;另外还要选择限制在这次修改检索中,是否与第一次检索中有相同的文件类型(document)、相同的字段(field)或相同的子字段(subfield)。

8.3.2　检索结果

1. 显示(Display)

单击检索主界面工具条上的 Display 菜单项,可以设置不同的检索结果显示模式,如图8-9所示。

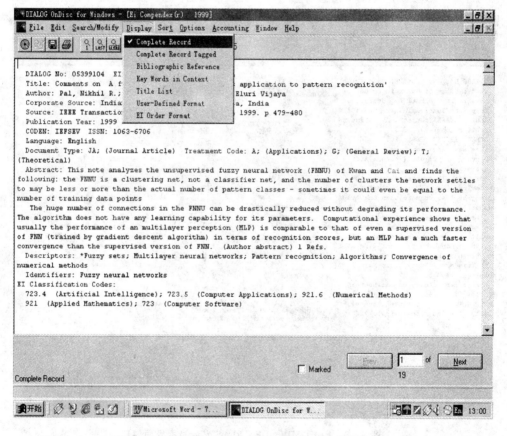

图 8-9　EI COMPENDEX PLUS 检索结果全记录显示图

① Complete Record(全记录格式):显示数据记录的所有字段的数据,如图 8-9 所示。

② Complete Record Tagged(标记字段名的全记录格式):显示标记字段名,如图 8-10 所示。

③ Bibliographic Reference(短记录格式):显示数据记录中除文摘数据外的所有字段的数

据，如图 8 - 11 所示。

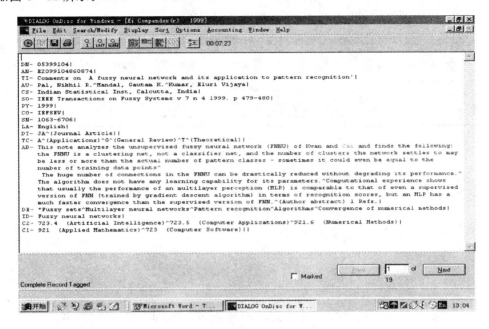

图 8 - 10　EI COMPENDEX PLUS 检索结果标记字段名的全记录显示

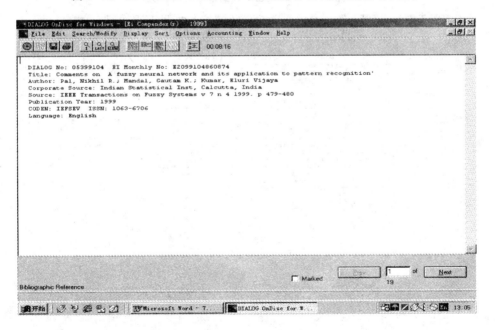

图 8 - 11　EI COMPENDEX PLUS 检索结果短记录显示

④ Key Words in Context(显示检索词)：只显示数据记录中的检索词，如图 8 - 12 所示。

⑤ Title List(显示题名)：只显示篇名，如图 8 - 13 所示。

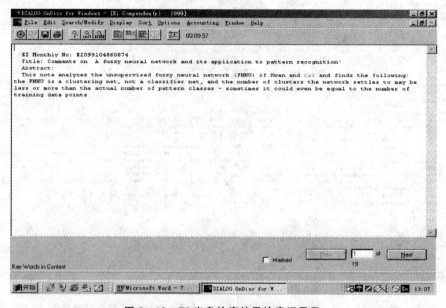

图 8 - 12　EI 光盘检索结果检索词显示

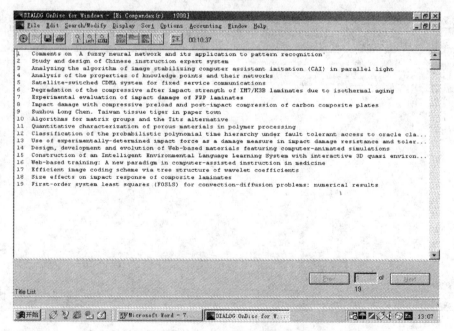

图 8 - 13　EI COMPENDEX PLUS 检索结果题名显示

⑥ User Defines Format(用户自定义格式):按照用户定义的格式显示检索结果,如图 8 - 14 所示。

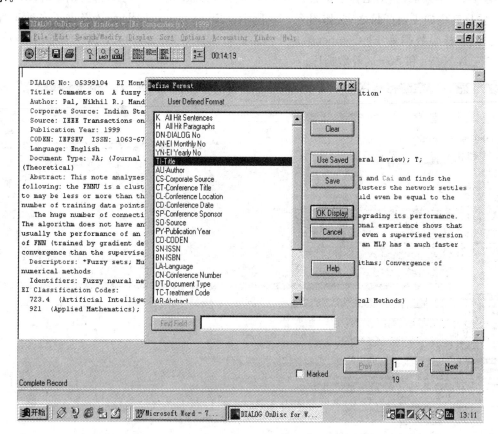

图 8 - 14　**EI COMPENDEX PLUS 检索结果用户自定义显示**

2. 打印存盘

以各种格式显示的检索结果均可以用屏幕上 File 下拉菜单中的 Print documents 打印输出,或用 File 下拉菜单中的 Save documents 存盘。

8.4　网络版 EI Village

8.4.1　简　介

作为工程方面的著名出版商,美国工程信息公司在 Internet 出现后,把工程数据库、商业数据库、17 000 多个 Web 站点和其他许多与工程有关的信息结合起来,形成信息集成系统,为工程技术人员提供一步到位的信息服务,这就是被形象比喻成工程信息村的"EI Village"。

  自 1995 年以来,美国工程信息公司开发了称为 Village 的一系列产品。Engineering Village2 便是其中的主要产品之一,如图 8-15 所示。Engineering Village 2 提供了多种工程数据库。除了核心数据库 EI Compendex 外,还收录了 IHS Standards、USPTO、Esp@cenet、LexisNexis News 和 Scirus 等数据库。

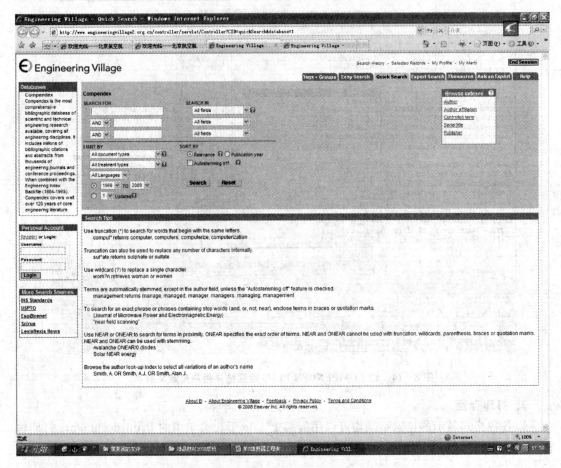

图 8-15 Engineering Village 2 检索界面

  EI Compendex 是目前全球最全面的工程领域的二次文献数据库。它收录了选自 5 000 多种工程类期刊、会议论文集和技术报告的 7 000 多万篇论文的摘要。其范围涵盖了工程和应用科学领域的各学科,每年选自 175 个学科和工程专业的大约 25 万条记录,读者在网上可检索到 1969 年至今的文献。

  USPTO 是美国专利和商标局的全文专利数据库,可查找 1790 年以来的专利全文,数据库的内容每周更新一次(详细信息请访问 http://www.uspto.gov/patft/index.heml)。

Esp@cenet 数据库可以查找在欧洲各国专利局及欧洲专利局(EPO)、世界知识产权组织(WIPO)和日本所登记的专利(详细信息请访问 http://ep.espacenet.com)。

Scirus 数据库是迄今为止在因特网上最全面的科技专用搜索引擎。Scirus 覆盖超过 1.05 亿个科技相关的网页,包括 9 000 万个网页以及 1 700 万个来自其他信息源的记录。

8.4.2　EI Compendex 检索方法

开始一个检索时,EI Compendex 网络版检索平台 Engineering Village 2 将跟踪用户在检索中所输入的检索式,而且用户有一个在检索过程中所选择文件的列表。检索结束后,用户如想保存检索式和检索结果,则必须将其保存在个人的账户中;否则,本次检索的检索式和检索结果都将丢失(参考个人账户注册指令)。

用户可以单击位于屏幕右上角的 End Session 按钮结束检索。如果一个检索处于非激活状态超过 20 分钟,将自动结束。

Engineering Village 2 提供 Easy Search(简单检索)、Quick Search(快速检索)和 Expert Search(高级检索)3 种检索方式。

1. Easy Search

在 Easy Search(简单检索)模式下,读者只需在检索词输入框中输入关键词,计算机将在所有检索途径中匹配输入的关键词,然后返回检索结果。检索结果默认的排序方式是按照内容的相关度进行排序。Easy Search 适用于对数据库不太熟悉的读者使用。检索界面如图 8－16 所示(注意利用 Search 按钮右侧的 help 按钮)。

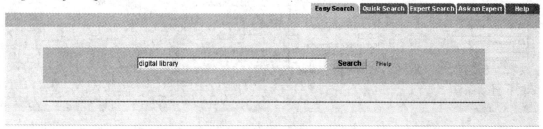

图 8－16　简单检索界面

2. Quick Search

Quick Search(快速检索)检索界面如图 8－17 所示,说明如下:

● SEARCH FOR:输入检索词,包括关键词、主题词、作者名、第一作者单位名称、刊名、出版商名称等。

- SEARCH IN：选择检索字段，检索字段包括 Title（文章题名）、Abstracts（文摘）、Author Affiliations（第一作者单位）、Serial Titles（刊名）和 Publishers（出版商）检索。
- LIMIT BY：文献类型和检索年代限定。
- BROWSE INDEXES：通过索引词典选定并输入检索词。
- SORT BY：选择检索结果的排序方式。
- Reset：复位按钮，清除前面的检索结果，并且将所有的选项复位到默认值。

在 Quick Search（快速检索）模式下，可以直接输入检索词检索，也可通过右侧的 Browse Indexes（索引词典）输入检索词检索。建议检索前，先单击屏幕右上方的 Help 查看数据库检索详细说明。

（1）直接输入检索词

在 SEARCH IN 的下拉菜单中选择检索入口，如图 8 - 17 所示。

可用 Keywords（关键词）在 Title（文章题名）、Subject（主题词）和 Abstracts（文摘）字段检索，也可用 Authors（作者名）、Author Affiliations（第一作者单位）、Serial Titles（刊名）或 Publishers（出版商）检索。在 Document Type 的下拉菜单中选择文献类型，同样可以在 Year 下选定检索年代。然后单击 Search 按钮，开始查找。

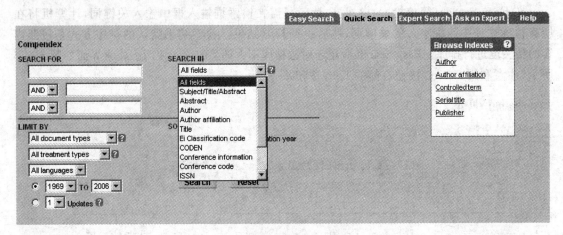

图 8 - 17　快速检索界面

注意：

- 系统默认状态为 All Fields（全文）检索。可对两个检索框中的检索式进行逻辑运算。
- 关键词用词或词组形式表示，词与词之间不能用算符（包括布尔逻辑算符和位置算符）和连词、副词、介词、冠词（如 and、or、not、a、of...）连接。
- 词和词组可用截词符"*"。

- 系统自动向检索词加词根算符"$"。例如输入关键词"fiber optic cable",系统自动将其转换成"$fiber and $optic and $cable",并将含有"fiber optic cable"的文献列在最前面。

（2）索引词典检索

这种检索有 Controlled Terms(控制词)、Author(作者)、Author Affiliations(作者单位)、Serial Title(刊名)、Publisher(出版者)5 个检索入口,如图 8-18 所示。

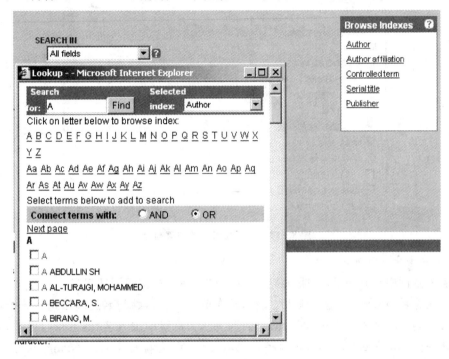

图 8-18 索引词典检索界面

对应于以上 5 种检索入口,单击相应的索引词典,打开索引词典。进入索引词典屏幕后,在屏幕上方的输入框中输入检索词的前几个字母,单击 Find 按钮。待系统显示检索词所在的索引词典部分时,可单击 Next page 按钮翻页。在被选择的检索词前的小方块上单击,表示这个索引被选中(注意:可选中多个检索词),如图 8-19 所示。在选择索引内容的同时,刚才所选的检索词就被粘贴在相应的检索输入框中(如果同时选中多个检索词,系统将默认各检索词在输入框中以 OR 关系连接)。

（3）对检索结果进行限制

可用检索框下面的 Limit By 的 Year 和 Document Type 下拉菜单对检索文献的年代和类型进行限制,如图 8-17 所示。默认状态下不加限制(在默认状态下检索速度最快)。可用 Sort By 对结果的排序方式进行限定。

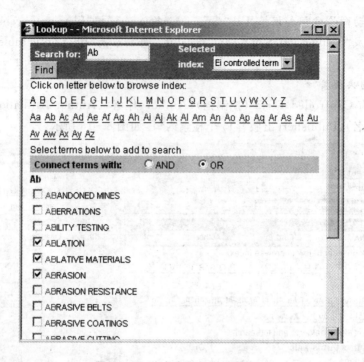

图 8 - 19　作者索引词典列表显示

(4) 在检索中须注意的问题

● 若主题词中含有 AND 和括号,要用引号("")将整个主题词括起来。

● 利用作者检索时,作者名输入方法为姓在前,名在后,姓与名之间用逗号分开,并在逗号与名之间输入一空格,即"姓,　名"。例如,检索中国人名"刘卫东",可翻开索引词典找到"liu, weidong",也可直接在 Author 一栏里输入"liu, weidong"。可用截词符"＊"扩大检索范围,如输入"liu, w＊";进一步扩大检索范围还可输入"liu＊"。

● 作者单位是第一作者发表文章时所在的单位。相同作者或不同作者著录此项时有可能写法不同,在翻开索引词典时,要注意选全某一单位的不同写法。例如查找北京航空航天大学发表的文章。翻开索引词典,如图 8 - 20 所示。可以看出,北京航空航天大学有多种写法,如:

BEIJING UNIV OF AERO & ASTRO

BEIJING UNIV OF AERO & ASTRO, CHINA

BEIJING UNIV OF AERO & ASTRONAUT, CHINA

……

且每一种写法都有相应的文献,因此应选中上述表示北京航空航天大学的多个词条。在相应的输入框中要注意,一定要将含有 AND 的单位名称前后用引号""括起来。

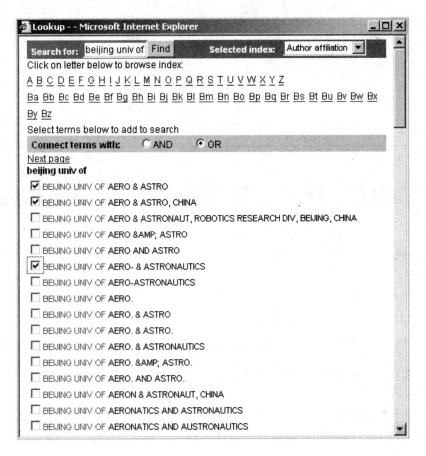

图 8 - 20　机构索引词典列表显示

● 中文刊名用汉语拼音输入。

● EI Compendex Web 数据库对大小写不敏感。

● 每完成一次检索，必须单击一下 Reset，以彻底清除前次结果，否则有可能导致下一次检索时状态不正确。

3. Expert Search

在 Expert Search(高级检索)模式，所给关键词可以用逻辑算符(AND、OR、NOT)、位置算符(W/F、W/N、NEAR/n、ONEAR/n……)、字段限制符(within)或截词符(＊)连接。

例如：

检索表达式 pattern AND (image within Ti)，如图 8 - 21 所示。此检索表达式的含义为被检索出的文献记录的篇名(题目)应含有单词 image，而且在整个记录中应含有单词 pattern。

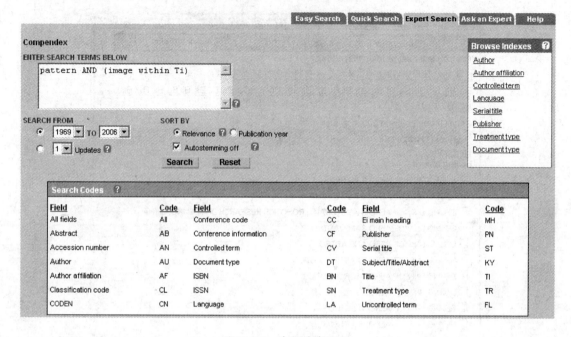

图 8 - 21　高级检索界面

检索表达式 power ADJ system *：含义为被检索出的文献记录中应包含单词 power system 或 power systems。

算符和截词符说明如下：

① 逻辑算符：AND(与)、OR(或)、NOT(非)。

② 位置算符：

● W/F 两词在同一字段,位置任意；

● W/n 两词之间最多相隔 n 个单词,位置任意；

● W/0 两词相邻,位置任意；

● NEAR 两词之间最多相隔 5 个单词,位置任意；

● ADJ 两词相邻,位置确定。

③ 截词符：*（无限截词）,?（替代单词中间的一个字符）。

4. 检索结果显示

① 检索结果如图 8 - 22 所示。

② 单击图 8 - 22 中某一文献记录下的 Abstract 项,显示此条记录的文摘,如图 8 - 23 所示；单击 Detailed 项,显示此条记录全部字段的内容；单击 Full - text,显示此条记录全文。

③ 文献信息显示格式选择：在图 8 - 22 中的 Choose Format(格式选择)后的选项 Citation(题录格式)、Abstract(文摘格式)、Detailed record(详细记录格式)中作选择,检索结果将按选

择的格式显示文献信息。如图 8-24 所示的结果显示是按 Cition(题录格式)显示。

④ 在图 8-22 右上角的 Next Page 下拉菜单中选择显示结果范围。

⑤ 单击文献记录左侧的方框,对选择的文献做标记。单击 View Selection 显示所选文献,如图 8-24 所示。

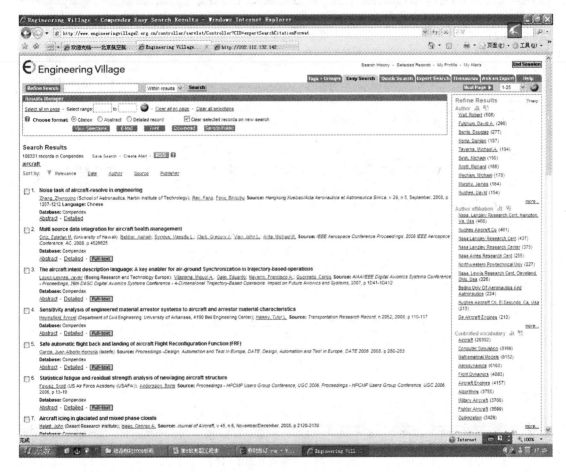

图 8-22　检索结果显示(1)

5. 下载检索结果

① 存盘:选中所需记录,单击图 8-22～图 8-24 所示界面上方的 Download 按钮,选择 Plain text format(ASCII),即可将其"保存"到指定地点。

② 打印:选中所需信息,单击界面上方的 Print 按钮,在打开窗口的右上方,单击打印机图标,则选中的记录信息即可打印出来。

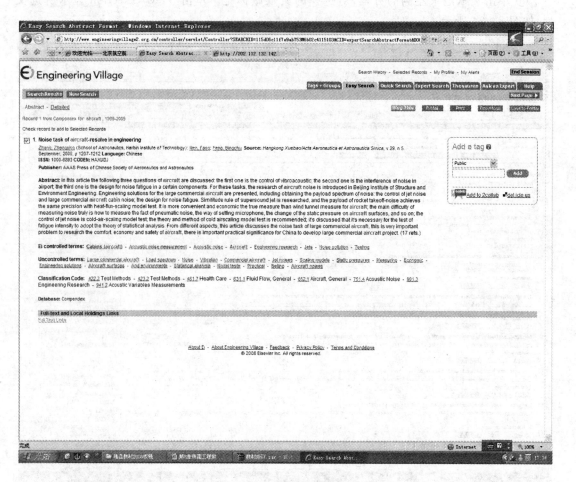

图 8-23　检索结果显示(2)

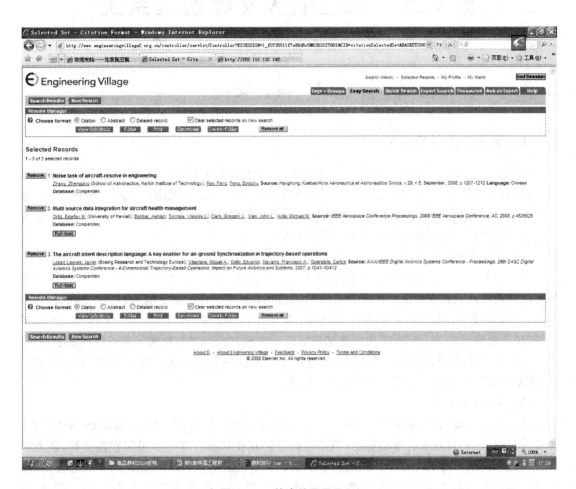

图 8 - 24 检索结果显示(3)

第9章 航空航天文献检索系统

9.1 概 述

9.1.1 航空航天科技文献

航空航天科技是一个发展极为迅速的领域,在过去几十年里,它不仅带动了军事技术的迅猛发展,也促进了整个科学技术的成长,许多新的科技成果往往首先出现或应用在航空航天技术上。因此,作为记录航空航天科技成就和发展历程的航空航天科技文献在科技文献中占有极为重要的地位。这是由它所独具的特点决定的。

(1)涉及学科极为广泛

一方面由于航空航天科技本身必须建立在众多的现代科学技术成就之上,另一方面也因为航空航天科技成就被广泛应用于众多军用和民用技术中,因此航空航天科技文献除包含自身所特有的学科,如飞机或导弹、空气动力学、飞行力学、航空和火箭发动机、飞行自动控制等之外,还广泛涉及数学、力学、物理等基础科学以及材料、电子工程、机械工程等应用科学,甚至上至天体下至地球科学等许多科学门类。这一点只要查一下航空航天科技文献的核心检索工具 IAA 和 STAR 的目录体系,就可窥见一斑了。

(2)保密文献较多

航空航天领域属国防前沿,其核心技术和成就自然要对外保密,如美国的 AD 报告、NASA 报告,人们目前所能搜集到的,只是它们已公开和解密的部分。很多密级资料,还无从获得。而机检的 NASA 数据库(ESA~IRS 系统为 1 号文档、DIALOG 系统为 108 号文档)美国至今尚不允许检索,其他国家也类似。这样,大大增加了搜集和获取航空航天科技文献的难度。

(3)新技术、新工艺、新材料较多

夺取空中优势,至今仍是战争中的主要任务。航空航天科技作为这一军事技术的支柱,各国必然把最先进的科技成果应用于航空技术上。而人类欲进入外层空间,更是需要建筑在最先进的科学技术成就之上,因此,航空航天科技文献中反映新技术、尖端技术的记录也必然比较多。例如美国探测火星时,在火星上取样所依靠的机器人和越野车等技术就是尖端技术、新技术。这些装置既要能与地面保持联系,又要求有较高的自主程度,反映到科技文献中,就有高度准确的通信技术,遥感尖端技术,大容量、高运算速度的计算机技术,高精度的加工工艺以及各种新材料。可见,新技术、新工艺、新材料在航空航天科技文献中必然是屡见不鲜的了。

(4) 新概念、新名词较多

航空航天本身是较新的技术,有关的新概念、新名词较多。例如空间运输主要依靠的运载火箭、航天飞机和轨道间飞行器等运输工具,以及较新出现的类似 teleoperate、telepresent 等词汇(前者是指"远距离控制",后者是指"如同人在现场的控制"),都是较新的概念和名词。

(5) 科技报告较多

现代科技报告的产生和发展,主要是各工业发达国家为加速国防科技的发展,需要进行广泛的内部交流所致,因此属于国防性质的航空航天科技文献,至今很多仍以科技报告形式出版。如四大报告中的 NASA 报告就是美国国家航空航天局所属机构及其合同户产生的,而 AD 报告中也有很多与航空航天有关。其他国家的航空航天机构,如北大西洋公约组织的 AGARD、法国的 ONERA、德国的 DGLR 和 DFVLR 等,都出版有很多科技报告。

(6) 学会、协会出版物多

著名的美国航空航天学会(AIAA)的出版物,就是目前航空和航天领域最常用的文献之一,其他如美国机械工程师协会(ASME)、美国汽车工程师协会(SAE)、美国电气和电子工程师协会(IEEE)等也有很多与航空航天科技相关的文献。这些学会、协会的出版物大多为各种专业会议上宣读的论文,这些文献在国外大多既以单篇报告的形式于会前出版,因而有论文号(如 AIAA85135、ASMEAM8436 等),又以整本会议录形式于会后出版。目前国内用于内部交流的文献,则基本以会议录形式出版。不仅如此,这些会议论文的一部分往往在各学会、协会出版的科技期刊中登出,如 ASME 的报告约有 40% 重复出现于各种 ASME TRANSACTION 中。因而在查找索取这些文献时,应注意这些特点,精心组织,仔细查找。

(7) 军用标准、规范、条例等文献类型多

由于航空航天器都是要进入空中航行的,因此,有许多不同于一般地面设备的要求,它不仅要求有很高的可靠性,而且要求尽量减轻结构质量,所以航空航天器的设计、制造都必须有严格的标准规范予以控制、检验。这样自然就产生了许多专用文献,如各类飞行器的强度设计规范、适航性条例等都是作为依据的重要文献。

(8) 航空和航天科技文献的联系与区分

航空和航天科技文献有时相互联系,有时又严格区分。航空技术是指人类从事在大气层内飞行及有关活动的技术,英文常用 Aeronautics;航天技术则是指人类从事大气层外的空间飞行,乃至星际航行的技术,英文常用 Astronautics,两者是有区别的。但因两者同在空间飞行,又有共同之处。因此,航空与航天是两种既相互区别又相互联系的科学技术领域。英文用 Aerospace 一词时,往往就同时包括航天和航空技术,因此在查找和搜集文献时,还必须注意这些特点。如著名的 AIAA Aerospace Science Meeting 会议录就是一个既含航天科技又含航空科技的会议文献。

9.1.2　航空航天文献检索机构

《国际航宇文摘》IAA(*International Aerospace Abstracts*)和《航宇科学技术报告》STAR(*Scientific and Technical Aerospace Reports*)被公认为是报道国际航空与航天文献的权威性"姊妹刊物",是著名的国际专业性检索刊物之一。它们目前由美国航空和航天学会 AIAA(American Institute of Aeronautics and Astronautics)技术情报处和美国国家航空航天局 NASA(National Aeronautics and Space Administration)科技情报处负责编辑发行。IAA 和 STAR 创刊于 1961 年,但此前,曾先后于 1941—1957 年以《航空工程索引》、1958—1960 年以《航空航天工程索引》、《国际航空文摘》)(航空航天工程附刊)等刊名出版。原为月刊,为提高报道质量,1963 年由 AIAA 和 NASA 进行协商,决定由两个机构(AIAA 和 NASA)分工报道美国及世界各国有关航空航天科技领域内的文摘。协议规定 AIAA 编辑发行的 IAA 主要报道该领域内有关的期刊论文(含译文)和专业协会、学术性机构的会议文献及少数图书。NASA 编辑发行的 STAR 负责报道 NASA 系统及其合同户、美国政府机构、大学、公司、各国研究机构所编写的研究报告。从 1963 年起改为半月刊,IAA 每月 1 日和 15 日出版,STAR 每月 8 日和 24 日出版;每年各一卷,并单独出版累积卷索引。从 1993 年起,二者又都改为月刊。

IAA 主要报道世界重要专业期刊和 AIAA、ASME、IEEE 等近 20 个著名学会及协会会议论文。

STAR 主要报道 NASA 系统所属研究机构及其合同户/资助户的报告,NASA 拥有专利和专利申请,以及美国政府机构的报告(与航宇有关的 AD、PB、DOE 报告)、学位论文和少数其他国家如西欧、日本等航宇科技报告及译文。

IAA 和 STAR 不仅是航空、航天领域科技人员经常使用的检索工具,而且对从事其他领域研究的科技工作者来讲,亦是获取最新情报的检索刊物。

近年来,随着计算机和网络的发展,IAA 和 STAR 也相应出版了光盘版和网络版形式的数据库,通过各种检索系统如 ESA～IRS、DIALOG、CSA 等提供联机检索、光盘检索和网络检索服务。

9.2　印刷版 STAR

9.2.1　内容编排与著录格式

IAA 和 STAR 在内容编排格式和结构上基本相同,只在报道内容和文献类型上有所不同,本节以 STAR 为例介绍其编排著录格式和使用方法。其检索系统由期文摘本和年度累积索引组成。

1. STAR 的期文摘本

STAR 的期文摘本系月刊,每年 1 卷,全年共 12 期。每期主要由使用说明、分类目次表、文摘主体部分和辅助索引 4 部分组成。现就 STRA 的分类体系、主体部分和辅助索引叙述如下。

(1) 分类体系

每期的分类目次表(Table of Contents)是供检索者按分类途径查找的依据,它把与航空有关的学科共分为 11 个大类、75 个小类(1975 年以前为 34 类)。11 大类的类名①在目次表中用黑体大写字体表示,具体中译名称为航空学、航天学、化学和材料、工程、地球科学、生命科学、数学与计算机科学、物理学、社会科学、空间科学和综合类。大类按大类类目名称字顺排列,无分类号,部分大类类名后附有"参见(for…see also…)"说明。大类下的小类用两位数字作为分类标识符号②,小类的具体类目分别由类号②(不完全连续)、类目名称③、页次④、类目内容说明和/或类目"见(for…see…)"、"参见(for…see also…)"说明⑤等组成。大类下的小类用小一号黑体大写字母表示,如图 9-1(摘自"STAR"1991 vol. 29 no. 1)所示。

> *Volume 29 Number 1 / January 8, 1991*
>
> **TABLE OF CONTENTS**
>
> **AERONAUTICS**①　　For related information see also *Astronautics*①
>
> **01 AERONAUTICS (GENERAL)** 1
>
> **02 AERODYNAMICS**...1
>
> ....
>
> **05**② **AIRCRAFT DESIGN, TESTING AND PERFORMANCE**③ 7④
> Includes aircraft simulation technology. For related information see also 18 Spacecraft Design, Testing and Performance and 39 Structural Mechanics. For land transportation vehicles see 85 Urban Technology and Transportation⑤.
>
> ....
>
> **17 SPACE COMMUNICATIONS, SPACECRAFT COMMUNICATIONS, COMMAND AND TRACKING**....16
> Includes telemetry; space communications networks; astronavigation and guidance; and radio blackout. For related information see also 04 aircraft Communications and Navigation and 32 Communications and Radar.
>
> **N.A.—No abstracts were assigned to this category for this issue**
>
> ii

注:①—"AERONAUTICS"为大类类名;②—05 为小类分类号;③—"AIRCRAFT DESIGN、TESTING AND PERFORMANCE"为小类类名;④—"7"为有关文摘款目所在页次;⑤—"Include aircraft…"为类目内容说明及本类目可"参见"的类目。

图 9-1　STAR 分类目次表示例图

使用此分类目次表时应注意以下几点:

① 当选择到相关类目后,应仔细阅读"内容说明"项,检验该内容是否和自己课题所需文献的内容一致;

② 如果“内容说明”项所列内容并非课题所需时，应注意查看类目的“参见(for…see also…)”或“见(for…see…)”所指引的类目，亦可直接转查其他类目，重新选择；

③ 通过查找，如果尚须了解更广或更窄范围相关内容的文献时，则可查看相关类目“参见(for…see also…)”说明项进行扩检或改检。

(2) 主体部分

文摘主体部分按分类目次表的 75 小类的类目顺序排列。每期都从 01 类开始，在主体部分每页的左上角或右上角都标有类名Ⓓ、分类号Ⓒ及本页的第一条文摘的文摘号Ⓑ(或最后一条文摘的文摘号)及页码Ⓐ，以使检索者方便地查出所需类目，如图 9－2、图 9－3(摘自 STAR1991 Vol. 29 No. 1)所示。

110Ⓐ　**N91-10638**Ⓑ　**Cat.61**Ⓒ　**COMPUTER PROGRAMMING AND SOFTWARE**Ⓓ

……

disavantages are pointed out. The mathematics underlying three-dimensional rotations is pre-sented as a piece of Lie group theorym. Existing work is analyzed within this framework ESA

N91-10638①#② Technische Univ., Delft (Netherlands) Faculty of Technical Mathematics and informatics..③

AUTOMATED SUPPORT OF THE MODELLING PROCESS:A VIEW BASED ON EXPERIMENTS WITH EXPERT INFORMATION ENGINEERS④

G. M. WINTERS⑤ 1990 22p⑥ Sponsored in part by Dutch User Group of Structured Development Methods; BSO, Rotterdam, Netherlands; Hightech Automation; Nixdorf Computer; and Unisys Corp.

(Rept-90-09;ISSN-0922-5641;ETN-90-97705)⑦ Copyright Avail: NTIS HC/MF A03⑧

A trend can be discerned clearly indicating that today's development in methodologies concentrate on an ongoing structuring and integration of modeling techniques………. An architecture of m modeling support systems and a corresponding prototype, that are able to reflect the mentioned aspects of modeling processes ,are described.⑨ ESA⑩

N91-10639# Royal……………………………………

variants are generalized by using stopping All variants are based on contraction mapping and may ve considered ax an accele ration of the basic algorithm.

N91-10642# Leiden Univ.(Netherlands). Dept. of Mathematics and Computer Science.

DISCOUNTED DYNAMIC PROGRAMMING PART 5: MODIFIED POLICY ITERATION

A. Hordijk and L.C. M. Kallenberg Jan 1990 25 p

(TW-90-04-Pt-5; ETN –90-97730) Avail: NTIS HC/MF A0 3

The Markov decision theory with emphasis on theory and methods was studied. An algorithm for policy improvement was discussed. the algorithm is presented. The convergence rate is examined and bounds on the value vector are given in order to suboptimal actions. ESA

exclude

N91-10643# Universiteit Twente,………

……………………………………

注：Ⓐ页码。Ⓑ本页第一条文摘的文摘号或最后一条文摘的文摘号。Ⓒ分类号。Ⓓ类石。

①—NASA 登记号：N91—10638(也称 NASA 入藏号)，是由 N-年代-流水号组合而成，每年的流水号从 10001 号起编，此号亦称 STAR 的文摘号，系按文摘顺序给号，类与类间不间断(当插有跨类的题录时，插有不连续的 NASA 登记号)。②—#号：表示本报告可以以缩微品的形式供应读者。③—团体著者及其地址：非美国机构在括号内著明国别。④—题名：若是学位论文，题目后注有学位级别：Ph. D. Thesis。⑤—个人著者。⑥—原文出处，出版日期及页数。⑦—报告号：原始报告号。⑧—原文供应单位：Avail：NTIS，NTIS 为美国国家技术情报服务处的英文缩写名(若是学位论文，则著大学学位论文平片订购号)；报告类型代码和价格代码 HC/MF A03：HC Hard Copy 表示印刷型报告，MFMicrofilm 表示缩微型报告，A03 为价格代码。⑨—文摘主体部分。⑩—文摘员代码：若是 author，列表示文摘为著者本人所作

图 9－2　STAR 文摘主体部分著录示例图(1)

ENRGY PRODUCTION AND CONVERSION (D)　　　　**Cat.39** (C)　　**N91-10317** (B)　　**53** (A)

....

....

....

ENGLISH

43 EARTH RESOURCES AND REMOTE SENSING

Includes remote sensing of earth resources by aircraft and spacecraft; photogrammetry.
For instrumentation see 35 *Instrumentation and Photography.*

N91-10378 * # National Aerpnautics and Space Administration. Goddard Space Flight Center, Greenbelt, MD.
THE 1990 REFERENCE HANDBOOK; EARTH OVSERVING SYSTEM
1990　154 p

(NASA -TM-102910; NAS 1.15:102910)　Avail: NTIS HC/MF　A08

CSCL 05B
An overview of the Earth......................

N91-10379 * # Delaware Univ. Newark. College of Marine Studies
DOCUMENTATION FOR PROGRAM SOILSIM; ACOMPUTER PROGRAM FOR THE SIMULATION OF HEAT AND MOISRTURE FLOW IN SOILS AND BETWEEN SOILS, CANOPY AND ATMOSPHERE
Richard T. Field　30　May 1990　50 p

(Grant NAG5-915) ②

(NASA-CR-186953; NAS 1.26:186953)　Avail: NTIS　HC/MF A03

CSCL ③　08B

SOILSIM, a digital model of energy and moisture fluxes in the soil and above the soil surface, is presented, .It simulates the time evolution of soil temperature　and moisture,　temperature of the soil surface and plant canopy　the above surface,　and the fluxes of sensible　and　latent heat into the atmosphere in　response to surface weather conditions, The model is driven by simple weather observations including wind speed. air temperature ,　air humidity and　incident　radiation.　The model　intended to　be useful　in conjunction　with remotely sensed information of the land surface state, such as surface brightness　temperature　and soil moisture, for computing wide area evapotranspiration.　　　　④ (author)
......

N91-10380# Centre National d'Etudes Spatiales, Toulouse (France).
GEOID AND DOPPLER INDUCED ERRORS ON THE ALTIMETER MEASUREMENT AND THEIR CORRECTION

....

N91-10361# Meteorological Satellite Center, Tokyo (Japan)
FAX INAGE PROCESSONG
Yoshishige Shirakawa　*In Its* Meteorological Satellite Center Technical Note Special Issue (1989). Summary of GMS System.
2: Data　Processing　Mar,　1989　p 53-65　In　JAPANESE;
summary (for primaru document see　N91-10356　01-42)
Avail: NTIS HC/MF A08

N91-10374 # Meteorological Satellite Center, Tokyo (Japan)
SATELLITE CLOUD INFORMATION CHART
Tadashi Aso　In Its Meteorological Satellite Center Techinical Note, Special Issue (1989) p 155-163 In JAPANESE; ENGLISH Summary　(For primary dicument see N91-10356 01-42)
Avail: NTIS HC/MF A08

44 ENERGY PRODUCTION AND CONVERSION

Includes specific energy conversion systems,......

....

....

....

....

....

....

注:①—＊号:表示是 NASA 资助的课题项目。②—资助号(或合同号)。③—美国科技情报委员会(COSATI)主题分类的英文缩写(CSCL)和美国科技情报委员会(COSATI)主题的分类号(08B)。④—表示本条文摘由作者本人完成

图 9－3　STAR 文摘主体部分著录示例图(2)

若一篇文章其内容应分属两个小类,则该文摘首先在主要小类先登一次,然后在次要小类的最后一条文摘后以题录的形式再公布一次,以避免读者漏检。如图 9 - 3 中的 N91 - 10380 条文摘是 43 小类的最后一条文摘,其后的 N91 - 10361 和 N91 - 10374 条文摘是两条跨类的文摘,都曾在 42 类(主要小类如图 9 - 4 所示)报道过,因此在本类(次要小类)报道时,放在 N91 - 10380 条文摘之后(摘自 STAR1991 vol. 29 no. 1)。

---

60   N91-10356   C at. 42   GEOSCIENCES (GENERAL)

Processing. Of raw images and pre-processed images, as well as the processing of Visible Infrared Spin Scan Radiometer(VISSR) histogram and cloud grid data are among the topics covered. For Individual titles, see N91-10375.

N91-10357# Meteorological Satellite Center, Tokyo (Japan).
COMPUTER SYSTEM   c60
Shigenori Naito   In its Meteorological Satellite Center Technical Note. Special Issue (1989). Summary of GMS System. 2: Data Processing Mar.   1989 p 1-35 In JAPANESE; ENGLISH Summary (For primary document see N91-10356 01-42)
Avail: NTIS HC/MF A08
  The new computer system(second generation) at the Japanese Meteorological Satellite Center (JMSC) has been working since May, 1987. Various new products were developed and put into routine operation. Buy adopting the new computer technology, researchers have improved operation efficiency without missing reliability. An outline of the new computer system and some essential points to be understood are given.   Author

N91-10358# Meteorological Satellite Center, Tokyo(Japan).
GENERAL FLOW OF INAGE DATA PROCESSONG   c60
Taichi Takahashi in its Meteorological Satellite Center Technical Note. Special Issue (1989). Summary of GMS System. 2: Data Processing Mar.1989 p 37-38 In JAPANESE; ENGLISH summary (For primary document see N91-10356 01-42)
Avail: NTIS HC/MF A08
  Since the operation of   Geostationary.........................

N91-10361# Meteorological Satellite Center, Tokyo (Japan).
FAX IMAGE PROCESSING   c43
Yoshishige Shirakawa In its Meteorological Satellite Center Technical Note. Special Issue (1989). Summary of GMS System 2:Data ProcessingMar, 1989 p53-65 In JAPANESE; ENGLISH Summary (for primary document see N91-10356 01-42)
Avail: NTIS HC/MF A08
  The facsimile image data are produced in several kinds of format useful for meteorological and oceanographic analysis on the basis of the Visible Infrared Spin-Scan Radiometer (VISSR) image data. Facsimiles were added and modified at the replacement of Meteorological Satellite Center (MSC) computer system. The Sea Surface Temperature facsimile (SST-FAX) is produced from VISSR infrared image data to draw the contour of sea surface temperature. The Sea-ice FAX is produced from VIS-SRvisible image data and NOAA Advanced Very High resolution Radiometer (AVHRR) infrared image data to draw the sea-ice in Okhostk Sea and Pohai Bay. The archiving FAX archives VISSR image as pictures for meteorological analysis.   The weather facsimile (WEFAX) is renamed from Low Resolution facsimile (LR-FR§n October 1988. The H,I,J pictures of WEFAX is modified from sectorized pictures to polar-stereographic pictures covering The Far East, including Japan.   Author

N91-10362# Meteorological Satellite Center, ToKyo (Japan).
SATELLITE-DERIVED INCEX OF PRECIPITATION INTENSITY   c42
Kazufumi Suauki···

图 9 - 4   STAR 文摘主体部分著录示例图(3)

(3) 期辅助索引

本刊期辅助索引由主题索引、个人著者索引、团体著者索引、合同号索引、报告号/登记号(入藏号)索引组成。

主题索引(Subject Index):利用此索引可查出与某一主题相关的所有文献的题名及其报告号和登记号(文摘号),从而可转查文摘主体部分,以便进一步筛选。本"主题索引"按主题词字顺(word by word 法)排列,主题词取自《NASA 叙词表》(NASA Thesaurus),在各主题词(黑体字)①下,按登记号(文摘号)的顺序排列与该主题有关的文献,著录有:题名②、主要报告号③、登记号(文摘号)④。如图 9 - 5(摘自 STAR1991 vol. 29 no. 1)所示。

　　个人著者索引（Personal Author Index）：本索引是按撰写报告的个人著者姓名（姓在前，名在后，姓与名之间用"，"号隔开，表示与文摘主体部分中的著者姓名顺序相反）的字母顺序排列。对于非拉丁语系（如日、俄等）著者的姓名将其拉丁化后与英文著者姓名混合排列（文章的所有著者均参加排列），著者①后面只列出 NASA 登记号（文摘号）②。如图 9－6（摘自 STAR1991 Vol．29 No.1）所示。由登记号可转查文摘主体部分。

COMBUSTIBLE FLOW　　　　　　　　　　　　　　　　　　　　*SUBJECT INDEX*

COMBUSTIBLE FLOW
Transient characteristics of unconfined fire plume-driven
celling jets
　[PB90-227976]　　　　　　　　　N91-10193

　　　　COMPUTER ANIMATION
　　　　　On the rotation interpolation and animation problems
　　　　in computer graphics
　　　　[REPT-90-08]　　　　　　　　N91-10637

COMMUNICATION EQUIPMENT
　　JPRS report :Science and technology. USSR
Electronics and electrical engineering
　[JPRS-UEE-90-006]　　　　　　　N91-10214
　Station control and monitor subsystem　N91-10341
　Frequency standard unit　　　　　　N91-10349
　DCP subsystem　　　　　　　　　　N91-10352
　Massively parallel computing system
　[DE90-14767]　　　　　　　　　　N91-10648

　　　　COMPUTER ASSISTED INSTRUCTION ①
　　　　　Automated support of the modelling process
　　　　A view based on experiments with expert
　　　　information engineers ②
　　　　[REPT-90-09] ③　　　　　　　N91-10638 ④

1-10

图 9－5　STAR 期主题索引著录示例图

　　团体著者索引（Corporate Source Index）：本索引按团体单位、机构的缩写名称字顺排列。其后列出来源于该单位的报告的题名及主要报告号、NASA 登记号、（文摘号）。

　　合同号索引（Contract Number Index）：合同号/资助号索引常可用于跟踪某一大型课题的研究动向，亦可用于扩大检索。本索引按合同号（字母-数字混合码）排列，其后列出 NASA 登记号（文摘号）。

　　报告号/登记号索引（Report/Accession Number Index）：不管是主要报告号还是次要报告号或美国专利（申请）号，本索引均按字母-数字混合码排列，其后列出 NASA 登记号（凡带有＊号者，表示由 NASA 资助；带有♯号者则表示可购缩微品）。

```
┌─────────────────────────────────────────────────────────────────────┐
│ PERSONAL AUTHOR INDEX                                ZUTECK, MICHAEL D.│
│                                                                       │
│ VANMCERKERKEN, R. A.......N91-10545  WILCOS, L. D. ........N91-10666  ZUREK, A. K. ..........N91-10164  │
│ VANSTRIEN, SEBASTIAN...... N91-10670  WILEY, D, R, ..........N91-10111  ZUTECK, MICHAEL. D......N91-10127  │
│ ....................................                                   │
│                                      WINTERS, G. M ①....N91-10638 ②   │
│ ....................................                                   │
│ VONDERHAAR, THOMAS H,.....N91-10530  WOODLLISCRO...... ...N91-10426    │
│ VOROZHTSOVA, S. V.........N91-10562                    N91-10427       │
│                                                       N91-10428       │
│             W                         WORKMAN, G. L. ... N91-10294     │
│                                       WORREL, WAYNEL.  N91-10381       │
│                                       WRIGHT, B. L. ........ . N91-10740 │
│ ........................................                              │
│ WANG,CHARLES C..............N91-10105          X.....                  │
│ WANG, GUO-JUAN................N91- 10801                               │
│ WANG, S. S...................N91-10122  XU, KEI-WEN......... ... N91-10657 │
│                                      XU, X. Q. ..........N91-10743     │
│ ....................................                  N91-10744        │
│                                                      N91-10745         │
│ ....................................                                   │
│ ....................................           Y                       │
│ ....................................                                   │
│ ....................................    ..........................     │
│ ....................................           .Z                      │
│ ....................................   ZUO, J. K. ..........N91-10772  │
│                                                                       │
│                                                              1-61      │
└─────────────────────────────────────────────────────────────────────┘
```

图 9-6　STAR 期个人著者索引著录示例图

2. 年度累积索引 (STAR Annual Index)

(1) 主题索引 (Subject Index)

本索引与期文摘本中的"主题索引"的差别是:在某些主题词下还附有 U(Use,用)与 NT (NarroweTerm,分)两种参照关系④,如图 9-7 所示,目的是指引读者找到正式主题词并进行缩检和扩检。另外,在著录项目上,增加了期号、页次③,因而在排列顺序上是在各主题词(黑体字)①下,先按期刊期号②(在登记号前)的顺序排列,再按登记号(文摘号)的顺序排列与该主题有关的文献,如图 9-7(摘自 STAR1991 Vol. 29 ANNUAL INDEX)所示。

(2) 个人著者索引 (Personal Author Index)

年度著者索引与期文摘本后的著者索引的著录差别,只是增加了题名、报告号、期号、页码、它的后面仍为 NASA 登记号(文摘号)(示例图略)。

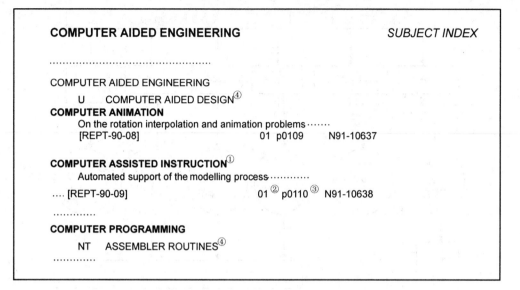

图 9 - 7　STAR 累积主题索引著录示例图

（3）其他 3 种索引

团体著者索引（Corporate Source Index）、合同号索引（Contract Number Index）、报告号/登记号（Report/Accession Number Index）索引的编排方法同期文摘本后的 3 种辅助索引类似，只是在著录方面增加了文摘所在的期号和页次，这里不再赘述。

9.2.2　印刷版检索方法

IAA 和 STAR 检索功能较强，除按分类途径、主题途径和著者途径检索外，还有序号途径。前 3 种检索途径的检索方法与第 7 章、第 8 章所述相类似。须注意的是：分类途径一般查找效率较低，查找速度较慢，通常只是作为一种辅助手段，用于没有比较合适的主题词或课题较为泛指的情况。利用 IAA 和 STAR 查找文献时，宜尽量利用主题途径。而且只要该年已有年度累积索引，则应尽量利用年度累积索引查找。序号途径是 IAA 和 STAR 特有的检索途径，这是由于航空航天文献的特点所决定的。根据该检索途径，可以方便地根据已有的号码扩大检索。具体检索途径如图 9 - 8 所示（以 STAR 为例）。

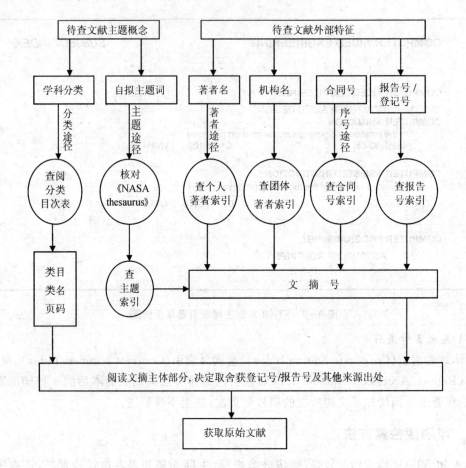

图9-8　STAR检索途径示意图

9.3　光盘版 AEROSPACE

AEROSPACE光盘数据库是IAA和STAR的电子版本。它和EI光盘数据库采用同样的检索软件KR-Ondisc,检索方法与第8章所述的EI光盘检索相类似。其检索界面有部分内容不同,如图9-9所示。

① Date of Publication(出版物日期检索):分别按日、年和日期范围检索。

② Limit Options(限制选项检索):可按所收录的不同文献类型如专利、期刊论文、会议论文、技术报告等分别进行检索。

③ Report/Contract Number Options(报告号/合同号检索):可以分别按报告号、合同号、标准书号或刊号进行检索。

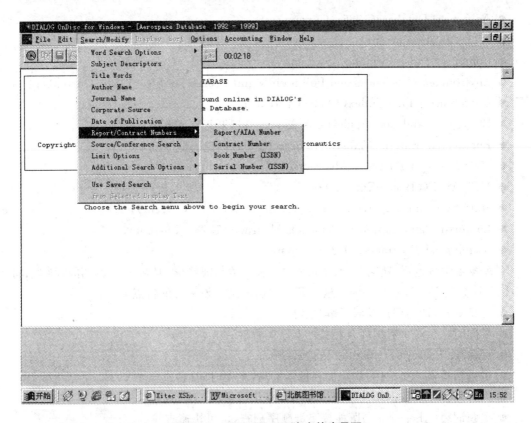

图 9 - 9 AEROSPACE 光盘检索界面

9.4 网络版 AEROSPACE

AEROSPACE 数据库除发行光盘外，近年来，还通过一些大的检索系统，借助 Internet 向用户提供网上检索服务。下面以 Cambridge Scientific Abstracts（剑桥科学文摘，以下简称 CSA）检索系统为例，介绍网络版 AEROSPACE 的检索方法。

9.4.1 CSA 简介

网络检索系统 CSA 是美国 Cambridge Scientific Abstracts 网络数据库服务公司开发的网络检索系统。该公司总部位于美国 Maryland 州，目前已开发出具有中文检索界面的检索系统。使用该系统进行文献检索时，注意利用系统提供的帮助，如图 9 - 10 所示界面右上角的 Help & Support。

CSA 有 60 多个数据库可提供检索，如：

- Aerospace Database(1986—Current)；
- NTIS(1964—Current)；
- Computer and Information Systems Abstracts(1981—Current)；
- Environmental Sciences and Pollution Mgmt Search subfiles(1981—Current)；
- Conference Papers Index(1982—Current)；
- Electronics and Communications Abstracts(1981—Current)；
- Engineered Materials Abstracts Search subfiles(1986—Current)；
- Mechanical Engineering Abstracts(1981—Current)；
- METADEX(1966—Current)；
- Solid State and Superconductivity Abstracts(1981—Current)；
- Linguistics and Language Behavior Abstracts(1973—Current)；
- Sociological Abstracts(1963—Current)。

CSA 覆盖学科包括：航空航天、生命科学、水科学与海洋学、环境科学、计算机科学、材料科学以及社会科学。检索结果为文献的题录文摘信息。该系统的特点如下：

- 每日更新，帮助用户及时了解最新的研究成果；
- 可同时检索多个数据库及相关的互联网资源；
- 可保存、打印、向 E‑mail 发送检索结果；
- 可记录检索历史，可为用户保存检索策略（半年时间内）；
- 为管理者提供数据库使用报告和用户登录记录；
- 主题词表（thesaurus）既能按字母顺序翻查，也可快速查找。

9.4.2　检索方法

1. 选择检索主题领域(Select Subject Area to Search)

CSA 数据库按主题领域分为若干组，AEROSPACE 是其中一个主题领域。在实施检索前，需要确定检索领域。可选择在某一个主题领域内检索，也可以选择在全部可选的主题领域内检索，如图 9‑10 所示。

2. 实施检索

(1) 快速检索

快速检索(Quick Search)如图 9‑11、图 9‑12 所示。检索步骤如下：

① 通过 Change 下拉列表或 Specific Database 选择数据库；

② 在检索框中输入一个或多个检索词；

③ 通过 Date Range 下拉列表限制出版时间范围，如图 9‑12 所示；

④ 单击 Search 按钮开始检索。

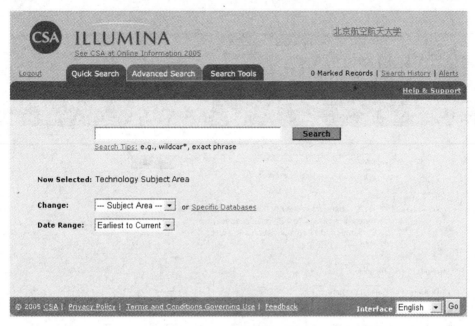

图 9 - 10　CSA 检索主界面

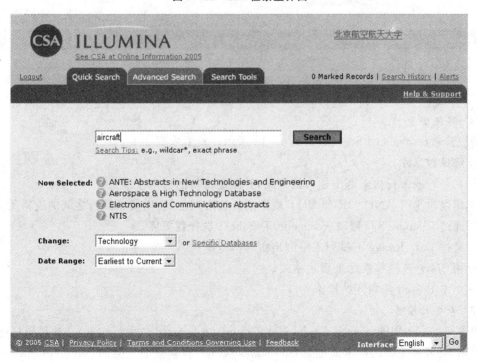

图 9 - 11　CSA 快速检索界面(1)

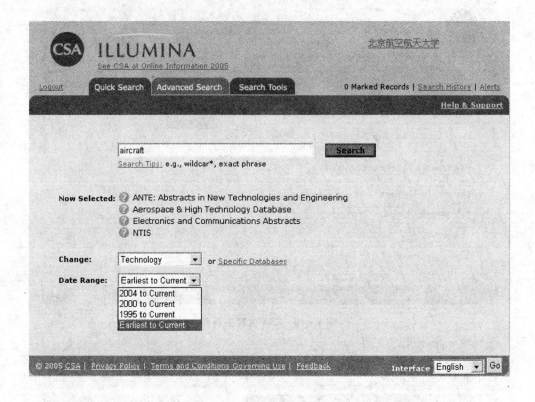

图 9 - 12　CSA 快速检索界面(2)

(2) 高级检索

高级检索(Advanced Search)如图 9 - 13 所示。检索步骤如下：

① 选择数据库；

② 在一行或多行检索框中输入检索式，并限定每行的检索字段；

③ 用逻辑算符 AND、OR 和 NOT 规定同行检索词之间，以及不同行之间的逻辑关系；

④ 通过 Change 下拉列表或 Specific Database 选择数据库；

⑤ 通过 Date Range 下拉列表限制出版时间范围；

⑥ 用 Show 选择检索结果显示格式；

⑦ 单击 Search 按钮开始检索。

(3) 命令行检索

单击图 9 - 11 中的 Search Tools，进入 Command Search(命令行检索)。如果用户进行命令行检索，必须将完整的检索式输入 Command Search 检索框中。例如：Ti＝(aircraft within 4 engine) and py＝1999。

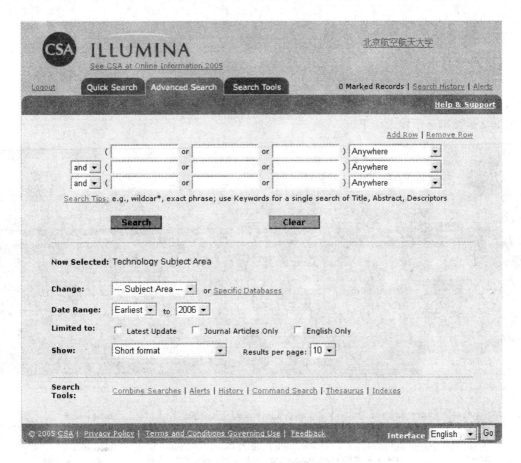

图 9 - 13　CSA 高级检索界面

3. 运算符与禁用词说明

① 逻辑算符：AND(与)、OR(或)、NOT(非)其含义见 3.4.2 节。

② 位置算符："within x"表示两词之间不得多于 x 个词，前后位置任意。

③ 通配符："?"代表一个字符，" * "则代表一个字符串(注意：通配符不能用在检索词最前面)。

④ 无算符：几个词相邻，且其间无算符，表示这些词为一个词组(exact phrase)。

⑤( )：在检索式中有逻辑算符时，可以用( )表明词组，还可以规定优先执行步骤。例如：(aircraft or aerocraft) and (engine or aeroengine)。

⑥ 禁用词：有些词因为单独使用时无实际意义，或者出现频率过高，则规定为禁用词(stop words)，如 in、at、of、about、up、out、is、are 等。这些词不能作为检索词。

9.4.3 检索结果的显示和下载

(1) 检索结果显示

如图 9-14 所示,在检索结果显示窗口的上部,列出了所选择的数据库,数据库名前有一个问号和在该数据库检索命中的记录数。单击记录数,可以查看相应数据库的检索结果。可以根据文献类型显示检索结果。

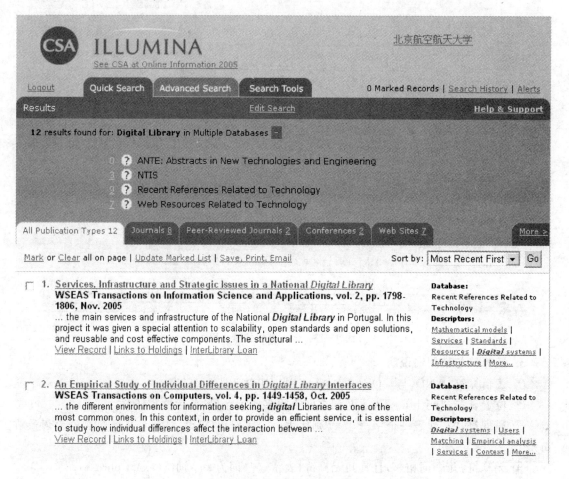

图 9-14 CSA 检索结果显示

(2) 检索结果存盘、打印或 E-mail 发送

单击 Save/Print/Email Records 按钮,可以对多达 500 条记录做存盘、打印处理,还可以用 E-mail 发送检索结果。

9.4.4　检索历史

(1) 回顾检索历史

单击 Search History 链接,可以看到当前登录所作检索的情况,包括检索策略,以及在各数据库中检索命中的篇数,如图 9-15 所示。

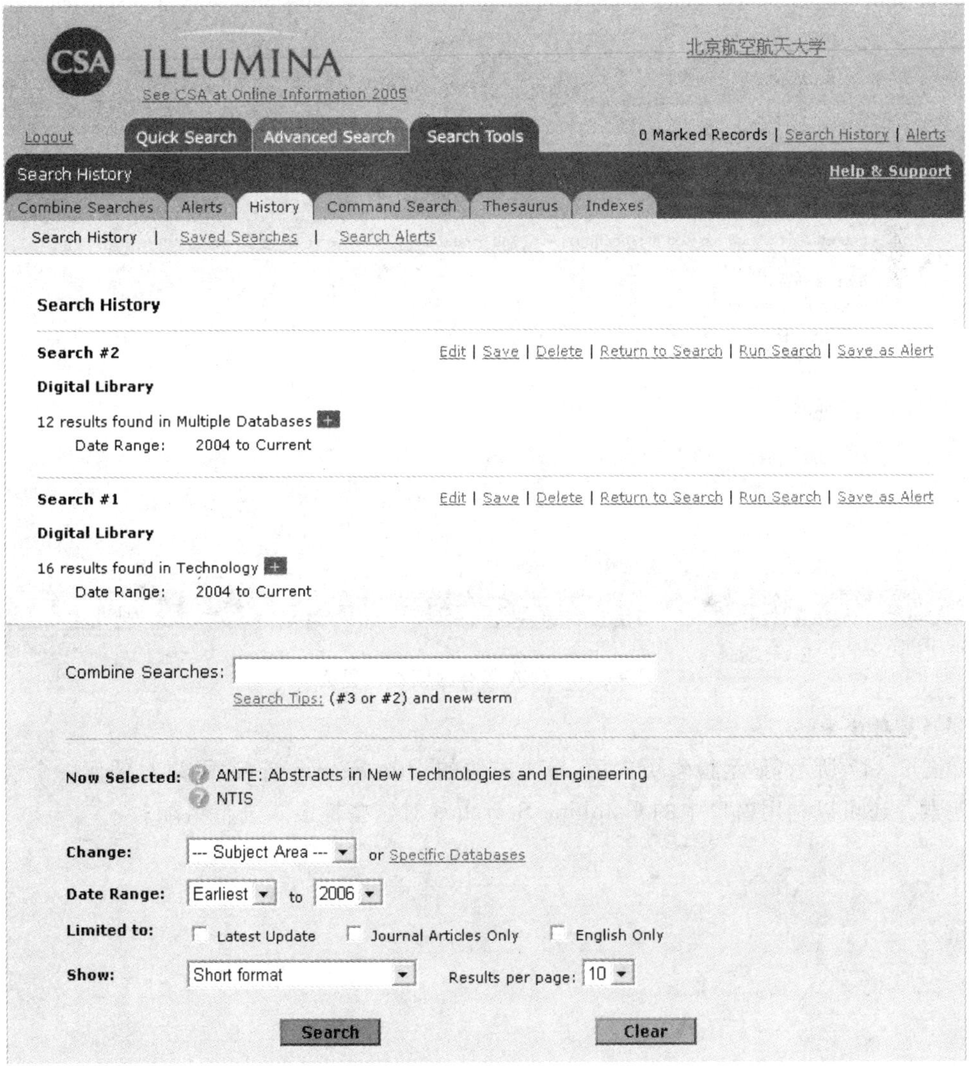

图 9-15　CSA 检索历史显示

（2）保存检索式

如图 9 - 16 所示，标记需要保存的检索式，单击相应检索式右上方的 Save 链接，按要求输入 E - mail 地址和自己选定的个人密码（Personal Password）。

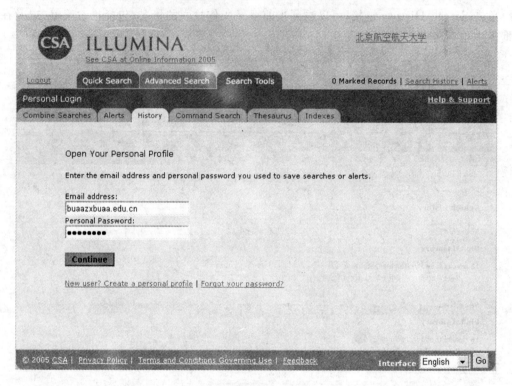

图 9 - 16　CSA 保存检索结果界面

（3）重新检索

如图 9 - 17 所示，显示检索历史后，单击右边的 Run Search 链接，可以对任何一个检索式重新检索。还可以利用窗口中的 Combine Searches 对这些检索式进行组配。

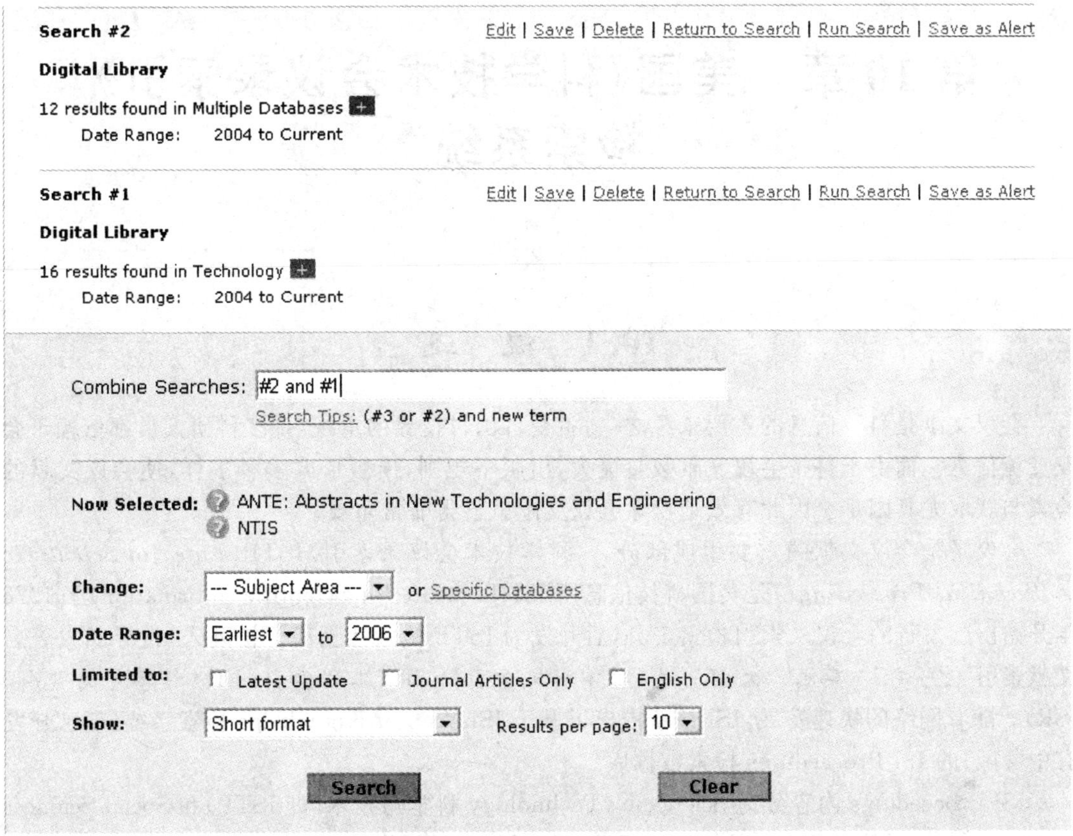

Search #2　　　　　　　　　　Edit | Save | Delete | Return to Search | Run Search | Save as Alert

Digital Library

12 results found in Multiple Databases ✚
　　Date Range:　　2004 to Current

Search #1　　　　　　　　　　Edit | Save | Delete | Return to Search | Run Search | Save as Alert

Digital Library

16 results found in Technology ✚
　　Date Range:　　2004 to Current

Combine Searches:　#2 and #1|

　　　　　Search Tips: (#3 or #2) and new term

Now Selected: ❷ ANTE: Abstracts in New Technologies and Engineering
　　　　　　　 ❷ NTIS

Change:　　--- Subject Area --- ▾　or Specific Databases

Date Range:　Earliest ▾　to　2006 ▾

Limited to:　☐ Latest Update　☐ Journal Articles Only　☐ English Only

Show:　　Short format ▾　Results per page: 10 ▾

　　　　　[Search]　　　　　　　[Clear]

图 9 - 17　CSA 检索式组配界面

第 10 章　美国《科学技术会议录索引》检索系统

10.1　概　述

　　会议文献是科技信息的重要来源之一,备受各国科技界的重视,许多科研人员都依赖于会议交流信息。而由于科技会议文献数量庞大,出版不规则,出版形式多种多样,使会议文献的检索与获取尤其困难。因此有效地检索会议文献就显得非常重要。

　　会议录是会议文献的重要组成部分。《科学技术会议录索引》ISTP(*Index to Scientific & Technical Proceedings*)是美国科技信息所 ISI(Institute for Scientific Information)于 1978 年开始出版发行的会议录索引检索工具,后开发为 ISTP 检索数据库。被列入"世界四大著名文献索引"之一(注:其他三大索引是《科学引文索引》SCI、《工程索引》EI、《科学评论索引》ISR)。随着网络的快速发展,ISI 最新推出了基于 ISI Web of Knowledge 检索系统(现已开发有中文版)的 ISI Proceedings 检索数据库。

　　ISI Proceedings 内容分为 Science & Technology 科学与技术(即 ISTP)和 Social Sciences & Humanities 社会科学与人文(即 ISSHP)两个版本,每年收录 12 000 多个会议的内容,年增加 22.5 万条记录。索引内容的 65% 来源于专门出版的会议录或丛书,其余来源于以连续出版物形式定期出版的系列会议录,内容涉及一般性会议、座谈会、研究会和专题讨论会等,数据每周更新。Science & Technology (ISTP) 包括所有的自然科学与工程技术领域:农业与环境科学、生物化学与分子、分子生物学、生物技术、医学、工程、计算机科学、化学、物理等 IEEE、SPIE、ACM 等协会出版的会议录 ;Social Sciences & Humanities (ISSHP)包括所有的社会科学、艺术与人文领域:心理学、社会学、公共卫生、管理学、经济学、艺术、历史、文学、哲学等每年 2 800 多个会议录。

　　ISI Proceedings 是收录最多、覆盖学科最广泛的学术会议录文献数据库,提供全面的会议信息及会议文献信息:包括会议名称、主办机构、地点、论文题目、论文摘要、参考文献等,以及独特的 1999 年以来的会议文献所引用的参考文献。通过 ISI Proceedings 检索可以解决如下问题:

- 查找某一新的研究方向或概念的初始文献;
- 查找未在期刊上发表的论文;
- 进行作者、研究所和研究机构及主题词的回溯检索;

- 查找在别处无法查到的会议文献；
- 根据会议的部分信息检索会议录文献；
- 决定订购哪些会议录并确定相应的出版机构。

10.2　检索指南

10.2.1　ISI Proceedings 检索途径

ISI Proceedings 提供一般检索（Search，如图 10-1 所示）、高级检索（Advanced Search，如图 10-2 所示）和被引参考文献检索（Cited Reference Search，如图 10-3 所示）3 种检索页面。高级检索是利用图 10-2 中右侧给出的字段标识符构成复杂的检索式进行检索。一般检索中有 5 种检索途径，分述如下：

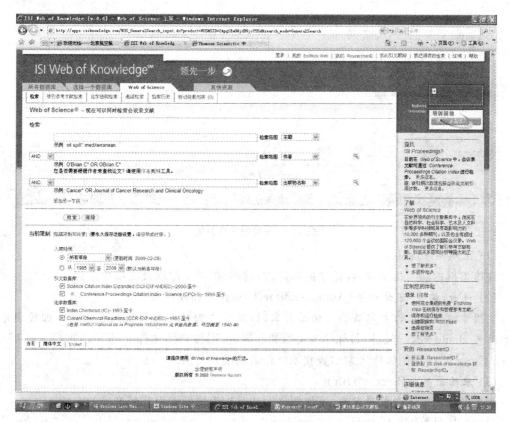

图 10-1　一般检索页面

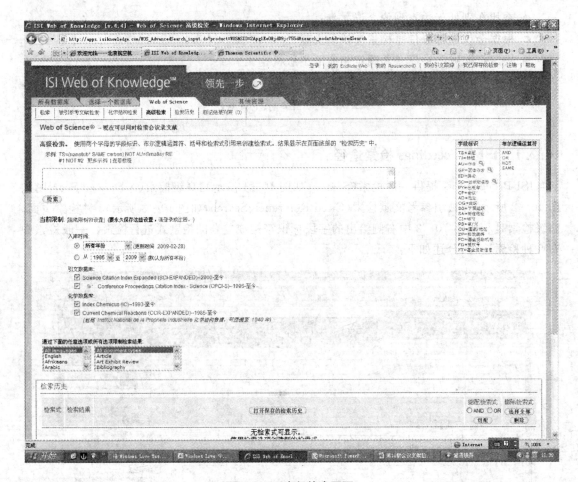

图 10 - 2 高级检索页面

(1) 主题词 (Topic)

在检索框内输入检索词,在论文的标题、关键词、扩展主题词及文摘中检索。

(2) 作者/编者/团体作者(Author/Editor/Group Author)

在检索框内输入作者名或会议录编者名,标准写法为姓氏全拼＋名的缩拼。如检索张小东就输入 zhang xd。当机构名称作为文章的作者时,则按照团体作者处理。如 Chinese Univ Hong Kong. 可使用团体作者索引查找团体作者的准确写法。

(3) 来源出版物(Source Title)

在检索框内输入会议录名称,可使用来源文献检索辅助索引找到准确的表达。

(4) 会议信息(Conference)

在检索框内输入会议名称、地点、日期、主办机构等,用 AND 连接几个词语即可检索特定

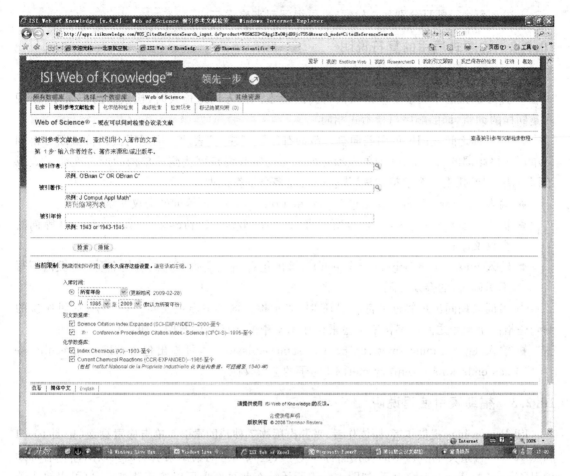

图 10 - 3　被引参考文献检索页面

的会议。例如

- 输入 AMA and CHICAGO and 1994，查找 1994 年在 CHICAGO 召开的 AMA 会议的会议录。
- 输入 aquaculture AND las vegas AND 1998，查找 1998 年在 Las Vegas，Nevada 召开的 the Annual Meeting of the World - Aquaculture - Society 的会议录。

注意：用 AND 而不能用 SAME 连接表示会议信息的检索词。如果要查找某个特定的会议论文，可以将会议检索与其他检索字段如作者、主题等结合起来。

（5）作者单位或地址（address）

在检索框内输入会议录论文作者地址，例如：

- 输入 IBM SAME NY，查找作者地址为 IBM's New York facilities 的会议文献。

上述 5 个途径既可分别独立检索,也可组配起来检索。

10.2.2　检索式适用的算符说明

① 词与词间可用逻辑算符(AND、OR、NOT)连接。

② 连续输入两个或多个单词默认为词组检索。输入词组检索时,检索到的记录中,出现的是同样的词组,词的顺序与检索式相同。

③ 词与词之间或词尾可用截词符。截词符用"＊"或"?"表示。词尾用截词符截断可得到该单词词根相同的所有单词(如单数和复数);词间用截词符可找到该单词的所有变化形式或不同拼法。"?"代表一个字符,"＊"代表一个或多个字符。如:

- 输入 automat＊,可以检出包含 automation、automatic 等词的会议文献;
- 输入 Lap＊roscop＊,可以检出包含 Laparoscopic 、Laproscopic、Laparoscopy 等词的会议文献;
- 输入 univ＊ and Beijing and tech＊,检出包含与检索式有关的机构名称(当机构缩写不明确时)的会议文献。

④ 当词与词间出现邻近算符 SAME 时,表示检索词必须出现在同一句子中(这里所说的一句是指两个句号之间的字符串),检索词在句子中的顺序是任意的。如:

- 输入 (greenhouse or green house) same emission＊,可检出包含 Global greenhouse gas emissions inventory method 句子的会议文献。

10.2.3　辅助索引使用说明

ISI Proceedings 提供作者、团体作者、来源出版物 3 种辅助索引。单击检索页面(见图 10 - 1 和图 10 - 3)检索文本框右侧的查找图标 🔍,可以进入相应的辅助索引页面。以团体作者辅助索引(Group Author Index)为例,如图 10 - 4 所示。在此页面上可以按字顺查找,也可以输入关键词查找准确的团体作者名,然后单击 ADD 按钮加入列表,再单击 OK 按钮返回检索页面。

10.2.4　保存检索历史并建立定题服务

文献检索是一个反复进行,逐步逼近目标的过程,在这个过程中,可以设不同的检索式进行检索,也可将多次检索的检索式进行组配后进行新的检索。当检索过程完成后,应该对全部的检索历史进行整理。删除无用的检索式,保留有用的检索式,最后对检索历史进行保存并建立定题服务。对于定制了这项服务的用户,ISI Web of Knowledge 检索系统将根据用户所保存的检索式,将最新的相关文献按用户约定的时间推送到所约定的信箱。

注意,享受这项服务的用户必须是 ISI Web of Knowledge 的注册用户,所以要先注册为 ISI 用户。注册过程:单击检索页面右上方的"登录"(Sign in),进入登录页面,如图 10 - 5 所示,单击"注册"(Register),进入注册页面,按页面提示完成注册。

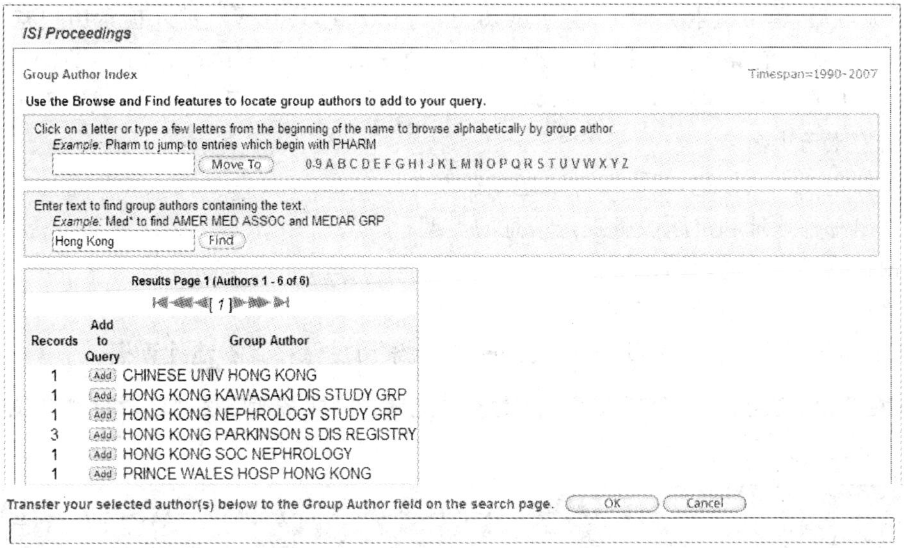

图 10 - 4　团体作者索引 (Group Author Index) 页面

图 10 - 5　用户注册页面

注册完成后,单击检索页面上的"查找历史"(Search History),进入检索历史整理页面,如图 10-6 所示。单击此页面上的"保存历史/创建跟踪"(Save History/Creat Alert)按钮,进入保存检索历史并建立定题服务页面,如图 10-7 所示。在此页面上需要完成以下步骤:

① 给检索历史命名;

② 在标记栏中做标记,建立邮件定题跟踪服务;

③ 给出邮件地址和定题服务发送信息的类型;

④ 选择发送邮件的周期;

⑤ 单击 SAVE 按钮保存该检索。

单击此页面最下方的 SAVE 按钮,也可以将检索历史保存到本地计算机。

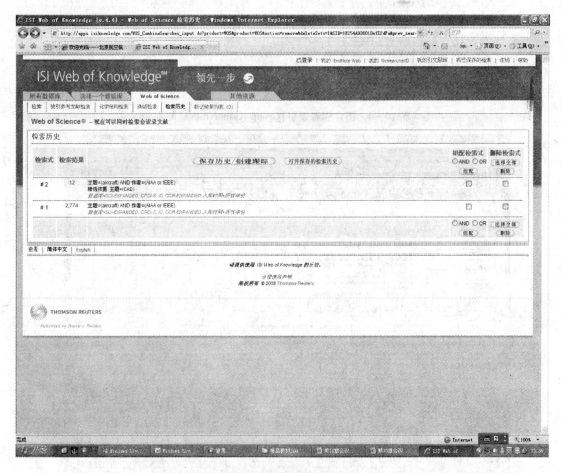

图 10-6 检索历史整理页面

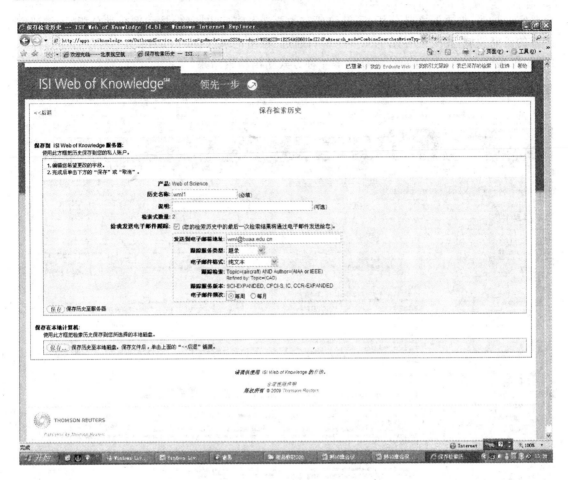

图 10-7　保存检索历史并建立定题服务页面

10.2.5　检索结果说明

1. 简单记录显示

在检索页面单击 Search 按钮后,显示条目式检索结果,如图 10-8 所示。

在此页面,左侧是精炼检索结果模块。该模块可以通过"结果内检索、基本分类、学科分类、文献类型"等检索条件的限定,对检索结果进行精选。在此页面还可通过"选择排序方式"(Sort by)对检索结果重新排序;通过"分析结果"(Analyze Results)对检索结果进行分析:如按作者分析,了解该研究的核心作者是谁;按会议标题分析,了解该研究主要在哪些会议上发表;按国家区域分析,了解涉及该研究的主要国家和地区;按文献类型分析,了解该研究主要通过什么途径发表;按语种分析,了解该研究主要用什么语言发表;按文献出版年分析,了解该研究的趋势；按来源文献分析，了解该研究主要涉及哪些出版物；按主题分类分析，了解研究涉及的研究领域（相关内容见 7.4.2 小节）；通过"输出记录"（Output Records），以打印、存盘、E-mail 发送及存入指定的管理软件等 4 种方式输出检索结果。

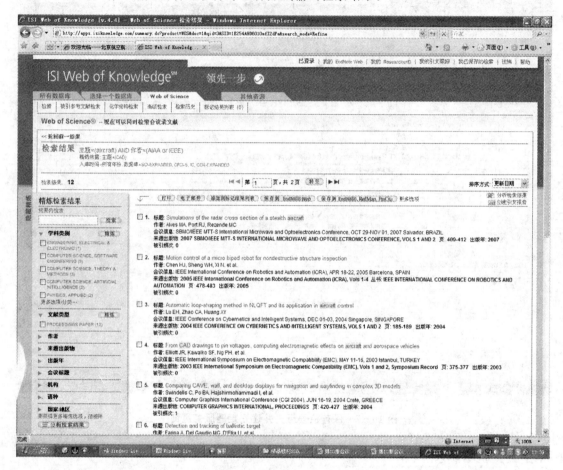

图 10-8　检索结果条目显示

2. 全记录显示

单击其中一个条目，显示该条目的全记录，如图 10-9 所示。在检索结果全记录显示页面，显示"论文题目、作者、来源刊名/出处、文献类型、文献语种、参考文献、相关文献、引用该文献的施引文献、来源会议信息、论文摘要、作者关键词、扩展关键词、作者地址、出版社、IDS 序号、ISSN、全文链接、馆藏链接、到其他数据库的链接"等内容。

在此页，通过单击"姓名超链接"获得该作者所有在 Proceedings 中的记录；通过"创建引文跟踪"服务，了解该文献今后被引用的情况，引文跟踪服务的有效期为一年；通过"查看

Related Record"查看该文献的相关记录,浏览该刊的馆藏情况,浏览网页上该记录的相关链接;通过"参考文献 10"查看该记录的参考文献;通过"其他信息",了解期刊影响因子等信息,通过"在其他数据库查看该记录",了解该文献被其他数据库收录的情况,通过"施引文献列表",链接到 Web Of Science 了解该文献的被引用情况。

图 10 - 9 检索结果全记录显示

10.2.6 检索步骤简述

为方便初学者的使用,总结 ISI Proceedings 主要检索步骤如下:

① 在 IE 浏览器地址框内输入网址 http://www.isiknowledge.com,进入 ISI Web of Knowledge 检索系统;

② 选择数据库:ISI Proccedings;

③ 选择检索页面:简单检索/高级检索;

④ 确定检索途径;

⑤ 输入检索式(或检索词),开始查找;

⑥ 对检索结果进行精选;

⑦ 浏览检索结果(包括简单记录和全记录、全文、参考文献、相关记录、被引用情况等);

⑧ 打开检索历史,整理有效检索式;

⑨ 保存检索式并建立定题跟踪服务;

⑩ 输出检索结果(包括简单记录、全记录、全文的打印、存盘、E-mai 发送及输出到指定的管理软件)。

第 11 章　美国《科学引文索引》检索系统

11.1　概　述

美国《科学引文索引》是一种有关引文统计的国际性大型索引出版物。它由美国费城的科学情报研究所 ISI(Institute for Science Information，由美国人 Dr. Eugene Garfield 于 1958 年创办)编辑出版，是进行引文分析的重要工具。它不仅具有一般检索工具的特点，而且从揭示论文撰写者与其选用的参考文献作者间的相互关系中显示某一论文的重要程度，揭示论文间与学科间的相互渗透关系。《科学引文索引》SCI(*Science Citation Index*)是最早发行的引文索引系统，于 1961 年创刊，收录包括应用科学、医学、农学、生物学、工程技术、物理、化学以及行为科学等世界范围内的科技文献，侧重于期刊论文，还包括会议论文、札记、短讯和书评等。它通过对世界上 5 600 多种常用期刊、会议录以及大量专利文献进行引文分析，来评价论文的学术水平、分析科学研究的动态。SCI 从 1979 年起至今为双月刊，另外还出版年度和五年度累积索引。为了扩充其报道范围，美国费城科学情报所于 1973 年增出了《社会科学引文索引》SSCI(*Social Science Citation Index*)；1978 年再次增版《人文科学引文索引》A & HCI(*Art and Humanities Citation Index*)，从而形成了一整套报道自然科学与社会科学、艺术、人文科学的引文索引系统。

该套引文索引系统除了有印刷版外，还有光盘版和网络版。

11.2　印刷版 SCI

11.2.1　内容编排与著录格式

SSCI 和 A & HCI 具有相同的编排结构与著录格式，下面仅以 SCI 为例介绍该索引系统印刷版的编排结构与著录格式。

双月刊 SCI 每年 6 期，每期分 A、B、C、D、E、F 分辑，再细分为 A1、A2、B1、B2 等分卷。其中，A、B 辑的内容为引文索引；C、D 为来源索引；E、F 为轮排主题索引。现分述如下：

1. 引文索引 CI

CI(Citation Index)是揭示撰写论文作者与其论文后所附的参考文献的作者之间相互关系的一种特殊索引。具体讲，就是以最新的期刊论文(称为引用文献)后面所附的参考文献(称为被引文献)的作者即引文作者(或称被引作者)为标目,列出款目。只要某一作者曾经发表过的论文,被选为最新期刊论文后的参考文献,那么这个早期论文的作者,就可作为标目按字顺排列在 CI 中;凡无作者名的被引文献或各国专利,排在本索引的后面。CI 的独特作用在于可以用来查找某一作者历年来发表过哪些文章、后来被谁引用过等情况。简而言之,该索引是根据文献之间相互引证参考的关系来组织的。引文作者按字顺排列,在该作者下列举当年引用过他的文章的全部作者和文献出处。其著录格式如图 11 - 1(摘自 SCI—CITATION INDEX(1C)2000,JAN-FEB)所示。

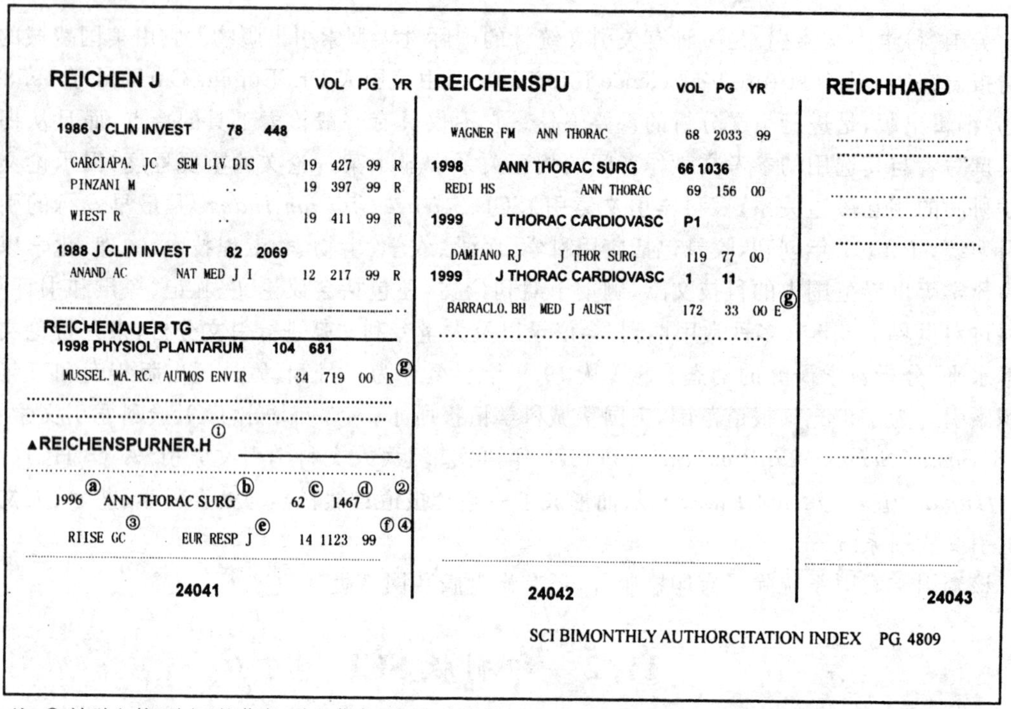

REICHEN J		VOL	PG	YR
1986 J CLIN INVEST	**78**	**448**		
GARCIAPA. JC	SEM LIV DIS	19	427 99 R
PINZANI M	..	19	397 99 R
WIEST R	..	19	411 99 R
1988 J CLIN INVEST	**82**	**2069**		
ANAND AC	NAT MED J I	12	217 99 R
			..
REICHENAUER TG				
1998 PHYSIOL PLANTARUM	**104**	**681**		
MUSSEL. MA. RC. AUTMOS ENVIR	34	719 00 R ⑧

▲REICHENSPURNER.H

1996 ⓐ ANN THORAC SURG ⓑ 62 ⓒ 1467 ②
RIISE GC ③ EUR RESP J ⓔ 14 1123 99 ⓕ④

24041

REICHENSPU		VOL	PG	YR
WAGNER FM	ANN THORAC	68	2033 99
1998	**ANN THORAC SURG**	**66**	**1036**	
REDI HS	ANN THORAC	69	156 00
1999	**J THORAC CARDIOVASC**	**P1**		
DAMIANO RJ	J THOR SURG	119	77 00
1999	**J THORAC CARDIOVASC**	**1**	**11**	
BARRACLO. BH	MED J AUST	172	33 00 E ⑧

24042

REICHHARD

24043

SCI BIMONTHLY AUTHORCITATION INDEX　PG. 4809

注:① 被引文献(引文)的著者(引文著者)姓名(大黑体),SCI 规定只列出第一著者(REICHENSPURNER. H)。
② 被引文献(引文)的著录项(小黑体),其中,ⓐ为被引文献发表的年号(1996),此处的年号若是"＊＊",则代表年份不详;ⓑ为收录引文的期刊的刊名(ANN THORAC SURG)或书名的缩写;ⓒ为卷号(62)或章节号;ⓓ为起始页码(1467)。③引用文献著者(来源著者)的姓名(RIISE GC)。④ 引用文献的著录项,其中:ⓔ为收录引用文献的出版物名称缩写(EUR RESP J);ⓕ为卷号、页、年(公元年的后两位数)(14　1123　99);ⓖ为该文的体裁代码(例如 R 是评论,W 是计算机评论,L 是通信,B 是图书评论,E 是编辑部文章,M 是会议论文摘要,无代码则是期刊论文或科技报告等)。

图 11 - 1　CI 著录示例图

2. 来源索引 SI

SI(Source Index)的主体与 CI 相反,是一种按引用文献的作者即引用作者姓名为标目的字顺索引,该索引按作者和合作者姓名字顺编排。对于合作者,用 see 指引到第一作者。无名作者则以来源期刊名作标目,并被安排在索引的最前端,SI 与通常检索工具中的作者索引很类似,其特点是能同 SCI 的其他索引联合使用共同完成多种功能。其主要作用在于可用来查找引用文献篇名,根据收录情况评价学术水平。其著录格式如图 11-2(摘自 SCISOURCE INDEX(1D)2000,JANFEB)所示。

```
RIGGERT J                          RIGO S                          RIISTAMA S

........................           ........................        ........................

 REICHENSPURNER. H_____          PHYS EPLAN    118(1-2):53-64    00    43R

●BOEHM DH  GULBINS H DETTER C  REICHART B—
ENDOSCOPIC CORONARY-ARTERY BYPASS-GRAFTING
                                    see  RIISAGER  J    J GEO R-SOL  105 883  00
USING A VOICE-CONTROLLED AND COMPUTER-ASSISTED
                                   RIISAGER P_____
ROBOTIC SYSTEM WITH 30-VISUALIZATION
▶ MEETING  ABSTRACT         250YD
 CIRCULATION  100(18):   3514  99  NO  R

                                   RIISE GC①
........................           ● ANDERSSO. BA  KJELLSTR. C  MARTENSS. G  NILSSON FN
                                                 ②
RGO P_____                      RYD W  SCHERSTE. H    PRESISTENT HIGH BAL FLUID
 see BARATTA W    BLOOD    594 489 00   GRANULOCYTE ACTIVATION MARKET LENELS AS EARLY
 see  ..          18 5091 99   INDICATORS OF BRONCHIOLITIS OBLITERANS AFTER
                                                 ③
                                   LUNG-TRANSPLANT                    261TE④
                                                                          ⑥
R IGO  PM _____                 EUR  RESP J ⓐ  14(5):ⓑ  1123-1130ⓒ  99ⓓ⑤  30R
 see BECKER LC    CIRCULATION 100 133 99   UNIV GOTHENBURG, SAHLGRENS UNIV  HOSP, DEPT PULM
 see LANCELLO. P    "    100 725 99   MED, S-41345 GOTHENEURG, SWEDEN⑦
                                   RIISTAM S_____
                                                        ● MOGUD.JCA. M  JENKINS TJ…
        6478                            6479                        6480

SCI BIMONTHLY SOURCE INDEX PG 1296
```

注:①第一来源作者(引用文献作者)RIISE GC;②合作者(本例有 6 个);③引用文献篇名;④ISI 期刊入藏号(26ITE);⑤来源出处:ⓐ为来源期刊名,ⓑ为卷(期),ⓒ为起止页码,ⓓ为出版年;⑥参考文献数;⑦来源作者所在单位、地址

图 11-2　SI 著录示例图

3. 轮排主题索引 PSI

PSI(Permuterm Subject Index)按主题词查找文献篇名,了解最新科学动态。该索引利用计算机在文献篇名中抽词(关键词),对每个题目中抽出的词按 N 中选 2 个的方法组成"词对",然后按字顺轮排。各"词对"后列出作者姓名。此索引输入关键词,输出来源作者(引用文献作者)名,由此索引得到的是最新期刊论文的作者名,根据该作者名查来源索引才能得到该作者发表的文献的有关信息,如作者单位、合作者、文献篇名、来源期刊名及其所附的参考文献数等。

　　轮排索引的著录格式如图 11-3(摘自"SCI-PERMUTERM SUBJECT INDEX"(1E) 2000，JAN-FEB)所示。

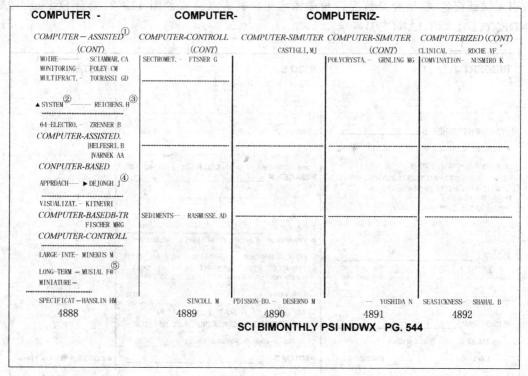

注：①主关键词；②副关键词；③来源作者；④右箭头说明篇名中含有该词对的文献是首次出版；⑤作者后若有@，表示该作者已经写过多篇同时含有该词对的文献

图 11-3　PSI 著录示例图

11.2.2　检索方法

　　《科学引文索引》主要是从作者姓名的角度来揭示文献，因此主要用作者姓名作为检索词，具体的检索方法与途径如图 11-4 所示。

　　由图 11-4 的检索示意图说明可从以下几种途径去检索。

　　(1) 查找某一作者的文献被引用情况

　　① 确定检索点，被引作者名，如 REICHENSPURNER H(注：被引文献应当是较早时期发表的)；

　　② 查引文索引(CI)，如图 11-1 中的▲REICHENSPURNER H 处所示，得到一系列引用文献作者名(如 RIISE GC、WAGNER FM、REDI HS、DAMIANO RJ 等)；

　　③ 利用得到的这一系列引用文献作者名(或来源作者名)查来源索引(SI)(如图 11-2 中

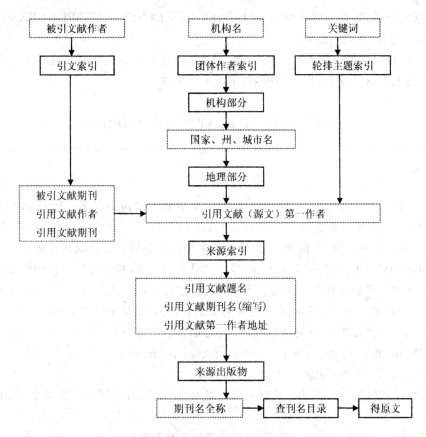

图 11 - 4　SCI 检索框图

的▲RIISE GC 处所示),得到引用文献篇名和文献来源出处。

④ 根据文献来源出处查找引用文献原文。

(2) 查某作者最新发表文献的情况

① 确定检索点作者姓名(如 REICHENSPURNER H);

② 查来源索引(SI),如图 11 - 2 中的▲RIISE GC 处所示;

③ 根据检出文献的来源出处查找原文。

(3) 查找最新的某一主题的相关文献

① 确定该主题的关键词(如 COMPUTER ASSISTED SYSTEM);

② 核对半禁用词表和全禁用词表;

③ 用关键词轮排方式查轮排主题索引(PSI)(如图 11 - 3 中的 *COMPUTER - ASSIST-ED* 下的 SYSTEM 处所示),得到发表了与该主题有关文章的第一作者姓名 REICHENS. H;

(注:由于篇幅所限,该作者名是缩写形式,其全称为 REICHENSPURNER H);

④ 根据该作者名,查来源索引(SI)(如图 11-2 中的 REICHENSPURNER H 处所示);得相关文献的篇名、来源出处等;

⑤ 根据检出文献的来源出处查找原文。实际上,还可以通过作者所在机构名称,利用团体作者索引进行扩大检索,由于篇幅所限,在此不再赘述。

11.3　网络版 Web of Science

11.3.1　简　介

基于 ISI Web of Knowledge 检索平台(现有中文和英文两个版本),Web of Science 可以直接访问 ISI 的三大引文数据库:① Science Citation Index(1970 年起,收录全世界 150 多个学科大约 6 000 多种主要自然科学、工程学术或生物医学领域的权威期刊);② Social Sciences Citation Index(1970 年起,收录全世界 50 多个学科大约 1700 种主要社会科学学术期刊,还包括从全世界 3 300 多种主要科技期刊中选择出来的相关内容);③Arts & Humanities Citation Index(1975 年起,收录 1 140 多种艺术与人文类期刊,还包括从全世界 7 000 多种主要科技和社会科学期刊中选择出来的相关内容)以及两大化学信息数据库 Index Chemicus 和 Current Chemical Reactions。ISI 网址:http://www.isiknowledge.com。

Web of Science 的主要特点如下:

① 通过国际专线连接,在购买了该数据库的使用权后,校园网用户不需支付国际网络通信费用。

② 通用的 Internet 浏览器页面,无须安装任何其他软件。

③ 全新的 WWW 超文本特性,方便相关信息之间的链接。

④ 参考文献(cited references) 和被引次数(times cited)链接。Web of Science 中的每一条文献记录中都提供引文链接和被引次数链接。单击引文链接提供该文章引用的参考文献列表,被引用次数链接显示文章被引用的次数,并提供所有的施引文献。

⑤ 引文跟踪服务(citation alerting)。只要一次单击就可以建立引文跟踪服务,在这篇文章每一次被引用时自动用电子邮件告诉使用者,使用者还可以在 ISI Web of Knowledge 主页上管理所有的跟踪服务(可选功能)。

⑥ 相关记录(related records)的研究。相关记录指引用过相同的一篇或几篇参考文献的两篇文章。相关记录检索可以快速有效地跨越学科和时间的界限,发现相关的研究,而传统的主题和作者检索不可能做到这一点。

⑦ 扩展关键词(keywords plus)。从文献引用的参考文献的标题中提取出来的关键词。

⑧ 化学结构检索(structure search)。利用 Web of Science 提供的一个化学结构绘图插件绘制化学结构,然后检索 Index Chemicus 和 Current Chemical Reactions 中与该结构图匹

配的化学结构和化学反应。

⑨ 分析检索结果(analyse results)。利用分析工具对检索结果进行分析,按作者、出版年份、期刊所属学科主题、机构、语言或来源刊名等项目,以可视化的方式深入了解检索结果。

⑩记录链接到全文电子版(链接取决于各单位的访问权限)。

⑪ 检索结果可按其相关性、作者、日期和期刊等项目排序。

⑫ 可保存、打印所得的资料及检索步骤。

11.3.2　检索方法

Web of Science 主要可以提供以下 4 个检索页面:

① 普通检索(search)　按主题、作者、团体作者、期刊名称和地址进行检索。可以同时检索一个以上的项目。

② 被引参考文献检索(cited reference search)　检索引用了某一论文、书籍、专利或会议文献的期刊文章。

③ 化学结构检索(structure search)　按化学结构绘图软件所绘制的化学结构或化学反应检索(index chemicus 和 current chemical reactions)。

④ 高级检索(advanced search)　利用字段标识符、布尔算符组合创建复杂的检索式。

注意:在选择检索方式前需先选择检索数据库及时间段限制。

1. 普通检索

普通检索(search)页面如图 11 - 5 所示。在一个或更多栏目框中输入检索词。如果在多个检索框中输入检索词,Web of Science 自动应用 AND 逻辑组合栏目。可利用布尔运算符(AND、OR、NOT、SAME)在同一栏目框中组合检索词。

(1) 普通检索检索步骤

① 选择所要检索的数据库。

② 选择检索的时间段。

③ 在下列一个或多个检索字段中输入检索词。单击"添加另一字段"链接,可在"检索"页面中添加更多的检索字段文本框。

● 主题(Topic)

● 标题(Title)

● 作者(Author)

● 团体作者(Group Author)

● 出版物名称(Publication Name)

● 出版年(Year Published)

● 地址(Address)

● 会议(Conference)

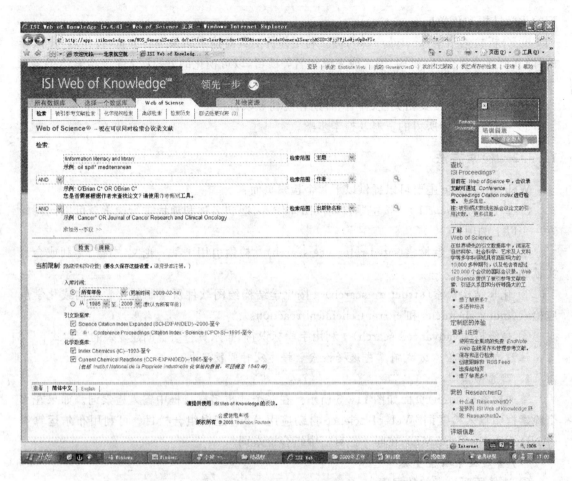

图 11-5 SCI 网络数据库普通检索页面

● 资助机构(Funding Agency)（新增字段）

● 资助号(Grand Number)(新增字段)

输入已知条件到各条件框中(包括选择文献的语种及类型)。

④ 单击"检索"(Search)按钮,进行检索。

⑤ 检索结果标记和输出(如图 11-6 所示)。

(2)普通检索各检索字段说明

① 主题(Topic):在检索框内输入检索词或词组来在标题、摘要和关键词中检索。例如:

● 输入 monoclonal antibod∗,可检索包含 monoclonal antibody 或 monoclonal antibodies 的记录。

● 输入 solar AND wind,可检索包含 solar 和 wind 的文章。

图 11-6 SCI 网络数据库检索结果浏览页面(1)

- 输入 solar SAME wind,可检索在标题、摘要的同一个句子中或同一个关键词短语中包含 solar 和 wind 的文章。
- 输入 solar OR wind,可搜索包含 solar 或 wind 或两者都有的文章。

② 标题(Title):在检索框内输入标题词可以对文献题名进行检索。

③ 作者(Author):在检索框内输入作者的姓,然后输入空格,接着输入名字的首字符(最多 5 个名字首字母缩写)。建议在第一个首字母缩写后截断。还可仅输入姓氏,而不输入名字首字母。如果不熟悉作者的姓名,可在作者姓名索引中查出作者姓名。例如:

- 输入 Hoffmann E,可检索 Hoffmann E 发表的文章。
- 输入 Hoffmann E *,可检索 Hoffmann E、Hoffmann EA、Hoffmann EJ、Hoffmann EK 等发表的文章。

● 输入 Hof $ man $ E,可检索 Hofmann E、Hoffman E、Hofmann E、Hoffmann E 发表的文章。

● 输入 Van Dijk OR Vandijk,可检索名字 Van Dijk（可能会以 Vandijk 出现）发表的文章。

● 输入 Reyes M * AND Link J *,可检索作者 Reyes M 和 Link J 共同发表的文章。

④ 团体作者（Group Author）：当文章的作者署名中有机构或组织的名称时，可以在检索框内输入团体作者进行检索。单击检索框右侧的查找图标 🔍，可通过"团体作者名称索引"查出团体作者名称。例如：

● 输入 Obelix Collaboration,可查出署名为 Obelix Collaboration 发表的文章。

● 输入 Sapaldia Team,可以查出署名为 Sapaldia Team 发表的文章。

⑤ 出版物名称（Publication Name）：输入期刊的完整名称，或在完整来源刊名列表（Full Source Titles List）中查出期刊名称。例如：

● 输入 Engineering Plastics,可检索发表在期刊 Engineering Plastics 中的文章。

● 输入 Astrophys *,可检索发表在 Astrophys 开头的期刊，包括 Astrophysical ournal、Astrophysical Letters 和 Astrophysics and Space Science 中的文章。这一检索将不会查出 Journal of Astrophysics and Astronomy 中的文章。

● 输入 Journal of Mathematical Economics OR Mathematical Finance,可检索发表在 Journal of Mathematical Economics 或 Mathematical Finance 中的文章。

⑥ 出版年（Year Published）：输入待检索文献的出版年限，可以是具体的一年，也可以是一个时间段。例如：

● 输入 2001,可检索在 2001 年发表的文章；

● 输入 2001—2002,可检索从 2001 年到 2002 年发表的文章。

⑦ 地址（Address）：输入地址检索词，如一个机构的名称、城市、国家以及邮政编码。地址检索词经常缩写，可查看在线帮助中列出的地址缩略语。例如：

● 输入 Univ Colorado,可检索 University of Colorado 发表的文章。

● 输入 UCLA OR Univ Cal * Los Angeles,可检索 University of California at Los Angeles 发表的文章。

● 输入 Novartis SAME Summit,可检索同一地址中包含 Novartis 和 Summit 的发表的文章。

⑧ 会议（Conference）：输入会议检索词，如：举办会议的机构名称，城市、会议日期，如：IEEE AND Chicago AND 2001。

⑨ 资助机构（Funding Agency）：输入资助机构的名称可检索记录中"资助致谢"表中的"资助机构"字段。可输入完整或部分（截取）机构名称。如果输入部分机构名称，要以星号（ * ）通配符结束。还可以用 OR 逻辑运算符连接多个标题。例如：

输入机构的完整名称：National Agency for the Promotion of Science and Technology。
- 输入构成机构名称的特定词语：National Agency AND Science。
- 输入资助机构的完整名称和该机构的首字母：Japan Society for the Promotion of Science OR JSPS。

⑩ 资助号（Grand Number）：输入资助号可检索记录中"资助致谢"表内的"资助号"字段。可输入完整或部分资助号。如果输入部分资助号，要以星号（＊）通配符结束。还可以用 OR 逻辑运算符连接多个资助号。

注意：一些资助号会找到同一条记录。例如，9871363 OR 05168 将找到同一条记录。

（3）检索结果输出页面选项说明

① 浏览检索结果：实施检索后，首先分页（每页 10 条）显示检索结果的简单记录，所有文献均根据默认排序选项"更新日期"进行排序。可以选择被引次、相关性、第一作者等重新排序，如图 11－6 所示。简单记录包括文献的作者、文献标题、出版物名称（刊名）、卷、期、起止页码和出版时间。窗口上方标明检索字段及检索内容、选用的数据库和其他限定条件，满足检索要求的记录数显示在窗口的左下方。

单击文献标题，可以看到该条结果的全记录（full record），如图 11－7 所示。包含记录的全部字段。

② 标记：将检索结果输出之前，需要将欲输出记录进行标记（mark）。可在分页显示简单格式窗口，单击记录前面的方框，标记这条记录。

③ 查看参考文献：即被引用文献，在全记录显示窗口（图 11－7），"参考文献"（references）后面的数字是这篇文献所引用的参考文献的数目。单击该数字，列出全部被引用文献，包括作者以及发表被引文献的出版物、卷、页和年，显示格式为简单记录。

④ 查看被引频次：在简单记录窗口（图 11－6）和全记录显示窗口（图 11－7），"被引频次"（times cited）后面的数字是这篇文献被其他文献引用的次数。单击该数字，显示数据库中所有引用这篇文献的文献记录（citing articles），显示格式为简单记录如图 11－8 所示。

⑤ 查找相关文献：在参考文献显示窗口（图 11－8）中选择参考文献前的复选框，选定参考文献，然后在窗口的上方，单击"查找相关文献"（find related records）按钮，则检索出共同引用选定参考文献的文献，如图 11－9 所示。单击篇名可以进一步查看相关文献的全记录。相关文献是指在数据库中某两篇文献引用的参考文献中至少有一篇相同的文献。默认情况下为每篇参考文献都选定。单击相关记录显示窗口上方"返回引用的参考文献列表"（back to cited reference list）按钮，返回到参考文献显示窗口，如图 11－8 所示。

⑥ ISI Links（ISI 链接）：ISI Links 是指在检索结果基础上的两种超链接功能。如果检索结果显示窗口出现了"全文"（full text）按钮（图 11－6、图 11－7），说明可阅读这篇期刊文献的电子版，单击全文按钮，即可以在线阅览原文；单击全记录显示窗口（图 11－7）右上方的 Holdings 按钮，显示刊登该篇文章的印刷出版物在收藏图书馆的馆藏情况。

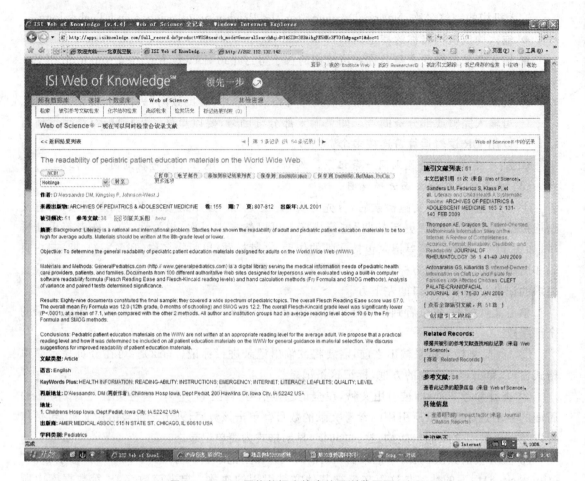

图 11-7　SCI 网络数据库检索结果浏览页面(2)

⑦ 输出检索结果（output records）：在显示检索结果窗口分 3 步，输出检索结果，如图 11-10 所示。格式由检索者选择确定。默认格式为简单记录，检索者可选择增加引用参考文献、地址、文摘等字段。

⑧ 分析检索结果（analyze results）：单击图 11-6 右上角"分析检索结果"按钮，进入分析页面，如图 11-11 所示。可以根据作者、文献类型、机构等不同的领域对检索结果分析，每次最多可分析 100 000 条数据，相关内容见 7.4.2 小节。

2. 被引参考文献检索

单击图 11-5 上方的"被引参考文献检索"，进入被引参考文献检索页面，如图 11-12 所示。

被引文献检索简称引文检索，分两步。第 1 步，输入被引用作者名（为缩小范围，也可输入

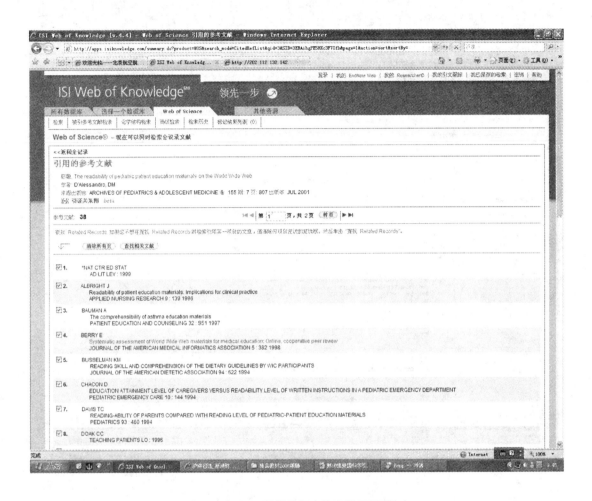

图 11 - 8 SCI 网络数据库检索结果页面(3)

被引文献发表的年份),检索出被引用文献作者的索引,如图 11 - 13 所示;第 2 步,浏览该索引并从中选定条目(选中需要条目的复选框),单击"完成检索"(finish search)按钮 检索出引用了"选定文献"的文献。引文检索是一个独特的检索方法,充分利用引文检索,可以帮助检索者迅速找到相关的较新的文献,是一个文献越查越新的过程。

SCI 网络数据库被引参考文献检索页面(图 11 - 12)输入字段介绍如下:

① 被引用作者(cited author):输入被引用论文第一作者的姓,姓后面空一格,可接着输入多达 3 个名字首字母缩写。建议在第一个首字母缩写后截词,而不局限于第一作者姓名。检索者还可在被引用作者姓名索引(cited author index)中查出被引用作者姓名。例如:

● 输入 Crawford D∗,可检索出引用了作者为 Crawford D 的文献的文章。

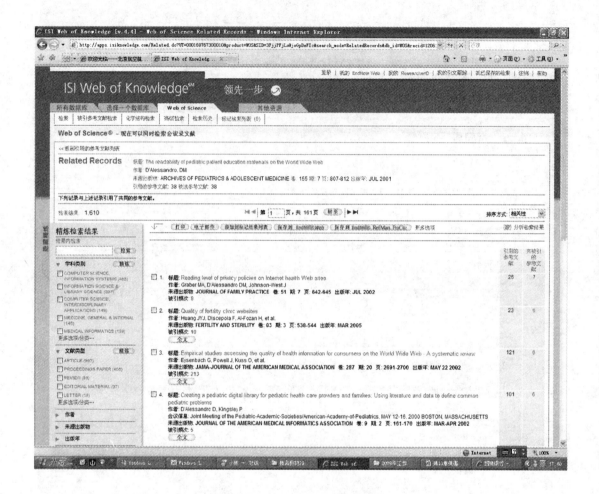

图 11 - 9　SCI 网络数据库检索结果页面(4)

- 输入 Crawford D＊ OR Hanson R＊,可检索出引用了作者为 Crawford D 或 Hanson R 的文献的文章。
- 输入 Levistrauss OR Levi - Strauss,可检索出引用了作者为 Levistrauss 或 Levi - Strauss 的文献的文章。

② 被引用著作(cited work):检索某本期刊或者某篇期刊文献的被引用情况,在 cited work 检索框中输入期刊刊名缩写。检索某本书被引用的情况,输入书名中第一个或数个有意义的单词。检索某份专利被引用的情况,输入不带国家代码的专利号。检索者还可在被引用著作索引(cited work index)中查出被引用文献的缩写。例如:

- 输入 J Biol＊ Chem＊,可检索出引用了发表在 Journal of Biological Chemistry 中的文

图 11－10　SCI 网络数据库检索结果输出页面

献的文章。

● 输入 Struc＊ Anthr＊,可检索出引用了书名为 Structural Anthropology 的专著中内容的文章。

● 输入 2001030774,可检索出引用了专利号为 WO2001030774 专利文献的文章。

③ 被引用年份(Cited Year)

输入一个 4 位数年份或利用 OR 运算符或一个连字符表明一个年份范围。可检索出引用了该年度发表的文献的文章。建议在不指明引用年份的情况下检索引用文献。如果检索到太多条目,再返回到检索页面指定被引用年份。例如:

● 输入 1998,可检索引用 1998 年发表的文献的文章。

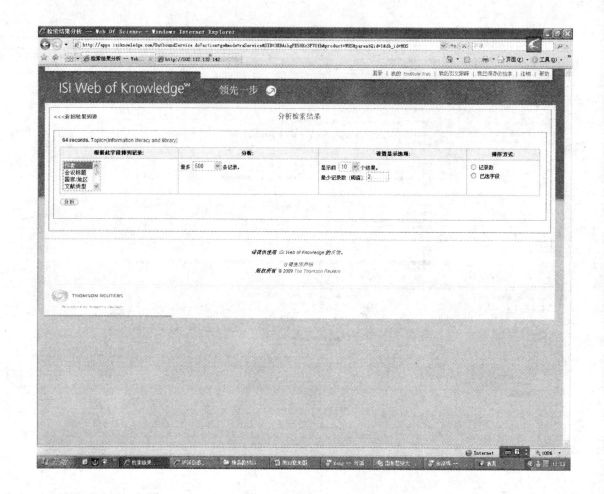

图 11-11　SCI 网络数据库分析结果页面

● 输入 1998 OR 1999 OR 2000,可检索引用了 1998 年或 1999 年或 2000 年发表的文献的文章。

3. 化学结构检索(Structure Search)

单击图 11-5 上方的"化学结构检索"(Structure Search),进入化学结构检索页面,如图 11-14 所示。

进行化学结构检索,首先要确保选择了 Index Chemicus 或 Current Chemical Reactions 检索。另外,还需要在计算机上安装结构画图插件程序。然后在结构画图窗口中,画一个化合物或反应,单击结构画图窗口中的"上一步"(Back)按钮(不是浏览器的上一步按钮)将结构图转移到检索框上,向下滚动页面输入可选项化合物或反应数据。也可用化合物和反应数据检

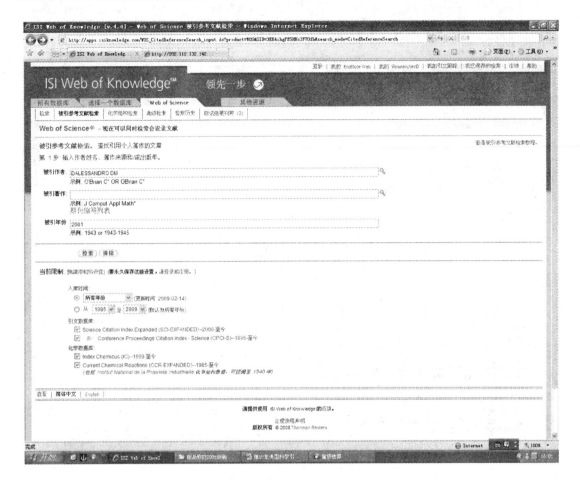

图 11 - 12　SCI 网络数据库被引参考文献检索页面

索而不必画结构图。

　　具体的检索方法请单击检索页面右上角的"查看化学检索教程"（View our Chemical Search Tutorial）。

　　4. 高级检索（Advanced Search）

　　单击图 11 - 5 上方的"高级检索"（Advanced Search），进入高级检索页面，如图 11 - 15 所示。

　　高级检索供有经验的用户使用。高级检索需要在检索词前加双字符的字段标识符，并可利用布尔运算符组合检索词。可用括号来改变逻辑运算的次序，也可以通过应用检索结果集合的编号进行重新检索。例如：

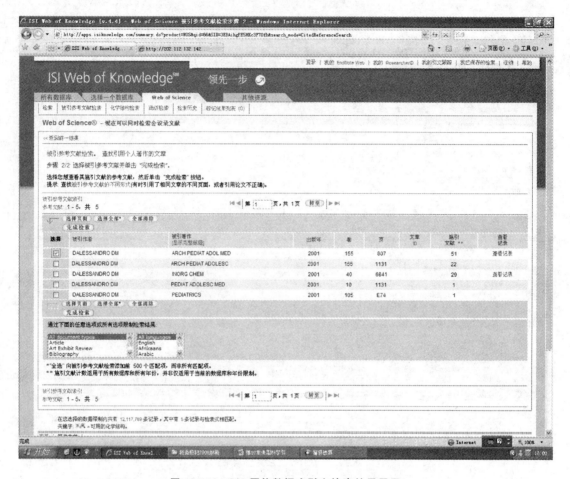

图 11 - 13　SCI 网络数据库引文检索结果显示

- 输入，TS＝Galileo AND SO＝（Isis OR Science in Context），可查出 Galileo 在 Isis 或 Science in Context 中发表的文章。

- 输入，AU＝Awada T ＊ AND AD＝Lincoln，可检索出 Awada T 为作者姓名和 Lincoln 为作者地址的文章。

- 输入，♯3 AND ♯4，可检索出一个既包含文献检索结果集合 3，又包含文献检索结果集合 4 的记录集合。

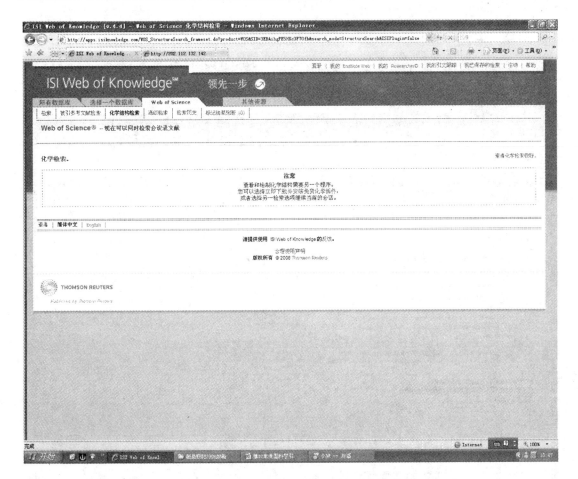

图 11-14　SCI 网络数据库化学结构检索页面

11.3.3　检索历史处理

　　单击图 11-5 上方的"检索历史"(Search History)，进入检索历史页面，如图 11-16 所示。

　　当前执行的所有检索进程都列在检索历史表中。在检索历史表中，可保存检索历史，打开先前保存的检索历史，合并检索结果集合以及删除检索集合等。

　　经过反复组配、合并检索后，将最终形成成熟的、检索命中率高的检索式。单击"保存历史/创建跟踪"，将这一检索式保存到 ISI 服务器，建立引文跟踪服务(详细使用说明参见 10.2. 4 小节)。也可以将此检索式保存到指定的计算机，留待下次检索时使用。当下次检索时，可通过打开保存的检索历史，直接实施检索。

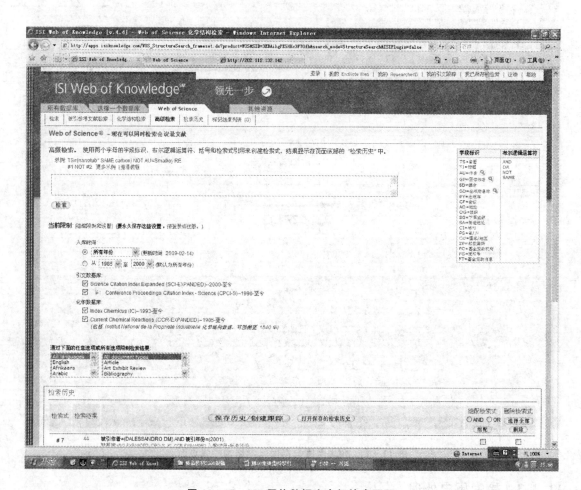

图 11 - 15　SCI 网络数据库高级检索页面

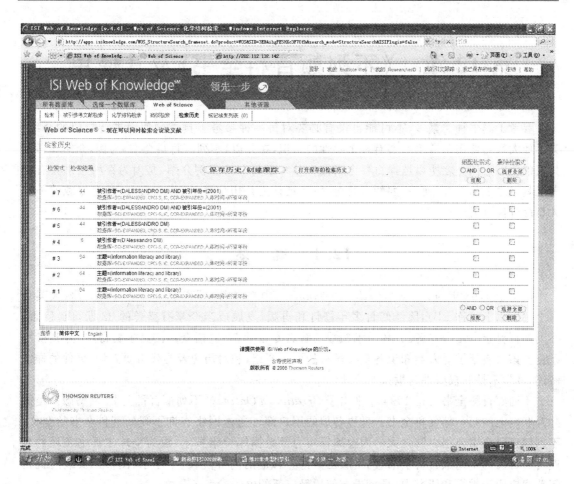

图 11 - 16　SCI 网络数据库检索历史页面

第 12 章 《不列颠百科全书》及其使用

参考工具书种类繁多,不可能也没有必要对每一种参考工具书的使用进行专门的介绍。为了使大家对使用参考工具书有一个感性的认识,在此以《不列颠百科全书》为例,介绍参考工具书的使用方法。之所以选择百科全书作为参考工具书的实例介绍,是因为百科全书具有参考工具书之王的美誉,而《不列颠百科全书》又被认为是历史最长、影响最大、最有权威的一部大型综合性百科全书。

12.1 概 述

诞生于 1768 年的 *Encyclopædia Britannica*(中文译名《不列颠百科全书》,又称《大英百科全书》,以下简称 EB),历经两百多年修订和再版,发展成当今享有盛誉的 32 册百科巨著。不列颠百科全书由世界各国、各学术领域的著名专家学者(包括众多诺贝尔奖得主)为其撰写条目。该书囊括了对人类知识各重要学科的详尽介绍,和对历史及当代重要人物、事件的详实叙述,其学术性和权威性为世人所公认。

不列颠百科全书公司 1994 年推出了 *Britannica Online*(《不列颠百科全书》网络版),是国际互联网上的第一部百科全书。世界各地的用户都可通过网络查询不列颠百科全书的全文。不列颠百科全书公司以其强大的内容编辑实力及数据库检索技术,成为全球工具书领域的领航者。目前,《不列颠百科全书》网络版已被世界各地的高等院校、中小学、图书馆及政府机构等普遍应用于教学和研究中,是世界上使用最广泛的电子参考工具之一。

除印刷版的全部内容外,《不列颠百科全书》网络版还收录了最新的修订和大量印刷版中没有的文字,可检索词条达到 100 000 多条,并收录了 24 000 多幅图例、2 600 多幅地图、1 400 多段多媒体动画音像等丰富内容。不列颠百科全书公司还精心挑选了 120 000 个以上的优秀网站链接,从而拓宽了知识获取渠道。可以说,《不列颠百科全书》网络版是人们必备的学习和研究工具。

12.2 印刷版 EB

印刷版 EB 初版于 1768—1771 年苏格兰的爱丁堡,共 3 卷;经过几次修订变动之后,于 1875—1889 年出版的第 9 版崭露头角,引起世界普遍重视。该版共 25 卷,奠定了 EB 的学术威望,被称为"学者版",同时也确立了其大条目主义传统。从第 11 版(1910—1911 年)开始,

EB 在编排上有很大改进,它注意到参考工具书的寻检作用,使大条目主义倾向有所减弱;另外,EB 内容也得到了扩充,并初具国际性,共 29 卷。第 14 版出版于 1929 年,这时版权已属于美国芝加哥大学。该版共 24 卷,收录共 4.5 万条目,使得 EB 真正赢得世界威望。1974 年,EB 经过重新设计,彻底改编,以全新的面目出现,即所谓"三合一"的第 15 版,共 30 卷。所谓"三合一"是指该版由《百科类目》1 卷、《百科简编》10 卷和《百科详编》19 卷 3 部分组成。这一版在百科全书编纂方法上有重大"突破",在原书名上加 New 即 *The New Encyclopedia Britannica*,示以与原先的前 14 版完全不同;因此,第 15 版《不列颠百科全书》又称《新版不列颠百科全书》(以下简称 EB15)。1993 年,EB15 出版修订本,共 32 卷,其中:《百科简编》12 卷,含 11.4 万余条短条目;《百科详编》17 卷,含 4.2 万余条长条目;《百科类目》1 卷;另增加了《关键词索引》2 卷。该索引是从主题途径查检 EB15 的工具(已出版有光盘版的《关键词索引》)。由于 EB15 的修订本除增加了《关键词索引》2 卷外,与 EB15 在编排上无重大差别,故下面以 EB15 为例介绍《不列颠百科全书》的编排结构。

12.2.1 EB15 的编排结构

EB15 由《百科类目》1 卷、《百科简编》10 卷和《百科详编》19 卷 3 部分构成。

1.《百科类目》

《百科类目:知识纲要和不列颠百科指南》(*Propaedia:outline of knowledge and guide to the Britannic*)共 1 卷,书脊为黄色。它使 EB15 在编排上独具特色,相当于一个可供读者参阅的知识分类体系总表,也是《百科详编》的分类索引。此部分的主要作用是指导读者了解某一门类知识的整体框架,从分类途径学习、研究或搜集某一主题的全部资料。此部分把人类知识分为 10 大部类(parts),然后逐级细分,每一大类再分中类(divisions),中类下再分小类(sections),小类再层层细分 A、B、C、… 1、2、3…a、b、c…,左侧是每一小类及细分的类目的类名,右侧是索引,指出与该类目有关的内容在《百科详编》中的位置,例如"8:637f639a",其中 8 表示卷次,637、639 表示起止页,f、a 表示每页的区位(每页从上至下,从左至右,按 a、b、c、d、e、f、g、h 分为 8 个区)。该索引分为 3 段,前段标出与该类目内容有关的概述性专文(articles);中段标出与该类目内容有关的章或条(article sections);后段标出与该条目内容相关的节或段(other references)。其主体部分著录格式如图 12-1 所示。

2.《百科简编》

《百科简编》(*Micropaedia*)又称"便览与索引"(*Reading reference and index*),共 10 卷,用罗马数字 Ⅰ～Ⅹ 表示,书脊为红色。它采用小条目主义编纂法,以小条目为主,每条内容不超过 750 字,但收录的条目比较多,达 10.2 万余条,提供最基本的概念和解释,能给读者释疑解惑。既可以作为独立、简明的百科词典使用,也可以作为《百科详编》的条目索引,因为在《百科简编》中的条目末,附有参见条目,把《百科详编》中有关专条所在卷、页以及散见于《百科简编》

Table of contents

......

Part Seven.① Technology

Introduction: *Knowing how and knowing why*

by Lord Ritchie-Calder　　　　434 ⑤

Division I. The nature and development of technology　　437

......

Division III.② Major fields of technology　　　　462

......

734.③ Transportation technology　　　　477

A.......

	articles	article sections	other references
F.④ Air transportation	TRANSPOTATION		
	AIR		
	18:633-648		
1. Aircraft: configurations, flight	AIRCRAFT		
characteristics, missions, and	1:369-382 ⑥		
special uses			
a. Lighter-than-air craft		1:370c-372a/	
		7:382b-384d	
i. Balloons		1:128h-129a/	1:370d-h/14:445h-446b
		7:382ff-383f	
		7:392b-c	
ii. Airships		7:383g-384d/	1:370h-372a
		7:392c-393e	
		7:397b-f	
b. Heavier-than-air craft		1:372a-382h/	
....			
.7. History of flight	FLIGHT,HISTORY		
	OF		
	7:380-405		

....

注：①—大类；②—中类；③—小类；④—细分类；⑤—类目正文页码；⑥—详编卷号：页码/区位号

图 12 - 1　EB15《百科类目》卷主体部分著录示例图

的相关内容联系起来,供读者系统学习和研究。这样,凡在《百科简编》中解决不了的问题,可以利用参见条目,在《百科详编》中作进一步深入研究。其主体部分著录格式如图 12-2 所示。

3.《百科详编》

《百科详编》(*Macropaedia*)又称"知识深义",共 19 卷,书脊为蓝色,是全书的核心部分。它采用大条目编纂法,按字顺排列。收录 4 207 个大条目,条目长度在 750 字到数十页不等,有的条目长达百余页。《百科详编》中的条目,均由世界各国学者、专家撰写,对主要学科重要人物、事件等都有详尽的介绍和叙述。每一长条目,在页边空白处都以眉批的形式列出文中要点,以便读者查阅。其主体部分著录格式如图 12-3 所示。

air compressor: *see* compressor
air conditioning: *see* heating, ventilating, and air conditioning.
air cooling, is of a stream of air to keep the temperature of a device (*e.g.*,internal-combustion engine, vacuum tube, or power-transmit-ting device) from becoming excessively high.
See also cooling system.
• automobile engine design 2:521e
·········
aircraft 1:369,man-made vehicle designed to function in the atmosphere.
TEXT ARTICLE covers:
Balloons 1:370d
Airship 370h
General considerations of heavier-than-air craft 372a
Fixed-wing aircraft 377b
Rotary-wing aircraft 380e
Experimental and research aircraft 382a
REFERENCES in other text articles:
• aerial sport development and form 1:123h
• aeronautical engineering principles 1:129d
• aerospace industry development 1:133a
·········

图 12-2 EB15《百科简编》卷主体部分著录示例图

12.2.2 印刷版 EB15 的检索方法

1. 检索方法概述

EB15 的查阅途径可分为分类途径和主题途径,检索示意图如图 12-4 所示。

382   Aircraft

ment contractors. This huge and ungainly machine, with a six-bladed main rotor 72 feet (22 meters) in diameter, powered by two 4,500 horsepower turbines, can lift over 22,000 pounds (about 10,000 kilograms)

EXPERIMENTAL AND RESEARCH AIRCRAFt
  Supersonic transport airplanes. Although military air-craft have had supersonic flight capability for many years, and high-altitude reconnaissance aircraft have logged many thousands of hours at about Mach 3, the technical feasibility and economic advantages of the supersonic transport (SST) had not yet been demonstrated in the early 1970s.

First SST flight
  Soviet and Anglo-French SST experimental prototypes (Tu-144 and Concorde, respectively) were first flown in 1969-70.They are each Mach 2 aircraft (1,400-1,500 miles per hour), powered by four turbojet engines. Primary structural material in both cases is aluminum alloy. Passenger capacity is about 120 for each. Production models may be in commercial service by the mid-1970s.
  Design studies for a U.S. Mach 3 SST have been under-way for a decade .An original concept involved u e of a va riable geo etry……………

图 12 - 3   EB15《百科详编》卷主体部分著录示例图

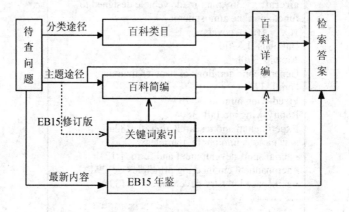

图 12 - 4   EB15 检索示意图

（1）分类途径

在查找某一事物的历史背景、发展过程，要求知识内容全而深，并且不了解主题词时，一般选用该方法查找；对这一类问题，直接用主题途径检索容易产生漏检。但使用《百科类目》时，需要对专业所属类别比较熟悉，否则不易辨类，难以入手。

（2）主题途径

在查找名词解释、概念、人物介绍、事物和地名这一类只须提供简单的事实资料的问题和主题词比较具体、清楚的情况下,一般采用该途径。利用该途径查找方便、简单。

以下用 3 个实例粗略地介绍 EB15 的查阅方法。

① 利用 EB15 查出图书馆学这门学科主要包括哪些研究领域。

可根据字顺在《百科简编》Ⅵ卷 P201 查到 library science(图书馆学),可知:与这门学科相关的有图书馆管理,包括图书及情报源的收集、方便图书馆用户利用的图书组织、陈列以及其他相关的服务项目。图书馆学范畴可引申为文献、信息科学及信息交流的各个方面。

② 查第二次世界大战末美国在日本广岛和长崎投放两颗原子弹的时间及造成的伤亡人数。

利用《百科简编》和《百科详编》配合完成。首先将广岛和长崎这两个地名译成英文 Hiroshima(广岛)和 Nagasaki(长崎),然后按 Hiroshima 的字顺在《百科简编》Ⅴ卷 P59 查到"Hiroshima"词条,便可得知:在 1945 年 8 月 6 日,广岛遭受美国原子弹的袭击,死亡人数达 75 000 人,还有严重的人员受伤(具体数字没有)。同样,按字顺在《百科简编》Ⅶ卷 P164 查到"Nagasaki"词条,词条中未提及要查找的内容,但在该词条末尾的参见部分写着:World War Ⅱ bomb destruction 19:1012h,如图 12-5 所示。

```
.................................
32°48' N, 129°55' E
•   atomic bomb destruction 13:326a
•   map, Japan 10:36
•   Truman bombing justification 18:725e
•   Western artistic contact exclusiveness 19:239g
•   World War Ⅱ bomb destruction 19:1012h
Nagasena, A possibly legendary Buddhist sage ..............
.................................
```

图 12-5　EB 检索实例 2 示例图

这样,从《百科详编》19 卷 1 012 页的右下角(h 区)开始查找,在 1 013 页的 a 区查到:第一颗原子弹(落在广岛的原子弹)造成受伤人数为 70 000 人以上;在 1945 年 8 月 9 日,美国空军投放的第二颗原子弹落在长崎,死亡人数 35 000～40 000 人,受伤人数也相当于这一数字。

2. 查找有关飞行的发展历史

利用《百科类目》和《百科详编》配合完成。翻开《百科类目》的类目表,查到第 7 大类,如图 12-6 所示。

图 12 - 6　EB 百科类目卷类目表示例图

由此按"734. Transportation technology"指出的页数翻到 477 页,该页有对运输技术的概述。然后再细分为:A、B、C、D、E、F、G、H、I、J 等 10 小类,在 F 小类下又细分为更小的小类,如图 12 - 7 所示。

```
F. Air transportation
1. Aircraft: configurations, flight characteristics, missions, and        AIRCRAFT
   special uses                                                           1:369-382
         a. Lighter-than-air craft
         b. Heavier-than-air craft
2. Design, ·········
3. Air taffic control: ·········
4. Air transport industry
5. Space travel
6. Aeronautical and space research
7. History of flight                                                     FLIGHT , HISTORY
                                                                          OF
                                                                          7:380-405
         a. Early ideas about flying                                          7:381 e-382b
         b.  Developments to 1900 ..········
         c. Developments from 1900 ..·······
```

图 12 - 7　EB 检索实例 3 示例图

由此查到 F 类下的 7 小类是飞行史,右侧的索引表示有关飞行史的内容在《百科详编》的第 7 卷的 380～405 页。关于飞行史各阶段还可以细分 a、b、c、d······,各阶段有关内容及其相关内容在《百科详编》的卷次、页码在右侧的索引中列出。EB15 内容十分丰富,如果能够熟练利用它,有很多问题能从中得到满意的解答。

12.3　中文版《简明不列颠百科全书》简介

中国大百科全书出版社与美国不列颠百科全书公司合作,于 1985—1986 年编译了中文版《简明不列颠百科全书》,共 10 卷。其中除了中国条目由自己重新撰写外,主要根据 EB15 的《百科简编》编译而成。其中 1～9 卷为百科全书正文和附录,第 10 卷是索引。正文部分收条目 71 000 余条,500 幅图片。条目按汉语拼音字顺排列,拼音相同按四声,同声按笔画,拉丁字母开头的字则排在该拼音字母的开头。所以条目排列顺序与 EB15 的《百科简编》完全不同,使用时需注意。索引部分由笔画索引和汉英对照索引组成。

　　1999 年出版了新版的中文版《简明不列颠百科全书》，共 20 卷，其内容更加丰富，而且条目排列顺序有重大改变，与原版的《百科简编》有同样的条目排列顺序。

12.4　网络版 EB 的检索方法

　　《大英百科全书网络版》是第一部网络上的百科全书。虽然出版的媒介已改变，但《大英百科全书》的使命仍与 1768 年创立时一样：成为全球参考书、教育与学习的领导者。

　　在 IE 浏览器上输入网址 http://search_eb.com，进入网络版 EB 检索网站主页面，如图 12-8 所示。

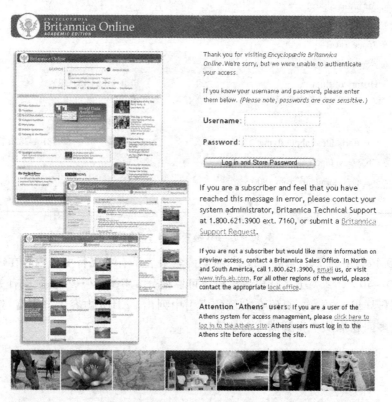

图 12-8　网络版 EB 检索网站主页面

如果是注册用户,输入账号(Username)和密码(Password)即可进入检索页,如图 12-11 所示。

如果不是注册用户,输入网址 http://info.eb.com,进入 EB 门户网站主页面,如图 12-9 所示。在该页面的中部下侧找到 Free trials(免费试用)的超链接,单击进入 EB 网络数据库免费试用注册页面,如图 12-10 所示。

需要注意的是,如果想获得 EB 的免费使用,在申请被 EB 公司接收后,还需要参加由 EB 公司推荐的产品宣传活动,在活动现场获取免费的账号和密码。

图 12-9 EB 门户网站主页面

由于本书编者不是 EB 的注册用户,所以无法进入 EB 检索界面。图 12-11~图 12-14 取自 EB 公司提供的检索指南(Guided Tour)(单击图 12-8 所示的页面中部下方的 Guided Tour 进入该检索指南),下面分别说明。

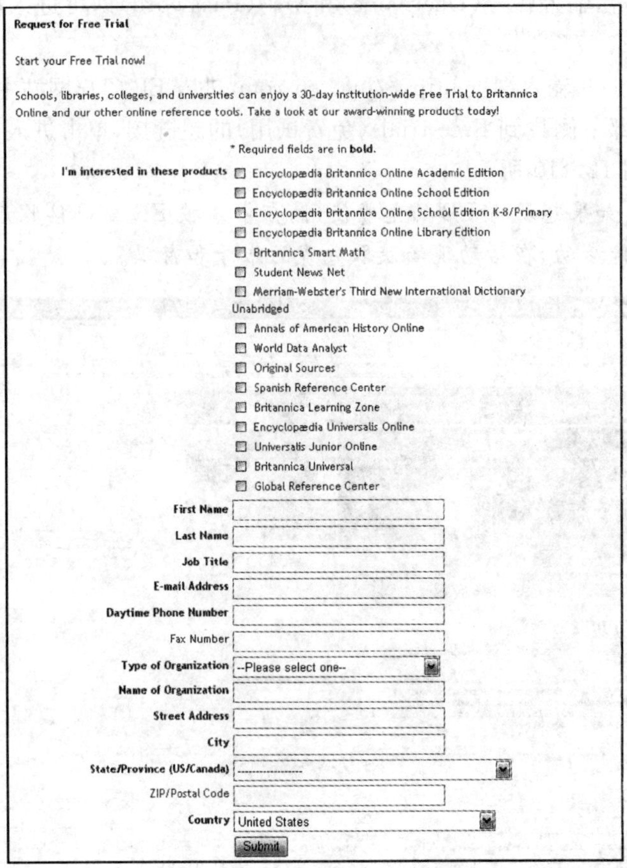

Request for Free Trial

Start your Free Trial now!

Schools, libraries, colleges, and universities can enjoy a 30-day institution-wide Free Trial to Britannica Online and our other online reference tools. Take a look at our award-winning products today!

* Required fields are in **bold**.

I'm interested in these products

- Encyclopædia Britannica Online Academic Edition
- Encyclopædia Britannica Online School Edition
- Encyclopædia Britannica Online School Edition K-8/Primary
- Encyclopædia Britannica Online Library Edition
- Britannica Smart Math
- Student News Net
- Merriam-Webster's Third New International Dictionary Unabridged
- Annals of American History Online
- World Data Analyst
- Original Sources
- Spanish Reference Center
- Britannica Learning Zone
- Encyclopædia Universalis Online
- Universalis Junior Online
- Britannica Universal
- Global Reference Center

First Name
Last Name
Job Title
E-mail Address
Daytime Phone Number
Fax Number
Type of Organization --Please select one--
Name of Organization
Street Address
City
State/Province (US/Canada)
ZIP/Postal Code
Country United States
Submit

图 12-10 网络版 EB 免费试用注册页面

(1) Main Home Page

Main Home Page(检索主页面),如图 12-11 所示。

① Search:输入检索词或短语,开始查找。

② Research Tools:轻松移动鼠标,找到各种信息源。

③ World Data Analyst Online:世界各国联机统计数据库。

④ News Headlins:新闻标题。

⑤ Daliy Features:历史上的今天,列出历史上发生在今天的大事记。

⑥ Britannica Blog:大英百科博客。关于文化、教育、电影、政治、体育及其他专题方面的交流。

(2) Search Results Page

Search Results Page (检索结果条目显示页面)如图 12-12 所示。

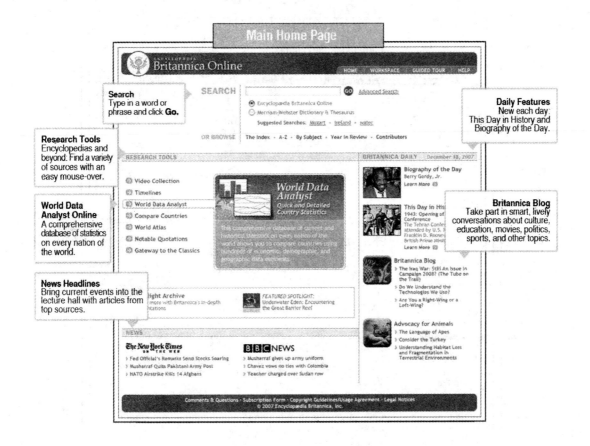

图 12 - 11 EB 检索主页面

① New Search：单击选中右侧 Not sure of spelling 的复选框，检查检索词和短语的拼写是否正确后，开始一次新的检索。

② Variety of Sources：在大英百科编者指定的信息源如期刊、杂志、大英百科简编及网站中检索与检索专题有关更多的信息。

③ Engaging Multimedia：欣赏与检索专题有关的数以千计的视频、图像及动画等多媒体信息。单击 More Multimedia 可显示更多的多媒体信息

④ Encyclopedia Articles：检索结果条目。单击某一信息条目，可查询详细的知识内容。

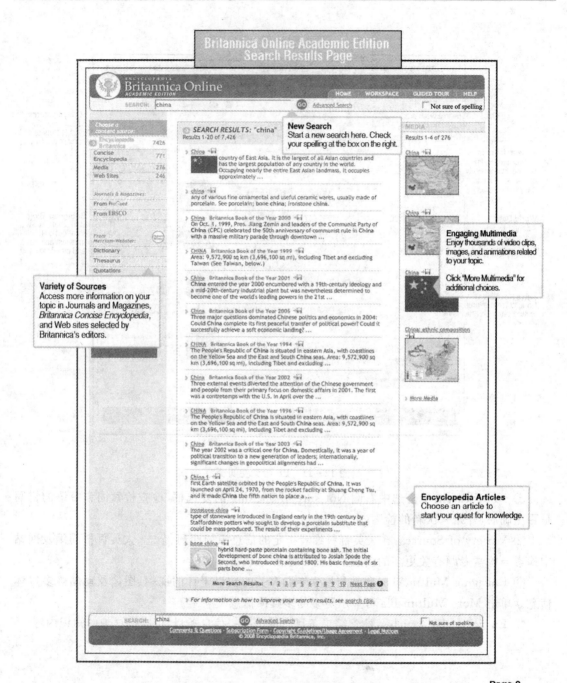

图 12 - 12　网络版 EB 检索结果条目显示页面

(3) Article Page

Article Page(检索结果详细知识内容显示页面)如图 12 - 13 所示。

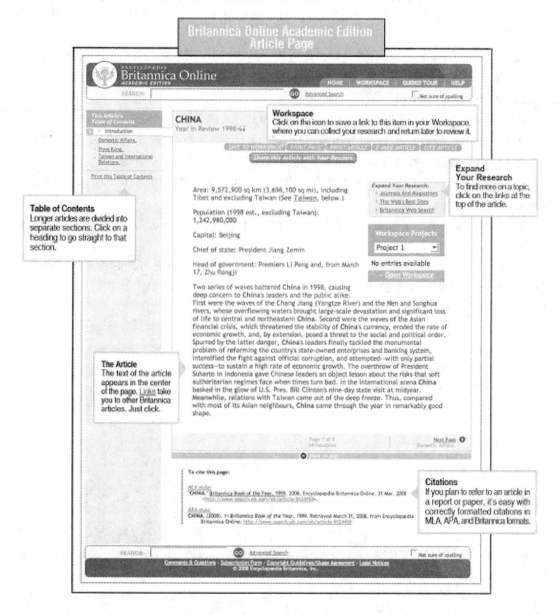

图 12 - 13 网络版 EB 检索结果详细内容显示页面

① Workspace:工作室条目按钮,单击这些按钮,可以将检索条目保存到工作室,留待以后阅读。

② Table of Contents：将内容较长的条目分成若干单独的部分，单击标题可以直接阅读相应部分的内容。

③ The Article：每条信息内容正文，通过其中的超链接可以直接链接到《大英百科全书》的其他条目。

④ Expand Your Research：通过单击此链接，可以找到与该专题相关的更多信息。

⑤ Citations：提供 MLA、APA 及 Britannica 3 种正确的文献条目引用著录格式。

（4）Additional Content

Additional Content（附加内容页面）如图 12 - 14 所示。

① Extensive World Atlas：世界图集。检索数以千计的地图、国旗、文献条目和统计数据。

② Quotes：引证。可为调查、演讲及陈述检索超过 4 000 条的引据。

③ Gateway to the Classics：著名作者检索入口。可检索西方 140 名作者的 225 部著作的经典著述。

④ World Data Analyst：世界数据分析。检索所有国家关于面积、人口、GNP 等统计数据（图表形式）。

⑤ Vivid Graphics and Multimedia：逼真的图形和多媒体。读者可同时检索同一专题的视频、杂志、地图等多种类型的信息。

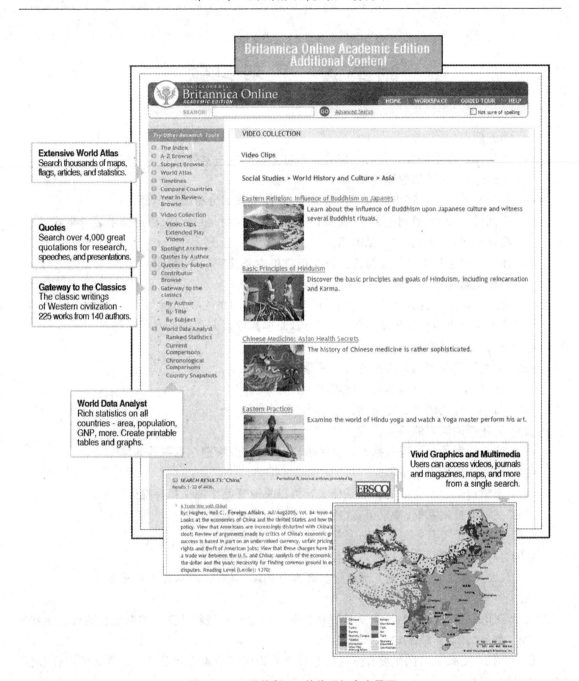

图 12 - 14 网络版 EB 其他附加内容界面

附录 A 思考习题

一、简答题

(1) 谈谈你选修本课程的目的。你希望通过该课的学习掌握哪些知识内容？

(2) 简述信息、文献的逻辑关系。

(3) 科技文献有什么特点？按照出版类型、载体形式划分有哪些类型？

(4) 举例说明图书、期刊论文、科技报告、学位论文、专利和会议文献的标准著录格式。

(5) 简述一次、二次、三次文献的概念。

(6) 什么是信息检索和信息检索系统？信息检索系统的职能是什么？

(7) 简述文献检索的原理。

(8) 常用的检索工具有哪几种类型？试举例说明各自的主要用途。

(9) 请最少说出两种世界知名的检索系统，简述其检索方法。

(10) 什么是信息检索语言？

(11) 检索语言分哪两大类？各自有哪些特点？

(12)《中图法》中涉及科学技术领域的大类有哪些？

(13) 简述关键词语言的优缺点。

(14) 简述叙词语言的特点。

(15) 信息检索的全过程包括哪些检索步骤，每一步应特别注意哪些问题？

(16) 简述文献检索的步骤。

(17) 衡量检索效率高低的标准是什么？可以采取哪些措施来提高检索效率？

(18) 试说明检索系统、检索语言、检索方法同检索效率的关系？

(19) 科技参考工具书与普通图书有何异同？试举例说明。

(20) 科技参考工具书按功能划分有几种类型？举例说明。

(21)《大英百科全书》分为几大部分？各部分的编排体例如何，作用是什么？

(22) 美国《工程索引 EI》有哪些特点

(23) 利用《工程索引 EI》检索文献资料有哪几种途径？试叙述其中主题途径的检索步骤？

(24) 英国《科学文献 SA》有哪些特点？

(25)《科学文献 SA》的主要检索途径是什么？说明其检索步骤及每一步要做的工作和使用的工具？

(26) 美国《航天科学技术报告 STAR》的主要检索途径是什么？说明其检索步骤及每一步要做的工作和使用的工具。

(27) 什么是科技报告,科技报告有什么特点? 检索科技报告的工具主要有哪些?

(28) 美国有哪 4 大著名报告,其报道内容的侧重点各是什么? 检索会议文献的工具主要有哪些?

(29) 什么是会议文献,有哪几种类型,常见的出版形式是什么? 会议文献有什么特点?

(30) 你若希望了解 2000 年在北京是否召开与你专业有关的国际会议,你应该怎么办?

(31) 何为文献数据库、文档、记录、字段?

(32) 顺排文档和倒排文档的结构如何?

(33) 简述计算机检索的全部过程。

(34) 计算机检索常用算符有哪些?

(35) 简述调整检索策略的方法。

(36) 简述联机检索系统和光盘检索系统的组成。

(37) 简述 EI Compendex Web 检索界面的检索方法。

(38) 使用 CSA 时,如何选择主题领域和数据库,主要检索方式是什么?

(39) TCP/IP 主要起什么作用?

(40) URL 的格式由哪几个部分组成?

(41) 什么是超文本文件? 需要用什么工具阅读?

(42) 简述搜索引擎的工作原理。

(43) 在计算机检索中,怎样制定检索策略,才能达到较好的检索效率?

(44) 根据你熟悉的课题,拟定出正确的计算机检索提问逻辑式。

二、文献检索模拟题

利用所学过的检索系统检索下列课题,写明检索途径与检索步骤,抄录并注明各项著录的含义,说明原文的文献类型,原文期刊名全称及本馆收藏地点。

(1) 原位复合材料的最新进展

(2) 聚合物-无机纳米复合材料的制备方法

(3) 单晶高温合金

(4) 热障涂层及高温腐蚀的研究

(5) 双马来酰亚胺树脂的改性

(6) 合成高吸水性聚合物及其研究进展

(7) 异步电动机直接转矩控制系统

(8) 交通流量管理咨询系统

(9) 多分量测力仪

(10) 微机械中的微摩擦

(11) 车辆随机振动的自适应控制研究

(12) 柔性制造系统的仿真与调度

(13) 金属橡胶减振器的设计和研究

(14) 太阳能吸收式制冷

(15) Internet 上的虚拟现实技术

(16) 网络安全

(17) 虚拟环境中三维物体的模型建立

(18) 基于模型的对复杂数据集的可视化方法

(19) 面向对象数据库的新进展

(20) 计算机图形学和科学计算可视化

(21) 计算机支持的协同工作

(22) 计算机（机器人）视觉的研究现状

(23) Linux 入侵检测

(24) 机械结构失效的计算机辅助分析系统

(25) 多传感器系统信息融合技术

(26) 土木离心机及离心机器人

(27) 现代 CAD 技术和工装 CAD

(28) 多媒体教学与多媒体会议系统

(29) 虚拟制造技术及虚拟企业

(30) 微分方程理论及应用

(31) 科技情报编辑系统自动化的实现

(32) 计算机软件的知识产权保护

(33) 交易成本经济学

(34) 电力系统自动控制

(35) 人工智能

(36) 计算机在信息检索中的应用

(37) 放宽导弹静稳定性研究

(38) 可控硅变频调速系统

(39) 微波在工农业中的机理及其应用

(40) 程控工业机械手的研制

(41) 太阳能的利用

(42) 高分子合成及加工

(43) 你本专业的科研课题

(44) 你感兴趣的科研内容

三、数据与事实检索模拟题

利用科技参考工具书回答下列问题：(写出所查书名、卷次或年份，以及简要答案)

（1）1999 年世界 10 大成就是什么？

（2）长度标准米的最新定义的根据是什么？

（3）日食就是地球食的说法对不对？

（4）摄影是人们所喜爱的，可你知道所用的胶卷是怎样制造的吗？试说明其制法和工艺流程。

（5）世界上第一台计算机是什么时候诞生的，它的创造人是谁？

（6）电报是谁发明的，谁最先发明电灯，谁最先发明唱机？

（7）港口与港湾有何区别？

（8）致癌的化学物质有哪些？

（9）试查 IBM 公司生产的微机最新型号及各项指标。

（10）什么是集成电路，超大规模集成电路？

（11）试给出计算机硬件和软件的定义。

（12）简述 1998 年我国航空工业概况。

（13）美国麻省理工学院机械系的专业设置、课程和学时情况。

（14）你感兴趣的问题。

附录 B 美国高等教育信息素养能力标准

1. 信息素养的定义

信息素养是指个人"能认识到何时需要信息,和有效地搜索、评估和使用所需信息的能力。"[①]信息素养在当代科技迅速发展和信息资源极其丰富的环境下变得越来越重要。由于环境变得愈渐复杂,个人在学习、工作和生活中面临着多样化的、丰富的信息选择。信息可以来自图书馆、社区、行会、媒体和互联网。越来越多的未经过滤的信息的出现使得它们失去了真实性、正确性和可靠性。另外,个人很难理解和评估以图片、声像和文本的形式存在的信息。信息的不可靠性和不断增加的数量对社会形成威胁。如果缺乏有效利用信息的能力,大量信息本身并不能使大众从中汲取知识。

信息素养为一生学习奠定基础。它适用于各学科、各种学习环境和教育水平。它可以让学习者掌握内容,扩展研究的范围,有更多主动性和自主性。有信息素养的人应能做到以下几点:

- 决定所需信息的范围。
- 有效地获取所需信息。
- 严格评价信息及其相关资源。
- 把所选信息融合到个人的知识库中。
- 有效运用信息达到特定目的。
- 运用信息同时了解所涉及的经济、法律和社会范畴,合法和合理地获得和利用信息。

2. 信息素养和信息技术

信息素养与运用信息技术的技能有关,但对个人、教育系统和社会而言,却又有着更广泛的内涵。信息技术的技能使个人通过对电脑、软件、数据库和其他技术的运用,从而实现各种各样学术性的、工作上的或个人的目标。具备信息素养的个人必然需要发展一些信息技术的技能。信息素养,虽然与信息技术的技能之间表现出显著的重复性,但却与之有区别而且是范围更为广泛的能力。信息技术的技能会越来越多地与信息素养交织并支持它。一份来自1999 年的国家研究院的报告提倡信息技术中的"熟练"的概念并描述了信息素养、计算机素养和更广泛的技术能力之间的几个显著区别。这份报告注解的计算机素养指的是死记硬背具体的硬件和软件的运用,然而"熟练地运用技术"则强调理解技术的基本概念,以及把解决问题和判断思维运用到技术中。这份报告也讨论了信息技术的熟练性和中小学教育及高等教育所理解的信息素养的区别。概括这些区别就是信息素养强调内容、交流、分析、信息搜索和评估;而信息技术的"熟练性"则强调对技术的深入了解从而获得越来越多的应用技能。[②]

能够"熟练"地运用信息技术比计算机素养指的死记硬背具体的硬件和软件的运用要求更多的智力，但仍是侧重于技术。从另一方面讲，信息素养是理解、搜索、评估和使用信息的智能框架。虽然这些活动可以部分通过熟练掌握信息技术，部分通过正确的研究方法完成，但最重要的是通过判断思维和推理完成。通过会利用技术而又独立于技术的能力，有信息素养的人启动、维持和延伸毕生的学习。

3. 信息素养和高等教育

培养毕生的学习习惯是高等教育的主要目标。通过培养个人推理和批判的能力，通过帮助他们建立学习方法的框架，高等院校为他们将来在事业上继续发展，做有知识的公民和社区成员奠定基础。信息素养是毕生学习的重要组成部分。信息素养能力把学习延伸到课堂之外，在个人开始实习，接受第一个职位，在生活中担负更多的责任的过程中得到练习。由于信息素养提高了学生评价、管理和使用信息的能力，几个地区性和学科性的认证组织把信息素养作为大学生教育的关键成果。[③]

不在传统校园的学生可以通过网络和其他渠道使用信息资源。分布教学技术容许在不同地点和时间的学生和教师之间进行教学。通过远程教育增进信息素养的难处在于培养与在传统校园类似的对信息资源的学习经验。远程教育学生应具有和在校学生同样水平的信息素养。

把信息素养融合到大学课程和学科及服务、管理中，要求教员、图书管理员和学校领导之间的协作。教员通过讲课和引导讨论创造学习环境。他们也会鼓励学生探索未知世界，指导学生满足信息需要，并且观察学生的进展。大学图书馆员协调智力资源的评估和挑选；整理和维护图书馆馆藏并提供多种信息搜索工具；教授学生和教员信息搜索的技巧。学校领导应为这种协作和所有启动信息素养课程的人员培训和发展创造条件，筹划和维持信息素养课程。

4. 信息素养和教学

波伊尔委员会报告《重整本科生教育》建议了一些策略，可令学生积极"构思一个或一系列问题，积极地研究和有创造性地寻找答案，并具备阐述结果的交流能力。"[④] 在此基础上构造的课程创造了一个以学生为中心的学习环境。在这个环境里，学生不断询问，培养解决问题的能力是重点，判断思维是重要组成部分。这样的学习环境要求学生有信息素养能力。

有了信息素养学生就会有更多自主学习的机会，因为他们可以利用多样的信息资源来扩充他们的知识，提出好的问题，增强判断思维能力以应付进一步的自主学习。认识到信息素养不是附加到课程之上的，而是融入课程的内容、结构和顺序是掌握信息素养能力的基本要求。课程的融合可以增加以学生为中心的教学方法（诸如基于解决问题的学习，基于证据的学习和质询式的学习）的影响。在教员和其他有关人员的指导下，运用基于解决问题的学习方法的学生可以比只通过讲课和课本知识更深层次地思考上课内容。要想完全掌握基于问题的学习方法，学生必须经常使用能够使他们得以熟练使用来自不同地点和格式的信息来源的思考技巧，从而增强他们对学习的责任感。

个人可以通过很多途径来获得他们要寻求的信息。第一种途径是利用信息检索系统。这种检索系统可以在图书馆里找到,或是可以在任何地方通过电脑访问的数据库里找到。另一种途径是运用一种合适的研究方法来直接观察现象。例如,医生、考古学家和宇航员经常利用物理实验来检测某种现象的存在。除此之外,数学家、化学家和物理学家经常运用像统计软件或模拟器这样的技术来创造人为的环境用于观察和分析现象之间的作用。在学生的本科和研究生阶段,他们必须多次地查询,评估和管理从不同来源和运用不同学科性的研究方法所收集到的信息。

5. 标准的使用

《美国高等教育信息素养能力标准》为评估信息素养提供了一个框架。它延伸了美国学校图书管理员协会信息素养标准工作组的成果,为高等教育提供了与中小学一样能列出信息素养能力的机会,从而使得各年级的学生有相应的标准。以下列出的能力标准是教员、图书管理员和其他有关人员确定可以证明学生具有信息素养的指标。

学生也会发现能力标准很有用处,因为它为学生提供了一个指导他们决定怎样处理信息的框架。这会促使学生感到培养超认知的学习方法的需要,让他们认识到收集、分析和使用信息所需的明确的行动。所有的学生必须表现出这个标准中描述的能力,但每个人的能力会有高低快慢之分。

另外,一些学科会在这个过程的某些环节强调对某些能力的掌握,因此在任何衡量机制下一些能力会比别的能力占更大的比重。因为每个标准都要求学生总结经验教训,回到上一步,修改搜索信息的方法,然后重复同样的步骤,许多能力会被多次使用。

为了完全实现这些标准,一个机构应首先根据它的宗旨和教学目标决定信息素养会怎样改进学习和提高机构的效果。对教师员工进行培训是促使他们接受这个概念的关键。

6. 信息素养及其评估

以下的能力中包括 5 个标准和 22 个表现指标。这些标准侧重于各水平高等教育学生的需要。这些标准列出一系列的成果来评估学生在培养信息素养上取得的进展。这些成果为教师和图书管理员根据各机构不同情况制定衡量学生学习方法提供了指导准则。

在执行这些标准的过程中,这些机构应认识到不同水平的思考能力是与不同的学习成果相对应的。因此,不同的方法和策略在评估这些成果中起决定性作用。例如,布鲁姆的《教育目标分类学》中的"高级"和"低级"思考能力在这个标准的成果指标中充分体现出来。我们强烈认为对适合于每种成果相关联的思考能力的评估标准应成为一个机构实施计划不可缺少的一部分。例如,以下成果解释了"高级"和"低级"思考能力:

"低级"思考能力如:标准二中的(2)的第②条,找出与所需信息的关键词、同义词和相关词。

"高级"思考能力如:标准三中的(3)的第②条,扩展初步分析,在更高抽象层次上建立新的假设。新的假设可能需要更多的信息。

教师、图书管理员和其他人会发现相互协作讨论评估标准对策划系统的、全面的信息素养教育方案是非常有用的练习。这个评估方案应推广到每个学生，找出需要改进的地方，巩固现有的学习成果。评估方案也应让机构所在的民众了解信息素养对培养高素质的学生和公民的贡献。

7. 标准、表现指标和成果

标准一　有信息素养的学生有能力决定所需信息的性质和范围。表现指标：

(1) 有信息素养的学生会定义和描述信息需求。成果包括：

① 通过与老师交流，参与课堂讨论、学习、电子论坛来确定研究课题和所需信息。

② 草拟一个主题，根据信息需求列出相关问题。

③ 通过浏览广泛的信息来源来熟悉课题。

④ 限定或修改信息需求以抓住重点。

⑤ 确定可以描述信息需求的概念和术语。

⑥ 认识到现有信息可以结合原有的想法、试验和/或分析来产生新的信息。

(2) 有信息素养的学生可以找到多种类型和格式的信息来源。成果包括：

① 了解信息是怎样正式或非正式地产生、组织和散布的。

② 认识到把知识按学科分类可以影响获取的信息方式。

③ 找出以多种格式（例如多媒体、数据库、网页、数据、声像和书籍）存在的潜在资源的价值和不同之处。

④ 找出潜在资源的目的和用户，例如大众化的或是学术性的、当代的或历史性的。

⑤ 区分主要来源和次要来源，并认识到他们在不同学科有不同的用处和重要性。

⑥ 认识到信息有时要从主要来源的原始数据综合而来。

(3) 有信息素养的学生权衡获取信息的成本和收益。成果包括：

① 决定所需信息是否存在，并根据情况扩大信息搜索范围（例如图书馆际互借，利用其他地方的资源，获得图片、音像和文本）。

② 研究为了搜集所需信息和理解上下文而学习一种新的语言或技巧（例如外语或学科性的）的可行性。

③ 拟定一个现实的计划和时间表来获取所需信息。

(4) 有信息素养的学生重新评估所需信息的性质和范围。成果包括：

① 重新评估所需信息来澄清、修改和改进现有问题。

② 描述用来做信息决策和选择的依据。

标准二　有信息素养的学生可以有效地获得需要的信息。表现指标：

(1) 有信息素养的学生选择最适合的研究方法或信息检索系统来查找需要的信息。成果包括：

① 确定几种适宜的研究方法（例如实验、模拟和实地调查）。

② 研究不同研究方法的好处和适用性。

③ 研究信息检索系统的规模、内容和组织。

④ 挑选可以有效从研究方法或信息检索系统获取所需信息的方法。

（2）有信息素养的学生构思和实现有效的搜索策略。成果包括：

① 草拟一个与研究方法相符的研究计划。

② 确定所需信息的关键字、同义词和相关术语。

③ 挑选适用于学科或信息检索来源的控制性词汇。

④ 运用恰当的信息检索命令构建搜索策略（例如对搜索引擎要用逻辑算符、截断符、接近性；对书籍要用索引）。

⑤ 在不同的信息检索系统中实现这个搜索策略。这些信息检索系统拥有不同用户界面和搜索引擎和使用不同的命令语言、协议和搜索参数。

⑥ 用适合于学科的研究方法实现搜索。

（3）有信息素养的学生运用各种各样的方法从网上或亲自获取信息。成果包括：

① 运用不同的信息检索系统检索格式不同的信息。

② 运用不同的分类法和其他系统（例如图书编目号码或索引）在图书馆查找信息资源或确定要亲自去查找的地点。

③ 利用所在机构的专业化的网上或面对面的服务来获取信息（例如图书馆际互借、文件交付、专业组织、研究机构、社区资源、专家和行家）。

④ 运用调查、写信、采访和其他的查询方式来获取主要的信息。

（4）有信息素养的学生改进现有的搜索策略。成果包括：

① 评估搜索结果的数量、质量和相关性来决定是否应该运用其他的信息检索系统或研究方法。

② 找出现有信息的不足之处，然后决定是否应该修改现有的搜索策略。

③ 运用改进后的搜索策略重复以前的搜索。

（5）有信息素养的学生摘录、记录和管理信息和它的出处。成果包括：

① 在不同的技术中挑选最合适于析取所需信息的技术（例如复制/粘贴软件、复印机、扫描仪、声像设备或探索仪器）。

② 建立一个信息组织系统。

③ 区分引用出处的类型，熟悉不同出处的引用的组成部分和正确语法。

④ 记录所有相关的引用出处以备将来参考。

⑤ 运用不同的技术来管理经过挑选和整理的信息。

标准三　有信息素养的学生评估信息和它的出处，然后把挑选的信息融合到他（她）们的知识库和价值体系。表现指标：

（1）有信息素养的学生从收集到的信息中总结要点。成果包括：

① 阅读原文,汲取要点。

② 用他(她)们自己的语言重述原文思想,然后准确挑选数据。

③ 确定适合于引用的文字。

(2) 有信息素养的学生清晰表达并运用初步的标准来评估信息和它的出处。成果包括:

① 检查和对比来自不同出处的信息,旨在评估信息的可靠性、准确性、正确性、权威性、时间性、观点或偏见。

② 分析论点或论证方法的结构和逻辑。

③ 找出偏见、欺诈和篡改。

④ 找出信息产生时的文化的、物质的或其他背景信息,并认识到上下文对诠释信息的影响。

(3) 有信息素养的学生综合主要思想来构建新概念。成果包括:

① 认识到概念之间的相关性,初步把它们组合成有论据支持的语句。

② 如果可能,扩展初步分析,在更高抽象层次上建立新的假设。新的假设可能需要更多的信息。

③ 运用计算机和其他技术(例如电子表格、数据库、多媒体和声像设备)来研究新概念和其他现象的相互作用。

(4) 有信息素养的学生,通过对比新旧知识来判断信息是否增值,或是否前后矛盾,是否独具特色。成果包括:

① 确定信息是否满足研究或其他信息需要。

② 运用有意识地选择的标准来决定信息是否抵触或证实来自其他出处的信息。

③ 在总结所收集的信息的基础上得出结论。

④ 运用适合学科的方法(例如模拟器和实验)来检验现有的理论。

⑤ 通过质疑数据来源,信息收集工具和策略的不足以及结论的合理性决定大概的准确度。

⑥ 把以前的信息和知识和新信息融合起来。

⑦ 选择可以为主题提供论据的信息。

(5) 有信息素养的学生决定新的知识对个人的价值体系是否有影响,并采取措施消除分歧。成果包括:

① 研究在文献中遇到的不同观点。

② 决定是否接受或摒弃新的观点。

(6) 有信息素养的学生通过与其他人、学科专家和/或行家的讨论来验证对信息的诠释和理解。成果包括:

① 参与课堂和其他讨论。

② 参与以鼓励有关课程的主题讨论为目的的电子论坛(例如电子邮件、电子公告、聊

天室)。

③ 通过多种机制(例如采访、电子邮件、电子邮件清单)征求专家意见。

(7) 有信息素养的学生决定是否应该修改现有的查询。成果包括:

① 决定信息是否满足原先的需求,还是需要更多的信息。

② 评估搜索策略,适当地融合其他的概念。

③ 评估现有的信息检索出处,如果需要可以包括其他信息来源。

标准四　不管个人还是作为一个团体的成员,有信息素养的学生能够有效地利用信息来实现特定的目的。表现指标:

(1) 有信息素养的学生能够把新旧信息应用到策划和创造某种产品或功能中。成果包括:

① 重新组织信息使得它能支持产品或功能的用途和样式(例如提纲、草稿、撮要)。

② 清晰明白地说明以往经验中可以帮助策划和创造某种产品或功能的知识和技巧。

③ 融合新旧信息,包括引用和直译,使得它能支持产品或功能的用途。

④ 如有需要,修改电子文本、图像和数据的位置和格式,使得它们适合新的上下文。

(2) 有信息素养的学生修改产品或功能的开发步骤。成果包括:

① 把与信息查询、评估和传播过程有关的活动载入日志。

② 总结以往的经验、教训和其他可以选择的策略。

(3) 有信息素养的学生能够有效地与别人就产品或功能进行交流。成果包括:

① 选择最适合产品或性能和受众的通信媒体和形式。

② 运用一系列的信息技术应用软件来创造产品或功能。

③ 结合设计和传播的原理。

④ 采用一种最适合受众的风格与别人清楚地交流。

标准五　有信息素养的学生熟悉许多与信息使用有关的经济、法律和社会问题,并能合理合法地获取信息。表现指标:

(1) 有信息素养的学生了解与信息和信息技术有关的伦理、法律和社会经济问题。成果包括:

① 找出并讨论印刷和电子出版环境中与隐私和安全相关的问题。

② 找出并讨论与免费和收费信息相关的问题。

③ 找出并讨论与审查制度和言论自由相关的问题。

④ 显示出对知识产权、版权和合理使用受专利权保护的资料的认识。

(2) 有信息素养的学生遵守与获取和使用信息资源相关的法律、规定、机构性政策和礼节。成果包括:

① 按照公认的惯例(例如网上礼仪)参与网上讨论。

② 使用经核准的密码和其他的身份证来获取信息资源。

③ 按规章制度获取信息资源。

④ 保持信息资源、设备、系统和设施的完整性。

⑤ 合法地获取、存储和散布文字、数据、图像或声音。

⑥ 了解什么构成抄袭，不能把他人的作品作为自己的。

⑦ 了解与人体试验研究有关的规章制度。

（3）有信息素养的学生在宣传产品或性能时声明引用信息的出处。成果包括：

① 始终如一地使用一种适宜的引用格式。

② 如有需要，使用受专利权保护的资料时要显示版权及免责声明。

注：

① 美国图书馆协会（ALA）信息素养主席委员会．总结报告．芝加哥：美国图书馆协会，1989 年．http://www.ala.org/ala/acrl/acrlpubs/whitepapers/presidential.htm。

② 美国国家研究院，物理科学、数学和应用委员会，信息技术素养、计算机科学和通信委员会．熟练掌握信息技术．华盛顿：国家科学院出版社，1999．http://www.nap.edu/books/030906399X/html/。

③ 几个主要信息素养认证机构为：美国中部高等教委员会（MSCHE）、西部学校和学院协会（WASC）、南部学校和学院协会（SACS）。

④ 波伊尔研究型大学本科生教育委员会，重整本科生教育：美国研究型大学的蓝图。学生基本信息素养，教师和图书管理员应一起拟定适用。http://naples.cc.sunysb.edu/Pres/boyer.nsf/。

美国大学和研究型图书馆协会

2000 年 1 月

白健译于 2005.10

附录 C　澳大利亚信息素养标准

Information Literacy Standards(First edition)

Canberra
Council of Australian University Librarians
2001

Information Literacy Standards

The first edition of these standards derives from the US *Information literacy standards for higher education* approved by the Association of College and Research Libraries in January 2000, and subsequently endorsed by the American Association for Higher Education and US accreditation bodies.

The US standards were reviewed at a national workshop initiated and conducted 22—23 September 2000 by the University of South Australia for the Council of Australian University Librarians (CAUL). The 62 participants were representative of Australian and New Zealand universities, the schools sector, the Technical and Further Education sector, the Council of Australian State Libraries and the Australian Library and Information Association. In reviewing the standards, consideration was given to the implications of Australian research, theory elaboration and practice which may not have been available or accessed when the US standards were developed. The relational model of information literacy[1] was considered in this context.

Permission to use and vary the US standards[2] has been granted by the Association of College and Research Libraries. The major difference between the US and Australian versions is the addition of two standards. The new standard four addresses the ability to control and manipulate information. Standard seven represents information literacy as the intellectual framework which provides the potential for lifelong learning.

At its Canberra meeting 27−28 October 2000 the Council of Australian University Librarians approved the revision of the US standards as *Information literacy standards*. The intended primary application is to higher education, but they may be applied to other educational sectors.

Endorsement and promulgation of the standards by policy makers, educational institutions, professional and educational associations is encouraged. They may be freely used and adapted for a specific context, subject to acknowledgment of their US and Australian provenance. *Information literacy standards* is a living' document. It will alter to reflect the prevailing information and education environment. Suggestions for changes for the 2003 second edition are invited, using the form at the end of this publication.

Information literacy defined

Information literacy is an understanding and set of abilities enabling individuals to recognise when information is needed and have the capacity to locate, evaluate, and use effectively the needed information'. [3] An information literate person is able to
- recognise a need for information
- determine the extent of information needed
- access the needed information efficiently
- evaluate the information and its sources
- incorporate selected information into their knowledge base
- use information effectively to accomplish a purpose
- understand economic, legal, social and cultural issues in the use of information
- access and use information ethically and legally
- classify, store, manipulate and redraft information collected or generated
- recognise information literacy as a prerequisite for lifelong learning

Information literacy—the need

Information literacy is required because of proliferating information access and resources. Individuals are faced with diverse, abundant information choices—in their studies, in the workplace, and in their lives. Information is available through community resources, special interest organisations, manufacturers and service providers, media, libraries, and the internet. Increasingly, information comes unfiltered. This raises questions about authenticity, validity, and reliability. In addition, information is available through multiple media, including graphical, aural, and textual. These pose special challenges in evaluating, understanding and using information in an ethical and legal manner. The uncertain quality and expanding quantity of information also pose large challenges for society. Sheer abundance of information and technology will not in itself create more informed citizens without a complementary understanding and capacity to use information effectively.

Information literacy and lifelong learning

Information literacy is a prerequisite for lifelong learning and is common to all disciplines, to all learning environments, and to all levels of education. It enables learners to engage critically with content and extend their investigations, become more self directed, and assume greater control over their own learning.

A 1999 report of the US National Research Council[4] promotes the concept of fluency' with *information technology* and delineates several distinctions useful in understanding relationships within information literacy, computer literacy, and broader technological competence. The report notes that 'computer literacy' is concerned with rote learning of specific hardware and software applications, while 'fluency with technology' focuses on understanding the underlying concepts of technology and applying problem solving and critical thinking to using technology. It also discusses differences between information technology fluency and information literacy as it is understood in K - 12 and higher education. Among these are information literacy's focus on content, communication, analysis, information searching, and evaluation; whereas information technology 'fluency' focuses on a deep understanding of technology and graduated, increasingly skilled, use.

With digitisation of scholarly publications and the growth in online delivery, 'fluency' with information technology requires more intellectual abilities than the rote learning of software and hardware associated with computer literacy'. The focus is still, however, on the technology itself. Information literacy, on the other hand, is an intellectual framework for recognising the need for, understanding, finding, evaluating, and using information—activities which may be supported in part by fluency with information technology, in part by sound investigative methods, but most importantly, through critical discernment and reasoning. Information literacy initiates, sustains, and extends lifelong learning through abilities that may use technologies but are ultimately independent of them.

Information literacy and higher education

Developing lifelong learners is central to the mission of higher and other educational institutions, and is increasingly reflected in descriptions of graduate qualities. Information literacy extends learning beyond formal classroom settings and supports individuals in self directed learning in all arenas of life.

By ensuring that individuals can think critically, and by helping them construct a framework for learning how to learn, educational institutions provide the foundation for continued growth throughout their careers, as well as in their roles as informed citizens and members of communities.

Information resources are increasingly available online. Flexible delivery, online or print based, requires the development of the information literacy of the learner.

Incorporating information literacy across curricula, and in all programs and services, requires the collaborative efforts of academics, staff developers, learning advisers, librarians and administrators.

- Through course materials, lectures and by leading face to face or online discussions, academics establish the context for learning. They also inspire students to explore the unknown, offer guidance on how best to fulfil information needs, and monitor student progress.

- Librarians coordinate the evaluation and selection of intellectual resources for programs and services; organise, and maintain collections and points of access to information; and provide advice and coaching to students and academic staff who seek information.

- Learning advisers develop generic and course specific materials to support student learning and provide a range of services related to transition to university, and academic literacy— reading, writing, listening and speaking in a university setting, time and task management, and learning in an online environment.

● Administrators and staff developers facilitate opportunities for collaboration and staff development among academics, learning advisers, librarians, and other professionals who provide students with opportunities to develop their information literacy according to their developmental level, mode of study and information needs.

Information literacy and pedagogy

The 1994 Australian National Board of Employment, Education and Training report *Developing lifelong learners through undergraduate education* notes that 'learning to learn' is a major concern of all educational sectors and that

> It involves the higher order skills of analysis, synthesis and evaluation, the ability to think critically, to construct meaning and reconstruct understanding in the light of new learning experiences. Courses where reflective practice is central inevitably help students develop into independent learners much more readily than those whose focus is on the acquisition of a large body of knowledge. [5]

Information literacy development multiplies the opportunities for self directed learning, as students become engaged in using a wide variety of information sources to expand their knowledge, ask informed questions, and sharpen their critical thinking for still further self directed learning. Achieving information literacy fluency requires an understanding that such development is not extraneous to the curriculum but is woven into its content, structure, and sequence. Information literacy is a validated construct[6] which can be incorporated in the instructional design of programs. This curricular integration also affords many possibilities for furthering the influence and impact of student centred teaching methods such as problem based learning, evidence based learning, and inquiry learning. Guided by academics and others in problem based approaches, students reason about course content at a deeper level than is possible through the exclusive use of lectures, textbooks and collections of readings. To take fullest advantage of problem based learning, students must often use thinking skills requiring them to become effective users of information sources in many locations and formats, thereby increasing their responsibility for their own learning.

Students have many information options available to obtain the information they seek for their research. One is an information retrieval system, such as may be found in a library or online databases from any location. Another option is to select an investigative method for observing phenomena directly. In many professions, practitioners depend upon physical examination to gain information about particular phenomena. Practitioners may also utilise technologies such as statistical software or simulators to create artificial conditions in which to observe and analyse the interaction of phenomena. As students progress through their undergraduate years and graduate programs, they need to have repeated opportunities for seeking, evaluating, managing, and applying, information gathered from multiple sources and obtained from discipline specific research methods.

Use of the standards

These standards provide a framework for embedding information literacy in the design and teaching of educational programs, and for assessing the information literate individual. They extend the information literacy progress of educators, teacher librarians and librarians, in the school and Technological and Further Education sectors. This provides higher education with an opportunity to articulate the standards with those of the other education sectors so that a continuum of expectation can be developed for students at all levels. The standards outline the process by which academics, librarians, and others, pinpoint specific indicators which identify a student as information literate.

Students also will find the standards useful, because they provide a framework for their interaction with information in their environment. This will help to develop their awareness of the need for a metacognitive approach to learning, making them conscious of the explicit actions required for recognition of need, gathering, analysing, and using information. All students are expected to demonstrate all of the standards, but not everyone will demonstrate them to the same level or at the same time

Some disciplines may place greater emphasis on the mastery of specifics of the standards at certain points in the process. Certain specifics would therefore receive greater weight than others in any rubric for curriculum design. Many of the specifics are likely to be performed recursively, in that the reflective and evaluative aspects included within each standard will require the students to return to an earlier point in the process, revise the information seeking approach, and repeat the steps. The standards are not intended to represent a linear approach to information literacy.

To implement them fully, an institution should first review its mission and educational goals to determine how information literacy would improve learning and enhance the institution's effectiveness. To foster acceptance of the concept, staff development is important for academics and librarians in particular.

Information literacy and assessment

The seven standards describe outcomes and examples for assessing student progress towards becoming information literate. The outcomes serve as guidelines for academics, librarians, and others in developing local methods for measuring student learning within an institution's unique mission. The standards focus upon the needs of students in higher education at all levels. Information literacy manifests itself in the specific understanding of the knowledge creation, scholarly activity, and publication processes found within different disciplines. Academics, instructional designers and librarians should therefore work together to develop assessment instruments and strategies in the context of particular disciplines.

In implementing these standards, recognition is needed that different levels of thinking skills are associated with various learning outcomes. Different instruments or methods are essential to assess those outcomes. For example, both higher order' and lower order' thinking skills, based on Bloom's *Taxonomy of educational objectives*,[7] are evident throughout the standards. Assessment methods appropriate to the thinking skills associated with each outcome should be identified as an integral part of the institution's implementation plan.
The following outcomes illustrate 'higher order' and lower order' thinking skills

'Lower order' thinking skills
Outcome 2. 2. 2 Identifies keywords, synonyms, and related terms for the information needed

'Higher order' thinking skills
Outcome 5. 2. 2 Extends initial synthesis, when possible, at a higher level of abstraction to construct new hypotheses that may require additional information

Academics, librarians, and others will find that discussing assessment methods collaboratively is very productive in planning a systematic approach to integrating contextualised information literacy experience into curricula. Assessment strategies should reach all students, pinpoint areas for further development, and consolidate learning goals already achieved. They also should make explicit to the institution's constituencies how information literacy contributes to improved learning outcomes and helps to produce graduates with the capacity for lifelong learning.

References

1　Bruce, C The relational approach: a new model for information literacy *The New review of information and library research* vol 3 1997 pp1 – 22

2　The Association of College and Research Libraries *Information literacy competency standards for higher education* ACRL, Chicago 2000

3　American Library Association *Presidential committee on information literacy. Final report* American Library Association, Chicago 1989 < www. ala. org/acrl/nili/ilit1st. html>

4　National Research Council. Commission on physical sciences, mathematics, and applications. Committee on information technology literacy, computer science and telecommunications board, 1999. *Being fluent with information technology* National Academy Press, Washington DC

5　Candy, P, Crebert, G, & O'Leary, J *Developing lifelong learners through undergraduate education* AGPS, Canberra 1994 pp100—101

6　Catts, R Confirmation of phases in the relational model of information literacy, in *Proceedings of the first international lifelong learning conference*, *Yeppoon*, *Queensland* 17—19 *July* 2000 Auslib Press, Adelaide 2000 pp176—180

7　Bloom BS *Taxonomy of educational objectives: the classification of educational goals* Longman Group, London 1956

Standards and Outcomes

Standard One

The information literate person recognises the need for information and determines the nature and extent of the information needed

Outcomes

1. 1　The information literate person defines and articulates the need for information

Examples

1. 1. 1　Confers with others, including peers and experts, and participates in face to face and electronic discussions with peers to identify a research topic, or other information need

1. 1. 2　Explores general information sources to increase familiarity with the topic

1. 1. 3　Identifies key concepts and terms by mapping the information need and from that formulates and focuses questions

1. 1. 4　Defines or modifies the information need to achieve a manageable focus

1. 1. 5　Recognises that information can be combined with original thought, experimentation, and/or analysis to produce new information

1. 1. 6　Identifies their existing knowledge framework

1. 2　The information literate person understands the purpose, scope and appropriateness of a variety of information sources

Examples

1. 2. 1　Understands the formal and informal processes of information production and knows how information is organised and disseminated

1. 2. 2　Recognises that knowledge can be organised into disciplines that influence the way information is produced, organised and accessed within and across disciplines

1. 2. 3　Differentiates between, and values the variety of potential sources of information eg people, agencies, multimedia, database, website, dataset, audiovisual, book

1. 2. 4　Identifies the intended purpose and audience of potential resources eg popular vs scholarly, current vs historical

1. 2. 5　Differentiates between primary and secondary sources, recognising how their use and importance vary with each discipline

1. 2. 6　Realises that information may need to be constructed with raw data from primary sources

1. 3　The information literate person consciously considers the costs and benefits of acquiring the needed information

Examples

1. 3. 1　Determines the availability of needed information and makes decisions on broadening the information seeking process beyond immediate resources eg using resources at other locations; obtaining images, videos, text, or sound; document delivery

1. 3. 2 Considers the feasibility of learning a new skill(s) to gather needed information and understands its context, possibly beyond a single discipline or knowledge framework

1. 3. 3 Defines a realistic overall plan and timeline to acquire the needed information

1. 4 The information literate person re - evaluates the nature and extent of the information need

Examples

1. 4. 1 Reviews the initial information need to clarify, revise, or refine the question

1. 4. 2 Uses and can articulate the criteria used to make information decisions and choices

Standard Two

The information literate person accesses needed information effectively and efficiently

Outcomes

2. 1 The information literate person selects the most appropriate investigative methods or information access tools for finding the needed information

Examples

2. 1. 1 Identifies appropriate investigative methods eg laboratory experiment, simulation, fieldwork

2. 1. 2 Investigates benefits and applicability of various investigative methods

2. 1. 3 Investigates the scope, content, and organisation of information access tools

2. 1. 4 Selects efficient and effective approaches for accessing the information needed for the investigative method or information access tools

2. 1. 5 Consults with information professionals to help identify information access tools

2. 2 The information literate person constructs and implements effectively designed search strategies

Examples

2. 2. 1 Develops a research plan appropriate to the investigative method

2. 2. 2 Identifies keywords, synonyms and related terms for the information needed

2. 2. 3 Selects appropriate controlled vocabulary or classification specific to the discipline or information access tools

2. 2. 4 Constructs a search strategy using appropriate commands for the information access tool selected eg Boolean operators, truncation, and proximity operators for databases/search engines; internal organisers such as indexes for books

2. 2. 5 Implements the search strategy in various information access tools with appropriate command languages, protocols and search parameters

2.2.6　Implements the search using investigative methodology appropriate to the discipline

2.3　The information literate person retrieves information using a variety of methods

Examples

2.3.1　Uses various information access tools to retrieve information in a variety of formats

2.3.2　Uses various classification schemes and other systems eg call number systems or indexes, to locate information resources within a library or to identify specific sites for physical exploration

2.3.3　Uses specialised online or in person services to retrieve information needed eg document delivery, professional associations, institutional research offices, community resources, experts and practitioners

2.3.4　Uses surveys, letters, interviews, and other forms of inquiry to retrieve primary information

Standard Three

The information literate person evaluates information and its sources critically and incorporates selected information into their knowledge base and value system

　　Outcomes

3.1　The information literate person assesses the utility of the information accessed

Examples

3.1.1　Assesses the quantity, quality, and relevance of the search results to determine whether alternative information access tools or investigative methods should be utilised

3.1.2　Identifies gaps in the information retrieved and determines if the search strategy should be revised

3.1.3　Repeats the search using the revised strategy as necessary

3.2　The information literate person summarises the main ideas extracted from the information gathered

Examples

3.2.1　Reads the text and selects main ideas

3.2.2　Restates textual concepts in own words and selects data accurately

3.2.3　Identifies verbatim material that can then be appropriately quoted

3.3　The information literate person articulates and applies initial criteria for evaluating both the information and its sources

Examples

3.3.1 Examines and compares information from various sources to evaluate reliability, validity, accuracy, authority, timeliness, and point of view or bias

3.3.2 Analyses the structure and logic of supporting arguments or methods

3.3.3 Recognises and questions prejudice, deception, or manipulation

3.3.4 Recognises the cultural, physical, or other context within which the information was created and understands the impact of context on interpreting the information

3.3.5 Recognises and understands own biases and cultural context

3.4 The information literate person validates understanding and interpretation of the information through discourse with other individuals, subject area experts, and/or practitioners

Examples

3.4.1 Participates in peer group and other discussions

3.4.2 Participates in electronic communication forums designed to encourage discourse on the topic eg email, bulletin boards, chat rooms

3.4.3 Seeks expert opinion through a variety of mechanisms eg interviews, email, listservs

3.5 The information literate person determines whether the initial query should be revised

Examples

3.5.1 Determines if original information need has been satisfied or if additional information is needed

3.5.2 Reviews search strategy and incorporates additional concepts as necessary

3.5.3 Reviews information access tools used and expands to include others as needed

Standard Four

The information literate person classifies, stores, manipulates and redrafts information collected or generated

Outcomes

4.1 The information literate person extracts, records, and manages the information and its sources

Examples

4.1.1 Selects the most appropriate technology for extracting the needed information eg copy/paste software functions, photocopier, scanner, audiovisual equipment, or exploratory instruments

4.1.2 Creates a system for organising and managing the information eg card files, *Endnote*

4.1.3 Differentiates between the types of sources cited and understands the elements and correct citation style for a wide range of resources

4.1.4　Records all pertinent citation information for future reference

4.1.5　Manipulates digital text, images, and data transferring them from their original locations and formats to a new context

4.2　The information literate person preserves the integrity of information resources, equipment, systems and facilities

Examples

4.2.1　Respects the access rights of all users and does not damage information resources

4.2.2　References correctly the information resources that have been used

4.2.3　Takes precautions against spreading computer viruses

4.3　The information literate person legally obtains, stores, and disseminates text, data, images, or sounds

Examples

4.3.1　Observes the requirements of moral rights and similar legislation

4.3.2　Complies with stated wishes of the owner of intellectual property

4.3.3　Understands copyright and privacy laws and respects the intellectual property of others

4.3.4　Acquires, publishes and disseminates information in ways which do not breach copyright laws or privacy principles.

4.3.5　Understands fair dealing in respect of the acquisition and dissemination of educational and research materials

Standard Five

The information literate person expands, reframes or creates new knowledge by integrating prior knowledge and new understandings individually or as a member of a group

　Outcomes

5.1　The information literate person applies prior and new information to the planning and creation of a particular product

Examples

5.1.1　Understands that information and knowledge in any discipline is in part a social construction and is subject to change as a result of ongoing dialogue and research

5.1.2　Organises the content in a manner that supports the purposes and format of the product eg outlines, drafts, storyboards

5.1.3　Articulates knowledge and skills transferred from prior experiences to planning and creating the product

5.1.4　Integrates the prior and new information, including words and ideas, in a manner that supports the purposes of the product

5.2　The information literate person synthesises main ideas to construct new concepts

Examples

5.2.1　Recognises interrelationships among concepts and combines them into potentially useful primary statements with supporting evidence

5.2.2　Extends initial synthesis, when possible, at a higher level of abstraction to construct new hypotheses that may require additional information

5.2.3　Utilises information technology applications eg spreadsheets, databases, multimedia, and audiovisual equipment, for studying the interaction of ideas and other phenomena

5.3　The information literate person compares new understandings with prior knowledge to determine the value added, contradictions, or other unique characteristics of the information

Examples

5.3.1　Determines whether information satisfies the research or other information need

5.3.2　Uses consciously selected criteria to determine whether the information contradicts or verifies information used from other sources

5.3.3　Draws conclusions based upon information gathered

5.3.4　Tests theories with discipline appropriate techniques eg simulators, experiments

5.3.5　Determines probable accuracy by questioning the source of the data, the limitations of the information gathering tools or strategies, and the reasonableness of the conclusions with previous information or knowledge

5.3.6　Selects information that provides evidence for the topic

5.4　The information literate person revises the development process for the product

Examples

5.4.1　Maintains a record of activities related to the information seeking, evaluating, and communicating process

5.4.2　Reflects on past successes, failures and alternative strategies

5.5　The information literate person communicates the product effectively to others

Examples

5.5.1　Chooses a communication medium and format that best supports the purposes of the product and the intended audience

5.5.2　Uses a range of appropriate information technology applications in creating the product

5.5.3　Incorporates principles of design and communication appropriate to the environment

5.5.4　Communicates clearly and in a style to support the purposes of the intended audience

Standard Six

The information literate person understands cultural, economic, legal, and social issues surrounding the use of information and accesses and uses information ethically, legally and respectfully

Outcomes

6.1　The information literate person understands cultural, ethical, legal and socioeconomic issues surrounding information and information technology

Examples

6.1.1　Identifies and can articulate issues related to privacy and security in both the print and electronic environments

6.1.2　Identifies and can articulate issues related to free vs fee based access to information

6.1.3　Identifies and can discuss issues related to censorship and freedom of speech

6.1.4　Demonstrates an understanding of intellectual property, copyright and fair use of copyrighted material

6.1.5　Recognises the information divide' as a contributing factor to socioeconomic divisions

6.2　The information literate person follows laws, regulations, institutional policies, and etiquette related to the access and use of information resources

Examples

6.2.1　Obtains, stores, and disseminates text, data, images, or sounds in a legal manner

6.2.2　Complies with institutional policies on access to information resources

6.2.3　Demonstrates an understanding of what constitutes plagiarism and does not represent work or ideas attributable to others as their own

6.2.4　Demonstrates an understanding of institutional policies related to ethical research

6.2.5　Participates in electronic discussions following accepted practices eg Netiquette

6.3　The information literate person acknowledges the use of information sources in communicating the product

Examples

6.3.1　Selects an appropriate citation style and uses it consistently to cite sources used

6.3.2　Acknowledges sources in accordance with copyright legislation

6.3.3　Understands and respects indigenous and multicultural perspectives of using information

Standard Seven

The information literate person recognises that lifelong learning and participative citizenship requires information literacy

　　Outcomes

7.1　The information literate person appreciates that information literacy requires an ongoing involvement with learning and information technologies so that independent lifelong learning is possible

Examples

7.1.1　Uses diverse sources of information to inform decisions

7.1.2　Seeks to maintain current awareness in areas of interest and/ or expertise by monitoring information sources

7.1.3　Derives satisfaction and personal fulfilment from locating and using information

7.1.4　Keeps up to date with information sources, information technologies, information access tools and investigative methods

7.1.5　Recognises that the information search process is evolutionary and nonlinear

7.2　The information literate person determines whether new information has implications for democratic institutions and the individual's value system and takes steps to reconcile differences

Examples

7.2.1　Identifies whether there are differing values that underpin new information or whether information has implications for personal values and beliefs

7.2.2　Applies reasoning to determine whether to incorporate or reject viewpoints encountered

7.2.3　Maintains an internally coherent set of values informed by knowledge and experience

Selected information literacy developments

● In 1989 the American Library Association (ALA) Presidential Committee on Information Literacy issued a *Final report* which defined four components of information literacy: the ability to recognise when information is needed and to locate, evaluate and use effectively the needed information ＜www. ola. org. acrl. org/nili/ilit1st. html＞

● In 1989 the Australian National Board of Employment, Education and Training commissioned the Ross report *Library provision in higher education institutions* AGPS, Canberra 1990

Terms of reference number 9
The role of higher education libraries in preparing those training for the professions in information literacy pvi

The library as educator pp66—71
It is thought that the concept of information literacy does not have wide currency outside library circles, where it is the subject of a considerable literature p66

The elements of Cooperative Program Planning and Teaching, and identically for library user education in higher education are
close cooperation between teachers/academics and librarians must exist
  ● information skills need to be taught 'in context', not as they often have been, in a vacuum
  ● librarians have an important perspective to contribute to the teaching/learning process for they see the problems clients have in carrying out research/inquiry based tasks
  ● librarians have a teaching role to perform, a role that focuses on information and the skills needed to access and use it
  ● the skills for independent learning are fundamental to both lifelong learning and the economic and social wellbeing of our society
  ● the resourcing implications must be explored at the same time as the curriculum is being developed p69

  ● In 1991 volume 1 of *Australia as an information society* Report of the House of Representatives Committee for Longterm Strategies AGPS, Canberra 1991

There is also a need for people to develop an understanding of their information rights and become information literate. This could take the form of increased opportunities for students to develop information awareness and skills in a more concerted way than is currently the case in education. *At the tertiary level there is a need for all graduates to have an understanding of the links between values and information as well as information handling skills.* There is also a need for specific programs to be put in place at all levels of education to develop information handling skills in students. These programs should allow for the subtle nature of information and not be equated with computer skills p26

● In 1992 in the Higher Education Council's *Achieving quality of higher education* AGPS, Canberra 1992

The characteristics of graduates p22

Generic skills.　They include such qualities as critical thinking, intellectual curiosity, problem solving, logical and independent thought, effective communication and related skills in identifying, accessing and managing information

● Also in 1992, the Mayer reports *Employment related key competencies for post compulsory education and training* (NBEET) Canberra, 1992 identified as the first key competency

　● *Collecting, analysing and organising ideas and information*
　The capacity to locate information, sift and sort information in order to select what is required and point out in a useful way, and evaluate both the information itself and the sources and methods used to obtain it

● In 1994 *Developing lifelong learners through undergraduate education* AGPS, Canberra 1994

In the information age, mastery of all manner of electronic databases, indexes and networks is essential just to keep in touch with current developments in the field and to be familiar with information retrieval systems which enable the new graduate to function both as a competent professional, and as a member of the community.　It is important, therefore, that graduates leave university equipped with the skills and strategies to locate, access, retrieve, evaluate, manage and make use of information in a variety of fields, rather than with a finite body of knowledge that will soon be outdated and irrelevant.　Mastery of these skills provides the potential for lifelong learning—learning which will no longer be dependent on a lecture centred exposition of knowledge but which provides the student with an awareness of the relevance and purpose of their own learning (S35, p1)　pp102—103

Gradually, however, university libraries are becoming the focus of the undergraduate curriculum and academic staff are beginning to draw more on the resources at their disposal when they design their course content.　The role of the librarian is assuming far greater importance as change agent/staff developer and less as mere custodian or even reference person　p104

● From 1992 national information literacy conferences have been conducted every two years by the University of South Australia in association with the Australian Library and Information Association.　Information on the conference proceedings is at ＜www. library. unisa. edu. au＞

●In 1997 Auslib Press published *The Seven faces of information literacy* by Christine Bruce. This award winning Australian doctoral research provides a theoretical and phenomenological approach to information literacy research, which has attracted worldwide interest and usage

●In 2000 Charles Sturt University published *Information literacy around the world : advances in programs and research* edited by Professor Phil Candy and Dr Christine Bruce

●In 2001 the Australian Library and Information Association conducts the first national round table on information literacy to bring together educators, librarians, business, professional and community leaders email PMercer@slv. vic. gov. au

●In 2001 the University of South Australia leads the establishment of the Australian and New Zealand Institute for Information Literacy email irene. doskatsch@unisa. edu. au

附录 D "北京地区高校信息素质能力示范性框架研究"项目研究成果

北京地区高校信息素质能力指标体系

2005.05

维度一

具备信息素质能力的学生能够了解信息以及信息素质能力在现代社会中的作用、价值与力量。

指标：

(1) 具备信息素质能力的学生具有强烈的信息意识。

指标描述：

a　了解信息的基本知识；

b　了解信息在学习、科研、工作、生活各方面产生的重要作用；

c　认识到寻求信息是解决问题的重要途径之一。

(2) 具备信息素质能力的学生了解信息素质的内涵。

指标描述：

a　了解信息素质能力是一种综合能力（信息素质能力是个体知道何时需要信息，并能够有效地获取、评价、利用信息的综合能力）；

b　了解这种能力是开展学术研究必备的基础能力；

c　了解这种能力是成为终身学习者必备的能力。

维度二

具备信息素质能力的学生能够确定所需信息的性质与范围。

指标：

(1) 具备信息素质能力的学生能够识别不同的信息源并了解其特点。

指标描述：

a　了解信息是如何生产、组织与传递的；

b　认识不同类型的信息源（例如：图书、期刊、数据库、视听资料等），了解它们各自的特点；

c　认识不同层次的信息源（例如：零次、一次、二次和三次信息），了解它们各自的特点；

d　认识到内容雷同的信息可以在不同的信息源中出现(例如:许多会议论文同时发表在学术期刊上);

e　熟悉所在学科领域的主要信息源。

(2)具备信息素质能力的学生能够明确地表达信息需求。

指标描述:

a　分析信息需求,确定所需信息的学科范围、时间跨度等;

b　在使用信息源的过程中增强对所需求信息的深入了解程度;

c　通过与教师、图书馆员、合作者等人的讨论,进一步认识和了解信息的需求;

d　用明确的语言表达信息需求,并能够归纳描述信息需求的关键词。

(3)具备信息素质能力的学生能够考虑到影响信息获取的因素。

指标描述:

a　确定所需信息的可获得性与所需要的费用(例如:有的信息是保密的,无法获取;有的信息需要支付馆际互借的费用);

b　确定搜集所需要的信息需要付出的时间与精力;

c　确定搜集所需要的信息和理解其内容是否需要应用新的语种和技能(例如:信息是以非中文/英文的语种表达信息内容的,要了解其内容,则需要先学习一门新的语言;或是理解信息内容需要应用到还未学过的学科知识)。

维度三

具备信息素质能力的学生能够有效地获取所需要的信息。

指标:

(1)具备信息素质能力的学生能够了解多种信息检索系统,并使用最恰当的信息检索系统进行信息检索。

指标描述:

a　了解图书馆有哪些信息检索系统(例如:馆藏目录、电子期刊导航、跨库检索平台等),了解在每个信息检索系统中能够检索到哪些类型的信息(例如:检索到的信息是全文、文摘还是题录);

b　了解图书馆信息检索系统中常见的各种检索途径,并且能读懂信息检索系统显示的信息记录格式;

c　理解索书号的含义,了解图书馆文献的排架是按照索书号顺序排列的;

d　了解检索词中受控词(表)的基本知识与使用方法;

e　能够在信息检索系统中找到"帮助"信息,并能有效地利用"帮助";

f　能够使用网络搜索引擎,掌握网络搜索引擎常用的检索技巧;

g　了解网络搜索引擎的检索与图书馆提供的信息检索系统检索的共同点与差异;

h 能够根据需求(查全或是查准)评价检索结果,确定检索是否要扩展到其他信息检索系统中。

(2)具备信息素质能力的学生能够组织与实施有效的检索策略。

指标描述:

a 正确选择检索途径,确定检索标识(例如:索书号、作者等);

b 综合应用自然语言、受控语言及其词表,确定检索词(例如:主题词、关键词、同义词和相关术语);

c 选择适合的用户检索界面(例如:数据库的基本检索、高级检索、专业检索等);

d 正确使用所选择的信息检索系统提供的检索功能(例如:布尔算符、截词符等);

e 能够根据需求(查全或是查准)评价检索结果、检索策略,确定是否需要修改检索策略。

(3)具备信息素质能力的学生能够根据需要利用恰当的信息服务获取信息。

指标描述:

a 了解图书馆能够提供的信息服务内容;

b 能够利用图书馆的馆际互借、查新服务、虚拟咨询台、个性化服务(例如:MyLibrary)等;

c 能够了解与利用其他信息服务机构(例如:CALIS)提供的信息服务。

(4)具备信息素质能力的学生能够关注常用的信息源与信息检索系统的变化。

指标描述:

a 能够使用各种新知通报服务(alert / current awareness services);

b 能够订阅电子邮件服务和加入网络讨论组;

c 习惯性关注常用的印刷型/电子型信息源。

维度四

具备信息素质能力的学生能够正确地评价信息及其信息源,并且把选择的信息融入自身的知识体系中,重构新的知识体系。

指标:

(1)具备信息素质能力的学生能够应用评价标准评价信息及其信息源。

指标描述:

a 分析比较来自多个信息源的信息,评价其可信性、有效性、准确性、权威性、时效性;

b 辨认信息中存在的偏见、欺诈与操纵;

c 认识到信息中会隐含不同价值观与政治信仰(例如:不同价值观的作者对同一事件会有不同的描述)。

(2)具备信息素质能力的学生能够将选择的信息融入自身的知识体系中,重构新的知识体系。

指标描述：

a　能够从所搜集的信息中提取、概括主要观点与思想；

b　通过与教师、专家、合作者、图书馆员的讨论来充分理解与解释检索到的信息；

c　比较同一主题所检索到的不同观点，确定接受与否。

d　综合主要观点形成新的概念；

e　应用、借鉴、参考他人的工作成果，形成自己的知识、观点或方法。

维度五

具备信息素质能力的学生能够有效地管理、组织与交流信息。

指标：

（1）具备信息素质能力的学生能够有效地管理、组织信息。

指标描述：

a　能够认识参考文献中对不同信息源的描述规律；

b　能够按照要求的格式（例如：文后参考文献著录规则等），正确书写参考文献与脚注；

c　能够采用不同的方法保存信息（例如：打印、存档、发送到个人电子信箱等）；

d　能够利用某种信息管理方法管理所需信息，并能利用某种电子信息管理系统（例如：Refworks）。

（2）具备信息素质能力的学生能够有效地与他人交流信息。

指标描述：

a　选择最能支持交流目的的媒介、形式（例如：学术报告、小组讨论等），选择最适合的交流对象；

b　能够利用多种信息技术手段和信息技术产品进行信息交流（例如：使用 PowerPoint 软件创建幻灯片、为研究项目建立网站、利用各种网络论坛等）；

c　采用适合于交流对象的风格清楚地进行交流（例如：了解学术报告幻灯片的制作要点，了解如何撰写和发表印刷版或网络版的学术论文）；

d　能够清楚地、有条理地进行口头表述与交流。

维度六

具备信息素质能力的学生作为个人或群体的一员能够有效地利用信息来完成一项具体的任务。

指标：

（1）具备信息素质能力的学生能够制定一个独立或与他人合作完成具体任务的计划；

（2）具备信息素质能力的学生能够确定完成任务所需要的信息；

（3）具备信息素质能力的学生能够通过讨论、交流等方式，将获得的信息应用到解决任务的过程中；

（4）具备信息素质能力的学生能够提供某种形式的信息产品（例如：综述报告、学术论文、项目申请、项目汇报等）。

维度七

具备信息素质能力的学生了解与信息检索、利用相关的法律、伦理和社会经济问题，能够合理、合法地检索和利用信息。

指标：

（1）具备信息素质能力的学生了解与信息相关的伦理、法律和社会经济问题。

指标描述：

a　了解在电子信息环境下存在的隐私与安全问题；

b　能够分辨网络信息的无偿服务与有偿服务；

c　了解言论自由的限度；

d　了解知识产权与版权的基本知识。

（2）具备信息素质能力的学生能够遵循在获得、存储、交流、利用信息过程中的法律和道德规范。

指标描述：

a　尊重他人使用信息源的权利，不损害信息源（例如：保持所借阅图书的整洁）；

b　了解图书馆的各种电子资源的合法使用范围，不恶意下载与非法使用；

c　尊重他人的学术成果，不剽窃；在学术研究与交流时，能够正确引用他人的思想与成果（例如：正确书写文后参考文献）；

d　合法使用有版权的文献。

参考文献

[1] 刘英华,赵哨军,汪琼.信息检索与利用[M].北京:化学工业出版社,2007.

[2] 朱庆华.信息分析:基础、方法及应用[M].北京:科学出版社,2004:46.

[3] 沈固朝.网络信息检索:工具.方法.实践[M].北京:高等教育出版社,2004.

[4] 包忠文.文献信息检索概论[M].北京:科学出版社,2006.

[5] 沈固朝.信息检索(多媒体)教程.北京:高等教育出版社,2002.

[6] EI中国信息部.EI VILLAGE使用手册.

[7] 何毓琦.一位外籍院士写给宋健院士的信[J].读者,2008(2):40—41.

[8] 王葆柯.慧眼鉴别作品的引用与抄袭[N].中国知识产权报,2007—5—28.

[9] 蒋永新,鲍国海,赵伯兴,等.人文社会科学信息检索教程[M].上海:上海大学出版社,2005:150.

[10] 孙艳玲.因特网上查专利(第2版)[M].北京:知识产权出版社,2007:502

[11] 凌美秀,曹春晖.互联网上的免费学术信息源及其获取[M].长沙:湖南大学出版社,2007:225.

[12] 毕胜,俞军.巧用百度[M].北京:中国商业出版社,2004:165.

[13] 关志英,郭依群.网络学术资源应用导览(科技篇)[M].北京:中国水利水电出版社,2007:551.

[14] 伍宪.利用搜索引擎进行高质量情报检索[J].现代图书情报技术,2000(6):51—53.

[15] 王启云.如何利用搜索引擎检索网络信息[J].现代图书情报技术,2001(4):40—43.

[16] Baidu.百度搜索帮助中心[EB/OL].[2008—2—14].http://www.baidu.com/search/jiqiao.html.

[17] Google. Google学术搜索帮助[EB/OL].[2008—2—14].http://scholar.google.com/intl/zh—CN/scholar/help.html.

[18] Elsevier Engineering Information Inc. EI收录的中国期刊[EB/OL].[2008—2—21].http://www.ei.org.cn.

[19] Thomson Scientific. Science Citation Index Expanded (SCIE)收录期刊检索[EB/OL].[2008—2—21].http://www.thomsonscientific.com.cn.

[20] Thomson Corporation. ISI Web of Knowledge激励发现、推动创新[CP/DK].[2008—2—14].

[21] metaphysics. Scirus使用指南[EB/OL].[2008—2—14].http://www.zohu.cn/bbs/thread—205285—1—8.html.

[22] EI中国信息部.EI VILLAGE使用手册.

[23] 余向春,等.科技文献检索简明直观教材[M].杭州:浙江大学出版社,1985.

[24] 蔡葛龄.科技文献检索与利用[M].沈阳:东北工学院出版社,1988.

[25] 北京航空航天大学,等.航空航天文献检索与利用[M].大连:大连理工大学出版社,1989

[26] 冯惠玲,李宪.档案检索的原理与方法[M].北京:中国科学技术出版社,1990.

[27] 邵献图,等.西文工具书概论(增订版)[M].北京:北京大学出版社,1990.

[28] 孙维钧,陈寿祺.科技文献检索教程[M].天津:天津科技翻译出版公司,1992.

[29] 苏凡,廖海丽.自然科学文献与利用[M].桂林:广西师范大学出版社,1992.

[30] 胡道元.信息网络系统集成技术[M].北京:清华大学出版社,1996.

[31] 沈艺."WWW 与虚拟图书馆"[J].图书馆(双月刊),1997(6).

[32] 孙平,任其荣.科技信息检索[M].北京:清华大学出版社,1997.

[33] 王梦丽,张利平,杜慰纯.信息检索与网络应用[M].北京:北京航空航天大学出版社,2001.

[34] 李琳,秦洪晶.网海拾贝——Internet 信息查询[M].北京:人民邮电出版社,1998.

[35] 谢新洲.电子信息源与网络检索[M].北京:北京图书馆出版社,1998.

[36] 冯惠玲.档案文献检索[M].北京:高等教育出版社,1999.

[37] 王知津.数字图书馆及其相关概念[M].图书馆学研究(双月刊),1999(4).

[38] 李玉安.电子图书馆、数字图书馆研究与实践述评[M].中国图书馆学报(双月刊),1999(6).

[39] 储荷婷,张晓林,王芳.Internet 网络信息检索——原理工具技巧[M].北京:清华大学出版社,1999.

[40] 刘静.论网络信息检索[J].图书情报工作,1999(1).

[41] 张惠惠.信息检索[M].北京:机械工业出版社,2000.

[42] 清华大学图书馆主页,2000.

[43] 北京大学图书馆主页,2000.

[44] 北京航空航天大学图书馆主页,2000.

[45] 孙平,曾晓牧.面向信息素养[J].图书馆论坛,2005(5).

[46] 王立学,葛敬民.国外信息素质评价标准的比较研究[C].网络环境下信息素养教育创新和发展研讨会会议文集.11-12,2006,4.

[47] 全球互联网统计信息跟踪报告第 29 期 CNNIC,2007,7.

[48] 汤姆森科技信息集团在线培训资料:INSPEC 4.0 演示文稿,SI Proceedings 4.0 演示文稿.http://www.thomsonscientific.com.cn/training.htm.

[49] 大英百科全书在线使用指南(Guided Tour).http://corporate.britannica.com/bol_tour.pdf.

[50] 曾晓牧,孙平,王梦丽,杜慰纯.北京地区高校信息素质能力指标体系研究[J].大学图书馆学报,2006,(3).

[51] 美国大学和研究型图书馆协会,白健(译自 2005.10)美国高等教育信息素养能力标准,2001.1

[52] Council of Australian University Librarians,Information Literacy Standards,ISBN 0 86803 695 1

致　谢

本书在修订过程中，先后得到了北京航空航天大学图书馆何葭、李娜、陈淑云，清华大学图书馆孙平、曾晓牧老师及同仁的帮助。何葭老师提供了第 5 章及第 2.6 节的修订内容；陈淑云老师提供了第 2.7 节的修订内容；李娜老师提供了第 1.5 节及附录 A 的修订内容；孙平、曾晓牧老师提供了有关信息素养能力标准方面的内容。此外，在附录内容的收集过程中也得到了各位老师的鼎力相助，在此表示真挚的谢意！

最后还要感谢北京航空航天大学教材科的王敏老师和秦安琳老师，正是在她们细致、周到的服务下，才使这一堆稿件成为一本有价值的教材，一本精品教材。在此向她们表示由衷的敬意。

我们会永远记住为此书的诞生付出过心血却站在封面背后的人们。

编　者
2009 年 3 月